가야를 찾아서

서연비람은 조선 시대 왕궁 내, 강론의 자리였던 서연(書筵)에서 강관(講官)이 왕세자에게 가르치던 경전의 요지를 수집하여 기록한 책(비람備覽)을 말합니다. 서연비람 출판사는 민주주의 국가의 주인인 시민들 역시 지속 가능한 과거와 현재, 미래의 이치를 깨우치고 체현해야 한다는 믿음으로 엄착한 도서를 발간합니다.

서연비람 소설선

가야를 찾아서

초판 1쇄 2024년 5월 31일

지은이 김종성
편집주간 김종성
편집장 이상기
펴낸이 윤진성
펴낸곳 서연비람
등록 2016년 6월 29일 제 2016-000147호
주소 서울시 강남구 언주로30길 57, 제E동 제10층 제1011호
전자주소 birambooks@daum.net

ⓒ 김종성, 2024, Printed in Korea.

ISBN 979-11-89171-75-9

값 18,000원

서연비람 소설선

가야를 찾아서

김종성 연작소설

서연비람

차례

가야를 찾아서

1

"민 차장님, 전홥니다."

전동타자기 자판을 두드리는 소리가 끊어지고, 정양의 목소리가 국제영업1부로 넘어왔다.

나는 송수화기를 들고 국선 2번을 눌렀다. 빨간빛이 깜박거리기를 멈췄다.

"네, 민기오 차장입니다."

나의 졸음기가 잔뜩 묻은 말소리가 떨어지기 무섭게, 혼선되었는지 송수화기 속에서 잡음이 지글거리고 있었다.

"……."

"아니 이럴 수가 있는 거예요?"

앙칼진 여자 목소리가 송수화기에서 달려 나왔다.

"여보세요, 무슨 말씀을 하고 있는 겁니까?"

나는 뻐근한 목덜미를 오른손으로 주무르며 물었다.

"광고비 받아먹고 그렇게 해도 되는 거예요?"

거친 숨소리가 귓전에서 맴돌았다.

"뭘 말씀하시는지… 좀 크게 말하세요."

나는 큰 소리로 말했다.

"……."

잡음이 점점 더 심해지고 있었다.

"여보세요. 아, 이 전화가 왜 이러지? 말-씀-좀-자-세-히-해-보-세-요."

나는 숨을 한 번 크게 몰아쉬고 또박또박 말했다. 그제서야 송수화기에서 잡음이 떨어져 나갔다.

"…섬유무역전람회 디렉터리에 소개된 저희 회사 영자(英字) 이름이 틀렸고, 사장님 이름도 잘못돼 있다 이 말입니다."

여자가 빠른 목소리로 말했다.

"죄송합니다. 편집대행사에서 교정 과정에 잘못이 있었는가 봅니다."

"…있었는가 봅니다? 여보세요. 남의 돈을 받아먹으려면 좀 성의를 다해서 받아먹으세요. '오심석' 사장님을 '오십석' 사장님이라고 해놓질 않나."

탁 소리와 함께 전화가 끊어졌다.

나는 잠시 송수화기를 들고, 멍한 눈길로 한 부장을 바라보았다.

"왜 그래?"

한 부장이 물었다. 그의 얼굴은 할 일 없는 나라 '국(國)'자였다. 그 네모난, 넓적한 얼굴의 턱 좌우가 쩍 벌어진 것이라든지 그 얼굴에 비해서 작은 입과 눈은 그를 더 왜소해 보이게 했다.

"…디렉터리 때문이죠, 뭐."

내가 짧게 대꾸했다.

"인쇄물에 오자 한두 개 나올 수도 있지… 그런데 민 차장은 일을 어떻게 하는데 늘 뒤탈이 따르나 말이에요. 그러기에 내가 뭐라 했소. 수주 준 회사들 감독도 철저히 하고 광고주 관리도 철저히 하라 하지 않았소."

한 부장이 꺽꺽한 음성을 뿜어대고는 밖으로 나갔다.

"민 차장님, 3번 전활입니다. 중국 연변(延邊)에서 온 왕삼종 씨랍니다."

정양의 목소리가 들렸다.

"보류 누르세요."

정양을 향해, 나는 말을 던지고는 서류철을 뒤적거렸다.

"이거 서류가 어디 갔지?"

나는 허둥대며 서류철을 풀풀 넘겼다. 좀처럼 서류가 눈에 띄지 않았다. 손가락 끝에 침을 묻혀, 서류철의 맨 마지막 장에서 겨우 문제의 서류를 찾아냈다. 버튼을 누르고 송수화기를 들자, 굵직한 남자 목소리가 흘러나왔다.

"민기오 차장님이십니까? 연변에서 온 왕삼종입니다."

왕삼종, 중국 연변에서 온 그 사람이었다.

광고 시장의 개방으로 해외 업체들이 우리나라에 자사 지사들을 설치하기 시작하고부터 광고 시장의 영업 여건은 더욱 어려워졌다. 우리 회사는 힘을 국내외 옥외 광고에 쏟았으나 옥외 광고가 전력난 때문에 빌보드(입간판) 신규 설치가 어렵게 되어 새로운 활로를 찾고 있었다. 영역 다변화를 위해, 소련에 이어 중국 광고 시장에 우리 회사가 뛰어든 것은 얼마 전의 일이었다.

"…네, 좋습니다. 만나서 얘기하도록 합시다. 지금 거기가 어딥니까? 제가 모시러 가겠습니다… 네, 종각 옆의 청강빌딩이라구요… 그러시면 제가 그 건물 위치를 좀 알아봐야 되니깐요, 옆에 서울분 계시면 바꿔주세요."

내가 말을 멈추자, 곧 가냘픈 여자의 목소리가 수화기에서 흘러나왔다.

"종각 앞에서 내리세요. 그래서요, 동대문 방향으로 조금 걸어 오세요. 거기서 동대문 쪽을 쳐다보세요. 크라운맥주 빌보드 간판이 건물 꼭대기에 있을 거예요. 그 건물이 바로 청강빌딩이에요. 802호실로 오세요."

나는 송수화기를 내려놓고 서랍을 열었다,

한쪽 구석에 신문 기사를 오려서 모아 놓은 것이 보였다. 미처 스크랩을 해 놓지 못한 것이었다. 나는 신문 기사를 오려 놓은 것을 하나하나 펼쳐 보았다. '베일 벗는 금관가야, 김해 고분 희귀 유물

쏟아져', '가야의 전모 곧 드러난다', '고 천관우 씨 유고집 복원 가야사 곧 출간', '일왕 조상은 가야 김수로왕'… 나의 눈길이 맨 밑에 있는 신문 기사에 가 멎었다. '금관가야 왕릉 첫 발굴, 4세기 말 5세기 초 확인 김해 대성동고분군서'. 나는 그것을 집어 들고 망연히 서 있었다. 언제부터인가 나는 '가야(加耶)'에 대한 생각으로 머릿속이 가득 차지곤 했다. 사무실 책상에 앉아 있거나, 길을 걷거나, 무엇을 하든지, 기원 전후부터 6세기 중반에 이 세상을 버린 가야 왕들의 발소리가 가까이서 들려오고, 낙동강 연안을 달리던 가야 무사들이 탄 말의 말발굽 소리가 귓속을 울리곤 했다.

"민 차장님, 뭘 찾으세요?"

신문 스크랩을 들고 서 있는 나에게 홍 과장이 말을 건넸다. 땅딸막하면서도 근육질인 그는 나이에 어울리지 않게 머리카락에는 희끗희끗한 서리가 몇 점 얹혀 있었다.

"홍 과장, 내가 밖에 나갔다 올 테니까, 한 부장님이 찾으시면, 중국에서 손님이 오셔서 나갔다고 해."

나는 서류철에서 서류를 뽑아 가방 안에 집어넣으며, 업무 일지를 메우고 있는 홍 과장의 등 뒤로 말을 던지고는 밖으로 나왔다.

엘리베이터에서 빠져나오자, 뜨거운 기운이 온몸을 휘감았다. 나는 손수건으로 땀방울을 훔쳐내며 택시 정류장으로 갔다. 마침 중형 택시 한 대가 미끄러져 왔다. 택시가 정거장 표지판 밑에 바퀴를 멈추자, 나는 택시 안으로 몸을 들이밀었다. 차가운 기운이 얼굴에 확 끼쳤다. 사십 대의 운전기사에게 "종로로 나갑시다"라고 말을 던지고, 나는 뒷머리를 의자 등받이에 뉘었다.

"오늘은 차가 잘 빠지는군."

찌르듯 달려들었다가 뒤로 내빼는 가로수들을 바라보며 내가 중얼거렸다.

"휴가철이기 때문에 그렇습니다."

백미러를 흘낏거리며, 운전기사가 말했다.

"정말 그런가 보군요."

나는 텅 빈 거리를 내다보며 고개를 끄덕였다.

"손님은 휴가 안 갑니까?"

운전기사가 핸들을 꺾으며 물었다.

"이달 중순께 가려고 합니다."

내가 짧게 대꾸했다.

"이달 중순께요…? 하긴 덜 복잡할 때 가는 게 더 실리적일지도 모르지요."

운전기사가 말했다. '실리적'이라는 말에 나의 입가에서 가느다란 웃음이 배어 나왔다.

이달 중순이면 휴가철은 절정기를 지나가 버릴 것이었다. 아내와 아이들은 올해에도 바닷물에 손 한 번 못 담가본다고 야단이었다. 그러나 휴가 기간은 나의 의사와는 다르게 강 상무와 한 부장의 손에서 당겨졌다가 늦춰졌다가 하곤 했다. 이번에도 그랬다. 나는 휴가를 7월 말에서 8월 초까지로 하고 싶었으나, 외국에서 손님이 오시는데, 그 중요할 때 민 차장이 자리를 비우면 어떡하느냐는 강 상무의 말에 나는 할 말이 없었다. 7월 말에서 8월 초는 휴가의 절정을 이루는 시기였다. 그 '절정을 이루는 시기'는 한 부장 차지라는 것을, 나는 다음날 정양으로부터 들었다.

나는 회사에서 항상 겉도는 입장이었다. 대학에서 사학을 전공했으나, 영어 하나쯤은 잘했고, 중국어도 어지간히 하는 편이었다.

나는 회사에 나가면 다른 사람들과 업무 외의 이야기는 거의 나누지 않았다. 점심을 먹고 나서 쉬는 시간이면, 다른 사람들은 아파트 이야기며, 증권 이야기며, 심지어 어젯밤에 아내와 단둘이 은밀히 본 비디오 이야기에 열을 올렸으나, 나는 그들 사이에 끼어들지 않았다. 나는 현승준의 『가야사신연구』, 정중환의 『가라사초』, 김정학의 『한국상고사연구』, 그리고 가락회보편집위원회라는 긴 이름이 펴낸 『가락소사(駕洛小史)』를 펼쳐 놓고, 어려운 한자를 찾느라 옥편을 끌어당기곤 했다.

택시는 햇볕이 계속 내리붓는 속을 조용히 달렸다. 터널을 빠져나가자, 짙은 녹색에 둘러싸인 호텔이 차창으로 부웅 솟아올랐다.

나는 지그시 눈을 감았다. 대학을 졸업하고, 군대를 갔다 오고, 입사 시험에 합격하고, 수습을 끝내고, 결혼을 하고, 전셋집에서 30평 아파트를 분양받아 이사를 하고…. 마침내 해외 광고업계에서 매출 1, 2위를 다투는 광고 회사의 차장 자리에 오른 나는 머지않아 부장 자리에도 오를 수 있을 것이라는 기대에 젖어, 서울과 부천을 오르내렸다.

그러나 그러한 기대감도, 차장 자리도, 저녁 늦게 회식을 마치고, 집으로 돌아오는 전동차 속에서 한강 위에 드문드문 떠 있는 불빛을 바라보노라면, 늘 가슴 한구석이 텅 비어 있는 것 같은 적막감을 더해주곤 했다. 앞만 보고 달음질치는 아프리카의 산양(山羊), 스프링복처럼 앞만 보고 질주해온 나였다. …나는 어디로 가고 있는 걸까. …나는 왜 이 자리에 앉아 있는 걸까. 팩시밀리가 작동하는 소리, 인터폰 신호음, 전동타자기 자판을 두드리는 소리, 전화벨 소리를 들으며 나는 혼자 버려져 있다는 생각을 떨쳐 낼 수가 없었다. 나는 그런 생각을 떨쳐내려고 봉황성을 떠나간 가락국(금관가야) 왕들의 이름을 기획안 용지에 긁적거려보곤 했다.

수로왕, 거등왕, 마품왕, 거즐미왕, 이시품왕, 좌지왕, 취희왕, 질지왕, 겸지왕, 구형왕.

『김해김씨 선원세보(金海金氏璿源世譜)』에서 본 구형왕의 초상화와 현승준의 얼굴이 서로 겹쳤다가 사라졌다.

택시가 동아일보사 앞을 지나가고 있었다. 옥상에 걸려 있는 전광판에서 '가야유물특별전, 국립중앙박물관 8.5~9.2'라는 자막이 사라졌다. 아아, 가야. 나는 낮게 발음해 보았다. 서울의 한복판에, 가야 왕들과 가야 사람들의 손때가 묻은 유물들이 세상 사람들 앞에 한꺼번에 모습을 드러내 보인다. …나는 역사의 저편, 머나먼 시간을 가로질러 다가온 가야의 유물들을 만나볼 생각을 하니 몸이 떨려왔다.

택시가 종로 거리로 들어섰다. 나는 종각 앞에서 택시를 버리고, 동대문 쪽을 향해 걸었다. 10층쯤 되어 보이는 건물 꼭대기에 크라운맥주 입간판이 보였다.

내가 802호실 문을 밀고 들어갔다. 연변에서 오신 분을 만나러 왔고 하자, 맨 앞자리에 앉아 신문을 들여다보고 있던, 이십 대 후반쯤 되어 보이는 남자가 고개를 들었다.

"아까, 전화하셨던 분이지요?"

그가 고개를 숙여 보이며 말했다.

내가 고개를 까딱해 보이자, 그가 구석진 곳의 소파를 가리켰다. 내가 그곳으로 가자, 소파에 앉아 있던, 검붉은 얼굴의 남자가 엉거주춤하게 일어섰다.

"왕삼종 선생님이시죠? 처음 만나 뵙게 되어 반갑습니다."

왕삼종이 나에게 지갑에서 명함을 꺼내주었다.

"한국엔 언제 오셨습니까?"

내가 명함을 건네주며 물었다.

"한 일주일 됩니다."

왕삼종이 내가 건네준 명함을 받으며 대답했다.

"중국 연변 조선족자치주 국가문물국 산하 역사춘추 편심(編審)으로 일하고 계시군요?"

내가 왕삼종의 명함을 들여다보며 말했다.

"네. 잡지 편집과 심사를 하는 일을 하고 있습니다."

왕삼종이 명함을 지갑에 넣으며 말했다.

우리는 창강빌딩을 나와, 미디어센터로 갔다. 20층 식당가에 자리 잡고 있는 중식당(中食堂) 안은 손님이 별로 없었다. 창가에 자리를 잡고 새우만두, 볶음밥 그리고 맥주 2병을 시켰다.

"전망이 좋군요."

왕삼종이 창밖을 내려다보며 말했다.

"네, 여기보다 남산타워 전망대나 강남의 무역센터, 여의도 63빌딩에 올라가면 서울 전경을 잘 볼 수 있지요."

내가 맥주병 뚜껑을 열었다.

"참, 민 차장님은 서울 어디에 사십니까?"

맥주잔을 앞으로 내밀며 왕삼종이 물었다.

"서울에 살지 않고 경기도 부천이라는 곳에 살고 있지요. 서울에서 전철로 1시간 남짓 걸리는 위성 도시죠."

"그러시면 출근하는 데 지루하시겠군요."

왕삼종이 말했다.

"전동차를 타고, 책을 읽으며 오가다 보면 별로 지루한 줄 모릅니다."

내가 웃으며 말했다.

"책을 읽으시면서 출근한다고요?"

"네."

"하, 그렇습니까? 주로 어떤 분야의 책을 읽으십니까?"

"주로 역사서인데… 전… 가야사, 특히 가락국 역사에 관심이 많습니다."

내가 왕삼종의 얼굴을 바라보았다.

"가락국요? 옛날 낙동강 하구 김해 지방에 위치해 있던 나라 말입니까? 임나가라(任那加羅)라고 했지요."

왕삼종이 어깨를 으쓱 올렸다.

"네, 그렇습니다. 왕 선생님께선 가야사에 관심이 있으십니까?"

내가 그로부터 건네받은 명함에 박힌 '편심'이라는 직명(職名)을 떠올리며 물었다.

"하아, 우리 인쇄출판부에서 내는 잡지 가운데 《역사춘추》라는 잡지가 있습니다. 대중 역사잡지인데 연변에서 많이 나가고 있습니다. 지난봄에는 광개토왕릉비에 대한 특집을 실었지요."

왕삼종이 힘주어 말했다.

광개토왕릉비란 소리가 일순 나의 귀에 박혔다.

"방금 광개토왕릉비라 했습니까?"

"네, 그랬지요. 제가 어떻게 해서 가야사에 관심을 갖게 되었느냐 하면요, 광개토왕릉비문에 보면 임나가라 이야기가 나와요. 임나가라가 백제·왜 연합군의 일원으로 고구려·신라와 전투를 벌였음을 전해주고 있지요. 즉 임나가라가 왜와 연합하여 신라 도성을 공격하자, 신라는 광개토왕에게 구원을 요청하였고, 광개토왕은 기병(騎兵)과 보병(步兵) 5만 명을 보내, 임나가라·백제·왜 연합군을 격파하고 임나가라 종발성까지 추격하여 연합군을 공격하는 기사가 광개토왕릉비에 나오지요."

"가야 이야길 하다 보면 끝이 없겠군요. …실무적인 얘기도 좀 합시다."

내가 가방에서 서류를 꺼내며 말했다.

"그럽시다. 우선 옥외광고 문제는 아직 한국과 중국이 국교도 수립이 안 되었고 해서 선결해야 할 게 많으니까, 점차적으로 하기로 하고, 우선 연변과 베이징(北京)에서 나오는 신문과 잡지에 매체 광고를 추진해 보는 게 어떻습니까?"

왕삼종이 맥주잔을 당겼다.

"좋습니다. 우리들 사업의 발전을 위해 축배 합시다."

나는 잔을 높이 치켜들었다.

2

나는 자명종 소리에 잠이 깼다. 창문이 희붐하게 밝아오고 있었다. 이불을 밀쳐내고 자리에서 일어서며 자명종을 눌러 껐다.

달그락거리는 소리가 문틈으로 스며들었다.

"여보, 이제 그만 일어나세요. 늦겠어요."

아내의 목소리가 날아왔다.

"알았어요."

나는 운동복을 걸치고 거실로 나갔다.

"여보, 꿀 좀 들어요."

아내가 냉장고에서 병을 꺼내며 말했다.

아내가 소리가 나게 냉장고 문을 닫았다. 그녀는 본시 칼칼한 낯이 더 핼쑥해지고 얼굴의 선이 더 날카로워져 있었다.

"여보, 웬 술을 그렇게 많이 마시고 다니세요? 집에 와서 계속 가야만 찾던데, 가야란 여자가 누구죠?"

아내가 새초롬한 얼굴을 하고 나를 쏘아보았다.

"당신, 수로왕이 세운 가야 몰라요? 가락국이라고도 하지."

나는 아내가 꿀을 타, 건네준 잔을 받으며 말했다.

"아니, 이이가 술이 덜 깼나. 무슨 가락국 타령이에요. 아침부터."

아내가 눈을 하얗게 흘겼다.

"남편이 '가락국'이라는 중편소설을 쓰고 있는 걸 모르고 있는가 봐…."

내가 말끝을 흐렸다.

"어머, 그래요. 난 당신이 소설가라는 걸 잊어버리고 사는 줄 알 았어요. …어쩐지 밤늦도록 컴퓨터 앞에 앉아 있더라니…."

"언젠가는 가야를 소재로 한 연작소설을 써야겠다는 생각은 늘 있었는데… 이번에 마음 먹고 '가락국'을 쓰고 있어."

"다시 소설을 쓰고 있다니… 오랜만에 좋은 소식이네요."

"쓰고 있긴 한데 언제 끝날지 몰라…."

"얼른 식사하고 출근하세요."

아내가 말을 마치고 다용도실로 갔다.

나는 식사를 끝내고 서재에서 『삼국시대 철기 유물의 금속학적 연구』를 꺼내 가방에 집어넣고 택시로 부천역에 갔다.

매표구 앞에는 많은 사람이 줄지어 서서 순서를 기다리고 있었다. 열차가 들어온다는 안내 방송이 흘러나왔다. 발소리가 다급해졌다. 사람들이 헐떡거리며 개찰구로 뛰어갔다.

"개찰을 하고 나가세요."

차단기를 훌쩍 뛰어넘어가는 젊은이를 향해 역무원이 소리쳤다.

나는 마음이 급했으나 길게 늘어선 줄 때문에 어떻게 해볼 수가 없었다. 결국 7시 30분 전동차를 놓치고 다음 전동차를 탈 수밖에 없었다.

전동차가 신도림역에 멈추자, 사람들이 일제히 출입문 쪽으로 쏠렸다. 비명이 터져 나왔다. 어깨를 둔중한 쇠망치로 내리치는 것 같은 충격이 왔다. 나는 어깨를 만져보는 것도 포기한 채, 사람들에 떠밀려 계단으로 내려갔다.

사당역을 지나자, 전동차 안은 빈자리가 하나 둘 나기 시작했다.

나는 출입문 옆좌석에 자리를 잡고, 가방을 선반 위에 올려놓았다.

내가 역삼역에서 내려 버스를 갈아타고 사무실 문을 밀고 들어서자, 벽시계가 9시 10분 전을 가리키고 있었다.

"오늘 겨우 지각을 면했군."

나는 출근부를 펼쳤다.

내 이름 석 자가 네모난 칸에 무수히 갇혀 있었다. 나는 출근부에 도장을 꾹 눌러 찍고 돌아섰다.

"민 차장님, 신성 건 빨리 결재해주세요."

홍 과장이 서류를 뒤적거리며 말했다.

"알았어."

나는 짧게 대꾸하고는 머리를 의자 등받이에다 뉘었다.

"민 차장, 어제 연변 손님과 같이 많이 마신 모양이지?"

국제영업2부 장선우 차장이 말했다.

"말 마. 3차까지 갔다니까. 연변 그 손님 술이 얼마나 센지 내가 아주 고전했어."

내가 눈을 감으며 대꾸했다.

"민 차장님, 전환데요. 연변서 온 왕삼종 씨랍니다."

잠결에 얼핏 정양의 목소리가 들렸다. 나는 벌떡 일어나 송수화기를 집어 들었다.

"하아, 어제저녁에 집엔 잘 들어가셨습니까? 별일 없이 잘 들어 갔다고요. 하아, 그래요. 그럼 12시까지 제가 그곳으로 가겠습니다."

왕삼종의 정중한 목소리가 수화기에서 사라졌다.

나는 중국 관계 서류를 챙겨 상무실로 갔다.

"민 차장, 어제 왕삼종 씰 만났다면서요?"

〈한국경제신문〉을 뒤적거리고 있던 강 상무가 말했다. 그는 언제나 활발한 태도로 길쭉한 얼굴에 웃음을 머금고 수다를 떨곤 했는데, 오늘은 웬일인지, 얼굴이 잔뜩 굳어 있었다.

"예. 늦게까지 술자리를 같이하며 많은 이야기를 나눴습니다."

내가 손가락을 꼼지락거리며 대꾸했다.

"아, 그래요? 수고했군요. 그런데 민 차장도 알다시피, 앞으로 광고 시장이 전면 개방되면 우리 회사 사정이 점점 어려워진다는 건 불을 보듯 뻔한 일이 아니오. 이번에 우리가 중국에 힘을 쏟고자 하는 것도 그 타개책의 일환이오. 옥외광고가 힘들면 우선 매체 광고부터 시작해서, 교두보를 마련해 보도록 합시다. 내가 이번에 유럽 쪽을 돌아보고 올 텐데 그때까지 중국 건을 마무리 짓도록 하세요. 이번 일은 전적으로 민 차장만 믿겠소."

강 상무가 말을 끝내고는 담배를 피워 물었다.

"알았습니다. 왕삼종 씨와 오늘 점심식사를 같이하기로 했습니다. 최선을 다해 계약이 이루어지도록 노력하겠습니다."

내가 고개를 숙여 보였다.

내가 상무실에서 나오자, 소파에 앉아 있던 왕삼종이 벌떡 일어섰다. 서울에서는 교통난 때문에 약속 시간보다 한 시간 먼저 떠나야 한다기에 좀 여유를 두고 나왔다며 그가 웃었다.

"잘하셨습니다. 좀 이르긴 한데 우선 나가서 점심부터 듭시다."

내가 윗옷에서 지갑을 꺼내 바지 주머니에 찔러 넣으며 말했다.

"왕 선생님, 초밥 좋아하십니까?"

내가 엘리베이터에서 내려섰다.

"밥이라면 전, 아무거나 잘 먹습니다."

왕삼종이 웃으며 대꾸했다.

"초밥집이 이 근처에 있는데 음식맛이 괜찮습니다."

내가 고개를 돌려, 왕삼종을 바라보았다.

우리는 일본식으로 정원을 꾸며 놓은 식당 안으로 들어가 식탁 앞에 앉았다.

"넓적한 접시에다 음식을 조금씩 담아 내오는 일식은 시각적으로도 우리 한식과는 다른 것 같고, 갖은양념을 다 쓰는 우리 한식과는 맛 또한 다른 거 같습니다."

내가 말했다.

"그런데, 제가 서울 와서 느낀 건데요, 서울 사람들은 외제를 좋아하는 거 같습니다. 음식도 일식이 범람하더군요."

잠자코 앉아 있던 왕삼종이 한마디 했다.

"…저도 모르는 사이에 일식에 길들여진 게 아닌지 모르겠어요. 이렇게 우리가 일식을 자주 먹다 보면 우리 맛을 잃어버리지나 않을까 걱정도 들고요."

내가 젓가락질을 하며 말했다.

"하, 하, 하. 먹는 게 무슨 죄가 있습니까. 일식을 들되, 민족 자존심만 잃지 않으면 되겠지요."

왕삼종이 국물을 입에 떠넣었다.

"민족 자존심이라고요? 거 참. 잃은 거 같기도 하고, 그렇지 않은 거 같기도 하고…."

내가 말끝을 흐렸다.

"민족 자존심 얘기가 나왔으니 말이지요, 오늘 아침 신문을 보고 나는 기분이 아주 좋았습니다. 김해 대성동고분 발굴로 일본으로부터 임나일본부설의 공식적인 폐기를 끌어냈다지요."

왕삼종이 말을 끊었다.

"아, 그 기사를 보셨군요. 김해 대성동고분 발굴은 가락국의 정치적 위상과 관련하여, 주목을 끄는 유물들이 많이 나왔지요. 각종 무기류와 관련 장비 등, 전쟁 관련 장비의 다량 출토는 가락국이 당시

고도로 정비된 강력한 군대를 보유한 정치 집단이었다는 사실을 확인시켜 주고 있다지요. 그동안 가락국 옛땅에서 이렇다 할 유물이 출토되지 않아, 가락국이 정말 김해에 있었는가 하는 문제가 학자들 사이에서 쟁점이 되기도 했지요."

나는 미소를 머금고 왕삼종을 바라보았다.

"그게 어디 한국 학자들만 그렇겠습니까. 이노우에 히데오(井上秀雄), 스에마스 야스카즈(末松保和), 이마니시 류(今西龍) 같은 일인 학자들도 우습게 된 꼴이지요. 1907년에 이마니시 류는 김해의 봉황대 언덕의 김해 패총(貝塚)에서 일본 야요이시대~고분시대에 사용했던 토기와 유사한 고고학 자료들을 발견했어요. 김해는 일본열도가 가까운 지역 아닙니까? 대한해협을 사이에 두고 가야와 일본이 교역을 하는 건 자연스러운 일이지요. 하지만 일본 학자들은 김해 패총에서 출토된 일본계 고고학 자료들이 『일본서기(日本書紀)』에 기술되어 있는 임나일본부를 상징한다고 단정했어요. 그, 이후 30여 년 동안 수많은 일본 학자가 김해로 몰려가 김해 패총을 조사했지요."

왕삼종이 말했다. 그는 역사 잡지의 편집자답게 고대사에도 밝았다.

"이노우에 히데오를 비롯한 일본 학자들의 주장은 대체로 고대 일본이 한반도 남부를 경영했다는 이야기인데, 한국과 중국 사서(史書)에 나타나는 3~5세기의 왜(倭)를 일본열도를 통일한 야마토(大和) 조정으로 볼 수 있느냐 하는 점과 과연 4~5세기에 일본의 정치 세력이 한반도 남부를 지배할 만한 힘이 있는가 하는 문제가 주요 쟁점이었는데, 이번에 발굴된 대성동고분은 확실한 해답을 준 거죠."

내가 말했다.

우리의 이야기는 대성동고분과 김해 패총에서 '가야'라는 말의 기원에 대해서까지 이어나갔다.

"동아시아의 사서에 구야국·구야한국·가락국·가야국·대가락·대가야·임나·임나가라 등의 이름으로 기록되어 있는 '가야'라는 말의 기원에 대해서는 여러 가지 설이 있지요. 가야 여러 나라가 낙동강 유역에 위치해 있었으므로 '가람', 또는 '갈래'의 뜻을 갖고 있다고 보는 설, 바닷가에 위치했다는 의미의 '갓나라(邊國)'에서 왔다는 설, '가나(駕那)'에서 온 것으로 보고, 가야 사람들이 쓰는 뾰족한 고깔에 그 기원을 두고 있다는 설, 한국어의 '겨레', '갈래'가 음운 변화로 가야가 됐다는 설, '신국(神國)', '큰 나라'의 뜻을 갖고 있는 '간나라'가 변했다는 설, 개간한 평야를 뜻하는 '가라(Kala)'에서 왔다는 설, 성읍(城邑)이란 의미의 '구루(溝婁)'에서 왔다는 설, 가락과 가야는 모두 '물고기'라는 뜻의 고대 남인도 드라비다 계통의 말로 '가락'은 구(舊) 드라비다어로 '물고기'를 뜻하는 것이고, '가야'는 신(新) 드라비다어로 '물고기'라고 보는 설 등이 있지요."

내가 잠시 말을 멈추고 엽차잔을 앞으로 당겼다.

"그 가운데 가락과 가야라는 말의 기원이 물고기라는 것은 쌍어(雙魚)가 드라비다 문화권에 속하는 판디아 왕국의 상징이었다는 점에서 주목됩니다. 두 마리의 물고기는 한 쌍의 물고기라는 뜻의 쌍어, 또는 신성한 물고기라는 뜻의 신어(神魚) 등으로 표현하고 있습니다. 메소포타미아 문명을 이룩한 수메르인들은 점토판에 쌍어를 새겨 놓았고, 기원전 1천2백 년경 북부 메소포타미아에 정착한 아시리아인들이 아시리아 문화를 꽃피우기 시작할 때 쌍어를 만물을 보호하는 신으로 숭배했습니다. 두 마리 물고기를 숭배하는 쌍어 신앙은 기원전 1894년에 건국한 바빌로니아 시대에도 계속되어 왕권의 상징처럼 쌍어문(雙魚紋)이 유행했습니다. 함무라비가 엘람·아시리아·마리·라르사를 정복하고 메소포타미아 지역을 석권하자, 바빌로니아는 강력한 제국으로 떠올랐습니다. 바빌로니아의 지배를 받던 민족들의 이동으로 쌍어 신앙이 서쪽으로는 지중해로, 동쪽으로는 페르시아로 퍼져나가게 되었습니다."

왕삼종이 증언이라도 하듯 가다듬은 목소리로 말했다.

"쌍어문에 대해 어떻게 그리 소상하게 아십니까?"

내가 엽차잔을 다탁에 내려놓으며 물었다.

"하하, 쓰촨성(四川省) 국가문물국(國家文物國) 산하 변강민족연구소(邊疆民族硏究所)에서 쌍어문에 관한 연구를 진행하고 있는데, 우리 조선족자치주 인쇄출판부 역사춘추와 교류가 있거든요."

왕삼종이 말을 끝내고, 엽차잔을 끌어당겼다.

"그래요? 쌍어문에 대해 관심이 많은가 보군요."

내가 말했다.

"쓰촨성 국가문물국들이 쌍어 신앙에 대해 사업을 펼치고 있습니다. 쓰촨성 안웨현(安岳縣) 일대에는 허씨(許氏) 집성촌이 있는데, 그곳의 보주(普州) 허씨 사당 대문에는 쌍어문이 그려져 있어요."

왕삼종이 말했다.

""쌍어문이요?"

"네. 물고기 두 마리가 서로 마주보는 그림이 그려져 있지요."

"놀라운 일이군요. …쌍어 신앙이 서역에서 인도로 퍼져 나갔던 거 아닐까요?"

내가 아유타국을 떠올리며 물었다.

"…기원전 8세기부터 기원전 3세기 사이에 유럽 남동쪽 끝에 있는 거대한 내해(內海)인 흑해(黑海)를 근거지로 일어난 기마민족인 스키타이인들은 기원전 5세기부터 기원후 3세기 사이에 번영했습니다. 그들은 물고기 한 쌍을 그린 부적을 말의 이마에 달고 다녔고, 물고기 한 쌍의 무늬를 말안장에 장식해 다녔습니다. 그들을 통해 쌍어 신앙은 중앙아시아와 알타이 산악지대의 유목민들에게 퍼졌습니다. 기원전 3세기부터 기원후 3세기 사이에 쌍어 신앙은 남인도에 존속했던 판디아 왕국과 북인도에 존속했던 아유타국에 퍼져 나갔습니다. 기원 전후에 발흥한 귀상(貴霜, 큐산) 세력의 침입으로 아유타국이 크게 흔들렸습니다."

왕삼종이 말했다.

우리의 이야기는 쓰촨성의 쌍어문 이야기를 거쳐 아유타국 쌍어문 이야기에 머물렀다가 한국의 쌍어문 이야기까지 이어져 나갔다.

"가락국 권역이었던 낙동강 하류 지역에 신어산(神魚山)·만어산(萬魚山)·어곡산(魚谷山) 등 물고기 '어(魚)' 자가 들어간 산이 많은 것이 물고기 숭배 신앙과 무관하지 않다고 볼 수 있습니다."

내가 말했다.

"…하하, 우리의 가야사 이야기는 끝이 없군요. 저는 오늘 무척 기쁩니다. 이렇게 우리 역사를 잘 아는 분과 사업할 수 있다는 게 무엇보다도 기쁩니다. 우리 연변 조선족자치주 주정부 인쇄출판부와 세계종합광고회사가 계약을 체결할 수 있도록 힘써보겠습니다."

왕삼종이 너털웃음을 터뜨렸다.

"감사합니다. 선약이 없으시면 저와 같이 중앙박물관에 가셔서 가야유물특별전을 관람하시는 게 어떻습니까?"

내가 냅킨으로 입가를 훔쳤다.

"좋습니다. 오늘은 전 약속이 더 이상 없습니다."

왕삼종이 자리를 털고 일어섰다.

중앙박물관 중앙홀에는 많은 사람으로 붐비고 있었다.

"저쪽인가보군요."

왕삼종이 가리키는 곳에 '신비의 왕국 가야유물특별전'이라고 붉은 천에 씌어져 있는 것이 보였다. 나는 가슴이 조금씩 떨려오고 있었다. 전국의 국공립 박물관, 사설 박물관, 대학 박물관에 흩어져 있는 가야 유물을 한곳에 모아 전시하기는 이번이 처음 있는 일이었다.

제1전시실에는 주로 철기 유물이 전시되어 있었다.

철을 제련할 때 쓰던 도구와 집게, 쇠망치가 나란히 놓여 있었다. 그 옆으로 전투할 때 말을 보호하기 위해 사용한 말머리가리개(馬面胄), 말재갈, 말안장, 은행잎 모양 말 장식인 행엽(杏葉) 등이 자리 잡고 있었다.

"저것 좀 보세요. 그 당시 농업 생산력도 대단했을 겁니다."

말갖춤(馬具) 옆에 진열되어 있는 농경구(農耕具)들을, 내가 가리켰다.

"호미·도끼·칼·쇠스랑·낫… 대단하군요. 요즘 관점으로 봐도 농경구가 상당히 발달했던 셈이죠."

왕삼종이 나를 바라보며 말했다.

우리는 어느새 가야의 무기류를 전시해 놓은 곳에 와 있었다. 큰 칼(大刀)·세가닥창(三枝槍)·낫(鎌)·가지창(皆枝戟)·쇠판갑옷(鐵製短甲)·목가리개(頸甲)·투구 등 잘 발달한 무기류가 가야가 주위의 강력한 정복 국가인 백제·고구려·신라 곁에서 6세기까지 나라를 유지할 수 있었던 힘의 원천이 어디였던가를 가르쳐주고 있었다.

"왕 선생님, 저기 저 오르도스형청동솥(銅鍑)을 자세히 보세요. 저 오르도스형청동솥은 입구 부분에 손잡이가 달려 있지요. 이건 청동 솥 허리 양 옆부분에 손잡이가 달린 중국식 계통과는 다른 거지요. 저 오르도스형청동솥은 북방의 스키타이계 기마민족이 한반도 남부 김해로 내려왔다는 증거가 될 수도 있겠지요."

우리는 최근 김해 대성동고분에서 발굴된 유물 앞에 발걸음을 멈춘 채 움직이지 않고 있었다. 소용돌이모양청동기(巴形銅器)·원통형청동기(筒形銅器)·방격규구사신거울(方格規矩四神鏡), 그리고 오르도스형청동솥이 유리 저편에서 우리를 향해 손짓하고 있었다.

"이렇게 문화가 발달되었던 가야 왕국을 여섯 개 부족 국가 연맹을 이룬 부족 집단으로 알고 있는 사람들이 아직까지 있으니…."

주로 토기류가 전시되어 있는 제2전시실을 빠져나오면서 내가 말했다.

"아까 제2전시실에서 보니까, 수레바퀴 모양 토기가 있던데, 그건 가야 시대에 이미 쇠로 만든 바퀴를 사용하는 수레가 있었다는 얘기가 아닙니까?"

왕삼종이 상기된 표정으로 말했다.

"그렇군요. …배가 출출할 텐데, 저기 가서 간단히 뭘 먹으면서 이야기를 나누죠."

내가 출판문화회관 옆의 광화문식당을 가리켰다.

텔레비전에서 밀양아리랑이 긴 여음을 끌면서 아리랑 고개로 넘어갔다. 물방울무늬 원피스 차림의 종업원이 다가오자, 나는 손칼국수를 시켰고, 왕삼종은 냉면을 시켰다,

"저 친구, 현승준 아냐?"

나는 텔레비전 화면에 눈길을 꽂으며 말했다.

"아는 사람입니까?"

왕삼종이 물었다.

"네, 저하고 대학 동기인데 최근에 출간한 『가야사신연구』로 사학계의 주목을 받고 있죠."

내가 종업원이 가져온 냉면을 왕삼종 앞으로 밀어 놓으며 대답했다.

1914년에 김용규가 펴낸 『김해김씨선원보략(金海金氏璿源譜略)』에 보면 가락국의 시조이자, 김해김씨의 시조인 수로왕의 여러 아들과 딸에 관하여 전해져 오는 이야기가 실려 있는데 그 이야기는 이

러합니다. "수로왕과 왕비 허황옥은 열 명의 아들이 있었는데, 맏이 거등은 왕위와 김씨 성을 잇고, 아들 둘은 어머니 성을 따라 허씨 성을 계승하였으며, 나머지 일곱 아들은 "세상을 비관하여 하늘로 올라갔다(厭世上界염세상계)"고 합니다. 그리고 거첨(居添)이라는 아들은 봉군(封君)되어 거첨군(居添君)이라 하였습니다. 또 거등왕의 아들 주(仚)도 진세(塵世)가 쇠(衰)함을 보고 신녀(神女)와 함께 "구름을 타고 떠나가 버렸다(乘雲離去승운이거)" 합니다. 오랜 유래를 가진 이 전승에서 "세상을 비관하여 하늘로 올라갔다", "구름을 타고 떠나가 버렸다"가 시사하는 바가 작은 것이 아니고 열한 번째 아들이 되는 셈인 거첨이 일본 천손강림설화(天孫降臨說話)의 소호리(添)와 비슷한 것도 가락국 수로족의 일본 이동과 관련하여 주목된다고 하겠습니다.

현 교수의 뾰족한 턱끝이 화면에서 사라졌다.

3

"어제 보낸 팩스 받으셨습니까? …아, 네네, 뭐라고요? …모스크바 붉은 광장 빌보드 설치 건은 보류되었다구요."

나는 송수화기를 내려놓았다. 나의 입 언저리는 경련이라도 인 듯 실룩거리고 있었다.

"이거 광고쟁이 노릇 해 먹겠어. 국내 시장은 전력 수급 문제 때문에 옥외광고는 더 이상 허가를 따내기가 어렵고… 게다가 농성이다, 파업이다, 선거다, 하루도 조용한 날이 없으니…."

"차장님, 걱정하지 마세요. 이제 선거도 끝났고 했으니… 시국이 안정될 거에요. 광고라는 게 시국의 흐름을 잘 타는 게 아닙니까. 아무래도 붕 떠 있는 현 시국이 가라앉으려면, 이 여름이 다 지나가야만 될 거 같아요. 걱정 마시고 휴가 계획이나 잘 짜십시오. 다 잊으시고 휴가 다녀오시면 모든 게 풀릴 겁니다."

홍 과장이 서류철을 정리하며 말했다.

"아무래도 그래야겠지. …기다리는 수밖에. 신성 건은 왜 그리 말썽이지… 음, 상무님은 지금쯤 파리에 도착해 계시겠지."

내가 낮은 목소리로 말했다.

"민 차장님, 이번 휴가 어디로 가실 거예요?"

홍 과장이 궁금하다는 듯이 물었다.

"글쎄, 김해 지방으로 가 볼까 해."

내가 말했다.

"김해요? 김해에 뭐 보실 게 있다고 가시는 겁니까?"

홍 과장이 짙은 눈썹을 다소곳이 치켜올리며 말했다.

"홍 과장이 뭘 모르는군. 김해라는 데는 우리나라 고대사의 미싱링크(missing link) 같은 곳이야."

내가 홍 과장에게 디렉터리를 건네주며 말했다.

"미싱 링크…? 잃어버린 고리…계열의 완성에 결여된 부분?"

홍 과장이 디렉터리를 받으며 고개를 갸웃거렸다.

사흘 후 나는 아내와 함께 부산행 새마을호 열차를 탔다.

"당신 나이가 지금 몇인데, 아직도 미련을 못 버리고 있는 거예요? 사학(史學)이란 굶어 죽을 각오를 하고 하는 학문이라고 당신이 늘 입버릇처럼 말했었잖아요."

아내가 눈꺼풀이 두꺼운 눈을 할기족거리며 말했다.

"그땐 그랬어. 사학과를 나와서 어디 취직이 되었어야지."

내가 대학원 진학을 포기하고, 밥벌이를 위해 들어간 곳이 대성기획이라는 광고회사였다. 대학 졸업 후 첫발을 디딘 곳이 광고회사인지라, 나는 구두 뒤창 수십 개가 다 닳도록 광고회사만 돌아다녔던 것이다. 명동에서 여의도로, 여의도에서 강남으로 회사를 옮겨 다니면서 나는 나 자신이 닳아빠진 구두 뒤창 신세와 같은 것이 아닌가 하는 생각을 하곤 했다.

"참, 여보, 요즘 광고업계가 어렵다는데 당신이 다니는 회산 괜찮아요?"

"그러잖아도 말하려 그랬는데… 여름휴가가 끝나면 잡지사로 옮기기로 얘기가 진행되고 있어."

"그래요? 무슨 잡지사인데요?"

"역사문화사라고… 역사 교양물을 주로 다루는 역사 잡지사야."

"당신 나이도 먹어가는데 발로 뛰는 일을 주로 하는 게 아니겠지요?"

아내가 근심스러운 얼굴로 물었다.

"잡지사니까 발로 뛰어 취재하는 일도 많겠지만, 해외광고업체만큼 빡세지는 않을 거야."

내가 목소리에 힘을 주어 말했다.

"여보, 가야의 역사는 우리나라 고대사에서 가장 밝혀지지 않은 거 중의 하나라면서요?"

차장 밖을 바라보고 있는 나의 어깨를 지그시 누르며 아내가 말했다.

"응, 그렇지. 문헌 사료가 거의 없으니까."

내 목소리에 생기가 돌았다.

"근데 당신은 가락국이 문헌 사료가 거의 없는데 어떻게 '가락국'을 쓸 생각을 했어요?"

"재작년 봄 대학 동창 만나러 동대문에 나갔다가 오는 길에 청계천 고서점에 들렀다가 『신라사연구』라는 책을 한 권 발견했지. 그 책에 실려 있는 논문 「가야사의 신고찰」에는 금관가야(가락국)에 대해 통설과는 전혀 다른 학설이 기술되어 있었어. 『삼국지(三國志)』
「위서(魏書)」 오환선비동이전(烏丸鮮卑東夷傳)에 나오는 변진구야국
은 경상남도 김해에 있었던 게 아니라, 경상북도 고령에 있었으며,
금관가야는 실제로 가야의 맹주 노릇을 하지 못했고, 『삼국유사』에
나오는 6가야 중 가장 약체로 '보잘것없는 작은 나라'라고 기술되어
있었어. 그 논문은 보잘것없는 금관가야가 맹주국(盟主國)으로 표현
된 것은 문무왕의 외가요, 흥무왕 김유신의 고국이었기 때문이라고
주장하고 있었어."

"중고등학교에서는 전기가야연맹의 맹주국은 김해의 금관가야이
고, 후기가야연맹의 맹주는 고령의 대가야라고 가르치고 있잖아요."

"그렇지. 가락국이 '보잘것없는 작은 나라'가 아니라는 걸 고고학
자료를 통해 실증적으로 밝혀준 학자는 김해의 대성동고분군 발굴
을 이끈 신경철 교수였어. 가락국이 보잘것없는 나라가 아니었다는
증거는 대성동고분에서 출토된 고고학 자료들이 말해주고 있어. 김
해를 중심으로 한 낙동강 하구 일대에서 가야 문명의 꽃을 피운 가
락국이 3~4세기 대에는 가야 소국들 중 최강자였으며, 5세기 이후
에도 다른 가야 소국들과 병립하고 있었다는 것을 말해주고 있지.
문헌 자료가 절대적으로 부족한 가야사 연구에서 고고학적 기반이
없이 연구하면 모험적이라는 걸, 「가야사의 신고찰」이라는 논문이
말해주고 있는 거지."

내가 말했다.

"그럼 당신은 문헌 자료가 절대적으로 부족한 가락국 이야기를
고고학 자료를 기반해서 중편소설 '가락국'으로 완성했어요?"

아내가 말했다.

"응, 고고학 자료만을 기반해서 '가락국'을 완성한 건 아니고 상
상력을 바탕으로 해서 초고를 끝내고, 퇴고를 하고 있어."

내가 말했다.

"퇴고를 하고 있으면 다 쓴 거나 마찬가지네요."

우리가 부산역에 내려 버스로 갈아타고 김해 시가지에 들어섰을 때, 가락국 시조 수로왕의 탄강신화가 서려 있는 구지봉 위로 태양이 잔광을 흩뿌리고 있었다.

나는 부산역 대합실 가판대에서 산《주간 동양》에 머리를 박고 있었다.

대학에서 흉노 문화와 동서 문화 교섭사를 전공한 동양사학자 에가미 나미오(江上波夫)가 주장한 기마민족설이 김해 대성동고분에서 출토된 고고학 자료로 입증되었다는 것이다. …전부터 가야의 도성(都城) 소재지가 김해의 금관가야라고 주장하는 학설과 고령의 대가야라고 주장하는 학설이 대립되어 왔는데, 대성동고분 발굴로 금관가야라는 것이 분명하게 밝혀졌다. 그러면 왜 금관가야라 했을까. 가야와 가락은 같은 말이며 토착 한족(韓族)을 뜻한다. 금(金)은 동북아시아의 호족이 왕이 되었을 때 일컫게 되는 왕가의 성(性)이고, 관(官)은 왕국이 있는 곳이라는 뜻으로, 말하자면 금이라는 왕가의 성, 금을 일컬을 수 있는 왕의 나라라는 뜻을 나타낸 것이라고 생각한다. 에가미 나미오의 학설을 읽어 내려가며, 나는 호흡이 점점 거칠어졌다.

4세기 무렵 퉁구스 계통의 북방 기마민족 일파가 한반도로 남하해 겐카이나다(玄界灘)를 건너 북 규슈(北九州)에 한·왜 연합왕국을 만들었다는 기마민족설을 제기했던 에가미 나미오는 종래 일본 학자들의 주장과는 반대로 김해에 도성을 둔 금관가야가 일본 규수(九州)로 건너가 쓰쿠시(筑紫) 지방을 정복한 후 한왜(韓倭) 연합왕국을 세우고 김해에 임나일본부를 두었다는 것이다. 북방 기마민족이 한반도 거쳐 일본열도 정복했다고 주장하는 기마민족설이라는 게 분명히 임나일본부설의 변종이 아닌가. 기마민족설은 일본이 한반도를 식민 지배한 것을 미화하는 논리였다. 대성동고분에서 벽옥제(璧玉制) 석제품(石製品)과 토기 등 일본계 유물이 출토된 것은 김해가 일본과 지리적으로 가까운 지역이기 때문에 가야와 왜가 교류했다는 증거일 뿐인 것이다.

"아니 뭐라고. 한왜 연합왕국의 창시자인 숭신 천황(崇神天皇)의 묘가 김해에 있을는지도 모른다고?"

나는 자꾸 침을 삼키며 고개를 쳐들었다.

버스의 차창으로 야트막한 산줄기가 솟아올랐다, 사라졌다. 나는 그날 현 교수가 텔레비전 화면에 얼굴을 들이밀고 하던 말을 떠올렸다. 신녀(神女)와 함께 구름을 타고 진세(塵世)를 떠나가다니… 나는 구름을 타고 진세를 떠나간 왕자 주(仙)의 생각에 깊이 빠져들어 갔다. 나는 지난 세월이 너무나 허망하다고 생각했다. 광고회사 차장 민기오가 아니라, 사학자 민기오로 지금 이 여행을 하고 있다면 얼마나 좋을까 하고, 속으로 뇌까렸다.

우리는 버스에서 내리자, 김해 시외버스 터미널에서 가까운 가야장에 여장을 풀고 저녁 식사를 했다. 목욕을 하고 나자 피로가 엄습해 왔다.

"여보, 나 먼저 누울게."

얼마쯤 시간이 흘렀을까.

가야 무사들이 말을 타고 달리는 소리가 귓가로 몰려오고 있었다.

텔레비전 카메라가 계속 돌아갔다.

에가미 나미오는 대성동고분 덧널무덤(木槨墓)에서 쏟아져 나온 유물들이 일본 왕실의 뿌리가 금관가야 왕실이었음을 밝히는 고고학적 증거라고 주장하고 있습니다. 동시에 에가미 나미오는 자신의 마지막 미싱 링크(missing link)가 메워졌다고 주장하며 몽골 지역에서 만주·한반도를 거쳐 일본열도까지 뻗어나간 기마 문화의 잃어버린 고리가 김해 대성동고분의 발굴유물로 충족됐다고 말하고 있습니다.

그때 내가 벌떡 일어나 이것이 에가미 나미오의 기마민족설을 정설로 받아들일 수 없다는 것을 입증할 수 있는 고고학적 증거라고 말했다. 붉은(朱) 칠을 한, 거대한 덧널무덤 앞에서 기자들을 향해 오르도스형청동솥을 들어 보였다.

텔레비전 카메라가 나를 향했다고 느끼는 순간, 전화벨이 방 안에 빼곡히 들어차 있는 적막을 무너뜨렸다.

"민 차장이오? 휴가 중인데 미안하오. 근데 붉은 광장의 빌보드 건은 어떻게 된 거요? 당장 휴가를 취소하고 회사로 올라가 빌보드 건을 다시 추진하세요."

나는 엉거주춤하게 선 채 강 상무의 말소리에 따라 납신거리고 있었다.

가락국

1

가락국이라는 소국(小國)이 동아시아사에 처음 나타나는 것은 서기 42년이다. 가락국은 사서(史書)에 가야 · 금관국 · 남가야(南加耶) · 대가락(大駕洛) · 가야국 · 임나가라 · 가라 · 남가라 · 금관가야라는 이름으로 나타난다.

서기 43년(수로왕 2년) 봄 정월이었다.

"짐이 도성을 정하여 설치하려고 한다."

수로왕이 좌중에 둘러선 구간(九干)들을 향해 말했다.

이내 수로왕은 수레를 타고 임시 궁궐의 남쪽 신답평(新畓坪)으로 갔다. '신답평'은 '한전(閑田)을 새로 일구어 논(畓)을 만든다'는 뜻을 가졌으며, 평(坪)은 '들'을 의미한다.

"이곳은 땅이 마치 여뀌잎과 같이 공간이 좁고 작지만, 지세가 빼어나기 그지없다. 16나한이 살 만한 곳이다. 더구나 1로부터 3을 이루고, 3에서 7을 이루는 원리가 있는데, 이는 숫자 1을 상징하는 물(水)로부터 3을 상징하는 나무(木)가 나오고, 그 나무에서 숫자 7을 상징하는 불(火)이 생긴다는 뜻인지라 일곱 분의 성인(聖人)이 머물 만한 곳으로 여기가 가장 알맞다. 이 땅을 개척 해서 강토를 정하면 나중은 참으로 좋은 곳이 될 것이다."

사방의 산악을 응시하는 수로왕의 두 눈이 예사롭지 않았다.

나라 안의 장정 · 인부 · 기술자들을 두루 징발하여 신답평으로 모이게 하여 1천5백 보 둘레에 나무 기둥을 세우고, 다듬은 돌을 계단식으로 쌓아 올린 다음 흙을 켜로 다져가며 쌓아 올렸다. 봄 3월 10일에 이르러 나성(羅城)의 축조를 마쳤다. 그리고 나서 터를 마련해 두었던 궁궐 · 관사 · 무기고 · 곡식 창고는 농사일이 바쁘지 않은 때를 기다려 그해 겨울 10월부터 비로소 공사를 시작했다. 그 이듬해인 서기 44년 봄 2월에 건축물의 공사를 다 끝냈다. 수로왕은 좋은 날을 택하여 왕이 정사를 보는 궁궐을 가락전이라 이름 붙였다. 그곳에서 수로왕은 여러 가지 정사를 처리하고 일반 사무도 힘껏 보살폈다.

서기 45년 어느 날이었다. 봉황성 모래언덕 인근의 부두에 낯선 병선(兵船) 한 척이 와 닿았다. 수로왕이 가락국을 다스린 지 3년째가 되는 해의 일이었다. 탈해는 병선에서 내려 도로를 따라 걸어갔다. 도로는 부두에서 똑바로 뻗어 봉황성과 만나고 있었다.

돈대(墩臺) 위의 쇠부리터에서 연기가 가느다랗게 피어올랐다.

어절씨구 불매야 저절씨구 불매야
한마음 한 몸 불어주소 쿵덕쿵덕 디뎌주소
어절씨구 불매야 저절씨구 불매야

불매 노래가 바닷바람에 실려 퍼져 나갔다. 숯장이들이 바소쿠리에 한 짐씩 지고 온 목탄(木炭)을 토독에 쏟아부었다. 수건을 이마에 질끈 동여맨 불매꾼들이 거친 숨을 몰아쉬며 연방 풀무를 밟아 바람을 냈다. 토독 위로 시커먼 연기가 솟아올랐다.

"쇠 넣어라."

골편수의 카랑카랑한 목소리가 돈대를 울렸다.

잘 달아오른 화덕처럼 이글거리고 있는 토독 안에 쇠장이가 바소쿠리에 한 짐씩 지고 온 철광석을 쏟아부었다. 토독에서 시뻘건 불길이 치솟아 올랐다. 키가 작달막한 쇠장이가 열기를 피해 주춤거리며 뒤로 물러섰다. 스스로를 안차고 다부지다고 자부하는 탈해가 흘깃흘깃 쇠부리터를 쳐다보며 돈대를 지나 봉황성으로 향해 갔다. 완하국 병사들이 그 뒤를 따랐다.

"돈대에 있는 쇠부리터가 예사롭지 않습니다. 토독 옆에 쌓여 있는 게 토철이 아니라 철광석인 것 같았습니다."

광대뼈가 도드라진 병사가 근심 어린 눈으로 쇠부리터를 뒤돌아보며 말했다.

"음, 물금 철광산에서 가져온 게 틀림없어."

탈해가 신음하듯이 말했다. 그는 햇볕에 그을린 얼굴에다 떡 벌어진 어깨를 가지고 있었다.

탈해 일행이 곧 성문 앞에 도착했다. 물고기 두 마리가 서로 마주보는 문양이 새겨져 있는 성문에 탈해의 시선이 꽂혔다.

"성문을 좀 열어주시오."

탈해가 고개를 앞으로 내밀며 말했다.

"어디서 왔소?"

성벽 위에서 창을 든 병사가 내려다보며 소리쳤다.

"완하국에서 왔소이다."

부리부리한 눈의 병사가 말했다.

"완하국에서 무슨 일로 왔소?"

창을 든 병사의 말끝이 암팡졌다.

"수로왕을 만나 뵙고자 왔소이다."

탈해가 말했다. 말소리의 끝이 뾰족하게 날이 서 있었다.

"기다려 보시오."

성벽 위에서 창을 든 병사가 사라졌다. 얼마 후 파수대장이 방패와 창을 든 병사들과 함께 성문을 열고 밖으로 나와 탈해 일행을 맞았다.

"따라오시오."

탈해는 옹골차고 든직한 파수대장을 따라 가락전으로 갔다.

"무슨 일 때문에 나를 만나러 왔는가?"

꼿꼿한 자세로 어좌(御座)에 앉아 탈해를 내려다보며 수로왕이 드레지게 말했다.

"크흠, 왕의 자리를 빼앗으러 왔소."

탈해가 목 가다듬을 한 번 하고 말했다.

"……."

탈해를 내려다보는 수로왕이 이맛전을 으등그렸다.

"왕의 자리를 빼앗으러 왔다는데 왜 답변이 없소?"

탈해는 끓어오르는 화가 목울대까지 차올랐다. 화를 가까스로 눌러 참았다. 눈어염의 힘살이 미세하게 떨렸다.

"…어째서 왕의 자리를 빼앗으려 하는 건가?"

수로왕의 눈씨가 서릿발 같았다.

"물금 철광산이 탐이 나기 때문이요."

탈해가 말을 끝내고 손가락으로 관자놀이를 눌렀다.

"하늘이 나에게 명해서 왕위에 오르게 하여 장차 나라를 안정시키고 백성들을 편안하게 하도록 하였으니 감히 하늘의 명을 어기고 왕위를 그대에게 넘겨줄 수 있겠는가? 또한 내 나라와 백성을 그대에게 맡길 수 없다."

탈해를 가납사니로 여긴 수로왕이 치밀어 오르는 속을 꾹 누르며 말했다.

"그러면 항해술로 겨루어 승부를 결정합시다."

탈해가 흰 이를 내밀어 말했다.

"그렇게 하든지요."

탈해의 말을 귀 넘어 듣던 수로왕이 남의 이야기하듯이 대꾸했다. 그의 얼굴에 범접할 수 없는 기운이 감돌았다.

탈해가 궁궐 밖으로 나갔다. 성문 앞에서 기다리고 있던 병사들이 창을 들고 천천히 걸음을 뗐다. 바다 위에 떠 있는 병선들의 돛대에 매달린 붉은 돛이 바닷바람에 펄럭였다. 쌍어문(雙魚紋)이 새겨진 붉은 깃발을 펄럭이며 병거(兵車)가 왕궁 쪽으로 다가오고 있었다. 칼과 창으로 무장한 가락국 군사들이 말을 타고 그 뒤를 따랐다. 행렬이 자못 길고 기세가 위엄이 있고 씩씩했다.

"수로왕과 왕위를 두고 다툰다는 일은 참으로 난망한 일이야. 우렁잇속 같은 수로왕의 마음속을 도무지 알 수가 있어야지. 가락국에서 머뭇거리다가는 목숨을 부지하기 어렵겠군."

오른손으로 목울대를 쓰다듬는 탈해의 목소리는 단단한 몸에서 나오는 역정답지 않게 조금 쉰 듯하고 거친 느낌이 있었다.

"붉은 깃발을 펄럭이며 왕궁으로 가는 병거가 예사롭지 않았습니다."

광대뼈가 도드라진 병사가 창을 고쳐잡으며 말했다.

탈해는 물길 옆 돈대로 가지 않고 부두로 갔다. 그곳에는 완화국의 수군들이 타고 온 병선 한 척이 정박해 있었다. 탈해는 중국 배가 다니는 물길을 따라 떠나려 했다. 망산도 인근 해역에 완화국 수군의 병선 수십 척이 닻을 내리고 있다는 보고를 들은 수로왕은 탈해가 창해 연안에 머물러 있으면서 반란을 꾀할까 염려했다. 구간들에게 명령해 사병(私兵)들을 출동시키도록 했다. 구간들이 이끄는 사병들이 돈대를 향해 갔다.

"완화국 군사들이 탄 병선이 떠나려 하고 있습니다."

유천간의 부장(副將)이 숨을 몰아쉬며 아뢰었다.

"급히 수군을 출동시켜 그 뒤를 추격하라."

유천간이 가락검을 치켜들었다. 칼자루에 조각된 물고기들의 지느러미가 햇빛을 받아 반짝, 빛을 발했다.

구간들이 이끄는 사병들이 탈해가 탄 병선을 향해 화살을 집중적으로 쏘아댔다. 탈해가 탄 병선이 달아나기 시작했다. 쌍어문이 새겨진 붉은 깃발을 단 가락국 병선 5백 척이 바닷물로 뒤덮여 있는 해만(海灣)을 빠져나가는 완화국 병선을 뒤쫓았다. 탈해가 이끄는 완하국 수군은 바닷길을 따라 사로국의 경계로 들어갔다. 가락국 병선이 부두로 모두 돌아왔다. 탈해가 탄 병선은 사로국 동쪽 하서지촌 아진포 앞바다에 가 닿았다.

2

서기 48년(수로왕 7년) 가을 7월 27일, 구간들이 조회할 때였다.
"대왕께서 아직 좋은 배필을 만나지 못하고 있습니다. 나라 안의 규수 가운데서 가장 좋은 사람을 궁중에 뽑아 들여 배필로 삼도록 하옵소서."
구간들이 수로왕에게 아뢰었다.
"음…."
수로왕은 눈을 지그시 감고 고개를 주억거렸다.
"오천간의 맏딸이 현숙합니다."
키가 크고 고비늙은 아도간이 머리를 조아렸다. 그의 수염이 가늘게 떨렸다.
"그렇사옵니다. 오천간의 맏딸을 배필로 삼도록 하옵소서."
몸피듬이 강파르고 야무져 보이는 피도간이 말을 끝내고 오천간의 멀끔한 얼굴을 흘낏 바라보았다.
"그 일은 그대들이 그리 걱정하지 않아도 될 일이오."
표정 없는 얼굴로 앉아 듣던 수로왕이 구간들을 바라보며 낮은 목소리로 말했다.
"……?"
구간들은 모두 놀라 수로왕을 바라보았다.

"내가 이곳에 내려온 것은 하늘의 명이오. 나를 짝하여 배필이 있게 됨도 또한 하늘의 명일 것이오. 그대들은 염려하지 마오."

수로왕이 힘주어 말했다.

"황공하옵니다."

구간들은 모두 머리를 조아렸다.

"지금 작은 배와 좋은 말을 준비해서 이 길로 망산도에서 기다리도록 하시오."

수로왕은 유천간에게 분부를 내렸다.

반듯한 콧날이 도드라져 보이는 유천간은 고개를 갸우뚱거리며 수로왕의 명령에 따라 작은 배와 좋은 말을 준비해 망산도로 갔다.

"신귀관, 그대는 승점에 가서 유천간이 기다리고 있는 망산도에서 어떠한 일이 생기거든 그 일을 잘 살펴뒀다가 지체 말고 내게 알려 주시오."

수로왕은 신귀간에게도 명했다.

눈언저리에 주름살이 가느다랗게 잡혀 있는 신귀간이 고개를 갸우뚱거리며 수로왕의 분부대로 승점으로 갔다.

문득, 바다의 서남쪽 모퉁이에서 붉은빛의 돛을 단 괘비범(卦緋帆)이 북쪽으로 향하여 미끄러져 왔다. 망산도에서 기다리고 있던 유천간은 먼저 횃불을 올렸다. 괘비범은 빠른 속도로 육지 쪽을 향해 달려왔다. 높은 돛대에는 물고기 두 마리가 서로 마주 보는 문양이 새겨진 붉은빛의 돛이 펄럭이고 있었다. 괘비범이 땅 가까이 뱃머리를 대자마자, 괘비범 안에 타고 있던 사람들이 다투듯이 땅에 뛰어 내렸다. 긴 항해로 인한 탓인지 그들의 얼굴은 피로의 빛이 역력했다. 그러나 그들은 매우 신중하고 정중한 태도를 잃지 않고 있었다. 이 광경을 바라보고 있던 신귀간은 대궐로 향했다.

"상감마마, 상감마마의 분부를 받들어 유천간은 망산도에서 신은 승점에서 기다리고 있는데 드디어 붉은빛의 돛을 단 쾌비범이 도착하였사옵니다. 쾌비범은 범상한 모습이 아니었으며 배 안의 사람들도 정중한 태도를 지니고 있었사옵니다."

유천간이 아뢰었다.

"매우 기쁜 일이오. 바로 하늘이 내게 아름다운 배필을 보내신 것이오. 그들을 맞이해 오시오"

수로왕이 담담한 목소리로 구간들에게 말했다.

구간들은 곧바로 목련으로 만든 키를 바로잡고, 좋은 계수나무로 만든 아름다운 노를 저어 허황옥 일행을 맞이하러 갔다.

"오시느라고 고생 많으셨습니다. 저희를 따라 대궐로 가십시다."

유천간이 말했다.

"나는 그대들을 평소에 알지도 못하는데, 어찌 경솔하게 따라갈 수 있겠느냐?."

쾌비범에서 내린 허황옥이 가슬가슬한 입술을 혀끝으로 축여 말했다.

유천간 등은 머리를 긁적이며 돌아가 수로왕에게 허황옥의 말을 전달했다. 수로왕도 그 말이 옳다고 여겨 유사(有司)를 거느리고 행차하여 대궐 아래로부터 서남쪽으로 60보쯤 되는 곳의 산기슭에 장막을 치고 임시 행궁으로 삼았다. 수로왕은 오른발로 바닥을 툭툭 치며 허황옥을 기다렸다.

얼굴빛이 거무스름한 허황옥은 산 바깥 별포 나루터 입구에 쾌비범을 대고 뭍에 올라와 높은 언덕바지에서 쉬고 있었다. 거기서 그녀는 입고 있던 비단 바지를 벗어 산신령에게 폐백으로 드렸다.

아유타국(阿踰陀國, 아요디아)에서부터 허황옥을 시종하여 온 신하인 잉신(媵臣)은 두 사람이었다. 그들은 천부경(泉府卿) 신보와 종정감(宗正監) 조광이었다. 그들의 아내는 모정과 모량이었다. 노비들도 20여 명 따라왔다.

허황옥이 행궁 쪽으로 성큼성큼 걸음을 내디뎠다. 그녀가 행궁 가까이 오자, 수로왕이 나가서 맞이하였다. 그리고 두 사람이 함께 행궁 안으로 들어갔다. 그녀를 직접 모셔 온 잉신과 그 아랫사람들은 섬돌 아래로 내려가 늘어서서 수로왕을 뵙고 곧 물러났다.

"공주를 직접 모셔 온 두 잉신 부부에게는 각각 다른 방을 하나씩 주어 편안히 쉬게 하고 노비들은 한 방에 대여섯 사람씩 들게 하라. 그리고 난초로 만든 음료수와 혜초(蕙草)로 빚은 술을 주고, 무늬 있는 요와 빛깔이 고운 이불을 주어 자게 하라. 그리고 가져온 의복이며 옷감들이며 보물들은 많은 군사를 선발하여 지키게 하라."

수로왕이 유사에게 분부하였다.

수로왕과 허황옥은 함께 침전에 들었다.

"저는 아유타국의 공주입니다. 성은 허씨이고, 이름은 황옥입니다. 나이는 열여섯 살입니다. 저의 부모님들이 조상 대대로 살았던 곳은 신독(身毒, 인디아)의 아유타국입니다. "

허황옥이 나지막한 목소리로 말했다.

"아유타국은 어떤 나라입니까?"

수로왕이 몸을 앞으로 내밀며 물었다.

"아유타국은 먹을 것이 풍족하고, 풍속이 아름다우며 1백여 곳의 사원에 3천여 명의 승려가 있었습니다."

"아유타국의 정세는 어떠했습니까?."

"마가다국 · 간다라국 등 열여섯 개 나라로 분열되어 있었던 신독을 마우리아 왕조가 통일하고 다시 숭가 왕조에 이르렀을 때 한나라 감숙(甘肅)과 청해(靑海) 일대에 살고 있던 흉노(匈奴)의 한 갈래였던 대월지(大月氏)와 관계가 있던 귀상(貴霜)의 군사들이 아유타국의 국경을 넘어 도성을 침공해 왔습니다. 귀상의 지배를 받게 되자, 아유타국의 사제(司祭)들과 왕족들의 생명이 위태로워졌습니다. 아유타국의 북쪽은 하늘을 찌를 듯한 높은 설산(雪山)이 병풍처럼 둘러쳐져 있어 사람들이 넘어가기에는 어렵고, 설령 넘어갔다 해도 사막이 펼쳐져 있어 사람이 살기에 적당하지 않았습니다. 그럼에도 불구하고 쌓어 신앙으로 무장한 아유타국 백성들은 사제들을 따라 설산을 넘어 한나라의 운남(雲南), 사천(四川) 지방으로 떠나갔습니다.

"운남, 사천 지방이 일 년 내내 눈에 뒤덮여 있는 설산을 넘어가야 한다는 걸, 짐도 들어 알고 있소만….”

수로왕이 말끝을 흐렸다.

"저의 부모님을 비롯한 왕족들과 잉신들은 설산 쪽으로 가지 않고 사라유강에 붉은빛의 돛을 단 괘비범을 띄웠습니다. 신독의 갠지스강 상류 있는 사라유강의 근원은 부처님이 수행한 티베트 수미산(須彌山)에서부터 남쪽으로 흘러 내려오는 카르날리강으로 이어져 흐르는데 아유타국에 와서 사라유강으로 이름이 바뀌었습니다. 바닷바람이 돛대를 감싸고돌면서 잉잉거렸습니다. 키잡이(篙工)와 노잡이(梶師) 등 15명이 모는 괘비범을 타고 바다를 건너 동쪽으로 가려 하였습니다. 바닷바람이 사납게 울부짖기 시작했습니다. 점점 높아지고 있던 파도가 고물을 뛰어넘었습니다. 뱃전에 기대어 맥을 놓고 바닷바람이 불어오는 쪽을 응시하고 있던 부왕의 몸이 비틀거리는 순간 산더미 같은 파도가 뱃전을 때렸습니다. 부왕의 온몸이 흠뻑 젖었습니다. 용총줄을 붙잡고 아랫배에 힘을 잔뜩 주고 있던 저는 부왕을 향해 발걸음을 뗐습니다. 다시 배가 심하게 출렁였습니다. 바닷바람이 크고 사나운 짐승처럼 으르렁거리는 소리가 났는가 싶더니 파도에 휩쓸린 부왕이 돛에 머리를 부딪혀 갑판에 세 번이나 뒹굴었습니다. 항해를 계속할 수 없었습니다. 되돌아가자고 왕후가 침울한 목소리로 말했습니다. 갠지스강을 지나 사라유강으로 되돌아갔습니다. 서쪽을 향한 한 마리 물고기의 모양을 하고 있는 왕성이 보였습니다. 그 순간 저의 눈에서는 눈물이 왈칵 쏟아져 내렸습니다. 괘비범이 닻을 내리자, 왕후는 이 파사석탑(婆娑石塔)이 공주를 안전하게 지켜줄 것이라 하시며, 파사석탑을 실으라고 명했습니다. 파사석탑을 괘비범에 싣고 나자, 부모님은 자신들은 아유타국에 남아 백성들을 보살피겠다며 어서 떠나라고 말했습니다. 괘비범은 파사석탑을 싣고 갠지스강을 빠져나와 뱅골 바다로 들어섰습니다."

허황옥이 잠시 말을 멈추었다.

"파사석탑은 어떠한 탑이요?"

수로왕이 허황옥의 말에 말끝을 달았다.

"신독의 스투파처럼 네모난 돌이 역삼각형 형태인데 위에서부터 2~3번째 돌에 둥근 구멍이 뚫려 있는 석조 불탑입니다."

"괘비범은 어디로 향했소?"

수로왕이 몸을 앞으로 기울이며 말했다.

"괘비범은 바다로 나오자 동쪽으로 향했습니다. 부감도로국(夫甘都盧國, 미얀마), 심리국(諶離國, 타일랜드), 도원국(都元國, 말레이시아) 연안을 거쳐 해안선을 따라 북상하다가 일남(日南, 베트남)에 닻을 내렸습니다. 일남의 항구에는 신독 상인들이 모여 살고 있는 마을이 있었습니다. 그곳에서 물과 음식을 구해 괘비범에 싣고 해안선을 따라 북쪽으로 향했습니다."

허황옥이 말 한마디 한마디를 천천히 입 밖으로 밀어냈다.

"해안선을 따라 북쪽으로 향했는데 그 뒤에 어떻게 되었소?"

수로왕이 웅숭깊은 목소리로 채근하였다.

"광동(廣東) 해안을 지날 때였습니다. 조금 순하게 불던 바람이 오후쯤에 점점 강하게 불어왔습니다. 뱃전의 시울이 수면에 기울어졌습니다. 바닷물이 뱃전의 시울을 타고넘어 배 안으로 쏟아져 들어왔습니다. 종정감이 불안한 표정을 지으며 저를 쳐다보고 있었습니다. 공주님 용총줄을 꼭 잡으세요. 목소리에 힘이 잔뜩 들어가 있었습니다. 걱정마세요. 꼭 쥐고 있습니다. 저는 크게 한번 숨을 들이쉬고는 큰 소리로 말했습니다. 배 안의 모든 사람은 입을 꾹 다물고 수평선만 쳐다보고 있었습니다. 수평선 위로 구름이 내려앉고 있는 것만이 보일 뿐이었습니다. 배 안은 깊은 적막에 잠겨 있었습니다. 시커먼 구름이 바람을 몰고 왔습니다. 해가 수평선 아래로 떨어지자, 하늘이 바다와 한 덩어리로 엉켰습니다. 어둠이 가득 내린 밤하늘은 바람 소리로 가득했습니다. 집채 같은 파도가 금방이라도 하늘에 닿을 것만 같았습니다. 괘비범은 파도의 등마루를 타고 비틀거리며 앞으로 나아갔습니다. 거대한 앞발 두 개를 쳐든 흑룡으로 변한 파도가 괘비범을 덮쳤습니다. 돛대가 부러지고 붉은 돛이 찢어졌습니다. 부러진 돛대 끝에 매달려 있는 붉은 깃발에 물고기 두 마리가 서로 마주 보고 있었습니다. 괘비범은 바람이 부는 대로 표류하기 시작했습니다. 바람 소리가 잦아지자, 수평선 위로 희붐한 빛이 피어오르기 시작했습니다. 끝이 없는 큰 바다 한가운데에 괘비범이 떠 있었습니다. 하루가 지나가고 이틀이 지나갔습니다. 섬 하나 보이지 않았습니다. 막막할 뿐이었습니다. 공주님, 공주님 정신 차리세요. 종정감의 다급한 목소리가 들렸습니다. 제 목소리는 제 귀에조차 들리지 않았습니다. 온몸이 오들오들 떨려왔습니다. 저는 부러진 돛대에 용총줄로 허리를 메고, 담요를 덮어 상체를 가렸습니다. 정신과 육체의 힘은 이미 다하고, 정신이 헛갈리고 흐리멍덩해졌습니다. 저도 모르게 쓰러져서 깊은 잠에 빠졌습니다. 난파된 괘비범은 사흘 밤 나흘 낮을 표류하다가 한(漢)나라 상선(商船)에게 구조되었습니다. 참으로 날떠퀴가 좋은 날이었습니다. 한나라 상선은 양자강(揚子江) 물길을 따라가다가 남군(南郡)에서 머무르게 되었습니다. 저희의 조상인 허씨 성을 가진 사람들이 양자강 상류 사천성과 양자강 중류 호북성(湖北省) 무창(武昌) 지방에 살고 있었어요."

허황옥이 말을 멈추고 손수건을 꺼내 눈자위를 꾹꾹 눌렀다.

"남군에서 머물렀다고요?"

"네. 남군에서 머무르다가 낙랑과 구야한국(狗耶韓國)을 오가는 한나라 상단이 들락거리는 상해(上海) 포구로 옮겨갔습니다. 그곳에는 낙랑 상단과 구야한국 상단도 들락거렸습니다. 상해를 가로지르는 황포강(黃浦江) 끝자락에 짐을 풀고 아유타촌(阿踰陀村)이라 이름 붙이고 살게 되었습니다. 금년 여름 5월 어느 날이었습니다. 종정감이 저에게 말하기를, '어젯밤 꿈속에서 하늘에 계신 상제(上帝)님을 뵈었는데, 그때 상제님께서는 가락국왕 수로는 하늘이 내려보내 왕위에 오르게 했으니, 왕으로서 신령하고 성스러운 사람이다. 그런데 새로 나라를 세워 백성들을 다스리고 있으나 아직 배필을 정하지 못하였다. 경들은 반드시 공주를 보내 수로왕과 짝이 되게 해야 할 것이다'라고 말씀하시고는 하늘로 올라가셨습니다. 꿈을 깬 후에도 아직까지도 상제님의 말씀이 귀에 쟁쟁합니다. 공주님께서는 어서 서둘러서 수로왕이 있는 가락국을 향해 떠나가야겠습니다. 저는 종정감의 말에 따라 수놓은 비단과 두꺼운 비단과 얇은 비단, 비단옷, 필로 된 비단, 금은, 구슬과 옥, 아름다운 옥, 장신구 등 한(漢)나라에서 만든 한사잡물(漢肆雜物)을 배에 싣고 바다로 나왔습니다. 멀리 신선(神仙)들이 먹는 찐 대추를 구하고, 하늘로 가서 3천 년에 한 번씩 열매가 열리며 신선들이 먹는 복숭아를 좇으며 반듯한 이마를 갖추어 이제야 감히 용안(龍顔)을 뵙게 되었습니다."

말을 마친 허황옥이 긴 팔을 들어 머리를 쓸어올렸다. 신선을 찾아왔다는 것은 곧 수로왕을 찾아왔다는 것을 뜻하는 말이었다.

"짐은 태어나면서부터 자못 신성한 몸이라서 이미 공주가 먼 곳에서 짐을 찾아오는 걸 미리 알고 있었소. 신하들이 왕비를 들이라고 청을 했으나 따르지 않았소. 이제 어질고 정숙한 공주가 스스로 찾아왔으니 나로서는 무척 다행스러운 일이오."

잠자코 귀를 기울이고 있던 수로왕이 조용히 입을 열었다.

"소녀는 상제님의 명을 받들어 전하를 모시고자 가락국에 왔습니다."

허황옥이 숙이고 있던 얼굴을 천천히 들었다.

"부디 백성을 따뜻하게 보살피고, 덕을 널리 펴, 백성들을 편안하게 하는 어진 왕비가 되어 주기 바라오."

수로왕이 허황옥에게서 눈길을 거두며 말했다.

수로왕과 허황옥은 드디어 혼인하였다. 그리고 이틀 밤 하룻낮을 함께 지냈다.

일렁이던 바다를 물끄러미 바라보던 허황옥이 고개를 돌렸다.

"제가 멀리에서 미리 올 것을 알고 있었다고 했는데, 혹여 염사치라는 분을 알고 있으신지요?"

"짐이 이 땅에 오기 전에 이 땅에는 아직 나라 이름도 없었고, 임금과 신하의 호칭도 없었소. 그때를 지나서 아도간·여도간·피도간·오도간·유수간·유천간·신천간·오천간·신귀간 등 구간(九干)이 있었소. 이들 구간은 가락 9촌의 백성들을 통솔하는 우두머리로서 휘하에 백성을 거느리고 있었소. 백성들이 무릇 1만 호에 7만 5천 명이나 되었소. 그들은 스스로 산과 들에 무리 지어 살며, 우물을 파서 물을 마시고, 밭을 갈아 곡식을 거둬 먹고 살았소. 염사치는 짐이 이 땅에 처음 왔을 때 백성들을 이끌고 있던 구간의 한 사람인 유수간(留水干)의 아버지였소. 해반천가에 자리 잡은 해반상단을 이끌고 한나라와 낙랑을 오가며 판상철부(板狀鐵斧)를 내다 팔고 한나라와 낙랑에서 나는 갖가지 물품을 사서 배에 싣고 오곤 했소. 유수간이 공주 이야기를 하길래 염사치를 궁궐로 불러 상단을 이끌고 상해에 가면 아유타촌에 찾아가 종정감을 한 번 만나보고 오라 했소."

말을 끝낸 수로왕이 허왕후를 그윽한 눈길로 바라보았다. '판상철부'는 판 모양의 얇은 쇠로 만든 도끼로 도구를 만드는 중간 재료나 화폐로도 쓰였다.

"저희가 살고 있던 곳에 낙랑의 상단이 들락거렸는데, 그 사람들이 말하기를 낙랑에서 뱃길로 가면 구야한국이라는데 이르는데 그곳에서 판상철부를 싣고 오는 사람의 우두머리가 염사치라는 말을 들은 적이 있었습니다."

허왕후가 다시 입을 열었다.

가락국은 일찍부터 해상 교통로를 이용해 중국 계통의 문물을 수입하고, 철을 수출하여 국력을 키우는 등 국제 교역을 활발하게 전개했다. 가락국의 도성인 봉황성은 선진 문물을 왜에 전파하는 등 중국과 일본열도를 연결하는 해상 무역로의 중요한 중개무역항이었다. 대방군에서 야마대국(邪馬臺國)까지의 총 이수(里數)는 1만 2천 리로 기원 전후에서 3세기 후반까지 동아시아의 여러 나라를 연결하는 국제 무역로였다.

구간은 수로왕이 가락 9촌을 통일해 가락국을 세우기 전부터 이미 존재하던 재지(在地) 세력이었다. 그 재지 세력 가운데 한 사람이 작은 키에 비해 몸집이 큰 염사치였다. 상단을 꾸려 바닷길을 이용해 낙랑군으로 들어갔다가 바닷길을 통해 변한으로 돌아오곤 했던 그는 낙랑에 그 이름이 알려져 있었다.

허왕후가 타고 온 괘비범을 상해의 아유타촌으로 돌려보내기로 했다. 뱃사공들에게 각각 쌀 10섬과 필로 된 베·무명베·비단 30필을 주어 돌아가게 했다.

가을 8월 1일 수로왕은 허왕후와 같이 수레를 타고 대궐로 향했다. 잉신 부부들도 말머리를 나란히 했다. 허왕후가 가져온 한사잡물도 모두 수레에 싣고서 천천히 대궐로 들어갔다. 시간은 정오를 가리키고 있었다. 허왕후는 중궁전을 거처로 정했다. 잉신 부부와 그들에게 속한 사람들에게는 널찍한 두 집을 주어 나누어 살게 했다. 나머지 따라온 사람들에게는 20여 간짜리 영빈관 한 채를 주어 사람 수에 따라 구별해 적당히 나누어 거처하게 하고, 날마다 음식을 풍부하게 제공했다. 싣고 온 한사잡물은 대궐 안의 창고에다 간수해 두고, 허왕후가 사계절에 쓰는 비용으로 충당하도록 했다.

어느 날이었다.

"전하, 구간들은 신하들의 우두머리가 되나, 그 직위와 명칭이 모두 소인배나 시골 사람들의 명칭이므로 고관 직위의 명칭이라고 할 수 없습니다. 혹 어쩌다 문명된 외국인이 전해 들으면 반드시 웃음거리가 될 수밖에 없을 것입니다."

허왕후가 말했다.

"왕후도 그렇게 생각했소?"

수로왕이 물었다.

"네, 전하."

"어떻게 고치면 좋겠소?"

"유수간(留水干)의 이름을, 윗글자는 그대로 두고 아랫글자만 고쳐서 유공간(留功干)이라 하고, 유천간(留天干)의 이름을 유덕간(留德干)이라 하는 게 어떠사옵니까?"

"…칭호를 고치자는 왕후의 깊은 뜻을 알겠소. 그리하리다."

며칠 후 수로왕은 구간들을 가락전으로 불렀다.

"구간들은 모두 여러 벼슬아치의 으뜸인데, 그 직위와 명칭이 모두 소인이나 농부들의 칭호이고, 고관 직위의 칭호가 아니다. 구간의 이름을 고치려고 한다. 그대들의 생각은 어떤가?"

수로왕이 신하들을 내려다보며 말했다.

"전하, 갑자기 칭호는 왜 고치시려 합니까?"

유수간이 고개를 갸웃거렸다.

"만일 외국에 전해진다면 반드시 웃음거리가 될 것이다."

수로왕의 입술에 힘이 들어가 있었다.

"그럼 어떻게 고치려 하옵니까?

아도간이 머리를 조아렸다.

"아도를 고쳐서 아궁(我躬)이라 하고, 여도를 고쳐서 여해(汝諧)라 하고, 피도를 피장(彼藏)이라 하고, 오도를 오상(五常)이라 하고, 유수와 유천의 이름은 윗글자는 그대로 두고 아랫글자만 고쳐서 유공(留功)과 유덕(留德)이라 하고, 신천(神天)을 고쳐서 신도(神道)라 하고, 오천(五天)을 고쳐서 오능(五能)이라 했다. 신귀(神鬼)의 음(音)은 바꾸지 않고 그 훈(訓)만 고쳐서 신귀(臣貴)라고 하려 한다. 어떻게 생각하느냐?"

수로왕이 말을 멈추고 구간들을 응시했다.

"그리하시는 게 좋겠습니다. 아도라는 이름이 칼잡이 이름 같았는데 아궁이 아주 좋습니다."

아도간이 아뢰었다.

"전하의 뜻대로 하옵소서."

구간들이 일제히 머리를 조아렸다.

3

서기 77년 가을 8월 탈해이사금의 명을 받은 아찬 길문이 군사들을 이끌고 사로국을 떠나 황산하로 향했다. 음즙벌국 군사들까지 끌어들인 사로국의 탈해이사금은 물금 철광산을 탈취하기 위해 길문으로 하여금 사로국과 음즙벌국 연합군을 통솔하여 총공격을 개시하라는 명령을 내렸다. 연합군이 함성을 지르며 가락국 군사들을 향해 내달렸다. 황산진 어귀에서 전투가 벌어졌다. 사로국 군사들과 가락국 군사들이 맞붙었다. 화살이 비 오듯 쏟아져 내렸다. 가락국 군사들이 화살에 맞아 피를 흘리며 쓰러졌다. 철광석을 가득 실은 수레를 끌고 가는 말들을 향해 사로국 군사들이 불화살을 퍼부었다. 가락국 군사들이 말고삐를 세차게 당겼다. 말들이 날카로운 울음을 내지르며 쓰러졌다. 가락국 군사들이 후퇴했다. 음즙벌국 군사들이 달아나는 가락국 군사들을 향해 화살을 쏘아댔다. 가락국 군사 1천여 명이 목숨을 잃었다. 가락국 군사들이 패배했다는 파발(擺撥)이 봉황성에 전해지자, 가락국 사람들이 술렁거렸다. 사로국 연합군이 승리했다는 파발이 금성에 전해졌다. 사로국 사람들은 길거리로 뛰쳐나와 환호했다. 탈해이사금은 길문을 파진찬으로 삼고 가락국과의 전투에서 세운 공적을 포상하였다.

파사이사금은 변경(邊境)을 방어하는 것에 대해 골똘히 생각했다.

"짐이 덕이 없음에도 이 나라를 차지하고 있는데, 서쪽으로는 마한과 이웃하고 남쪽으로는 가락과 경계를 접해 있다. 덕망은 백성을 편안하게 할 수 없고, 위엄은 이웃 나라가 두려워하기에 부족하다. 마땅히 성새(城塞)와 보루(堡壘)를 잘 수리하여 외적의 침입에 대비하도록 하라."

파사이사금이 영을 내려 말했다.

그 무렵 사로국은 가소성과 마두성의 두 성을 쌓았다. 가소성과 마두성 모두 남쪽의 가락국의 공격을 방비하기 위해 축조한 것으로 사로국의 도성인 금성의 남쪽 방면에 위치해 있었다.

서기 94년 봄 2월, 가락국 군사들이 마두성을 에워쌌다. 파사이사금은 아찬 길원으로 하여금 군사 1천 명을 이끌고 나가 싸우도록 했다. 사로국 군사들은 가락국 군사들을 공격하여 퇴각시켰다.

서기 96년, 가을 9월 초하루 어슬해질 무렵 가락국 군사들과 미리미동국(지금의 밀양으로 비정됨) 군사들이 뗏목을 타고 황산하를 건너 사로국의 남쪽 변경을 습격하였다. 남악에 봉화가 올랐다.

파사이사금은 칼날이 위로 향한 큰 도끼(鉞)를, 자루를 잡고 성주(城主) 장세에게 내리면서, "이 도끼날에서부터 하늘에 이르기까지 성주가 모두 통제하라"고 말하고, 다시 날이 아래로 향한 작은 도끼(斧)를, 자루를 잡고 장세에게 주면서, "이 도끼날에서부터 땅에 이르기까지 성주가 모두 통제하라"고 명했다.

가락국 군사들은 수로왕의 명에 따라 갈대밭에 매복해 있었고, 미리미동국 군사들은 관목 숲속에 군영(軍營)을 차리고, 경계를 늦추지 않았다. 2년 전 봄 전투에서 승리했던 사로국 군사들은 적군의 숫자가 얼마 되지 않다는 것을 알아채고 기세가 올랐다.

"전군 앞으로."

장세가 큰 도끼를 높이 치켜들며 목청을 돋궜다.

사로국 군사들이 달려오자, 군영을 빠져나온 미리미동국 군사들이 황산하 쪽으로 내달렸다. 사로국 군사들이 미리미동국 군사들을 뒤쫓기 시작했다. 사로국 군사들이 갈대밭을 중간쯤 들어섰을 때였다. 매복해 있던 가락국 군사들이 사로국 군사들의 등 뒤로 화살을 쏘아댔다. 수로왕을 호위하던 거도가 쏜 화살이 장세의 뒤통수에 박혔다.

성주 장세가 전사하고, 군사들 절반이 죽었다는 파발을 받은 파사이사금의 얼굴빛이 붉으락푸르락해졌다.

"6부의 사병(私兵)들을 다 동원토록 하라."

뼛속으로 스며드는 울음을 삼키며 파사이사금이 단호한 목소리로 명했다. 그는 아는 것이 많았으며, 작은 일에는 마음을 두지 않는 성미였다.

파사이사금은 6부의 사병들과 관군을 합쳐 군사 5천을 거느리고 금성을 떠났다. 사로국 군사들이 황산하로 다가오자 수로왕이 온밤을 버티며 숲속에 매복해 있던 가락국 군사들에게 공격하라는 명을 내렸다. 가락국 군사들이 사로국 군사들이 달려오고 있는 갈대밭으로 달려갔다. 가락국 군사들과 사로국 군사들이 갈대밭에서 서로 맞붙었다. 미리미동국 군사들이 함성을 지르며 쏟아져 나왔다. 미리미동국 군사들의 칼끝에 사로국 군사들이 갈대밭으로 꼬꾸라졌다. 사로국 군사들이 갈대밭에서 고개를 들고 화살을 쏘아댔다. 숲속에 매복하고 있던 가락국 군사들이 불화살을 쏘아댔다. 갈대밭이 불바다가 되었다. 황산하 일대는 매캐한 냄새와 시체 타는 냄새로 가득했다.

수로왕은 가락검을 치켜들고 후퇴하라는 명을 내렸다. 칼의 손잡이 부분에 조각되어 있는 두 마리의 물고기가 금세라도 파닥거리며 뛰어오를 것만 같았다. 가락국 군사들과 미리미동국 군사들은 노획한 물자를 버려두고 후퇴했다.

"적군이 물러가고 있다. 뒤쫓지 말고 금성으로 돌아가자."

파사이사금이 긴 칼로 봉황성을 향해 내달리는 가락국 군사들을 가리켰다. 사로국 군사들은 숲속을 뒤져 가락국 군사들과 미리미동국 군사들이 버려두고 간 물자들을 거두었다.

가락국과 사로국이 황산하를 사이에 두고 한 번 나아갔다 한 번

물러섰다 하면서 서로 공격하고 방어하는 싸움을 벌이고 있을 때 가락국 서쪽의 마한에 속한 나라들의 움직임도 심상치 않았다.

서기 97년 봄 정월, 파사이사금이 군사를 동원하여 가락국을 치려했다. 수로왕이 금성으로 사신을 보냈다. 파사이사금이 봉황성으로 사신을 보냈다. 두 나라는 극적인 화해를 이루었다. 파사이사금은 허물어진 마두성과 가소성을 새롭게 고쳐 쌓고, 군사들을 훈련시키는데 힘을 쏟았다. 그로부터 5년 동안 사로국과 가락국 사이에 전투가 벌어지지 않았다.

몇 해 전부터 여름에 가뭄이 들고, 가을에 우박이 내려 날던 새가 맞아 죽었고, 겨울에 금성에 지진이 나서 민가가 무너지고 백성들이 죽었다. 파사이사금은 궁성을 새로 쌓기 위해 백성을 동원하였다. 백성들은 마음속에 불만이 가득하였다. 그러나 드러내놓고 말할 수는 없었다.

사로국 세력권 안의 두 소국인 음즙벌국과 실직곡국이 국경을 두고 다툼이 극심해졌다. 급기야 음즙벌국의 주수(主首)와 실직곡국의 거수(渠帥)가 금성으로 와서 파사이사금에게 두 나라 사이의 경계를 결정해 줄 것을 청하였다. 서기 102년 가을 8월의 일이었다.

파사이사금은 음즙벌국 편을 들기도 어렵고, 실직곡국 편을 들기도 어려웠다. 건밤을 꼬박 새운 그는 아침참이 되어서야 가락국의 수로왕을 떠올렸다.

파사이사금은 유사를 보내 영빈관에 머무르고 있는 음즙벌국의 주수와 실직곡국의 거수에게 대전으로 들라고 했다.

"가락국 수로왕에게 물어보도록 하면 어떻겠는가? 수로왕은 나이도 많고 지식이 많아, 훌륭한 판결을 내려줄 것이다."

파사이사금이 목소리를 낮추었다.

"수로왕이라면 현명한 판결을 내릴 걸로 생각합니다"

음즙벌국 주수가 온몸에 가시를 세우고 고개를 돌려 실질곡국의 거수를 바라보았다.

"수로왕은 훌륭한 판결을 내릴 겁니다."

실직곡국의 거수가 조심스럽게 입을 열었다.

파사이사금은 가락국에 사신을 파견하여 수로왕을 금성으로 초대했다.

수로왕은 묘견과 신하들을 데리고 봉황성을 떠나 금성으로 향했다. 태자 거등은 봉황성에 남아 허왕후를 도와 정사를 돌보기로 했다. 수로왕 일행이 황산하를 건너 작원관을 지날 때 까치 떼가 날아와 그들을 반겼다. 작원관은 작원나루로 출입하는 사람과 짐을 검문하던 곳이었다.

수로왕 일행이 금성으로 들어서자, 파사이사금이 마중 나왔다. 여러 통로로 파사이사금의 인물됨에 대해 들어 온 수로왕이었지만 지금 만나보니 그 인물됨이 범상하지 않다는 것을 단박에 알아차릴 수 있었다.

"이렇게 만나 뵙게 되어 기쁘게 생각합니다."

파사이사금은 수로왕에게 자리를 권했다.

파사이사금이 주최한 연회가 끝난 후, 수로왕은 묘견과 부종정감(副宗正監) 묵수를 은밀히 불렀다.

"묘견 공주와 함께 음즙벌국과 실직곡국 사이에 분쟁이 된 경계를 살펴보고 오시오."

수로왕이 묵수에게 명했다.

"말씀을 받들겠습니다."

묵수가 상기된 얼굴로 말했다. 그는 천부경 신보의 맏아들로 나가고 들어오는 돈을 따져서 셈하는데 능해 가락국의 교역 문서를 담당하고 있었다.

두 소국의 경계를 살피고 묘견과 묵수가 돌아왔다.

"다툼이 된 땅을 음즙벌국에 속하게 하는 게 좋을 것 같습니다."

묘견이 고개를 수그리고, 나직이 아뢰었다. 그녀의 허리에 찬 곡옥(曲玉)이 흔들렸다.

"왜 그렇게 생각하느냐?"

수로왕이 눈을 씀벅거리며 물었다. 봉황성에서 쉬지 않고 월성까지 수레를 타고 달려온 탓인지 그의 몸과 마음은 피곤했다. 그는 오른손으로 눈자위를 눌렀다.

"다툼이 된 경계가 실직곡국 도성에서 멀리 떨어져 있고, 음즙벌국 경계에서는 이와 잇몸처럼 가까이 있습니다."

"나도 그렇게 생각했다. 실직곡국 거수가 욕심이 과했다. 음즙벌국 주수와 실직곡국 거수를 오도록 해라."

수로왕이 가잠나룻을 손으로 쓸어내렸다.

"다툼이 된 땅을 음즙벌국에 속하게 한다."

얼굴에 위엄이 서려 있는 수로왕이 판정을 내렸다.

실직곡국 거수는 자신의 귀를 의심했다. 그의 핏기가 없는 얼굴이 일그러졌다.

판정 소식을 전해 들은 파사이사금은 사로국을 제 혼자 다 먹여 살리는 것처럼 가살을 떨고 있는 한기부 부주(部主) 보제가 가탈을 부리지 않고, 가만히 있지 않을 것이 불을 보듯 뻔하다고 생각했다. 그러나 그로서는 어찌할 수 없었다. 실직곡국은 사로국과 멀리 떨어져 있었으나, 음즙벌국은 사로국 국경에서 멀리 떨어지지 않은 곳에 위치해 있었다. 음즙벌국의 움직임에 사로국으로서는 신경을 곤두세우지 않으면 안 되었던 것이다.

파사이사금이 사로국을 구성했던 6개의 정치체인 6부에 명하여 수로왕을 위해 잔치를 베풀게 하였다. 5부는 모두 이찬이 잔치의 주관자가 되었다. 그러나 한기부만이 수로왕이 어떻게 나오는가 드레질을 한번 해볼 요량으로 얼굴이 길쭉하고 턱이 강파른 잡찬을 주관자로 삼았다. 잡찬은 17관등 가운데 셋째 등급의 관직으로 이찬의 아래, 파진찬의 위였다.

"배를 타도 항상 뒷전이었던 제가 부주 대신 주관하게 되었사옵니다."

잡찬이 수로왕에게 고개를 숙여 보이며 드레 없이 이기죽거렸다.

"무엄하도다."

수로왕이 갈퀴눈을 하고 잡찬을 노려보았다.

수로왕은 자신의 노복(奴僕)인 탐하리에게 명하여 보제를 죽이라고 명하고는 가락국으로 돌아갔다. 이 소식을 보고 받은 파사이사금은 탐하리를 잡아들이게 하였다. 탐하리는 음즙벌국 주수 타추간의 집에 도망가서 의지하였다. 파사이사금은 음즙벌국 주수에게 사람을 보내 탐하리를 내놓으라고 했다. 타추간이 그를 보내주지 않았다. 파사이사금이 몹시 분하게 여겨 군사를 일으켜 음즙벌국을 공격했다. 음즙벌국 주수가 자신의 무리와 함께 스스로 항복하였다. 사로국 군사들은 음즙벌국을 병합한 것을 기회로 삼아 동해안을 따라 북쪽으로 진격하여 실직곡국을 침략하여 도성을 점령했다.

4

황산하는 낙동강 중상류에서 하류로 내려가 바다로 들어가는 관문이었다. 사로국 국경에서 물금천과 황산하를 건너게 되면 바로 가락국 국경으로 들어갈 수 있었다. 뿐만 아니라, 황산하는 물금 땅에 있는 물금 철광산에서 철광석을 운반하거나 적으로부터 물금 철광산을 방어하는데 있어서 군사적으로 아주 중요한 곳이었다. 물금나루와 용당나루를 포함하는 지역인 황산진은 가락국에 철광석을 공급하는 중요한 광산이었던 물금 철광산을 놓고 가락국과 사로국이 치열한 공방전을 치렀던 곳이었다. 영취산에서 발원하여 황산하로 흘러드는 물금천 옆에 우뚝 서 있는 물금성은 사로국의 침략을 방어하는 보루였다.

서기 115년 봄 2월, 사로국이 물금 철광산을 탈취하려고 군사를 일으키려 한다는 급보(急報)를 물금성 성주로부터 받은 수로왕은 사로국의 남쪽 변경을 공격하라고 명했다.

가을 7월, 가락국 군사들이 봉황성에 도열했다. 물금성으로 떠나는 가락국 군사들을 전송하기 위해 수로왕과 허황옥이 신하들을 거느리고 나왔다. 수로왕과 허왕후 사이에 태어난 10남 2녀 가운데 둘째 딸 묘견이 흰 머리카락이 귓바퀴를 덮은 조광과 함께 다가왔다. 상단을 이끌고 낙랑으로 가다가 태풍을 만나 상선이 침몰하는 바람에 바다 한가운데에 빠져 죽었던 맏딸 묘선처럼 묘견은 상선을 타면 결기가 센 성미가 가시지 않는 여장부였다.

거칠산국(지금의 부산시 동래로 비정됨) 군사 1천이 물금성 안으로 들어갔다. 나머지 1천은 뗏목을 타고 황산하를 건너 가락국 군영으로 들어갔다. 지마이사금이 친히 군사들을 거느리고 금성을 떠났다는 파발이 물금성에 도착했다. 물금성에서 불화살이 밤하늘로 솟아올랐다.

지마이사금은 관군 5천으로 물금성을 포위하고, 근위병 1천과 6부 사병 4천은 뗏목을 만들어 황산하를 건널 작전을 세웠다. 가락국 군사들이 숲속에 매복하고 사로국 군사들을 기다리고 있었다. 지마이사금이 이 사실을 깨닫지 못하고 곧바로 뗏목으로 황산하를 건넜다. 모래톱 가까이에 뿌리를 내리고 있는 갈대숲에 매복해 있던 가락국 군사들과 거칠산국 군사들이 일어나 지마이사금을 여러 겹으로 포위했다. 지마이사금이 군사들을 지휘하여 맹렬히 싸웠다. 사로국의 관군과 6부 사병은 물금성을 에워싸고 연합군이 성문 밖으로 나오지 못하게 했다.

마침내 지마이사금이 이끄는 사로국 군사들은 가락국 군사들과 거칠산국 군사들의 포위를 뚫고 퇴각하였다.

서기 116년 가을 8월 지마이사금은 장수를 보내어 가락국의 물금성을 공격하게 했다. 보름이 지나도록 사로국 군사들은 물금성을 깨뜨리지 못했다. 지마이사금이 소집한 6부 회의에서 6부의 사병을 총동원해 물금성을 함락시키기로 결의했다. 6부 부주(部主) 모두 사병의 동원을 찬성했다. 지마이사금이 탄 병거가 삐걱거리며 대궐 앞을 지나갔다. 관군과 6부의 사병으로 구성된 군사 1만이 그 뒤를 따랐다. 6부 귀족들과 백성들이 길거리로 나와 출정하는 군사들을 전송했다. 사로국 군사들이 물금천에 이를 때까지 가락국 군사들은 그림자조차 눈에 띄지 않았다. 가락국 군사들과 미리미동국 군사들은 물금성 안에 진을 치고 성문을 굳게 닫고 있었다.

"우리 사로국은 물금 철광산이 필요하다. 저 물금 철광산을 우리 것으로 만들면 우리 백성들은 농사를 지을 때 철로 만든 농기구를 이용할 수 있고, 전투를 할 때 적을 무찌를 수 있는 칼과 창을 만들수 있다. 또한 철광석을 녹여 판상철부를 만들어 낙랑과 왜에 수출할 수 있다. 물금 철광산을 빼앗아야만 우리가 황산하를 차지할 수 있다."

지마이사금의 쉰 목소리가 물금천 위로 퍼져나갔다.

히히잉.

말 울음소리가 적막을 뚫고 갈대밭으로 퍼져갔다.

둥 둥 둥 둥 둥.

북소리가 점점 격렬해졌다.

지마이사금이 명을 내리자, 사로국 군사들이 함성을 지르며 쌍어문이 그려져 있는 성문으로 돌진했다. 가락국 군사들과 미리미동국 군사들이 돌을 성벽 아래로 내리굴렸다. 사다리를 타고 성벽을 올라가던 사로국 군사들이 피를 흘리며 성벽 아래로 굴러떨어졌다. 뒤이어 화살을 사로국 군사들을 향해 쏘아댔다. 순식간에 갈대밭에 숨어 있던 사로국 군사들의 등 위로 소나기가 퍼붓듯이 화살이 쏟아졌다. 이에 질세라 사로국 군사들은 물금성을 포위하고 성안으로 화살을 쏘아댔다. 가락국 군사들과 미리미동국 군사들도 화살을 쏘아대며 맞대응했다. 사로국 군사들의 시체가 물금성 아래에 쌓였다. 불길이 사로국 군사의 시체에 옮겨 붙었다. 안개가 자욱하게 물금천에 내렸다. 검은 구름이 몰려왔다. 비가 쏟아지기 시작했다. 가락국 군사들과 미리미동국 군사들은 성문을 굳게 닫은 채 꼼짝도 하지 않았다. 다음 날 비가 계속 내렸다. 가락국 군사들과 미리미동국 군사들은 성벽 위에서 사로국 군사들을 노려볼 뿐 돌을 내리굴리지도 않고 화살을 쏘아대지 않았다. 사흘째 되는 날에도 비는 온종일 내렸다. 나흘째 되는 날에도 비가 온종일 내렸다. 닷새째 되는 날에도 비가 온종일 내렸다. 엿새째 되는 날에도 비가 온종일 내렸다. 이레째 되는 날에도 비가 온종일 내렸다. 여드레째 되는 날에도 비가 온종일 내렸다. 아흐레째 되는 날에도 비가 온종일 내렸다. 열흘째 되는 날에도 비가 온종일 내렸다. 물금성으로 통하는 길은 진창이 되었다. 금성으로부터 보급이 끊긴 지 이틀이 지났다. 지마이사금은 서둘러 물금성을 차지하기 위한 계책을 짜내었다. 빗속을 뚫고 물금성을 공격했다. 흙탕물을 흠뻑 뒤집어쓴 앳된 얼굴의 병사가 몸을 부르르 떨었다. 흙탕물이 뚝뚝 떨어져 내렸다. 가락국 군사들과 미리미동국 군사들은 성벽 위에서 줄기차게 화살을 쏘아댔다. 사로국 군사들이 화살에 맞아 진창 바닥에 하나, 둘 쓰러져 갔다. 사로국 군사들은 가락국 군사들과 미리미동국 군사들의 완강한 저항에 부딪혀 물금성을 깨뜨릴 수 없었다.

"전하, 큰일 났습니다. 거칠산국 군사들이 원군으로 오고 있습니다."

파발꾼이 말에서 내리며 거칠게 숨을 몰아쉬었다.

지마이사금의 등이 뻣뻣하게 굳어졌다. 그는 지휘관을 불러 모아 대책 회의를 열었다. 거칠산국 군사들은 철갑옷 · 칼 · 창 등 충분한 군수물자를 가락국으로부터 공급받는 데다, 전투 역량이 뛰어났다. 가락국 군사들과 미리미동국 군사들과의 싸움도 힘겨운데 거칠산국 군사들까지 몰려오면 승산이 없었다. 지마이사금은 군사들에게 후퇴 명령을 내렸다. 지마이사금이 이끄는 사로국 군사들은 물금성의 성문을 깨트리지 못하고 물금천을 건너 월성으로 돌아갔다.

봉황성 감제고지(瞰制高地)를 둘러보고 가락전으로 돌아온 수로왕은 며칠 동안 고민해온 두 아들에게 허씨 성을 부여하는 문제를 종결지어야겠다고 생각했다. 그는 시녀에게 중궁전에 가서 내전(內殿)을 모셔 오라고 명했다. 은실로 물고기 수를 놓고 있던 허왕후가 시녀로부터 수로왕의 전갈을 듣고, 가락전으로 왔다.

"무슨 급한 일이라도 있사옵니까?"

허왕후가 수로왕 앞에 앉으며 물었다.

"일전에 왕후가 말했던 거 오늘 결정했어요."

목에서 밀어내듯 수로왕이 말했다.

"……."

"거문과 거도가 허(許)씨 성을 쓰도록 하는 게 좋겠어요."

수로왕이 말했다.

"가락국의 앞날을 위해서 잘 생각하신 겁니다."

수로왕의 속내평을 짐작할 수 없어 봄 내내 속을 끓였던 일이 잘 풀렸다는 생각에 허왕후의 낯빛이 환해졌다.

"그래 거문에게 다전(茶田)을 관리하라고 했다고요?"

수로왕이 물었다.

"네. 셋째가 다전 관리를 잘할 거예요."

허왕후가 나직하게 말했다. 그녀는 아유타국을 떠날 때 챙겨왔던 봉차 씨앗을 잘 간수해 가락국으로 가져왔다. 그때 가져온 차를 구지봉 인근의 다전에서 재배하고 있었다.

"때가 오면 거문을 사농경으로 임명할 생각이오."

수로왕이 깊게 숨을 들이마신 뒤 입을 뗐다.

"거도는 사병을 관리하면서 무술을 연마하도록 하는 게 좋을 거 같아요."

허왕후가 말끝을 누르며 한마디를 거들었다.

"거도가 검술(劍術)과 궁술(弓術)에 소질이 있으니까… 앞으로 가락국 국방을 책임지는 장령(將領)감이지요."

수로왕이 말을 끝내고 허왕후를 바라보았다.

수로 집단은 구지봉 아래 서촌에 집촌(集村)을 이루고 살고 있었고, 허황옥 집단은 구지봉 아래 동쪽에 집촌을 이루고 살고 있었다. 김해 지역에서 조상 대대로 집촌을 이루어 살아오던 구간 집단들과 달리 수로 집단과 허황옥 집단은 외국에서 도래한 세력이었다. 가락국 곳곳에 점점이 박혀 있는 구간 세력의 움직임에 늘 촉각을 세우지 않을 수 없었다. 그뿐만 아니라 동북쪽의 사로국 세력이 황산하를 향해 침투해 오는 것도 문제지만, 서쪽의 안야국과 서남쪽 고자미동국의 움직임도 예사롭지 않아 군사력을 키우지 않을 수 없었다.

그날 밤 수로왕과 허왕후는 밤이 이슥하게 깊어지도록 서역(西域) 이야기를 나눴다.

"장건(張騫)은 흉노를 견제하기 위해 대월지(大月氏)와의 동맹을 도모하고자 한나라의 도성 장안에서 하서회랑(河西回廊)을 지나 서역(西域)으로 가다가 흉노에게 잡혀 10년 동안 포로 생활을 했다고 합니다. 장건은 대원(大宛)과 강거(康居)를 거쳐 대월지에 다다랐지만, 뜻을 이루지 못한 채 13년 만인 한나라 무제(武帝) 2년(기원전 127년) 장안(長安)으로 돌아와 보고 들은 것을 무제에게 아뢰었다고 합니다."

허왕후가 차분히 가라앉은 목소리로 말했다.

서역은 한나라 무제 때 처음으로 한(漢)나라와 통하였다. 본래 36국이었으나 그 뒤에 차츰 나뉘어져 50여 국이 되었다. 흉노의 서쪽, 오손(烏孫)의 남쪽에 위치해 있는 서역은 북쪽의 천산산맥(天山山脈)과 남쪽의 객라곤륜산맥(喀喇崑崙山脈), 곤륜산맥(崑崙山脈), 아이금산맥(阿爾金山脈) 등이 있다. 중앙에는 탑극랍마간사막(塔克拉瑪干沙漠, 타클라마칸사막)을 가로질러 탑리목하(塔里木河, 타림강)가 동쪽으로 흐른다. 동서로는 6천여 리이고, 남북으로 천여 리에 이른다. 한나라와 흉노가 대립하는 가운데 전략적 중요성을 지닌 서역은 동쪽으로는 한나라와 접하고 옥문(玉門)과 양관(陽關)으로 막혀 있으며, 서쪽으로는 총령(葱嶺)으로 차단되어 있는 곳이다.

"동쪽 오초령(烏鞘嶺)에서 시작해 서쪽 옥문관(玉門關)에 이르는 하서회랑에 대해서 어릴 때 할아버지로부터 들은 적이 있소."

수로왕이 허왕후에게 바투 다가앉았다.

하서회랑은 기련산맥(祁連山脈) 북쪽, 합려산맥(合黎山脈)과 용수산맥(龍首山脈)의 남쪽, 오초령 서쪽에 있다. 황하(黃河) 서쪽에 있는데다 두 산맥 사이에 늘어선 좁고 긴 평지이므로 이런 지명이 붙었다. 동서의 길이는 약 1천 미터이나, 남북의 너비는 수십 킬로미터 밖에 안 되며, 고도는 해발 1천5백 미터 내외이다. 하서회랑은 내륙의 대원으로 이어지는 중요한 통로이자 여러 나라의 상단이 오고 가는 중요한 통로였다. 흉노의 서남쪽, 한나라의 서쪽에 위치해 있던 대원은 한나라에서 대략 1만 리쯤 떨어져 있다. 그들의 풍속은 정착생활을 하면서 밭을 갈아, 벼와 보리를 심어 먹었다. 포도주를 만들어 마셨고, 한혈마(汗血馬) 같은 좋은 말이 많았다. 피와 같은 땀을 흘리며, 바람처럼 빨리 달린다는 한혈마의 조상은 천마(天馬)의 새끼였다. 성곽과 가옥이 있었으며, 그 속읍(屬邑)으로는 크고 작은 70여 개의 성이 있었다. 백성의 숫자는 대략 수십만 명쯤 되었다. 활과 창으로 무장한 대원의 군사들은 말을 타고 활을 쐈다. 그 북쪽에는 강거가, 서쪽에는 대월지가, 서남쪽에는 대하(大夏)가, 동북쪽에는 오손이, 동쪽에는 우미(扜罙)와 우전(于寘)이 위치해 있었다. 우전의 서쪽은 강물이 모두 서쪽으로 흘러 서해로 들어가며, 동쪽은 강물이 모두 동쪽으로 흘러 염택(鹽澤)으로 들어간다. 장안에서 대략 5천 리쯤 떨어져 있었던 염택의 물은 지하로 흘러들고, 그 남쪽은 황하(黃河)가 발원하는 곳이다. 옥돌이 많이 나며 황하는 한나라로 흘러간다. 또한 누란(樓蘭)과 고사(姑師) 같은 나라들은 모두 성곽으로 둘러싸여 있으며 염택에 인접해 있었다.

한나라 사람들이 포창해(蒲昌海), 또는 염택이라고 불렀던 로프노르 호(湖) 서쪽 연안의 오아시스에 자리 잡고 있던 누란이라는 소국이 동아시아사의 문헌에 그 이름이 나타난 것은 『사기(史記)』「흉노열전(匈奴列傳)」에 수록된 기원전 2세기에 쓰인 편지 중에서 발견된 것이 최초이다. 기원전 77년에 장건이 이끄는 사절단을 보낸 한나라에서는 누란을 선선(鄯善)이라고 불렀다. 장건이 몸소 방문했던 곳은 대원·대월지·대하·강거 등이었고, 또한 그는 그 주변 5~6

개의 큰 나라에 관해서도 전해 들었다. 그는 이 모든 것을 한나라 무제(武帝)에게 보고했던 것이다.

"서역의 정세가 우리가 처해 있는 정세와 비슷해요."

허황옥이 말했다.

"황산하가 사로국과 가락국 틈에 끼어 있는 하서회랑과 같은 것이라고 생각이 들어요."

수로왕이 말했다.

"바닷길과 물길은 우리 가락국의 생명줄이에요. 황산하가 막히면 우리 가락국은 반로국과 불사국을 비롯한 북쪽의 나라들과 교역하는 길이 막힐 뿐만 아니라, 미리미동국과 거칠산국과의 왕래도 어려워질 게 걱정이오."

"지난번 전쟁 때 미리미동국과 거칠산국의 도움이 없었더라면 어려운 전쟁이 될 뻔했어요."

"그래요. 미리미동국 군사들과 거칠산국 군사들의 활약이 대단했지요."

"황산하를 잘 지켜야 미리미동국과 거칠산국과 동맹을 계속 이어갈 수 있어요."

"그리고 또… 창해(남해)가 막히면 한나라, 낙랑, 왜와 교역하는 길이 막힙니다."

수로왕이 잠시 말을 멈추었다. 창문 틈으로 새어 들어온 달빛이 침전에 하얗게 부서졌다.

주위가 온통 교교하게 가라앉았다. 간간이 정적 사이로 모래톱을 핥으며 부서지는 파도 소리가 파고들었다.

"전하, 밤이 깊었습니다. 침수에 드시옵소서."

허왕후가 천천히 입술을 열어 침묵을 밀어냈다.

5

거열과 거민을 비롯한 7왕자들은 태자와 허씨 성을 계승하게 된 두 왕자가 맨 앞자리를 차지하고 앉아 있는 서연(書筵)에서 강론(講論)이 열릴 때마다 주눅이 들어 『시경(詩經)』 강론에도 흥미를 잃어 갔다.

　　따스한 바람이 남녘에서 불어와
　　저 대추나무 잔가지에 불어대네.
　　어머님은 저리도 훌륭하신데
　　우리에겐 괜찮은 자식 없네.

　　凱風自南(개풍자남)
　　吹彼棘薪(취피극신).
　　母氏聖善(모씨성선)
　　我無令人(아무령인).

"앞의 두 구절은 어머니가 자식을 길러주신 공에 대하여 노래하고 있고, 뒤의 두 구절은 어머니의 은혜를 노래하고, 더불어 그 자식들이 어머니의 은혜에 보답하지 못하는 것에 대해 스스로 뉘우치고 자신을 나무라는 것을 노래하고 있어요."

종정감이 『시경』의 「국풍(國風)」 강론을 끝내고 서책을 거두어 서연을 떠날 때까지 거열과 거민은 서리 맞은 푸새같이 뒷자리에 앉아 고개를 푹 수그리고 오수에 잠겨 있었다.

닭 볏이 될망정 쇠꼬리는 되지 말랬다고 가락국의 백성들에게서 왕자 대우를 받던 7왕자들은 요즘 들어 부쩍 짜증을 내며 얼굴에 수심이 가득했다.

맏아들인 태자 거등과 어머니 허왕후의 성(姓)을 따라 허(許)씨 성을 계승하게 된 둘째 아들 거문과 셋째 아들 거도의 말만 듣고 해양 교역에만 힘을 쓰는 왕실의 정책에 불만을 품은 7왕자들이 그들을 따르는 백성들을 이끌고 지리산 방면으로 떠난 지도 5년의 세월이 흘렀다. 넷째 아들·다섯째 아들은 그들을 따르는 백성들과 함께 지리산 천왕봉에서 남북으로 길게 뻗어 내린 산줄기가 잠시 숨을 가다듬어 완만한 구릉성 산지를 이루고 있는 어서촌에 터를 잡았다. 여섯째 아들과 일곱째 아들은 그들을 따르는 백성들과 함께 경호강변 하촌에 터를 잡았다. 여덟째 아들·아홉째 아들·열째 아들은 그들을 따르는 백성들과 함께 경호강을 계속 따라 내려가다가 관개가 편리하며 토양이 비옥한 대평촌에 터를 잡았다.

바다는 짐승의 울음소리를 내며 바다안개를 봉황성으로 쓸어냈다. 수로왕은 여섯째아들 거열과 일곱째 아들 거민이 백성들을 남겨 두고, 지리산으로 들어간 후 소식이 끊어져 가슴애피를 하고 있었다. 불길한 생각이 자꾸만 머릿속에 맴돌았다. 수로왕은 잠을 이루지 못하고 있었다. 뭍에서 멀지 않은 든바다에서 스멀스멀 몰려온 안개가 구지봉을 휘감고 돌다가 들대로 미끄러져 내려와 봉황성을 넘어 침전 위로 내려앉았다.

가락국의 도성인 봉황성은 바닷길로 서해안과 남해안의 모든 항구, 그리고 한(漢)나라와 왜(倭)로 통할 수 있었고, 낙동강 물길을 이용해 영남 내륙 깊숙이까지 오갈 수 있었던 관문과 같은 중요한 위치에 놓여 있었다. 교역의 중심지로 떠오른 가락국은 물길과 바닷길의 중심부에 해당하는 관문을 차지해 물길·바닷길 교통, 그리고 교역의 요지로서 한반도 남부 변한의 소국들 가운데 맨 위층에 자리잡게 되었다. 말하자면 철과 물길과 바닷길이 풀무질한 교역의 거점인 가락국은 천구(天球) 위에 구름 띠 모양으로 길게 분포되어 있는 수많은 천체(天體)의 무리인 은하의 중심부처럼 변한 정치집단의 중심부가 된 것이었다. 관문사회의 중심 세력이 된 가락국에서 멀리 떨어져 있는 소국일수록 교통과 교역의 중요도가 떨어져 낙동강과 남해 연안에 점점이 박혀 있는 소국들에 미치는 영향력이 미미하게 되었다. 반로국·감로국·접도국·고순시국·낙노국·주조마국 같은 소국들이 그러했다.

파도 소리가 줄기차게 안개를 봉황성으로 밀어냈다. 바다가 뒤척이며 거친 숨을 몰아쉬었다. 그때마다 바다는 수로왕의 코 고는 소리를 삼켜버렸다. 파도가 안개를 뭍 쪽으로 줄기차게 밀어냈다. 안개가 바람을 타고 빠르게 흘러왔다. 이윽고 안개는 쌍어문이 새겨져 있는 봉황성 성문을 휘감았다. 등잔불이 흔들렸다. 침전이 한밤중처럼 깜깜해졌다. 수로왕은 침방(寢房) 안으로 사로국 군사처럼 진주해온 안개의 포로가 되어 옴짝달싹 못 하였다.

안개를 뚫고 북쪽 구지봉에서 불현듯 수상한 소리가 들려왔다. 환청이 아니었다. 분명히 사람의 목소리였다. 안개가 자욱이 깔리고 있었다.

무슨 소리가 들리는 것 같았다.

네가 누워 있는 곳이 어디냐?

사람의 목소리가 들려왔다. 위엄있는 목소리였다. 그 모습을 숨기고 소리만 내서 말하고 있었다.

가락국 봉황성입니다.

수로왕이 불안한 목소리로 대답했다.

수로왕은 소리 나는 쪽으로 계속 귀를 기울였다. 그는 안개의 늪 속으로 빠져들어 가고 있었다.

네가 왜 거기에 누워 있느냐?

소리가 또 말했다.

하늘이 명하기를, 이곳에 가서 나라를 새로 세우고 임금이 되라고 하였기 때문에 여기에 왔습니다.

수로왕의 숨소리가 거칠어지기 시작했다.

조상들의 묘가 모래에 묻혀 사라져 가는 데도 태평스럽게 잠만 자고 있느냐? 그러고도 네가 대원의 왕손(王孫)이라고 할 수 있느냐?

소리가 침방 안을 가득 채웠다.

그때 안개를 헤치고 노랫소리가 가늘게 들려오기 시작했다.

거북아, 거북아
머리를 내밀어라.
만일 내밀지 않으면
구워서 먹겠노라.

龜何龜何(구하구하)
首其現也(수기현야).
若不現也(약불현야)
燔灼而喫也(번작이끽야).

수로왕은 현기증이 일었다. 옴나위없이 누워 머리를 감싸 쥐었다. 등줄기로 한기가 흘러내렸다. 이 노래를 외치며 춤을 추어라. 그러면 대왕을 맞아 너희들이 기뻐 춤추게 되리라. 노랫소리가 가늘어지면서 안개 속으로 사라졌다. 백성들은 그 말대로 모두 기쁘게 노래 부르고 춤추었다. 노래하고 춤춘 지 얼마 되지 않아 그들은 우러러 머리 위를 바라보았다. 가공한 호양목(胡楊木)에 서로 머리를 맞대고 있는 물고기 두 마리를 새긴 기둥이 하늘에서 드리워져 땅에 닿고 있었다. 양가죽으로 시체를 싼 다음 관 속에 넣고, 호양목을 가공한 뚜껑으로 덮은 관이 기둥 끝에 매달려 있었다.

모래와 함께 바람이 휘몰아쳐 오고 있어. 탑극랍마간사막을 넘어 온 바람 소리가 점점 더 거세져서 눈을 뜰 수 없어. 앞을 분간하기 힘들어. 바람 소리에 빨려들어 탑극랍마간사막으로 튕겨 나가는 것만 같아.

소리가 가늘어졌다.

수로왕이 손을 앞으로 내저었다. 땀이 비 오듯 쏟아져 내렸다.

하서회랑이 막히면 조상들이 묻혀 있는 누란으로 갈 수 없어.

소리가 말했다.

노랫소리가 점점 가까이서 들려왔다.

조상들이 …묻혀 있는… 누란으로 갈 수… 없어.

아주, 아주 먼 곳에서 들려오는 소리가 아련하게 멀어져 갔다. 수로왕의 몸속에 남아 있는 마지막 진까지 뽑혀 나가는 것만 같았다. 달무리처럼 흐리마리한 그림자가 사라졌다. 서서히 안개가 걷히고 있었다.

"전하, 전하,"

허왕후가 다급한 목소리로 말했다.

수로왕의 온몸이 땀국에 흠뻑 젖어 있었다. 천천히 고개를 든 그는 어섯눈을 뜨고 일어나 앉았다.

새벽 어슴이 가락전 뒤의 대나무숲에 내려앉고 있었다. 어둠발이 가고 동살이 침방으로 퍼지고 있었다. 침방이 몹시 낯설어 보였다.

"귀에서 노랫소리가 계속 들려와."

수로왕이 굽죄인 목소리로 말했다.

"무슨 노랫소리가 들려와요?"

허왕후가 수로왕의 오른팔을 잡으며 물었다.

"'거북아 거북아, 머리를 내밀어라. 만일 내밀지 않으면, 구워서 먹겠노라'라는 노래였어."

수로왕이 왼팔로 침상을 짚으며 말했다. 노랫소리가 여전히 그의 귓전을 맴돌고 있었다. 현기증이 일게 하는 노랫소리는 겪어보지 않은 사람은 알 수 없는 고통으로 오갈들기에 더할 나위 없이 알맞았다.

"아유타국 사제(司祭)가 언젠가 이런 말을 한 적이 있어요."

"어떤 말을…?"

"사람이 자연을 초월한 그 어떤 대상이나 힘에 의거하는 존재에 대해 사람의 욕망을 실현하고자 하는 경우에는 자연을 초월한 그 어떤 대상이나 힘에 의거하는 존재에 대해 훌륭한 것을 존경하고 찬양하지만 그것이 실현되지 않을 경우에는 사람의 입장에서 위협하게 된다고 말했어요."

"음."

"신령스러운 존재인 거북이를 부르는 것으로 시작되는 노래에서 '만약 내밀지 않으면, 구워서 먹으리'라 하고 위협하는 주술이 그것을 말해주고 있어요. 이건 일종의 위협하는 주술에 관계된 노래로 보여요. "

허왕후가 차분한 음성으로 말했다.

"할아버지가…."

이마에 맺힌 땀을 훔치는 수로왕의 손등에 힘줄이 솟아났다.

"할아버지라뇨?"

수건으로 수로왕의 얼굴의 땀을 닦는 허왕후의 얼굴에 당혹해하는 빛이 지나갔다.

"할아버지가 오셨댔어."

발 뻗고 제대로 잠을 이루지 못하고, 여윈잠을 잔 수로왕이 귀신에 홀린 사람처럼 허공을 바라보았다.

"전하, 어젯밤 할아버지께서 나타나 조상들이 묻혀 있는 누란으로 갈 수 없다고 말했다는 데 그게 무슨 말이에요?"

허왕후가 의아하다는 듯이 물었다.

"그게 얘기하자면… 우리 집안에 입에서 입으로 전해져 내려오는 집안 내력이 길어요…."

충혈된 눈으로 허왕후를 물끄러미 바라보던 수로왕이 말끝을 흐렸다.

"듣고 싶어요. 저희 집안에도 입에서 입으로 전해져 내려오는 내력이 있는데 엄청 길거든요."

허왕후의 눈이 잿빛을 띤 흰빛으로 빛났다.

"나의 고조할아버지는 원래 서역 36국 중의 하나인 대원(大宛)에 살았지요. 한나라 장건이 대원의 한혈마에 반한 나머지 천마(天馬)라고 이름 붙였다는 이야기는 잘 알려져 있지요. 한나라 무제(武帝)가 대원에 잘 달리는 말이 많은 것을 탐내 이사장군(貳師將軍) 이광리(李廣利)로 하여금 군사를 거느리고 가서 대원을 치도록 했지요. 전쟁에서 올린 성과로 잘 달리는 말을 많이 탈취해 장안으로 돌아갔으나 많은 군사를 잃어버렸지요. 무제가 파견한 벼슬아치들이 세금을 혹독하게 거두고, 재물을 강제로 빼앗아 백성들을 몹시 곤궁하고 고통스러운 지경에 빠뜨리자. 이를 견디지 못한 대원 사람들이 여러 번 반란을 일으켰지요. 장두(長頭)를 섰던 고조할아버지는 한나라 군사들의 칼끝을 피해 가족들을 이끌고 누란으로 피했지요."

수로왕이 말을 멈추었다.

대원은 파미르고원 바로 서쪽에 위치한 중앙아시아 페르가나분지에 있었다. 기원전 102년에 한나라에 항복하고 여러 번 사신을 보내 한혈마를 바쳤다.

"누란에 임시 거처를 정한 고조할아버지는 서역의 여러 나라들을 오가며 장사를 했지요. 우리 대원 사람들에게는 태어난 고장이 영원한 고향이 아닌 거예요. '고향을 한번 떠나면 새로운 고향을 찾고자 하는 바람이 마음속에 생겨나곤 해'라고 고조할아버지가 입버릇처럼 말하곤 했다는 거예요. 그러다가 가족들을 데리고 아예 누란에 눌러앉아 살다가 돌아가셔서 염택의 언덕에 장사 지냈지요. 어쩌면 고조할아버지의 영혼은 페르가나분지 위에서 떠돌고 있을지도 몰라요. 태어난 고장이 영원한 고향이 아닌 거야라고 입버릇처럼 말했지만, 조상님들의 묘가 페르가나분지에 있다고 가족들 몰래 눈물짓곤 했다는 거예요. 할아버지는 누란 사람들이 우니(扦泥)로 옮겨 가던 해 대원으로 갈까 망설이다가 가족을 이끌고 우니로 갔지요."

수로왕이 다시 말을 이어나갔다.

누란 사람들은 만년설(萬年雪)과 빙하로 덮여 있는 천산산맥에서 발원한 탑리목하(塔里木河)가 흘러드는 염택의 기슭에서 농사를 지으며 살았다. 한나라에서 누란으로 가는 길은 둘로 나뉜다. 하나는 곤륜산맥의 북쪽 기슭을 따라 서쪽으로 가는 남로이고, 다른 하나는 천산산맥의 남쪽 기슭을 따라 서쪽으로 가는 북로이다. 서역의 소국 중 염택의 서쪽 연안에 위치해 있던 누란은 한나라와 가장 가까웠다. 1만 4, 5천의 인구를 가진 누란은 남로와 북로의 분기점에 위치하여 끊임없이 흉노와 한나라의 위협과 약탈에 시달렸다. 누란 사람들은 남로와 북로를 오가는 상인들의 향도(嚮導) 역을 담당하여 식량·물·낙타 등을 오가는 사람들에게 공급했다. 새로운 누란 왕이 왕위에 오르자, 흉노와 한나라는 누란에 사신을 보내 인질을 보내라는 명령을 내렸다. 새 누란 왕은 흉노와 한나라의 명령대로 두 아들 가운데 형 안귀(安歸)는 흉노에, 아우 위도기(尉屠耆)는 한나라에 보냈다. 새 누란 왕도 왕위에 오른 지 몇 년을 못 넘기고 죽었다. 흉노는 인질로 잡아 두었던 첫째 왕자 안귀를 누란으로 보내, 왕위에 오르게 했다. 28세의 나이로 왕위에 오른 그는 흉노를 가까이하고, 한나라를 멀리하는 정책을 펴 한나라의 심기를 거스르는 결과를 초래했다.

기원전 77년 한나라 대장군 곽광(霍光)은 소제(昭帝)에게 아뢴 뒤 평락감(平樂監) 부개자(傅介子)를 누란에 보내서 왕 안귀에게 죄를 물어 죽이라고 했다. 황금과 비단을 휴대한 부개자는 외국에 하사품을 내려주어 명성을 얻기 위해서라고 공언하며 용맹한 병사들을 데리고 누란으로 갔다. 부개자가 누란에 도착해서 왕에게 하사품을 주겠다고 속였다. 왕은 기뻐하며 부개자와 함께 술을 마셨다. 왕의 얼굴에 취기가 돌자, 부개자는 그에게 은밀히 알리고 싶은 말이 있다고 말했다. 왕이 부개자 쪽으로 몸을 기울였다. 그 순간 한나라의 병사 2명이 동시에 뒤에서 왕 안귀를 찔렀다. 좌우에 있던 귀족들이 모두 흩어져 도망갔다.

"누란의 왕 안귀는 한나라에 반항한 죄로 천자께서 나를 보내어 왕에게 죄를 물어 죽이라고 했다. 왕의 동생으로 한나라 장안에 인질로 가 있는 위도기를 새로운 왕으로 세우겠다. 잠시 후 왕의 동생이 한나라의 병사들과 함께 도착할 것이다. 괜히 반항하여 시끄럽게 해서 나라의 멸망을 자초하지 말라."

부개자의 말이 날카로운 칼이 되어 누란 사람들의 목을 다 베어버리기라도 할 것만 같았다. 이윽고 부개자는 왕 안귀의 머리를 베어서 역체(驛遞)를 통해 한나라의 궁궐로 보냈다. 북궐(北闕) 아래에 그 머리를 매달았다. 부개자는 의양후(義陽侯)에 봉해졌다. 옛 누란 왕의 둘째 왕자 위도기를 새로운 누란 왕으로 앉혔다. 한나라는 염택 호반에 자리 잡고 있는 누란이 흉노와 가까이 위치해 있다는 이유로 누란의 성읍(城邑)을 버리고, 그곳에서 4백 2킬로미터 떨어진 염택의 남쪽 기슭 우니로 성읍을 옮기고 나라 이름을 선선(鄯善)으로 고치라는 명을 내렸다. 누란 사람들이 선선으로 옮겨가기 열흘 전에 수로왕의 고조할머니가 자신을 염택이 내려다보이는 언덕에 묻어달라는 유언을 남기고 숨을 거두었다. 고조할아버지와 남은 가족들은 물고기가 입질하고 있는 모습을 한 크고 작은 바위들이 산 아래까지 강물처럼 흘러내려 간 것처럼 널브러져 있는 천어산(千魚山) 기슭에 모래를 뒤집어쓰며 서 있는 호양목 기둥 사이로 느릿느릿 걸어갔다. 그들은 바위와 모래를 들어내고 염택 호숫가에 뿌리를 내리고 있던 호양목을 베어 와서 관을 짰다. 사제가 양가죽으로 시체를 싼 다음 관 속에 넣고, 호양나무를 가공한 뚜껑으로 덮었다. 그리고 관 주위에 호양나무를 육각형과 팔각형으로 깎아 가공한 뒤 서로 머리를 맞대고 있는 물고기 두 마리를 새긴 기둥을 세웠다. 유언대로 고조할머니를 염택이 내려다보이는 언덕 위에 묻어준 뒤 고조할아버지와 남은 가족들은 자신들이 자리 잡는 대로 고조할머니의 묘에 성묘하러 올 것이라고 생각했다. 짐을 가득 실은 말과 낙타의 행렬이 선선을 향해 남쪽으로 이동했다. 천어산 기슭에서 떠오른 태양이 끝이 보이지 않는 행렬 위로 붉은빛을 흩뿌리기 시작했다.

"선선으로 가서 어떻게 되었어요?"

허왕후가 바짝 앞으로 다가앉았다.

"한나라 도성인 장안을 들락거리며 장사를 하던 고조할아버지는 증조할아버지와 함께 상단을 이끌고 하서회랑을 지나오다가 산에서 굴러내린 돌에 맞아 돌아가셨지요. 선선의 언덕 양지바른 곳에 고조할아버지를 장사 지낸 증조할아버지는 언젠가는 증조할아버지의 묘를 증조할머니가 묻혀 있는 염택 호수가 내려다보이는 언덕 위에 이장해야 한다고 입버릇처럼 말했다고 해요. 누란은……."

수로왕이 말끝을 흐리며 허왕후를 바라보았다.

"누란 사람들에게 누란은 어떤 곳이지요?"

허왕후가 말했다.

"누란은 선선으로 옮겨간 누란인들에게 조상들의 묘가 있었기에 언젠가는 돌아가야 할 땅이었지요."

수로왕이 말했다.

탑리목하를 따라 뿌리를 내리고 있는 호양목 숲이 염택 호반까지 펼쳐져 있었다. 누란인들은 염택을 둘러싸고 있는 물억새와 갈대숲 사이로 물길을 그물처럼 촘촘하게 뚫었다. 초가을에 많은 갈색 꽃을 피웠던 물억새가 차차 은백색으로 변해 갔고, 염택으로 흘러 들어가는 탑리목하에서 물고기들이 은빛을 반짝이며 수면 위로 뛰어 올랐다. 누란 사람들은 물길과 물길 사이에 갈대밭을 개간해 벼·보리·수수·콩 같은 농작물을 심었다. 『한서(漢書)』「서역전(西域傳)」에 "선선은 원래 누란이라 불렀다. 그곳은 장안에서 6천 리, 양관(陽關)에서 1천 리 지점에 있다. 가구 수는 1천5백 70호, 인구는 1만 4천1백 명, 군인은 2천9백 12명이다"라고 기록되어 있다. 이 기사로 선선의 전신인 누란의 인구와 나라의 크기를 짐작할 수 있을 것이다. 누란 사람들이 선선으로 옮겨 간 기원전 77년부터 한나라의 권세 있는 신하인 왕망(王莽)이 왕위를 찬탈하여 신(新)나라를 세웠던 서기 8년까지 서역에서 한나라는 흉노보다 더 강한 힘을 행사하여 서역의 소국들을 한나라의 지배하에 두었다. 마침내 한나라는 서역에서 흉노를 몰아내는 데 성공했다. 그러나 신나라의 왕망은 서역의 소국들과 우호를 다지는 일을 여줄가리로 여기고 소국들을 경시하는 정책을 폈다. 흉노와 내통하여 한나라를 배반하는 소국들이 나타났다.

서기 8년 수로왕의 할아버지는 선선의 사내들과 함께 낙타들을 이끌고 누란을 향해 출발했다. 모래와 함께 바람이 휘몰아쳐 왔다. 바람이 만들어낸 모래산의 능선들이 주름을 잡고 있었다. 탑극랍마간사막을 넘어온 바람 소리가 거세졌다. 눈을 뜰 수 없을 정도로 강한 바람이었다. 앞을 분간하기 힘들었다. 선선을 떠난 지 열흘째 되는 날 그들은 꿈에도 그리던 누란의 성읍에 도착했다. 그들은 바람 소리에 빨려들어 탑극랍마간사막으로 금방이라도 휩쓸려 갈 것 같만 같았다. 모래를 가득 문 바람이 휘몰아쳐 왔다. 모래바람은 끊임없이 목덜미 속으로 파고들었다. 누란은 누런 모래가 뒤덮은 하늘 아래 모래 언덕에 납작 엎드려 있었다. 봄볕이 모래바람을 헤치고 누란에 찾아오면 파릇파릇한 잎이 마치 쉬리 떼가 몰려오는 모습을 했던 호양목들과 키가 작고, 원줄기와 가지의 구별이 분명하지 않고, 밑동에서 가지를 많이 치는 나무인 관목(灌木)들이 신기루같이 사라지고 없었다. 살아서 천 년 동안 쓰러지지 않고, 죽은 뒤에도 천 년 동안 썩지 않는다는 호양목들도 사라지고 없었다. 누란 사람들이 땔감으로 쓰고, 가축들의 먹이로 주던 관목들이 사라지고 없었다. 그뿐만이 아니었다. 한나라와 흉노의 틈바구니에서 살아남기 위한 방편으로 한나라와 흉노에 각각 왕자를 인질로 보내 살아남으려고 몸부림쳤던 누란은 흔적도 없이 사라지고 없었다. 사라진 것이 또 있었다. 아름다운 염택이 모래바람을 타고 모래산의 능선 속으로 사라지고 만 것이었다. 낙타 등에 앉아 물끄러미 모래산의 능선을 바라보던 할아버지는 그 자신이 염택 호반에 와 있다는 것을 알아챘다. 저길 보게나. 저곳이 우리가 찾아가는 천어산묘(千魚山墓)인가 보네. 할아버지의 손끝이 가리키는 곳에 호양나무 기둥들이 모래산 능선에 목만 내밀고 모래바람을 온몸으로 맞고 있었다. 할아버지와 선선의 사내들은 낙타 등에 몸을 맡긴 채 탑리목하의 물고기가 바위로 변했다는 전설을 간직한 너덜경을 향해 갔다. 천어산 비탈은 모래 능선으로 변해버린 지 오래였다. 크고 작은 잿빛 바위가 모래에 묻혀 흔적조차 찾을 수 없는 너덜경을 지나 호양목 기둥을 향해 갔다. 누란 사람들은 호양목 기둥을 천 개나 천어산에 세웠던 것이다. 목을 길게 빼고 모래 능선 속으로 빠져들고 있는 호양목 기둥 사이로 느릿느릿 걸어갔다. 바람의 기세는 여전히 가라앉지 않고 있었다. 모래가 발목까지 푹푹 빠졌다. 모래 능선 아래에는 천 개의 관이 잠들고 있었다. 서로 머리를 맞대고 있는 물고기 두 마리가 새겨진 호양목 기둥이 선명하게 들어왔다. 물고기 무늬 밑에 꽃잎 무늬가 하나 새겨져 있는 것을 확인한 할아버지는 어머니 하고 외마디 소리를 내지르며 모래 능선에 엎드려 눈물을 터뜨렸다. 같이 간 사내들도 조상의 무덤을 찾아 모래 능선을 헤맸다. 천어산이 붉게 물들어가면서 모래바람도 서서히 잦아들었다. 모래 능선을 타고 내려온 어둠이 할아버지의 등 위로 내려앉았다,

"할아버진 언제 장안(長安)으로 가게 된 거예요?"

허왕후가 말끝을 높였다.

"초주검이 되어 누란으로 돌아온 할아버지는 한 달 가까이 미음만 드시며 누워 있다가 일어나 가족들에게 선언하듯이 말했다. 우리가 살아가야 할 곳은 장안이야. 장안으로 가자는 말을 거역할 수 없었던 가족들은 낙타 위에 짐을 싣고 선선을 떠나 장안으로 갔지."

수로왕이 그 광경이 눈앞에 생생하게 보이는 듯하다는 얼굴로 말했다.

"누란에서 장안까지 가시느라 엄청 고생하셨겠네요."

허왕후가 눅눅한 기운을 밀어내며 말했다. 누란에서 장안까지 거리는 가늠도 되지 않을 정도로 먼 거리였다.

"그런데 장안은 장사꾼이 살만한 데가 못 된다고 생각한 할아버지는 다시 가족을 이끌고 상선에 몸을 싣고 상해로 가 정착했어."

수로왕이 잠시 말을 멈추었다.

"그럼 아유타촌 이야기는 들어본 적이 있었겠네요."

"들어본 적이 있고말고."

"그렇군요."

허왕후는 가리사니가 툭 터지는 것 같았다.

"누란에 가서 조상들 묘에 성묘해야 하는데 조상님들께 뵐 면목이 없어."

"육로로 누란까지 가기에는 많은 나라들이 국경으로 막고 있어 어려워요. 바닷길로 해서 가는 방법을 생각해 봐요."

"황산하를 장악하지 못하면 우리 가락국은 더 성장하지 못해."

"우리 가락국이 흉노와 한나라 사이에 끼어 한나라를 따랐다가 흉노를 따랐다가 하던 누란 같은 운명이 되면 안 된다고 생각해요."

허황옥이 힘주어 말했다.

"그렇게 되어서는 안 되지요."

수로왕이 몸을 일으키며 말했다.

"바다가 우리 가락국의 생명줄이에요. 바다는 어머니처럼 온 생명을 품어 줘요."

허왕후가 낮은 목소리로 가리새를 타 주었다.

6

사로국이 골벌국과 연합하여 불사국을 공격했다. 황산하 물길의 안전이 점점 위태로워지고 있었다. 그뿐만이 아니었다. 열 사람의 신하를 중심으로 형성된 위례의 십제(十濟)가 미추홀의 비류 세력을 흡수하여 백제(百濟)로 성장하여 마한의 소국들을 하나하나 통합하며 나날이 강성해지고 있었다. 뿐만 아니라 안야국이 가락국의 해상 교역로에 끼어들려고 하는 것도 걱정이었다.

"만어산으로 순행을 떠나야겠어."

수로왕은 겉으로는 기색이 아무렇지도 않은 듯이 예사로웠으나 마음속은 어지러웠다.

"만어산으로 순행을 가신다고요?"

가락바퀴로 실을 감고 있던 허왕후가 손놀림을 멈췄다.

"거칠산국을 다독거려 줄 필요가 있어. 회맹(會盟)을 가질까 해."

수로왕은 입속으로만 되뇌이던 회맹이란 말을 입 밖으로 밀어냈다.

"거칠산국 거수도 오나요?"

허왕후가 가락바퀴에 실을 감으며 물었다.

"이번에 판상철부를 하사한다고 했으니 꼭 올 거요."

수로왕이 어조를 누그러뜨리고 말했다. 바다에 인접해 있는 지리적 이점을 살려 자신들도 직접 낙랑과 교역을 하겠다는 것을 허락하지 않은 데 대해 서운한 감정을 숨기지 않던 거칠산국 거수는 지난번 만어산 회맹에 직접 나오지 않고 동생을 대신 보냈다. 창해와 인접해 있던 거칠산국은 창해 해로에 직접적 영향을 끼치는 소국으로 수로왕으로서는 거칠산국의 움직임에 마음에 쓰였던 것이다.

"전하, 한사잡물도 함께 나누어 주면 좋아할 것입니다."

가리사니가 좀 잡힌 허왕후가 말했다.

"한사잡물이 여유가 있습니까?"

수로왕이 굳어진 얼굴을 풀며 말했다.

"얼마 전 상해의 아유타촌 촌장이 해반상단 편에 한사잡물을 전해왔습니다."

"그거 참 좋은 일이요."

수로왕이 흡족한 표정을 지었다.

짙은 녹색을 띤 잿빛에 배 쪽으로 갈수록 빛깔이 옅고 산뜻한 흰색 물고기들이 상류로 거슬러 올라가고 있었다. 비늘을 번득이며 물살을 거슬러 올라가는 은어 떼를 내려다보며 수로왕은 만어산을 떠올렸다. 해반천에 봄이 찾아오면 은어는 넓고 큰 바다로부터 돌아와 여름내 강물을 거슬러 올라갔다.

수로왕 일행이 봉황성 성문을 나왔을 때, 바다 위로 붉은 해가 솟아올랐다. 손에 창을 들고 머리에 투구를 쓴 병사들이 말고삐를 천천히 당겼다. 이어서 수로왕과 허왕후를 태운 수레 뒤로 판상철부와 한사잡물을 가득 실은 수레가 천천히 움직였다. 물고기 비늘 같은 갑옷을 입은 묘견과 묵수가 말고삐를 꽉 쥐고 그 뒤를 따랐다. 줄달아 사흘을 퍼붓던 비가 잦아들어 빗밑이 드는가 싶더니 어제 비가 그쳤다. 황산하 상류에서 줄기차게 내리퍼부은 비로 불어난 강물이 강둑을 절써덕거렸다. 삼사미 길목의 나루터에서 수로왕 일행이 범선(帆船)을 타고 황산하를 건너 작원관을 지났다. 까치 떼들이 작원 나루 위를 빙빙 돌고 있었다. 밀양강이 황산하와 만나는 지점에 위치한 삼랑진 어귀에는 갈대들이 무성했다. 황산하를 훑고 밀려온 바람에 어가(御駕) 행렬의 깃발이 나부꼈다. 어가 행렬이 삼랑나루에 도착했을 때 해는 구름에 가려져 보이지 않았다. 삼랑나루는 창해에서 멀리 떨어진 탓인지 봉황성에 비하면 날씨가 서늘했다. 거칠산국 거수와 미리미동국 거수가 육각형 모양을 한 삼랑정 앞에서 병사들을 거느리고 기다리고 있었다. 거칠산국 거수가 타고 온 수레를 끌던 말이 적갈색 털로 뒤덮인 뒷다리가 가려웠는지 지름이 두세 아름 되어 보이는 느티나무에 비게질해 댔다. 수로왕의 행렬을 뒤따라 거칠산국 거수와 미리미동국 거수의 행렬이 만 마리의 물고기 떼가 살고 있다는 설화가 서려 있는 만어산으로 오르는 너설로 접어들었다.

보득솔이 군락을 이루고 있는 곳에 이어 험한 바위와 돌이 삐죽삐죽 내밀어 있는 곳을 지나자, 크고 작은 바위들의 흐름이 산 정상에서 시작하여 골짜기 중턱까지 이어졌다. 온통 바위너설이어서 천혜의 요새 같았다. 크고 작은 바위들이 강물처럼 흘러내리다가 널브러져 있는 모습이 물고기가 입질하고 있는 모습처럼 보였다. 마치 거대한 어룡(魚龍)이 엎어져 있는 듯한 형상을 이루고 있는 어룡바위 앞에서 회맹 의식이 시작되었다. 희생물(犧牲物)로 삼은 소의 왼쪽 귀를 잘라 쟁반에 담아 그 피를 제기(祭器)에 담았다. 새삼스러운 눈길로 어룡바위를 살펴보던 거칠산국 거수가 떨리는 목소리로 묵수가 건네준 맹약서를 읽기 시작했다.

거칠산국과 미리미동국은 가락국을 우방국으로 삼아 길이 의지할 것이다. 희생물을 잡아 피를 마시고 내내 친목하여 재앙을 서로 나누고 서로 도와 은의를 형제처럼 해야 할 것이다. 맹세를 어겨 몰래 함께 군사를 일으키면 산신의 재앙을 받을 것이다.

이어서 수로왕이 흰 수염을 한번 쓰다듬은 뒤 먼저 희생(犧牲)의 피를 마셨다. 뒤이어 거칠산국 거수가 희생의 피를 마셨다. 마지막으로 미리미동국 거수가 희생의 피를 마셨다.

크고 작은 물고기들이 입을 벌리고 있는 모습을 한 너덜겅 위로 구름이 뒤덮기 시작했다. 그 광경은 마치 크고 작은 물고기 떼가 구름을 타고 만어산 정상으로 올라가고 있는 것만 같았다. 수로왕이 어룡바위 앞에서 물러 나왔을 때 구름을 뚫고 햇빛이 너덜겅 위로 쏟아져 내렸다. 회맹 의식 내내 턱 끝이 뾰족한 얼굴에 그늘이 깔려 있던 거칠산국 거수가 어룡바위 앞에서 물러났다. 이어 미리미동국 거수가 어룡바위 앞에서 천천히 물러났다.

검은 바위들이 반짝반짝 빛을 내며 꿈틀거렸다. 물고기가 입질하는 모양의 검은 돌을 바라보던 허왕후는 눈길을 은어 모양의 바위로 돌렸다. 너덜겅의 바위 하나하나의 생김새가 예사롭지 않다고 생각했다. 그녀는 작은 돌을 하나 집어 큰 돌을 두드려 보았다. 쇠북 소리가 났다. 다시 조금 작은 돌을 두드려 보았다. 경쇠 소리가 났다. 고개를 들어 산 정상을 바라보았다. 구름이 만어산 아래로 내려앉고 있었다. 그때 그녀의 눈에 물고기 두 마리가 서로 이마를 맞대고 있는 바위가 들어왔다. 흡사 이마를 맞대고 있는 물고기 두 마리가 구름 위로 올라가는 모습 같았다.

수로왕은 수레에 싣고 온 판상철부와 한사잡물을 거칠산국 거수와 미리미동국 거수에게 하사했다.

한사잡물을 보고 거칠산국 거수의 얼굴이 환해졌다.

"이 귀한 것들을 하사하다니 감사합니다."

몸집이 큰 거칠산국 거수가 고개를 숙여 보였다.

"하하, 우리 왕후가 준비한 거라오."

수로왕이 허왕후에게 고개를 돌리며 말했다.

"돌아가서 신료들에게 나누어 주면 좋아할 겁니다."

거칠산국 거수가 말했다. 당당하고 늠름한 그는 거수에 오르기 전부터 가락국을 들락거리며, 가락국의 선진 문물을 받아들였고, 황산하 물길을 이용해 교역을 늘렸다.

"거칠산국 신료들은 물론 우리 미리미동국 신료들도 좋아할 겁니다."

미리미동국 거수가 기뻐하는 얼굴빛을 감추지 못하고 말곁을 달았다. 그는 거수에 오른 지 6년 만에 철마산에 철마산성을 쌓아, 외적의 침입에 대비했고, 황산하 물길을 이용해 가락국과 교역을 활발히 해 백성들의 살림살이를 풍족하게 했다.

수로왕 일행이 삼랑나루에 이르렀다. 미리미동국 거수와 거칠산국 거수가 병사들의 호위를 받으며 삼랑나루를 떠났다.

"우리는 좀 쉬었다 가도록 하자,"

수로왕이 좌우를 둘러보며 말했다.

묵수가 수로왕을 모시고 삼랑정으로 올라갔다. 은어 떼들이 물살을 가르며 황산하를 거슬러 올라가고 있었다.

"거문은 사농경을 맡아 다전(茶田)을 비롯한 나라의 농사를 맡아 일하기로 했고, 거도는 물금성 성주를 맡아 물금 철광산을 관장하기로 했다."

정자마루 끝에 걸터앉은 허왕후의 뒤로 구새 먹은 느티나무가 강물 위로 가지를 늘어뜨리고 있었다.

"잘 되었네요."

강물을 응시하던 묘견이 고개를 돌리며 짧게 말했다. 오빠들이 관직을 놓고 얼굴을 붉히는 것을 죽 보아온 그녀는 관직 같은 것은 시들방귀로 여기고 있었다. 그렇다고 숫보기는 아니었다.

"좁은 가락국에서 아옹다옹할 게 아니라 좀 더 넓은 세상으로 나가보면 어떻겠느냐?"

허왕후가 묘견의 낯빛을 살폈다. 그녀는 묘견의 속종을 눈치채지 못할 만큼 미욱하지는 않았다.

"……."

묘견이 허왕후의 말에 시척도 않고 고개를 수그린 채 생각에 잠겼다.

"마침 묵수가 다음 달에 상단을 이끌고 왜나라 땅으로 간다니까, 너도 함께 가거라."

허왕후가 눈자위와 아늠을 쓰다듬으며 말했다.

"네 생각해볼께요."

묘견이 수그리고 있던 고개를 천천히 들었다.

"가락국이 사는 길이 바다 교역 길을 넓히는 일이야."

허왕후가 일어서며 말했다.

"곧 떠난다 합니다. 떠날 차비들을 하세요."

묵수가 삼랑정에서 내려오며 벼슬아치들을 향해 말했다.

7

바다 표면으로부터 연기가 피어오르는 것처럼 보이는 바다안개를 뚫고 붉은 달이 구지봉 위로 떠올랐다. 살의를 품은 듯한 붉은 달빛이 바다 안개를 뚫고 봉황성 위로 쏟아져 내렸다. 봉황성을 에워쌌던 바다안개가 물러가자, 해반천이 마치 가마 속에서 끓어 번지는 물처럼 물방울을 일으켜 붉은 물꽃을 튕겼다. 냇물이 핏빛으로 변했다. 물고기들이 하늘로 뛰어올랐다가 물 녘으로 떨어졌다. 이상한 일이었다. 그뿐만이 아니었다. 호계천의 물빛이 온통 붉은빛으로 물들며 크고 작은 고기들이 하늘로 뛰어올랐다. 황산하의 물고기들이 모래사장과 풀숲 위로 쏟아져 내렸다. 이상한 일이 연속적으로 일어났다. 백성들이 거리로 몰려나왔다.

연자루 옆으로 펼쳐져 있는 다전의 차나무 위로 바다안개가 스멀스멀 밀려왔다. 찻잎 위에 내려앉았던 바다안개는 연자루를 에워쌌다. 연자루가 커다란 소리를 내며 울었다.

"연자루가 운다."

다전 옆을 지나가던 길손이 걸음을 멈추었다.

"연자루가 운다아."

걸때가 커다랗고 억세게 생긴 사내가 찻잎을 따다 말고 허리를 세웠다.

"변고가 일어나려나."

백성들은 대여섯 사람씩 떼를 지어 서로 쑥덕거렸다. 도성 안이 무겁게 가라앉았다.

서쪽으로 황산하 물길을 끼고 있고, 동쪽으로는 태백산맥의 지맥을 등에 엎고 있던 불사국은 지리적, 전략적 요충지였다. 이러한 지형적 특징으로 말미암아 불사국은 진한에 속해 있었으나, 수로왕은 봉황성에 온 불사국 사신이 귀국할 때 판상철부와 한사잡물을 범선에 가득 실어 보냈다. 이에 고무된 불사국 거수는 화왕산성과 목마산성을 축성하여 사로국 등 외국의 침공에 대비하였다. 동아시아를 누비는 해상왕국으로서 입지를 다져가고자 하는 가락국으로서는 든든한 우방국이 생긴 셈이었다. 지리적 위치로 볼 때 불사국은 황산하 물길을 통해 가락국과 가까운 관계를 맺는 것이 훨씬 유리하였다. 황산하 연변에 도성이 있는 불사국은 지리상으로 보아 동쪽에 위치해 있는 소국들과 교역을 하는 것보다 강 건너의 반로국·안야국과 남쪽의 가락국과 교역하는 것이 더 손쉬웠던 까닭에 차츰 변한 소국들과의 교류가 많아졌다.

수로왕이 불사국 사신에게 판상철부와 한사잡물을 범선에 가득 실어 보냈다는 첩보를 받은 지마이사금은 6부 회의를 소집했다. 신하들이 수로왕이 불사국에 보낸 한사잡물 이야기를 나누다가 물금 철광산 이야기로 흘러갔다.

"자, 한사잡물과 물금 철광산 이야기는 이 정도로 하고…."

지마이사금이 흥감을 떠는 신하들을 향해 말했다.

"언제까지 가락국이 교역을 독점하는 걸 보고만 있을 겁니까. 이젠 불사국마저 가락국의 교역 체계에 들어가 버렸습니다. 신하들이 해찰만 부리고 있을 게 아니라 불사국과 가락국이 교역을 할 때 우리 사로국이 교역품을 가리단죽하든가, 불사국을 공격해 혼쭐을 내주든가 하는 문제를 논의해야 합니다."

한기부 부주 배진의 목소리는 서릿발처럼 차가웠다. 흰목을 쓰는 그는 수로왕의 노복(奴僕)인 탐하리에게 살해당한 한기부 부주 보제의 맏아들이었다.

"가락국 봉황성을 섣불리 공격했다가는 금성이 온전하지 못할 겁니다. 동해안 연안 우리 변경을 자주 침범하는 왜군(倭軍)의 뒷배가 가락국이라는 사실을 잊어서는 안 됩니다."

본피부 부주의 겻불내가 나는 목구멍에서 단김이 뿜어져 나왔다.

"무엇보다도 우선 외교 문제만 나오면 풋뜸처럼 피세를 놓지 말라고 신신부탁하는 바입니다. 불사국과 가락국, 가락국과 왜군 문제는 따로따로 떼어 놓고 생각해서는 안 됩니다. 우리 사로국을 위기에 빠트리는 문제의 근원이 가락국입니다. 그렇기 때문에 반드시 가락국을 쳐부숴야 합니다. 수로왕이 늙어 운신의 폭이 좁을 때라 기회는 바로 지금이 좋습니다."

가만히 입을 다물고 있던 사량부 부주가 배진의 말허리를 꺾었다.

배진은 가위눌린 사람처럼 긴숨을 내쉬었다. 창해 연안의 안야국·골포국·칠포국·고사포국·사물국·고자미동국 가운데 어느 소국을 순방할 것인가 하는 문제를 놓고 신하들 간에 설왕설래가 계속되었다. 마침내 골포국·칠포국·우시산국의 세 소국을 순방하기로 하고 6부 회의가 끝났다.

배진이 골포국·칠포국·우시산국, 세 소국을 순방하며 군사 지원을 요청하고 다닌다는 첩보가 봉황성으로 날아들었다. 수로왕은 태자 거등을 미리미동국으로, 공주 묘견을 거칠산국으로 보내 군사 지원을 요청했다.

지마이사금이 6부의 군사를 거느리고 금성을 떠나는 날, 큰 바람이 동쪽에서 불어와 나뭇가지를 꺾고 궁궐의 기와를 날렸다. 지마이사금이 이끄는 사로국 군사들이 물금성에 가까이 다가갔을 즈음, 골포국·칠포국·우시산국의 세 소국 군사를 태운 병선이 해로를 따라 봉황성을 향해 가고 있었다. 사로국이 골포국·칠포국·우시산국의 세 소국과 연합하여 가락국을 북쪽과 남쪽에서 동시에 공격하는 모양새였다. 거칠산국·미리미동국의 보병(步兵)들은 가락국의 보병과 함께 사로국에 맞서 싸우기 위해 물금성에 집결했다. 한편 미리미동국 보병과 거칠산국의 수군은 가락국 수군과 함께 골포국·칠포국·우시산국 수군을 상대하여 전투를 벌이기로 했다.

배진이 이끄는 사로국 연합 수군이 묘견이 이끄는 가락국 수군의 병선을 향해 일제히 불화살을 퍼부었다. 가락국 수군의 병선들이 불이 붙은 채 뒷걸음질 쳤다. 붉은 갑옷을 입고 있는 배진이 북을 울리며 추격 명령을 내렸다. 사로국 연합 수군의 병선에서 일제히 불화살이 날아 올랐다. 가락국 수군의 병선들이 불화살을 쏘면서 뱃머리를 돌려 봉황성 앞바다로 달아났다. 사로국 연합 수군의 병선들이 뒤쫓아 갔다. 가락국 수군은 사로국 수군의 병선을 물목 안으로 밀어 넣었다. 둥 둥 둥 둥. 북소리가 물너울을 타고 물마루로 몰려갔다. 가락국 수군이 뒤로 물러나 진을 쳤다. 봉황성에 잠복하고 있던 미리미동국 궁수들과 가락국 궁수들은 사로국 연합 수군의 병선을 향해 일제히 불화살을 날렸다. 사로국 수군의 병선에 불이 붙었다. 사로국 연합 수군이 모래언덕으로 개미같이 기어올랐다. 성문이 열리면서 가락국 군사들이 오른손에 긴 가락검을 쥐고 달려 나왔다. 가락국 군사들이 휘두른 가락검에 사로국 연합 수군들이 붉은 피를 풀등에 흩뿌리며 쓰러졌다. 가락국 군사들이 재빨리 성문 안으로 들어갔다. 성문이 닫히자, 미리미동국 궁수(弓手)들이 연방 불화살을 쏘아댔다. 사로국 연합 수군은 빗발치듯 날아오는 불화살을 당해 낼 재간이 없었다. 사로국 연합 수군의 병선에 불이 붙어 타들어 가기 시작했다. 거칠산국 거수가 이끄는 거칠산국 수군들이 불화살을 줄기차게 쏘아대면서 사로국 연합 수군의 병선들 사이로 치달았다. 가락국 수군들은 사로국 연합 수군 병선들의 퇴로를 가로막았다. 사로국 연합 수군의 병선들이 화염에 휩싸였다. 하늘을 온통 태워버릴 것처럼 시뻘건 불길이 맹렬하게 치솟았다. 불화살을 맞은 사로국 연합 수군들이 비명을 지르며 풀쩍풀쩍 뛰다가 바다에 뛰어들었다. 등에 불이 붙은 사로국 연합 수군들이 헤엄을 쳐 모래언덕으로 다가갔다. 망루에서 이들을 감시하고 있던 가락국 군사들이 함성과 함께 성문을 열고 달려 나왔다. 활 한바탕 안으로 달려간 가락국 궁수들이 쏜 화살에 사로국 연합 수군들이 쓰러졌다. 뒤이어 미리미동국 군사들이 사로국 연합 수군을 향해 칼을 휘두르며 달려갔다. 사로국 연합 수군은 일시에 무너지고 말았다. 살아남은 사로국 연합 수군들은 버림치 꼴이 되었다. 그들은 스스로 더덜뭇해져 이러지도 저러지도 못하고 모래언덕에 쓰러져 있었다. 봉황성 앞바다의 시퍼런 물결은 죽은 사로국 연합 수군의 피로 붉게 물들었다.

해종일 바닷바람은 파도가 일렁일 때마다 시체 썩는 냄새를 봉황성 아래 모래톱으로 밀어냈다. 바닷바람의 끝자락에 시체가 썩는 냄새가 묻어 있었다. 창해와 해반천이 만나는 모래톱에서 파도에 밀려온 배진의 시체가 발견된 것은 사흘 전 일이었다. 배진의 시체를 감싸고 있는 갑옷이 예사롭지 않았다. 창해와 동해 연안에서 군사들이 물고기 비늘 같은 갑옷을 입는 소국은 가락국과 사로국뿐이었다. 그런데다 배진은 붉은 갑옷을 입고 있었기 때문에 눈에 쉽게 띄었던 것이다. 수로왕은 배진의 시체를 거두어 사로국에 보내도록 명했다.

사로국에서 달려온 한기부의 병졸들에게 배진의 시체를 넘겨주던 날 거친 파도가 난바다에서 일었다. 바닷물이 빠져나간 풀등에서 비릿한 해감 냄새가 풍겨 왔다. 한기부의 병졸들이 모두 봉황성을 떠나가자, 가락국 보병들은 바닷가로 나가 창과 화살을 수습했고, 가락국 수군들은 봉황성 앞바다로 병선을 타고 나가 부서진 병선의 조각을 끌어당겨 병선에 실었다. 일렁이는 물너울들이 병선을 모래톱으로 밀어냈다. 석양을 받은 먼바다의 수평선에서 노을이 희번덕거렸다. 가락국 수군의 병선 뒤로 까치놀이 졌다.

사릿물이 되자, 감제고지에 주둔 중인 가락국 군사들의 발걸음이

빨라지기 시작했다. 근년에 들어 안야국 수군과 고자미동국 수군의 동태가 심상치 않아 수로왕이 경계를 게을리하지 말라는 명을 내렸기 때문이었다. 봉황성 앞바다는 언제 그랬느냐는 듯이 파도가 잔잔해졌다. 부서진 병선 조각도 둥둥 떠다니지 않았고, 모래톱에도 전투의 흔적은 찾아볼 수 없었다.

8

아침 일찍 궁궐을 나온 묘견은 부두에 도착하여 교역품을 쾌비범에 싣는 것을 점검했다. 조금 늦게 허왕후와 천부경 신보가 잇달아 부두로 나왔다. 묘견은 제단 앞으로 나가 희생과 폐백의 제물로 해신에게 올렸다. 묵수가 제문(祭文)을 손에 들고 제단 앞으로 나갔다.

바닷길이 3천 리인데 마련한 배가 2척이고 배에 타는 사람의 무리가 15명입니다. 바람이 순하게 불고, 파도가 고요하여 동·서·남·북의 요사스러운 기운이 말끔히 없어져야 쾌비범이 바다 위를 안전하게 항행하게 될 것입니다. 삼가 날짜를 가리고, 희생과 술을 마련하여 깨끗한 음식을 해신께 올립니다. 신령스러운 덕을 보여주시옵소서.

제문을 다 읽은 묵수가 제단에서 물러섰다.
제사를 마치자, 바다에는 옅은 안개조차 없어 동·서·남·북이 확 트였다. 종정감이 상서로운 조짐이라 말했다.
"바람의 세력이 매우 좋으니 쾌비범을 띄울 만합니다."
틀거지가 만만치 않은 묵수가 말했다.
"조심해서 다녀오세요."

신보가 묘견을 향해 말했다.

"감사합니다. 기도 많이 해주세요."

묘견이 고개를 숙여 보였다.

"돌아오면 이 어미와 함께 아유타촌에 가자."

허왕후가 붉은빛의 깃발을 들고 가까이 다가왔다.

"아유타촌에요?"

묘견이 오른쪽 어깨를 으쓱하며 말끝을 높였다.

"아유타촌에는 아유타국 사람들이 모여 살고 있는 데야. 항해하는 동안 아유타국을 생각하며 항상 기도해라. 물고기들의 가호가 있을 게다."

말을 끝낸 허황옥이 물고기 두 마리가 이마를 맞대고 있는 문양이 은실로 수놓아져 있는 깃발을 묘견에게 건네주었다.

"알겠어요. 혹시나 할아버지와 할머니의 묘소에 대한 소식이라도 들을 수 있는가 해서지요?"

묘견이 너울가지가 있게 웃었다.

"어쩌면 이 어미의 마음속을 속속들이 들여다본 듯이 말하는구나."

허왕후가 묘견의 속 깊은 마음자리가 대견하기 짝이 없어 어깨를 쓰다듬었다.

쾌비범이 붉은빛의 돛을 달고 바다로 나갔다. 며칠 동안 바닷바람이 연달아 불었던 까닭으로 물결이 가라앉지 않고 있었다. 바닷바람이 불어왔다. 쾌비범이 흔들리고 기우뚱거렸다. 물고기 두 마리가 서로 마주 보는 문양이 은실로 수놓아져 있는 붉은빛의 깃발이 돛대 꼭대기에서 펄럭거렸다.

허왕후는 봉황성 감제고지에 올랐다. 가선진 눈을 천천히 들었다. 황산하가 남쪽으로 굽이쳐 흐르며 창해로 흘러드는 물길이 손끝으로 만져질 듯 아른거렸다. 물살이 완만한 강 하구는 물고기들이 떼를 지어 다녔다. 갈매기들이 날개깃을 쳐대며 분산성을 향해 날아갔다. 분산성이 한눈에 들어왔다. 남북으로 긴 타원형을 이루도록 쌓은 분산성의 서남부는 험준한 천연 암벽이 성벽 역할을 하고 있었다. 하늘과 바다가 맞닿아 서로 접하는 두 개 면의 경계 위로 붉은 태양이 솟아오르고 있었다. 허왕후는 일렁이는 바닷물을 바라보며 천천히 손을 흔들었다. 먼바다로 갔다가 창해와 해반천이 만나는 하구로 되돌아오는 은어 떼처럼 묘견과 묵수도 꼭 가락국으로 돌아오리라 생각하며 눈길을 떼지 않았다.

  묘견과 묵수가 탄 쾌비범이 붉은빛의 깃발을 펄럭이며 망산도를 휘돌아 끝이 보이지 않은 짙푸른 바다 한가운데로 미끄러져 가고 있었다.

님의 나라

1

　나는 자료 복사물을 책상 한쪽으로 밀어놓고 고개를 들어 창밖을 바라보았다. 창밖의 하늘은 마치 한 겹의 잿빛 천이 드리워져 있는 것 같았다. 며칠째 햇빛이 사라져버린 창밖을 바라보기만 해도 나의 마음은 우울해지는 것이었다. 사라져버린 햇빛 때문만은 아니었다. 최 기자가 "홍 부장 때문에 우울한 게 아니냐"고 물었을 때 나는 아무런 대답도 하지 않았다. 가야사에 관한 기사를 독자의 입맛에 맞게 기획해 보라는 홍 부장의 말이 비수가 되어 자꾸만 뇌리에 깊이 박혀 들고 있어 그럴는지 모를 일이었다. 사실 그동안 교보문고로 청계천 고서점가로 도서관으로 돌아다녔으나, 눈이 번쩍 뜨일 임나(任那)에 관한 자료를 발견하지 못했던 것이다. 아니 눈에 번쩍 뜨일 자료가 있긴 있었다. 한국고대사학회 학술대회에 취재하러 갔다가 사십 대 후반쯤 되어 보이는 금 교수를 만나, 그의 「금관가야 사회의 발전과 경제」라는 논문을 한 편 얻게 된 것은 행운이었다. 그는 논문의 본론에서 『일본서기(日本書紀)』「숭신기(崇神紀)」 65년 조 기사를 먼저 소개하고 있었다.

　　임나는 쓰쿠시노 쿠니(筑紫國)에서 2천여 리 떨어져 있고 북쪽은 바다로 막혀 있으며 계림(鷄林)의 서남쪽에 위치하고 있다.

　　任那者(임나자), 去築紫國二千餘里(거축자국이천여리), 北阻海以在鷄林之西南(북조해이재계림지서남).

　쓰쿠시노 쿠니는 지금의 후쿠오카(福岡)이고, 계림은 신라를 가리킨다. 문제는 '북쪽은 바다로 막혀 있으며'라는 기사다. 지금의 김해시 지역과 그 인근 지역에 관한 고고학과 지리학 연구에 의하면 현재의 김해평야 대부분은 신석기 중기에 형성된 '고 김해만(古金海灣)'이라고 부르는 바다가 깊숙이 안으로 들어와 있었다. 뿐만 아니라 창원시 의창구 대산면 주남저수지 일대도 기원전 1세기 다호리 고분군 축조 세력이 자리를 잡았던 '고 대산만(古大山灣)'이라는 큰 만(灣)을 이루고 있었다.

금 교수는 『일본서기』「숭신기」65년 조 기사가 고대 김해 지역의 지리적 상황을 사실적으로 묘사하고 있다고 평가했다.

나는 의자에 몸을 파묻고, 눈을 가늘게 뜬 채 창밖으로 시선을 옮겼다. 잿빛 구름이 낮게 가라앉아 있던 남산 위의 하늘은 금빛으로 물들어 가고 있었다. 나는 눈길을 돌려 책꽂이에 꽂아두었던 자료들을 더듬었다. '한국 고대사'라고 쓰인 자료철을 꺼내 뒤적거리기 시작했다. 열어 놓은 창틈으로 바람이 나뭇가지를 스치는 소리가 들렸다.

월요일 아침에 있었던 기획 회의 때 홍 부장은 하관이 쪽 빠진 얼굴을 쳐들고 기자들을 향해 쉿소리를 퉁겨냈다. 홍 부장의 말에 최 기자는 안색이 새하얗게 되면서 앉은자리에서 화석처럼 되어버렸다. 살얼음판을 걷는 것 같은 기획 회의가 끝나자마자, 나는 국립중앙도서관을 찾아갔다. 나는 임나에 관한 자료를 찾다가 한국 고대국가의 건국 신화, 즉 부여 · 고구려 · 신라 · 가락국 · 반로국의 건국 신화에 태양신화와 난생신화(卵生神話)가 혼합되어 있다는 사실에 흥미를 느끼고 있었다. 어쩌면 기획 기삿거리로 괜찮을 것만 같았기 때문이었다. 태양에 비쳐서 알을 낳기도 하고, 태양 빛이 땅에 드리워진 곳에 알이 있기도 했는데, 그 알에서 시조가 탄생하였다는 것이다. 나는 우리나라 고대국가의 시조 신화에 나타나는 태양의 의미를 캐보는 기사를 써보면 어떨까 궁리해 보기도 했으나, 곧 그 생각을 고쳐먹었다. 아무래도 잡지에 싣기에는 너무 전문적인 내용이 될 것만 같았다.

겨레의 발자취를 밝히고 역사를 곰팡내 나는 연구실이나 도서관 서가에만 처박아 놓을 게 아니라, 거리에서 국민들과 함께 호흡을 같이한다는 취지로 창간된 《역사문화》는 완전한 대중잡지도 아니고 그렇다고 학술잡지도 아닌, 다소 어정쩡한 성격이었다. 다행히 중고 등학교 교사를 비롯한 대학생 독자들의 호응이 있어서 창간된 이래 단 한 호도 거르지 않고 매달 서점에 배포되곤 했다. 그러나 작년 봄부터 판매 부수가 줄어들기 시작했다. 역사 잡지들이 새로 나왔기 때문이었다. 게다가 종합 시사잡지와 주간지에서도 역사를 다룬 기사를 눈에 띄게 게재하기 시작했기 때문이었다. 중앙 일간지 출판부 편집기자 출신인 사장은 독자가 날이 갈수록 줄어들고 있는 것은 기획력 부족이라고 홍 부장을 몰아붙이고 있었다. 다급해진 홍 부장은 걸핏하면 기자들을 회의실로 모이게 했다.

와르르 쏟아지는 웃음소리에 나는 책장(冊張)에 박고 있던 머리를 쳐들었다. 교정 아르바이트를 하는 여자들의 웃음소리였다.

나는 큼 하고 기침을 한 뒤 계속 책장을 넘겼다. 그러나 아무래도 기삿거리를 건지기는 틀린 일인 것만 같았다.

납덩이처럼 가라앉아 있는 편집실의 공기를 전화벨 소리가 휘저 었다. 나는 천천히 고개를 돌려서 송수화기를 집어 들었다.

"아, 여보세요? 거기가 역사문화사 맞지요?"

느릿느릿한 목소리가 송수화기에서 흘러나왔다.

"그렇습니다."

내가 짧게 대답했다.

"역사문화사를 찾아가려고 하는데 위치를 자세히 알려주세요."

"그러세요. 지금 전화 거시는 데가 어딥니까?"

내가 되물었다.

"여긴 고속버스 터미널입니다. 한국은 처음이라서….."

사내의 말소리를 자동차 엔진 소리가 삼켜버렸다. 길가의 공중전화 부스에서 전화를 걸고 있는 모양이었다. 잠시 끊어졌던 사내의 목소리가 송수화기에서 흘러나왔다. 그는 규수(九州)에 살고 있는 일본인이라고 자신을 소개했다."

"구파발행 지하철을 타시고 종로3가역까지 오셔서 다시 청량리행이나 성북행으로 갈아타십시오. 그러고 나서 신설동역에 내리셔서 3번 출구로 나오세요."

나는 사내가 쉽게 찾아올 수 있도록 회사의 위치를 자세하게 설명해주었다. 그의 한국어 실력은 상당한 것 같았다. 간혹 외국인들이 전화를 걸어오거나, 회사로 찾아오는 일이 있었다. 대부분 신문사나 잡지사 기자들 아니면 역사학이나 인류학을 전공하는 학자이거나 학생들이었다.

"편집실이 어디지요?"

문을 두드리는 소리가 들렸는가 싶더니 키가 작달막한 사내가 문 앞에서 주위를 두리번거리고 있었다. 나는 대뜸 그가 고속버스 터미널에서 전화를 한 사내라는 것을 알아차릴 수 있었다.

"고속버스 터미널에서 전화를 거신 분이시죠?"

나는 자리에서 일어서며 말했다.

사내가 몸을 앞으로 굽히며 자신은 이름이 긴다이치 교스케(金田一京助)이고 혼슈문화사(本州文化社)의 회사원인데 휴가를 이용해 한국에 여행을 왔다고 말했다.

내가 자리에 앉기를 권하자, 그는 어깨에 걸쳐 맸던 가방을 탁자위에 내려놓았다.

긴다이치 교스케는 일본 고대사를 공부하는 시민 모임의 회원으로 동아시아 고대국가의 건국 신화 자료를 찾아다니다가 우연히 《역사문화》를 읽게 되었다고 말했다.

"저는 《역사문화》에 실렸던 기사에 대해 몇 가지 물어볼 게 있어서 복사해서 갖고 왔거든요."

긴다이치 교스케가 쭈뼛거리며 가방에서 복사물을 하나 꺼내 내 앞으로 내밀었다. 《역사문화》 1월호 기사의 일부분이었다.

"그래요?"

나는 깐깐한 사람을 만났다는 느낌을 받으며, 짧게 대꾸했다.

"전 임나 건국 신화에 관심이 많습니다. 이 대목을 좀 보십시오."

긴다이치 교스케가 「가락국기」의 한 대목을 손가락으로 짚었다.

"'나라 이름을 대가락이라 하고, 또는 가야국이라고도 하였다. 곧 6가야 중의 하나이다. 나머지 다섯 사람도 각각 임지로 돌아가 다섯 가야의 군주가 되었다.' …수로가 구간들의 추대에 의해 대가락 또는 가야국이라 하는 나라의 임금이 되었다는 이야기인데요…."

긴다이치 교스케가 복사물에서 손가락을 떼며 말끝을 흐렸다.

"……."

나는 아무런 대꾸도 하지 않고 그를 쳐다보았다.

"일본 고대사를 공부하다 초기의 임나사(任那史)와 일한 관계사(日韓關係史)에 관심을 갖게 되었거든요. 임나… 한국에서는 가야라고도 한다지요. 아무튼 저는 임나사에 관심을 갖고 있습니다. 임나의 옛땅인 김해 지방으로 현지답사 여행을 떠나기 전에 사전 정보를 얻으려고 제가 찾아왔습니다."

"김해 지방 답사 여행을 떠나시기 전에 사전 정보를 얻으시려 하신다고요?"

"…이를테면 가락국 건국 신화가 실려 있는 책 같은 걸 소개받을 수 …없을는지요."

긴다이치 교스케가 말을 더듬었다.

"…건국 신화가 실려 있는 책 같은 걸 소개받고 싶다고요?"

"네."

"가락국 건국 신화는 『삼국유사』에 실려 있고, 가라국의 건국 신화는 『신증동국여지승람』이라는 책에 실려 있거든요."

"『삼국유사』와 『신증동국여지승람』은 저도 구해서 읽어 보았어요."

"……."

"…음…임나 건국 신화, 아니 가야 건국 신화를 연구한 책은 없나요?"

"글쎄요… 김정학 교수가 지은 『한국상고사연구』에 보면 가야국 건국 신화에 관해 언급한 부분이 있고… 그리고 가야사에 관한 논문이 몇 편 같이 실려 있지요."

김해 지방 이외의 가야 유적지를 볼 수 있는 곳까지 물어 수첩에 적은 뒤 긴다이치 교스케는 편집실을 떠났다. 그가 떠난 후 나는 한국어를 한국인보다 잘하는 일본인도 다 있구나하고 중얼거리며 책상 앞에 다시 앉았다.

나는 기운이 차차 빠져가는 것을 느꼈다. 아침 식사를 우유 한 잔과 굳은 빵 한 조각으로 때운 탓이었다.

나는 뒤적거리고 있던 취재 노트를 덮고 고개를 들어 벽을 바라보았다. 벽시계가 12시 35분을 가리키고 있었다. 교정 아르바이트를 하는 여자들이 어느새 밖으로 나가고 없었다. 홍 부장과 최 기자는 점심 식사를 밖에서 하고 들어올 모양이었다. 엘리베이터를 빠져나오자, 사람들이 웅성거리며 한성학원 앞으로 몰려가고 있었다. 무슨 일이 일어났는가. 나는 중얼거리며 걸음을 빨리했다.

텔레비전 카메라가 빠르게 돌아가고 있었고, 낯익은 사회자가 마이크를 들고 서 있었다. '여기는 현장'이라는 프로를 생방송으로 진행 중이라고 했다. 초로의 신사가 마이크에서 물러서자, 잿빛 양복 차림의 사내가 마이크 앞으로 다가갔다. 그는 애써 태연한 척했지만 마이크를 잡은 손이 떨리고 있었다.

"…일본이 피 케이 오(PKO) 협력 법안, 즉 국제연합 평화유지 활동 등에 대한 협력법에 의거하여 자위대를 캄보디아에 파견한다는 소식을 접하고 깊은 우려를 표명하지 않을 수 없습니다. 일본의 군대 파병 후보 지역으로는 캄보디아, 미얀마, 카슈미르, 한반도가 거론되고 있습니다. 일본 사람들의 생각으로는 적어도 한반도를 자위대의 파병 대상 지역으로 꼽고 있다는 게 분명합니다. 일본은 도대체 무엇을 노리고 자기 나라의 군대를 아시아 여러 나라에 보내려고 하는지 그 저의를 우리는 알지 않으면 안 됩니다. 이것은 일본이 이미 경제적으로 제압한 아시아를 군사적으로 제압하고 나아가서는 정치적으로 지배하려는 의도를 갖고 있다고 보아야 합니다. 다시 말하면 일본은 새로운 대동아공영권(大東亞共榮圈)을 아시아에다 만들려고 하고 있다 이 말입니다."

그의 입에서 대동아공영권이라는 말이 흘러나왔다.

"일본이 대동아공영권을 다시 만든다 이 말이지… 흠. 안 될 말이지."

"우리가 일본을 자나 깨나 경계하지 않으면 안 되고말고… 위안부 문제만 봐도 그렇고… 36년간이나 한국을 강제로 점령한 데 대해 반성하는 기미가 전혀 없잖아. 겨우 한다는 소리가 '통석(痛惜)의 염(念)'이니 하는 말장난이나 하고…."

맨 앞에 서서 그의 이야기에 귀를 기울이고 서 있던 개량한복과 지팡이를 짚고 서 있던 코르덴 재킷이 낮은 목소리로 말했다.

잿빛 양복 차림의 사내가 마이크에서 뒤로 물러서고, 이번에는 가무잡잡하고 깡마른 얼굴의 사내가 마이크 앞에 섰다.

"요 앞의 학원에서 학생들에게 한국사를 가르치고 있는 김우민이라고 합니다. 마침 강의도 비었고…, 에 또… 일본 자위대의 해외 파병길을 열어놓기 위해 마련된 유엔 평화유지 활동(PKO) 협력 법안에 대해 현장 토론을 한다기에 이렇게 나왔습니다."

학생들에게 강의하듯이 말하는 그의 이야기를 들으며 청중들은 제각기 감탄의 고개짓을 하기도 하고, 간간히 박수를 보내기도 했다.

"일본 사람들을 경계해야 합니다. 이번에 저들이 피 케이 오 법안을 통과시키고 자위대 병력을 캄보디아에 파견하는 것은 아시아의 패권을 잡아보겠다는 저의가 숨어 있는 것입니다. 수년 전에 온 나라를 떠들썩하게 했던 교과서 왜곡 사건을 여러분들도 잘 아시지요? 그 후 교과서가 제대로 고쳐진 줄 아십니까? 고치는 시늉만 했지, 실제로는 고쳐진 게 별로 없습니다. 안중근 의사 의거를 범죄시하였던 것을 시정하고, 많은 조선의 여성들이 정신대(挺身隊) 등의 명목으로 전쟁터에 끌려갔다는 내용을 새로 삽입하는 등 상당 부분을 개선하는 자세를 보이고 있긴 하나, 근본적인 것에서는 아직 이렇다 할 시정이 없는 것입니다. 예를 하나 들면 『일본서기』에 나오는 기록을 근거로 하여 4~5세기경에 한반도 남부 낙동강과 섬진강 일대에 야마토 조정(大和朝廷)이 임나일본부(任那日本府)를 두고 2백 년 동안 지배했다는 소위 남선경영론(南鮮經營論)을 아직도 교과서에 그대로 실어 놓고 학생들을 가르치고 있습니다. 이 문제가 왜 심각하느냐 하면은 지금도 걸핏하면 독도는 자기네 땅이라고 주장하는 일본 사람들이 낙동강과 섬진강 일대가 자기네 땅이라고 주장하는 역사적 근거가 될 수도 있기 때문입니다."

열변을 토해내는 그의 어깨 너머로 후지칼라 광고 입간판이 햇빛에 빛났다. 텔레비전 카메라가 끊임없이 돌아갔다. 뿐만이 아니었다. 언제 몰려왔는지 신문사의 사진기자들이 카메라의 셔터를 연방 눌러대고 있었다.

"…이번 피 케이 오 법안 통과와 캄보디아 파병은 가깝게는 메이지 유신(明治維新) 때의 정한론(征韓論)과 멀리는 『일본서기』의 임나 관계 기사와도 동일 선상에 있는 것입니다. 이것은 일본 사람들의 의식 속에 깊숙이 뿌리박혀 있는 대륙으로 향한 팽창주의 의식의 발로라 아니 할 수 없습니다."

그의 이야기는 거침이 없었고, 빙 둘러서 있는 청중들이 귓바퀴를 세우기 좋은 것이었다. 낙동강과 섬진강 일원에 흩어져 있던 가야 여러 나라와 오늘날의 일본과 유엔 평화유지활동 협력 법안을 연결시켜 이야기를 이끌어 가는 그는 가야사에 관하여 상당한 연구를 한 사람 같았다.

나는 그 자리에 서서 이야기를 듣고 서 있기에는 너무 배가 고파 왔으므로 식당 골목으로 발걸음을 옮겼다. 된장국 끓이는 냄새와 돼지고기 굽는 냄새가 골목에 포진해 있다가 나의 콧속으로 파고들었다. 나는 진미식당 안으로 들어갔다. 식당 안은 점심 식사를 하러 온 사람들로 붐비고 있었다.

"조금만 기다리시면 빈자리가 날 겁니다."

얼굴이 본래부터 둥굴넓적하게 큰데 웃음까지 웃어 놓으면 그 얼굴이 더욱 커 보이는 주인 남자가 말했다.

나는 된장찌개를 시켰다. 뜨거운 국물을 입안으로 떠 넣으면서 나는 일본 사람들에 대한 여러 가지 상념을 머릿속에 떠올렸다. 드물긴 했으나 회사로 일본 사람이 찾아오거나 전화를 걸어왔다. 그 상대는 주로 내가 했다. 편집실에서 일본어를 구사할 수 있는 사람은 나뿐이었기 때문이었다.

나는 밥값을 계산하고 골목으로 나섰다. 껌을 씹으며 단발머리의 소녀들이 골목을 빠져나가고 있었다. 그 뒤로 사내들이 어젯밤 스포츠 뉴스 시간에 시청한 프로야구 경기 이야기를 주고받으며 걸어갔다.

나뭇가지로 금빛 가루 같은 햇빛이 흘러내리고 있었다. 나는 햇빛 속에 흔들리는 잎사귀를 바라보며 망연히 앉아 있었다.

"민 차장, 점심 식사했어요?"

홍 부장의 굵은 목소리가 뒤에서 들렸다.

나는 고개를 천천히 돌렸다.

"네, 간단히 해결했습니다."

나는 홍 부장으로부터 눈길을 거두며 짧게 대꾸했다.

"민 차장, 기획안 좀 가져와 봐요."

홍 부장이 나를 향해 말했다. 그는 성미가 급하고 팔팔하여 화약처럼 붙어 오르기를 잘하는 사람이었다.

나는 잠시 망설이다가 책상 서랍을 뒤적거려 기획안을 꺼내 그에게 내밀었다. 임나에 관한 것이었다. 그러나 그것은 기획안이라기보다는 취재를 위해 참고도서 목록을 적은 놓은 것에 불과했다.

"민 차장, 이게 기획안이야?"

홍 부장이 빤히 나를 쳐다보며 말끝을 높였다.

"아직 탐색 단계이기 때문에 참고도서 목록을 메모해 놓은 겁니다."

"이 정도의 임나 자료 가지고 기사를 써서는 독자들의 관심을 끌기가 쉽지 않을 거란 생각이 들어."

"……."

"《역사평론》을 보란 말야. 그 친구들은 몽골사막으로 돈황(燉煌)으로 누란으로 오호츠크해로 막 뛰고 있잖아. 그래 우리는 겨우 『삼국유사』·『삼국사기』·『일본서기』의 기사야. 도서관에 가서 곰팡내

만 풍기다 오지 말고 발로 뛰란 말야. 다음 주 월요일까지 기획안을 다시 만들어 와."

홍 부장이 기획안을 나의 얼굴을 향해 집어 던지고는 밖으로 나갔다. 순간 열기 같은 것이 얼굴에 확 끼쳤다. 꼼짝도 하지 않고 서 있는 내 곁으로 최 기자가 다가왔다.

"민 차장님이 참으세요. 홍 부장님은 원래 성격이 저러니깐…."

최 기자의 거무죽죽한 얼굴과 홍 부장의 벌건 얼굴이 뒤섞여버렸다.

"석간 왔어요."

야간 고등학교에 나가며 잔심부름을 하는 민아가 신문을 내 책상 위에 밀어 놓았다. 나는 천천히 신문을 펼쳤다. 얼핏 '임나일본부 뒤집은 가야문화'라는 굵은 활자가 눈에 들어왔다. 한 면 거의 대부분을 원색 화보와 그것을 설명하는 기사로 채우고 있었다. 고령 지산동고분에서 발굴된 가야 금동관, 함양 상백리고분군에서 발굴된 금귀걸이의 사진과 함께 일본에서 출토된 금동관, 금귀걸이, 갑옷, 항아리를 짝을 지어 비교하고 있었다. 금동관은 5세기 전후(前後)에 제작된 것으로, 세공 기술은 일본 쪽보다 한국 쪽이 월등하다든가, 철제갑옷은 모양이 닮았을 뿐만 아니라, 갑옷을 지을 때 종전에 사용하던 가죽끈 대신 못을 사용하는 방법도 같은데, 이 같은 제작법은 한국에서 일본으로 건너간 것으로 보인다는 등의 설명을 사진 밑에 달고 있었다.

"민 차장님, 기분도 그렇지 않은데 딱 한 잔만 하고 갑시다."

최 기자가 가방을 챙겨 들며 말했다.

"오늘은 안 되겠는데… 약속이 있어서…."

나는 신문에 묻었던 얼굴을 천천히 들었다.

2

전동차 안은 다행히 비집고 들어가 서 있을 공간은 있었다. 나는 청계천 고서점에서 산 『가야사탐구』를 가방에서 꺼냈다. 앞표지의 안쪽에 저자의 사진과 함께 간단한 소개의 글이 씌어져 있었다. 저자 유순일은 1956년 생으로 경상남도 하동에서 태어났다. 지방의 국립대학 사학과를 졸업하고, 한 군데의 지방 신문사를 거쳐 현재의 일터인 경상일보 문화부에서 문화부차장으로 재직하고 있었다.

나는 목차를 훑어 내려갔다. 가야의 건국, 가야의 강역, 가야의 정치, 가야의 문화, 가야의 고분, 가야의 토기… 부록으로 임나일본부 문제가 실려 있었다.

기원 전후부터 서기 562년까지 한반도 남부에 자리 잡고, 신라와 일본의 문화에 많은 영향을 끼쳤던 가야였다. 그러나 문헌 사료의 절대적인 빈곤으로 가야사는 아직 기본 얼개조차 세우지 못하고 안개 속을 헤매고 있었다. 나는 가야를 찾아서 안개 속으로 뛰어들고 싶은 강한 충동을 느꼈다. 안개 너머 저쪽에는 그 무엇인가가 있을 것만 같아서였다. '님의 나라를 찾아서'라는 제목의 기획안을 홍 부장에게 제출했다. 사흘 전의 일이었다.

"…흠. 민 차장이 이제 뭔가 확실한 걸 잡았군. 시민들 사이에 김해 대성동고분, 양동리고분, 합천 옥전고분이 발굴된 뒤부터 가야사에 대한 관심이 증폭되어 왔거든… 좋은 기사가 되겠어."

기획안을 읽어 내려가던 홍 부장이 오른손으로 나의 어깨를 가볍게 쳤다.

홍 부장으로부터 긍정적인 이야기를 듣자, 나는 먼저 해동일보사의 자료실부터 찾아갔다. 가야 관계 기사는 1970년대 말부터 간간이 보이기 시작하더니 1980년대 중반에 들어서자 봇물이 터지듯이 쏟아져 나오고 있었다. 부산, 대구, 경상남도 일원의 대학들이 가야 고분에서 수많은 가야 유물을 발굴했다는 소식이 신문과 방송마다 뉴스로 크게 다루어지고 있었다. 가야 관계 기사를 읽어 내려가던 나는 이상한 사실을 하나 발견했다. 유물 발굴 기사 첫머리나 끝에 반드시 '일본'과 '임나일본부'가 등장한다는 사실이었다. '5세기 무렵 가야와 일본 간의 문화 교류 양상을 알려준다', '일본에 문화 수출 결정적 입증', '고대문화 일본 전파 중심지'에서부터 '임나일본부 허구성 입증', '일본의 임나 지배설 허구', '임나일본부설 허구 자인'에 이르기까지 가야 관계 기사는 온통 일본에 영향을 끼친 유물이라느니, 임나일본부의 허구성을 입증했다느니 하는 꼬리표가 꼭 붙어 다녔다.

가야는 비록 고구려 · 신라 · 백제처럼 중앙집권적 영역 국가를 건설한 경험은 없지만 여러 소국(小國)들이 낙동강 · 남강 · 섬진강 일원에서 부침을 겪으면서 서기 42년부터 562년까지 존속했다. 그런데 3세기 중엽 가락국, 즉 임나가라에서 기원하여 4세기 후반부터 6세기 후반에 걸친 200여 년간 야마토 조정이 임나일본부를 두어 한반도 남부 낙동강 · 남강 · 섬진강 일대를 지배했다는 남선경영론이 무슨 망령처럼 따라다녔다. 그 망령이 신라군에 의해 가락국(금관가야)의 도성인 봉황성과 가라국(대가야)의 도성인 고령성이 실함(失陷)될 때 묻혀버린 것이 아니라 끈질기게 살아남아, 아침 안개를 밟고 배달 소년이 가져온 조간신문 속에서, 저녁 식사를 끝내고 소파에 비스듬히 누워 바라보는 텔레비전 화면 속에서, 잉크 냄새가 미처 달아나지 않은 월간 잡지 속에서 되살아 나, 나의 눈과 귀를 어지럽히는 것이었다.

굵은 남자 목소리가 종착역임을 알렸다. 나는 선반에서 가방을 내렸다. 집표구에 열차표를 들이밀고 밖으로 나오자, 뜨거운 기운이 온몸을 휘감았다.

내가 거실로 들어가자, 아내가 환한 얼굴로 부엌에서 나왔다.

"무슨 좋은 일 있어?"

내가 넥타이를 풀며 물었다.

"글쎄, 우리 양숙이와 양희가 그리기 대회에서 상을 탔지 뭐에요."

아내가 장식장 위의 그림에다 눈길을 옮겼다. 그것은 아이들이 미술학원에서 실습 작품으로 그린 것이었다.

"그래? 아이들이 좋아했겠네."

"네, 원장 선생님이 칭찬을 많이 해주셨대요."

"아이들은 아직 학원에서 돌아오지 않았어?"

"벌써 왔지요. …상 탔다고 선물을 사 달라고 해서 용돈을 줬더니 둘이 밖으로 나갔어요. …그런데 당신은 아이들이 상을 탔는데도 하나도 기쁘지 않으세요. 말도 별로 안 하고….'

아내가 눈을 내리깔며 소파에 앉았다.

"기쁘지 않긴… 가야사 취재 때문에 피곤해서 그래."

"아이구 요샌 툭하면 가야, 가야 하고 가야 타령만 한다니깐… 《역사문화》 독자가 옛날에 사라진 부족 국가에 대해 관심을 가지겠어요?"

아내가 빠르게 말했다.

"부족 국가라니? 한반도에 6세기 초반까지 부족 국가가 있었다는 게 말이 된다고 생각해?"

내가 목소리를 높였다.

인터폰에서 딩동거리는 소리가 맑게 흘러나왔다.

아내가 인터폰을 들었다.

"송 화백님이시라는데요."

"들어오시라고 해요."

내가 바둑판으로 눈길을 부으며 대꾸했다.

"그림이 또 바뀌었네요."

송 화백이 소파에 앉으며 말했다.

"지난달 실습할 때 그린 그림이라는군요. 왼쪽 그림은 큰딸이 그린 것이고, 오른쪽 그림은 작은딸이 그린 것이지요."

"…작은따님이 더 재능이 있어 보이는군요."

"그래요? 이번 그리기 대회에서 큰딸은 우수상을 받고 작은딸은 장려상을 받았다던데요."

"…내가 보기에는 작은따님이 그린 그림이 훨씬 좋아요. 잘 살펴보세요. 작은따님이 그린 그림은 태양 속에서 놀고 있는 아이들을 그렸는데… 머리카락을 두 갈래로 땋은 아이, 머리카락이 긴 아이, 머리카락이 짧은 아이, 머리에 나비 핀을 꽂은 아이… 다들 개성이 있잖아요. 그리고 이 그림에서 압권은 태양을 향해 손바닥을 쫙 벌리고 웃고 서 있는 아이의 웃는 모습입니다. 하늘에서 이글거리고 있는 태양은 아이와 함께 원초적인 생명력을 의미하는 게 아닐까요. …그런데 오른쪽 큰따님의 그림은 선생님으로부터 지도를 받고 기계적으로 그린 그림으로 보여요. 잘 보세요. 운동장에서 놀고 있는 아이들의 모습을 그렸는데, 아이들의 모습을 그냥 기계적으로 그렸어요. 상상력이 배제된 삼각형 구도의 그림이지요."

나는 송 화백의 이야기를 들으며 고개를 연방 끄덕였다.

내가 바둑에 잇따라 세 번 지고서야 송 화백이 돌아갔다. 나는 벌주로 불콰해진 얼굴을 쓰다듬으며 방바닥에 벌렁 드러누웠다.

전화벨이 울렸다. 아내가 재빨리 송수화기를 집어 들었다.

"은희예요."

한참 이야기를 나누던 아내가 나에게 송수화기를 건네주었다.

"형부, 지난번에 부탁한 자료 있잖아요. 제가 오늘 등기속달로 보내드렸어요."

"고마워. 처제."

"그런데 '검(劍)과 현(弦)'의 서사 구조를 어떻게 잡고 쓰고 계신데요?"

"우륵을 주인물로 해서 '검'으로 상징되는 정치와 '현'으로 상징되는 예술의 대립을 주제로 해서 중편소설을 쓰고 있긴 한데…."

"정치와 예술의 대립을 가야시대를 배경으로 하여 중편소설을 쓰고 계신 거예요?"

"맞아."

"얼마쯤 썼어요?"

"초고를 다 썼는데, 언제 끝낼지 모르겠어."

"초고를 다 썼으면 끝낸 거나 마찬가지죠. 시작이 반이라고 하잖아요."

"예술가 우륵을 주인물로 하여 예술가 소설을 쓰는 게 낫지 않을까 하는 생각을 떨쳐버릴 수가 없어."

"우륵이라는 예술가의 이야기지만, 정치를 제외하고 소설을 쓰는 건 아니라고 봐요."

"아무래도 그렇지? 신라·백제·고구려의 틈바구니에서 정치적 소용돌이에 휘말려 생존을 위해 몸부림치던 가야 시대를 배경으로 한 소설에서 정치를 제외하면 안 되겠지?"

"그럼요."

"「가락국」을 집필하면서 많은 자료를 읽어봤는데 고대가 시대 배경일수록 전문서적을 구해 읽어봐야겠다는 생각이 들었어."

"옳은 말씀이세요."

"…우륵이 어디 출신이냐를 두고 많은 이야기가 떠돌고 있지만, 난 우륵의 조상이 살던 곳이 서역의 파미르고원 일대이고, 어느 시기에 한반도로 흘러들어와 가락국에 정착했다가, 겸지왕이 왕위에 있을 때 가락국이 혼란스러워지자, 우륵이 황산하를 따라 유랑하다가 사이기국에 정착했다고 봐."

"'검과 현'을 집필하시면서 제일 힘드신 부분은 어디예요?"

"'검과 현'을 집필하면서 가실왕과 우륵의 관계야. 난 가락국의 역사에서 특히 질지왕 시기를 주목하고 있어. 다수의 학자가 남제에 사신을 파견한 가라왕 하지(荷知)를 대가야 가실왕으로 보면서 남제에 사신을 파견한 가라가 대가야라고 비정하는 학설을 받아들이고 있는데, 가라왕 하지를 대가야 가실왕으로 비정하는 건 좀 더 생각해 볼 문제가 있다고 봐."

"479년 남제에 사신을 파견한 하지왕을 대가야의 가실왕으로 보면, 470년을 전후해서 우륵이 궁정악사가 되어 대가야에서 활동해야 하는데, 우륵이 신라에 투항한 때가 551년이거든요. 정사에 기록된 479년과 551년은 절대 연도이기 때문에 수정할 수도 없어요. 단순히 계산해도 71년의 오차가 되는데요… 가실왕과 우륵은 6세기 중반에 활동했던 동시대 사람이라서 『남제서』의 하지왕 기사와는 시기 차가 커서 가능성은 낮다고 봐요. 현재 하지왕이 가실왕이라는 것을 방증하는 사료가 없어요."

"……."

"하지왕을 가실왕이라고 비정하는 것은 무리가 있다고 봐요. 그런데 형부, 제 생각에는요, 문헌이 영성한 가야사에 관한 글을 쓰실 때에는 문헌의 행간과 행간 사이를 상상력으로 채워 재구성해 나가야만 조금이라도 가야사의 실체에 가까이 갈 수 있다고 봐요."

"상상력이라… 참 좋은 말이군. …아무튼 고마워."

"만약 우륵 취재차 내려오시게 되면 사전에 연락주세요."

나는 송수화기를 내려놓고 소파에 누웠다. 처제가 던진 상상력이라는 말이 불쑥 떠올랐다. 꽉 막혔던 것이 열리는 듯한 느낌을 받았다. 그동안 나는 가야사와 우륵 관계 자료를 모으면서 어디서부터 시작해야 할지 모르고 있었다.

　"『삼국지(三國志)』「위서(魏書)」오환선비동이전(烏丸鮮卑東夷傳), 『삼국유사』「가락국기」, 『삼국유사』 오가야 조, 『삼국사기』「지리지」, 『일본서기』「백제본기」, 『양직공도(梁職貢圖)』「백제국사전(百濟國使傳)」관계 기사 이외에는 문헌 자료가 거의 없고, 한일 고대 관계사에서 커다란 쟁점이 되어 온 임나일본부설까지 겹쳐 있는 데다 강단 사학자와 재야 사학자, 문헌 사학자와 고고학자, 대구·경북권에 소재한 대학 출신 학자들과 부산·경남권에 소재한 대학 출신 학자들 간의 대립으로 바람 잘 날이 없게 된 것이 가야사 연구였다.

　상상력이라는 말이 입안에서 끊임없이 맴돌았다. 그때 갑자기 나는 오래전에 어느 잡지에서 읽은 글이 떠올랐다. 그 내용을 다 기억할 수는 없었지만 대강의 내용이 뉴스를 예고하는 자막처럼 머릿속을 스쳐 갔다. …다만 파편적인 사료(史料)를 가지고 실증성을 강조해 봤자, 파편적인 지식의 한계를 벗어날 수 없다. 깨어진 몇 조각의 토기편(土器片)으로 만족하는 고고학자는 없을 것이다. 이것을 토대로 하여 완전한 형태의 모습을 상상하게 된다. 이러한 상상의 기능은 문헌사학에서도 역시 필요하다. 추적 불능 또는 연결 불능의 사건들을 연결시키려면 역사 주체의 관점에서 소설적인 상상력이 불가피해진다. 결국 가야사의 복원은 실증과 상상, 미시(微視)와 거시(巨視) 총괄하는 원근법적인 접근이 필요하다는 느낌이었다. 캄캄한 터널을 막 빠져나온 듯한 느낌이 강하게 들었다. 상상력… 깨어진 몇 조각의 토기편… 가야사….

　딩동거리는 소리가 들렸는가 싶더니, 아내의 목소리가 들렸다. 이윽고 작은딸의 달뜬 목소리가 거실로 뛰어들었다.

3

출입구에는 관람객들이 열을 지어 서 있었다. 깃발을 든 사람이 일본어로 열심히 설명하고 있었다. 종전(終戰) 전에 일본이 한국을 식민지배할 때 총독부로 쓰던 건물을 개조하여 박물관으로 만들었다고 설명했다. 깃발을 든 사람의 설명이 끝나고, 한 떼의 일본인들이 입장을 시작했다.

내가 김우민과 함께 중앙홀로 들어서자, 관람객들의 말소리가 벌떼처럼 윙윙거렸다.

"저 그림 좀 보세요."

김우민이 벽면을 가리켰다.

'아' 하고 나는 가벼운 신음을 발했다. 김우민이 가리킨 벽화는 놀랍게도 일본의 개국 신화를 묘사한 그림이었다. 지난해 7월 '일제(日帝)의 잔재(殘滓)를 청산한다'는 제목의 기획 특집을 취재하러 왔다가 본 적이 있는 그림이었다. 1923년 조선 총독부 건축 당시 일본인 화가가 그린 벽화가 3층 벽 남쪽과 북쪽에 하나씩 남아 있었다. 원래 3개이던 벽화 가운데 일본 왕가(王家)의 조상신(祖上神)이자 태양신인 아마테라스 오미카미(天照大御神)가 바위를 뚫고 나오는 그림은 8·15 광복 뒤에 없어졌지만, 일본의 개국 신화를 묘사한 그림은 그대로 남아 있었다.

나는 그림에서 눈길을 떼며 조금 전에 김우민이 침울한 어조로 대꾸한 말을 생각했다. 일본의 개국 신화를 묘사한 그림이 서울 한복판의 중앙박물관 벽에 붙어 있다는 사실을, 그는 도저히 납득할 수 없다는 표정이었다.

가야실(加耶室)을 향해 천천히 걸음을 옮기며 나는 우울한 기분에 휩싸여버렸다. 통로를 가득 메우고 있는 일본 관광객들. 그들은 자신의 조상들이 한국을 정복하고 이렇게 일본 개국 신화가 묘사된 벽화가 붙어 있는 조선 총독부를 한반도의 심장부에 건설했음을 자랑스럽게 생각할 게 아닌가. 나는 현기증이 일었다.

"저쪽인가 봅니다."

김우민이 손짓하는 곳에 가야실이라고 쓰인 푯말이 보였다.

가야 영역도(加耶領域圖) 앞에 나는 걸음을 멈추었다. 유순일 기자의 『가야사 탐구』에 그려진 가야 영역보다는 훨씬 축소된 가야 영역이었다.

"함창의 고령가야는 가야 소국으로 인정하지 않았네."

내가 낮은 목소리로 말했다.

"저도 가야사에 관심을 가지고 가야사 관계 서적을 뒤져보니까, 너무나 막막하더라고요. 심지어 아직도 가야를 부족 국가쯤으로 취급하는 시각을 가진 학자도 있더라고요."

김우민이 말했다.

"…가야는 부족 국가라고 보기보다는 크기가 작은 고대 왕국의 국가 연합체라고 보는 게 옳을지도 몰라요."

내가 말했다.

"그렇지요. 나라의 크기가 작았다 뿐이지… 엄연히 낙동강과 섬진강 일대에 500년 남짓 존재했던 고대 왕국이지요. 금관가야는 일찍부터 해상 왕국으로 발전하여 제주도에 진출하여 중계무역지를 개척하였고, 일본 규수 지방까지 진출했다는 학설도 있지요."

김우민이 가야 영역도의 금관가야를 손가락으로 가리키며 말했다.

"가야가 고대국가 체계에 속하지 못하게 된 것은 김부식 때문일 수도 있어요. 신라 왕족의 후예인 김부식이 『삼국사기』를 편찬하면서 우리나라 고대 역사를 신라 중심으로 편찬했던 겁니다. 500년 이상 신라의 이웃에 병립했던 가야의 역사를 무시하고, 『삼국사기』
에 신라·고구려·백제와 달리 가야 본기(本紀)를 넣지 않았던 겁니
다. 그 후부터 사람들이 『삼국사기』를 답습하여 가야 본기를 따로
기술하지 않게 된 겁니다."

내가 말했다.

"지난번의 텔레비전에 방영되었던 게 여기 전시되어 있군요."

김우민이 나에게 손짓했다.

전시장에는 방격규구사신거울(方格規矩四神鏡)·소용돌이모양청동
기(巴形銅器)·오로도스형청동솥(銅鍑), 그리고 덩이쇠(鐵鋌) 같은 것
이 진열되어 있었다. 그뿐만이 아니었다. 전투할 때 화살에 맞을까
봐 말을 보호하기 위해 말머리에 씌운 말머리가리개(馬面胄), 전투할
때 무사들이 상반신을 보호하기 위하여 입던 쇠로 만든 갑옷인 판갑
옷(板甲), 목과 가슴을 보호하기 위해 전투 때 착용하는 목가리개(頸
甲), 머리에 쓰던 투구(胄), 말의 입에 넣었던 재갈, 멈추개, 지배층이
쓰던 둥근 고리가 달린 큰칼인 환두대도(環頭大刀), 철제 자루가 달린
대형창(大形槍), 나뭇가지처럼 생긴 가지창(皆枝戟), 낫(鎌), 세가닥창
(三枝槍) 등은 가야가 무구류(武具類)가 발달했던 나라였다는 것을 보
여주고 있었다.

"기마병(騎馬兵)에 관한 유물이 많군요."

잠자코 유물을 들여다보던 김우민이 입을 열었다.

"가야 지배층이 북방에서 내려온 유이민일 가능성을 시사해주는
대목이지요."

내가 김우민을 바라보며 말했다.

토기 전시장을 둘러본 뒤 우리는 휴게실로 자리를 옮겼다.

나는 판매대에서 주스를 사 갖고 왔다.

"고맙습니다."

내가 주스를 건네주자, 김우민이 고개를 가볍게 숙여 보였다.

"오늘 아침 신문에 대성동고분에 대해 기사가 난 걸 읽었는데요. 대성동고분 출토 유물들이 일본학자들이 주장하는 임나일본부설이 허구라는 걸 학문적으로 입증했다고 보도하고 있더군요. …일본 야마토 조정이 가야 지역에 임나일본부를 두어 200여 년간 한반도 남부를 지배했다는 일본 학자들의 학설을 믿는 한국 학자들은 없어요. 그럼에도 불구하고 일본 학자들의 학설을 확실하게 반박할 고고학 자료가 나타나질 않았는데 대성동고분군에서 4세기 대에 가야 지역에 지배권이 계승되는 국가 체제가 성립되어 있었다는 걸 보여주는 방격규구사신거울과 일본보다 시대적으로 훨씬 앞서는 소용돌이모양청동기가 출토되었거든요. 뿐만 아니라 강력한 군사력을 지닌 지배 계급이 실재했다는 것을 보여주는 마구류와 철제 무기류도 다량 출토되었거든요. 이렇게 고도의 철기문화를 갖춘 가야에 문화적으로 뒤떨어진 문화가 유입되었다거나 임나일본부가 가야 지역에 있었다는 말은 조금도 사리에 맞지 않는 것이지요."

김우민이 말을 마치고 주스를 입으로 가져갔다.

"…그런데 문제는 김 선생님 말씀대로 일본이 가야 지역에 임나일본부를 두어 한반도 남부를 200년간 지배했다는 사실을 우리나라 사람이라면 아무도 안 믿으면서, 가야 고분이 발굴되었다는 기사가 신문·방송에 나오기만 하면 그림자처럼 반드시 따라다니는 게 있다는 사실입니다."

내가 잠시 머뭇거리다가 입을 열었다.

"그게 뭔데요?"

김우민이 몸을 앞으로 숙이며 물었다.

"'일본'과 '허구성'과 '입증'이라는 말입니다. 일본에 영향을 끼친 유물이라느니, 임나일본부의 허구성을 입증하였다느니 하는 말이 꼭 따라다니거든요. 70년대 말 가야고분이 본격적으로 발굴되기 시작하고부터 이번에 대성동고분이 발굴되기까지 신문·방송 보도에 거의 빠짐없이 이 말들이 따라 나왔어요."

"가야고분이 발굴될 때마다 임나일본부의 허구성을 입증했다고 우리나라 학자들과 신문·방송사 기자들이 이야기하는 동안 일본 학자들과 신문·방송사 기자들은 끊임없이 임나일본부의 실재성(實在性)을 주장해왔지요."

"일본 사람들이 생각하는 가야사와 한국 사람들이 생각하는 가야사 사이에 많은 괴리가 있는 거 같아요. 문제는 한국에서 가야사를 연구한 기간은 짧지만, 일본에서 가야사, 그 사람들 표현을 빌리면 임나사 연구가 최소한 100년이 넘었거든요."

"그 문제는 간단하지가 않아요. 조선 후기에 들어서서 한치윤·한진서·안정복·정약용 같은 실학자들이 개인적으로 가야사를 연구하기 시작했지요. 한치윤과 한진서가 편찬한 『해동역사(海東繹史)』에서 '대개 변진(弁辰)은 곧 가야이고, 가야는 곧 변진이다. 변진과 가야는 결코 전후 두 나라의 이름이 아닌 것이다'라고 말하며 변한은 가야의 전신에 해당한다고 주장하였지요. 변한을 전기 가야 또는 가야의 전신으로 보는 현재의 통설은 한치윤과 한진서에서부터 시작되었어요. 한편 한치윤과 한진서는 '신라사에 의하면 이 해에 신라가 대가야를 멸망시켰다. 이를 참고하면, 임나가 대가야가 됨은 분명하다'라고 말하면서 '지금 고령현이 곧 그 땅이다'라고 주장했어요. 『동사강목』에서 가락국과 대가야에 대한 고증을 전개하였던 안정복은 가락국과 대가야의 왕계(王系)를 적어놓고 가야의 세력 범위를 지도에 그려 넣었어요. 근거의 제시는 없었지만 전라북도 임실·남원·장수·진안 등 전라남북도의 동남부 지역까지 가야문화권에 포함시키고 있는데요. 근래에 들어 발굴한 고분에서 출토된 유물들이 가야문화 고고학 자료들인 것과 일치하고 있어요. 정약용은 『강역고(疆域考)』의 「삼한총고」·「변진고」·「변한별고」 등에서 가야 관련의 어원 및 지명 고증을 시도했어요."

"야마토 조정이 한반도 남부의 철 자원이나 선진 기술 같은 것을 확보하기 위해 4세기 후반에 낙동강 하류 가야 지방에 진출하여 임나일본부를 두어 한반도 남부를 경영했다는 학설은 일본에서 통설화되어 있어요. 광개토왕릉비문에 의하면 왜인(倭人)이 백제·신라에 대하여 우월권을 둘러싸고 고구려와 싸우고 있음을 알 수 있다고 주장하고 있어요. 뿐만 아니라, 한반도에까지 세력을 넓히고 있던 야마토 조정이 5세기에 이르러서는 중국의 남조(南朝), 즉 송(宋)나라·제(濟)나라와도 적극적인 외교를 전개했고, 가라칠국 평정(加羅七國平定)이 이루어지던 무렵에 백제왕이 영원한 복속을 맹세하면서 야마토 조정에 칠지도(七支刀)를 보냈는데 칠지도에 쓰인 명문(銘文)에 이러한 사실이 적혀 있다고 주장하고 있어요."

"야마토 조정의 남선 경영론의 시발은 『일본서기』에서 비롯되었다고 하더군요…. 『일본서기』 자체가 일본의 국가 의식을 강하게 표출시키고 있고…. 원사료(原史料)를 윤색한 데가 많아 믿기 어려운 기록이 많다더군요."

김우진이 말했다.

"…문제는 우리나라에 아직 제대로 번역된 『일본서기』 하나 출판된 게 없다는 사실입니다. 이래 가지고서야 어떻게 진정으로 임나일본부의 허구성을 입증했다고 할 수 있겠어요."

내가 말했다.

"적을 이기려면 적을 알아야 한다고 했는데…."

김우진이 말끝을 흐렸다.

"…이렇게 동행 취재에 응해주셔서 고맙습니다."

내가 취재가방을 앞으로 끌어당기며 말했다.

"오늘 유익한 시간을 가지게 해주셔서 감사합니다. 욕심 같아서는 '독자와 함께하는 역사 탐방'에 매달 참가하면 좋겠습니다."

김우민이 일어서며 나에게 손을 내밀었다.

"감사합니다. 앞으로 자주 연락합시다."

나는 손을 내밀어 그의 손을 잡았다.

4

햇빛이 최 기자의 어깨 위에 하얗게 내려앉고 있었다. 그가 얼굴을 찡그렸다. 역광장까지 왔을 때도 그는 아무 말도 하지 않았다. 나는 그의 옆얼굴을 훔쳐보았다. 핏기가 없는 얼굴의 선이 몹시 가늘었다.

대합실 안은 등산복 차림의 남녀들로 발 디딜 틈조차 없었다.

나는 신문 가판대로 다가갔다.

"〈아주일보〉 하나 주세요."

나는 지폐 한 장을 주머니에서 꺼내 판매원에게 내밀었다.

"민 차장님, 또 신문 사세요?"

구내매점에 갔던 최 기자가 되돌아왔다.

"어딜 가나 신문 안 보고는 못 배기잖아…."

내가 신문을 펼쳐 들며 말했다.

'구형왕릉의 수수께끼'라는 기사가 눈길을 끌었다. 현재 구형왕의 능으로 전해지는 무덤은 경상남도 산청군 금서면 화계리의 경사진 언덕에 위치해 있었다. 총 7층으로 구성되어 있는 구형왕릉의 무덤 정상은 타원형이다. 구형왕릉이라고 전해지고 있는 이 돌무덤은 서쪽에서 동쪽으로 흘러내리는 경사면에 잡석으로 축조하였다. 이 돌무덤에 대해 석탑이라는 설과 왕릉이라는 설 2가지가 있다면서 기사는 시작되고 있었다.

『동국여지승람』권31, 산음현 산천 조에 '왕산(王山)'이 있고 그 각주에 "현(縣)의 40리 산중에 돌로 쌓은 구릉이 있는데 4면에 모두 층급이 있고 세간에는 왕릉이라 전한다"라는 기록이 있다. 그리고 홍의영의 『왕산심릉기(王山尋陵記)』에 "약 200년 전 산청군 유생 민경원이 산에 올라 기우제를 지내고 내려오다가 비가 내려 왕산사에서 비를 피하던 도중 왕산사 법당 들보 위에 있는 목궤를 발견하였는데 왕산사에서 구형왕릉의 내력을 적은 산사기(山寺記)를 발견하고, 구형왕과 왕비의 옷과 칼, 그리고 영정까지 찾아냈다"고 기록되어 있다. 구형왕릉에 대한 대부분의 기록이 가락국이 신라에게 멸망 당한지 천 년이 넘어가는 조선시대 기록이라는 사실에 주목해 석탑으로 보는 견해도 있다. 기사의 끝은 『삼국사기』「열전」의 구형왕에 대한 기록을 전하면서 끝을 맺고 있었다. 가락국의 마지막 왕인 구형왕은 김유신에게 증조할아버지가 되고, 겸지왕은 고조할아버지가 된다. 각간 김무력은 할아버지가 되고, 각간 김서현은 아버지, 만명부인은 어머니가 된다. 만명부인의 증조할아버지는 지증왕이었고, 할아버지는 진흥왕의 아버지인 입종 갈문왕, 아버지는 숙흘종이었다.

"김유신의 증조부인 구형왕의 무덤이라…."

내가 혼잣소리로 중얼거렸다.

"…홍 부장님은 뭘 하고 있을까요?"

최 기자가 나를 향해 고개를 돌리며 말했다.

"난다랑에 가 있겠지 뭐."

내가 신문을 접으며 대꾸했다.

열차 안내방송이 스피커에서 흘러나왔다. 우리는 개찰을 끝내고,

열차에 올랐다. 기차가 서서히 서울역 구내를 빠져나갔다. 최 기자는 차창 밖에다 눈길을 꽂은 채 콧노래를 흥얼거렸다. 수요일 오후에 떠나 토요일 낮차로 서울로 되돌아오는 취재 여행이나 그는 즐거운 모양이었다. 나는 최 기자로부터 눈길을 거두어 신문에다 옮겼다.

"일본 전자 제품이 몰려온다고?"

시장 개방으로 대만 전자 산업의 대부분이 일본으로 넘어간 것은 다 아는 사실인데, 우리나라 전자 시장도 대만 꼴이 될 것은 불을 보듯 뻔하다는 기사였다. 사진기·라디오·비디오는 물론 밥솥·전자레인지·프라이팬에 이르기까지 일본 제품이 전자상가를 메우고 있다는 것이었다. 나는 음 하고 가볍게 신음소리를 뱉었다.

열차는 고속으로 달리고 있었다. 가끔 요란한 소리를 토해내며 화물열차가 스쳐 지나갔다. 어느새 최 기자는 뺨을 나의 어깨에 기대고 잠들어 있었다. 열차가 터널을 빠져나가자, 짙은 녹색으로 물든 들판이 차창으로 미끄러져 왔다.

나는 차창에서 눈길을 뗐다. 머리를 등받이에 대고 눈을 감았다. 최 기자가 끙 하고 신음을 발하며 몸을 뒤챘다.

갸름한 데다 살찌지도 않고 또한 마르지도 않은 처제의 얼굴이 차창에 떠올랐다. 그녀는 사학과를 졸업하던 해, 서울 시내 사립 고등학교에서 한국사 교사 자리가 났는데도 지원하지 않고 대학원에 진학했다. 한의원을 경영하는 아버지를 둔 탓으로 대학원 박사과정을 마칠 때까지 경제적인 어려움은 없었다. 마침내 그녀는 「한국 고대 국가의 형성 연구」라는 논문으로 박사학위를 받았다. 그러나 그녀가 강단으로 가는 길은 멀고도 험난했다. 대학 선배의 추천으로 부산에 있는 사립대학의 시간강사 자리를 하나 구했다. 강사료를 타가지고 교통비로 쓰기에도 모자랐다. 그러나 그것도 집권당 국회의

원이 이사장으로 있는 재단에서 다음 학기의 강의를 맡으려면 기부금을 내지 않으면 안 된다고 하자, 시간강사 자리를 그만두게 되었다. 몇 군데 지방 대학의 시간강사 자리를 옮겨 다닌 끝에 그녀는 대학원 박사과정 지도교수의 추천으로 대구의 사립대학 사학과 조교수로 발령을 받게 되었다. 그것이 작년의 일이었다.

"민 차장님, 다음 달 5일 김해에서 있을 예정인 가야사 학술회의에 제가 꼭 안 가도 되지요?"

"글쎄, 최 기자가 사정이 그렇다니까, 할 수 없이 나 혼자 갔다 오지 뭐. 학술회의니까, 사진 촬영이 그리 크게 문제가 되지는 않을 거야."

저녁 어스름이 차창으로 밀려오고 있었다. 스피커에서 경상도 안내방송이 흘러나왔다. 열차의 속도가 줄어들었다.

역 구내에 목을 구부리고 늘어서 있는 보안등에 파란 불이 들어왔다. 승객들이 수런거리기 시작했다. 대구라고 쓰인 이정표가 천천히 차창 뒤로 미끄러져 갔다. 나는 선반에서 가방을 꺼내 들고 최 기자와 함께 승강장으로 내려갔다. 나는 집표구를 빠져나와 대합실 안을 살펴보았다. 처제의 얼굴이 보이지 않았다.

"차가 많이 밀리는가 보죠."

"…좀 늦는가 보군. 저기 가서 기다리도록 하지. 늦게 되면 저리로 온다 했으니까."

내가 길 건너편의 독일제과점을 가리켰다.

계산대 옆에 놓여 있는 텔레비전 화면에 여자 아나운서의 얼굴이 나타났다.

캄보디아에 진출한 일본 자위대원들이 유엔기와 일장기가 펄럭이는 건물 앞마당에 둘러앉아 식사를 하고 있는 장면이 방영되고 있었다. 화면이 바뀌었다. 가무잡잡한 얼굴의 캄보디아 사람이 도로도 만들어주고 목욕탕도 지어주는 일본 자위대원들이 고맙다는 말을 했다. 뒤이어 일본 자위대 장교가 캄보디아에서 자신들이 하는 일에 대해 굵은 목소리로 말했다.

"많이 기다리셨지요?"

처제가 제과점 안으로 들어섰다.

나는 최 기자에게 인사시키고, 뭘 좀 마실 거냐고 물었다.

"전 괜찮아요. 두 분이 마셨으면 그냥 가지요 뭐…."

"많이 바쁜가 봐."

내가 가방을 들며 말했다.

"…오히려 방학 때가 더 바쁜 거 같아요. 학회 모임이다, 유적 답사다, 교육대학원 강의다, 계절학기 강의다 뭐다 해서…."

처제가 천천히 핸들을 돌렸다.

최 기자는 아무 말도 하지 않고 차창 밖에다 눈길을 꽂고 있었다.

승용차는 시내 중심가를 막 벗어나고 있었다. 나는 탁기탄이라고 도 하고 탁국이라고도 했던 가야의 소국을 떠올렸다.

"대구는 원래 달구불(達句火), 달구벌이라고 했다지."

내가 차창에 눈길을 둔 채 말했다.

"『삼국사기』「신라본기」에는 달벌이라고 기록되어 있어요."

처제가 액셀러레이터를 천천히 밟았다.

"…그런데 탁기탄국의 비정에 대해선 여러 가지 설이 있더군. 김 정학 교수는 탁기탄국이 대구에 있었다고 비정하고 있고, 천관우 선 생은 경산에 있었다고 비정하고 있고, 금언빈 교수는 창녕의 영산 지방에 있었다고 비정하고 있거든. 도무지 그 위치조차 제대로 비정 되어 있지 않은 것이 가야 소국들인 것 같아."

"그래요. 아직 임나가라가 김해에 있었다, 고령에 있었다를 놓고 학자 간에 의견 일치를 보지 못하고 있고, 함창에 고령가야가 실제로 존재했던가 하는 문제를 아직 결론짓지 못하고 있거든요. 어디 그뿐이에요. 부산의 복천동고분을 놓고 가야고분이다, 신라고분이다 서로 논쟁을 벌이고 있어 가야사 연구는 미로 속을 헤매고 있는 거 같아요."

"내가 자료를 조사해 보니까, 부산 복천동고분은 가야 고분이라는 게 통설화 되어 가고 있는 거 같던데…."

"학계의 실정은 그렇지만은 않아요. 사학계 일각에서는 임나사관 (任那史觀)에 사로잡힌 일부 한국학자들이 가야의 위상을 재정립하려는 욕구가 지나쳐 가야의 세력이 신라보다 우위에 있었다고 주장하거나 가야의 판도를 신라보다 넓게 잡은 것을 비판하고 있거든요."

"……."

"가야사에 관한 문헌 사료가 거의 남아 있지 않은 데다, 그 남아 있는 사료, 특히 『일본서기』의 기사 같은 것을 너무 자의적으로 해석해 버리고, 고분에서 출토된 유물도 자의적으로 해석하기 때문에 학설이 다양해져, 혼란스럽기까지 하거든요."

처제가 말했다.

"아무튼 70년대 이전만 해도 가야 소국들은 우리나라에서 잊혀진 나라였지…."

내가 말끝을 흐렸다.

"민 차장님, 내일은 지산동고분부터 갈 예정이죠?"

최 기자가 갑자기 생각났다는 듯이 물었다.

"아무래도 그래야 할 것만 같아."

내가 뒤돌아보며 대꾸했다.

차가 아파트 단지 안으로 미끄러져 들어가고 있었다. 아파트는 지은 지 오래되어 낡아 보였지만, 수목들이 우거져 아늑해 보였다.

문을 밀고 안으로 들어가자, 나의 눈길이 거실의 두 벽면을 꽉 채

우고 있는 책꽂이에 머물렀다. 책꽂이에는 역사서가 가득 꽂혀 있었다. 나는 고개를 들어 책꽂이를 살펴보았다. 『삼한사회형성과정연구』·『한국고대국가형성론』·『한국고대사회연구』같은 한국 고대사에 관한 책들이 눈길을 끌었다.

"이 책이 민 차장님이 말씀하시던 『임나흥망사(任那興亡史)』군요."

최 기자가 책장에서 색이 바랜 책 한 권을 뽑아 들었다.

그것은 일인 학자 스에마스 야스카즈(末松保和)가 지은 책으로 일본 사학계에서 임나사의 체계를 잡은 책으로 평가받은 연구서였다.

"임나흥망사…."

나는 최 기자로부터 그것을 건네받으며 낮게 중얼거렸다.

스에마스 야스카즈는 『임나흥망사』에서 4세기경 야마토 지역을 중심으로 주변 호족들이 연합하여 이루어진 야마토 조정이 4세기 후반부터 6세기 중반까지 한반도 남부에 임나일본부를 두어 한반도 남부의 삼한(三韓)을 경영했다는 가정 아래, 임나의 성립사, 임나의 창성(創成), 임나의 멸망기로 나누어 편년적(編年的)인 정리와 임나 관계 지명(地名) 비정에 주력하고 있음을 목차를 통해 엿볼 수 있었다. 신공황후(神功皇后)에 의한 신라 정벌이 이루어지는 360년경부터 가라국이 멸망하는 562년까지 약 2세기 동안 임나일본부라는 지배기관을 통해 가야 지역을 지배했다고 기술하고 있다. 스에마스 야스카즈는 임나를 한반도 남부에 있던 일본의 서쪽 영토로 간주하면서 일본의 대륙 관계사의 일부분이었다고 결론을 내리고 있었다.

"형부, 무슨 책을 그렇게 열심히 들여다보고 계세요?"

처제가 찻잔을 쟁반에 받쳐 들고 거실로 왔다.

"『임나흥망사』를 뒤적거리고 있는 중이야."

"필요하시다면 빌려 가세요. 『임나흥망사』는 출간된 지 오래된 책

이긴 하지만 고대한일 관계사를 연구하는 사람들은 한 번쯤은 읽어
보는 책이에요."

"한국 고대사에 관심이 있다는 일본 사람을 만난 적이 있는데 스
에마스 야스카즈의 학설과 똑같은 소리를 하더군. 고대 일본의 야마
토 조정이 한반도 남부를 경영했다면서 말야."

"…일본 사람들은 그런 소리를 할 거예요. 스에마스 야스카즈의
학설을 그대로 따른 교과서로 공불 했으니까요."

날이 밝자, 나와 최 기자는 처제가 운전하는 승용차를 탔다. 대구
에서 고령까지는 올림픽고속도로를 이용하면 되었다. 승용차가 읍내
로 들어서자, 서쪽에 우뚝 서 있는 주산(主山)이 보였다. 서남쪽으로
뻗어 내린 능선 위에는 거대한 무덤이 문어의 흡반처럼 붙어 있었다.

"차를 주산 아래 주차장에 세워 놓고 천천히 걸어서 올라가죠."

처제가 브레이크를 천천히 밟으며 말했다.

"그게 좋겠어."

내가 차창 밖으로 눈길을 옮기며 말했다.

차바퀴 밑에서 덜거덕거리는 소리가 났다.

승용차를 주차장에 세워 놓고, 우리는 산길을 따라 걷기 시작했
다.

"민 차장님, 저게 무슨 꽃입니까?"

최 기자가 푸른 꽃을 가리켰다.

"도라지꽃입니다."

"꽃이 참 예쁩니다. 사진 한 장 찍어 가야겠어요."

최 기자가 도라지 앞으로 성큼성큼 다가가 카메라 셔터를 눌러댔
다.

"최 기자, 고만 찍고 가자고. 사진은 고분이 있는 데서 찍어야지."

내가 최 기자를 향해 손짓했다.

구릉지의 능선을 따라 무덤들이 누워 있었다. 대형 무덤들은 주산의 능선을 따라, 소형 무덤들은 경사면을 따라 분포하고 있었다.

　"지산동고분군의 겉모양은 모두 원형 봉토이고, 무덤의 내부 구조는 판석으로 된 돌덧널무덤(石槨墓), 깬돌(割石)로 된 돌방무덤(石室墳) 따위로 다양해요. 지산동고분군은 무덤의 입지나 규모 면에서 중심적인 위치를 차지하고 있기 때문에 대가야 최고 지배자들의 무덤으로 판단하고 있어요."

　처제가 고분군을 가리키며 말했다.

　"가락국 건국 신화와 대가야 건국 신화는 서사구조가 비슷한 거 같아…."

　내가 말끝을 흐리며 처제를 바라보았다.

　"그건 아마, 후기가야연맹의 주도 세력인 고령 지산동고분을 축조한 반로국 지배층이 대가야를 표방하면서 가락국 중심의 전기가야연맹의 정통성을 계승한다는 인식을 가지고 있었기 때문에 그러한 신화가 나오게 된 거 같아요. 『신증 동국여지승람』 고령현 조에 인용된 최치원의 『석이정전(釋利貞傳)』에 보면 가야산신인 정견모주(政見母主)가 천신(天神)인 이비가지(夷毗訶之)에 감응(感應)되어 대가야(반로국)왕 뇌질주일(惱窒朱日)과 금관가야(가락국)왕 뇌질청예(惱窒靑裔) 두 사람을 낳았다고 되어 있어요. 뇌질주일은 이진아시왕(伊珍阿豉王)을 달리 부르는 이름이고, 뇌질청예는 수로왕을 달리 부르는 이름이거든요."

　처제가 잠시 말을 멈추고 숨을 천천히 몰아쉬었다.

　능선 아래로 실개천이 띠처럼 반짝반짝 빛을 뿜어내며 흘러가고 있었다. 소나무 가지 사이로 녹색으로 뒤덮인 들판이 언뜻언뜻 보였다. 이글거리는 태양이 주산 정수리 위에 떠 있었다. 최 기자는 땀을 뻘뻘 흘리며 뒤따라왔다.

정상이 가까워지자, 거대한 고분이 떼거리를 지어 앞을 가로막았다.

"저 고분들 외에도 이 근처에는 중형 고분들 여러 기(基)가 흩어져 있어요. 능선의 남쪽과 서남쪽의 비스듬하게 편편한 곳에 꽤 큰 고분이 20여 기 있는 것을 비롯하여 대략 100여 기의 고분이 있어요. 이 일대를 사적 79호로 지정된 고령 지산동고분군이라고 하지요."

처제가 경사면을 따라 분포하고 있는 고분들을 가리켰다.

"그런데 이 고분들은 일제 강점기에 도굴되었다고 하던데…."

내가 말했다.

"일제 강점기에 일본 학자들이 임나일본부의 유지(遺址)를 찾는다면서 고령 일대의 고분도 파헤쳤지만 아무런 성과도 얻지 못했어요."

처제가 말했다.

"1910년대에 일본인들이 임나일본부를 입증한다는 명목으로 창녕의 교동·송현동 고분군을 파헤쳐 마차 20대분, 화차(貨車) 2량분의 유물을 실어냈다고 하는 이야기는 널리 알려져 있지."

내가 말했다.

"그 후엔 도굴꾼들이 창녕으로 달려왔지요. 오구라 다케노스케 등 일본인 유물 수집가들이 비사벌국의 희귀 유물들을 일본으로 반출했어요."

처제가 말했다.

"현재 일본 국립도쿄박물관의 오구라 컬렉션이라 불리는 오구라의 수집 유물 중 상당수가 창녕 출토 유물이라더군. 오구라 컬렉션의 대표적인 유물이 창녕에서 출토되었다고 전해지는 금관이라더군."

내가 말했다.

"일본 사람들이 임나일본부의 고고학적 증거를 찾는다면서 창녕의 가야 고분뿐만 아니라 경남과 경북 지역의 가야 고분을 마구 파헤쳐 수천 점의 유물을 도굴해 가지고 갔지요. …그러나 그때도 일본 사람들은 가야고분에서 임나일본부의 증거를 찾지 못했어요. 가야 고분이 발굴되면 발굴될수록 임나일본부의 증거는 점점 희박해지고 있어요. 덧널무덤(木槨墓)과 널무덤(土壙墓)으로 이루어진 가야 묘제와 3세기부터 7세기까지 축조되었던 전방후원분(前方後圓墳)으로 이루어진 일본 묘제와의 차이만큼이나 말입니다."

처제가 말했다.

"민 차장님은 꼭 수학여행 온 학생 같고, 이 교수님은 수학여행단 인솔 교사 같으십니다."

고분을 촬영하던 최 기자가 필름을 갈아 끼우며 말했다.

"최 기자님은 농담도 잘하셔."

처제가 손으로 입을 가리고 웃었다.

"일본 사람들이 무덤을 파헤친 후, 그 후 발굴·조사되지는 않았나?"

내가 물었다.

"8·15 광복 이후, 1977년과 1978년에 걸쳐 대구에 있는 대학들의 발굴단에 의해 44호분과 45호분이 발굴·조사되었고 이어서 1978년에 다시 대구에 소재한 대학의 박물관 조사단에 의해 32호분과 35호분이 조사되었어요. 대가야 최고 지배자들의 무덤으로 판단되는 이 고분들을 발굴한 결과 대가야 문화의 우수성을 밝혀주는 결정적 유물들이 무더기로 쏟아져 나왔어요. 지산동고분군에서 최대형급에 속하는 44호분과 45호분은 대형의 구덩식돌방무덤(竪穴式石室)과 다수의 돌덧널(石槨)을 매장 주체로 하는 고분이에요. 44호분의 경우 지름 25미터 내지 27미터가량의 원형에 가까운 대형봉토 내부의 중앙에 으뜸돌방(主石室)이 위치하고 이 돌방(石室)의 장벽과 단벽 쪽에 각기 1개씩의 딸린돌방(副石室)이 배치되어 모두 3개의 돌방이 있었어요. 이를 중심으로 다시 32개의 작은 돌덧널들이 배치되어 있었어요. 주피장자는 장신구·무기·투구·마구·토기류 등과 함께 으뜸돌방에 매장되어 있었고, 나머지 돌방과 돌덧널에는 피순장자들과 껴묻거리(副葬品)가 묻혀 있었어요. 지름 27미터로 10대부터 60대까지 다양한 연령의 백성 40여 명을 순장한 44호분은 국내 최대 규모의 순장 왕릉이지요. 이 발굴로 대가야 시대에는 순장의 풍습이 어느 정도 보편화되어 있다는 사실이 밝혀졌지요."

처제가 잠시 말을 멈추었다.

"최 기자 말대로 마치 수학여행단 인솔교사로부터 해설을 듣는 기분이네."

내가 처제를 바라보며 말했다.

"아이 형부두…."

처제가 손으로 나의 어깨를 가볍게 쳤다.

"…지산동고분에서 발굴된 유물 가운데 금동관의 사진을 신문에서 본 적이 있지."

내가 다시 가야 유물 이야기를 꺼냈다.

"2기의 돌방과 이를 중심으로 하는 11개의 돌덧널로 구성되어 있는 45호분의 으뜸돌방에서는 신라의 출자형금동관(出字形金銅冠)과는 형태가 다른 초화형금동관(草花形金銅冠) 1점과 금제귀걸이(金製耳飾)·목걸이(頸飾) 등의 장신구류, 세잎무늬고리자루큰칼(三葉紋環頭大刀)·쇠투겁창(鐵鉾)·쇠살촉(鐵鏃) 등의 무기류, 비늘갑옷편(札甲片), 안장꾸미개(鞍金具)·발걸이(鐙子)·재갈(轡)·말띠드리개(杏葉) 등의 마구류가 출토되었어요. 이들 유물은 가야문화가 상당한 수준에 이르렀다는 것을 잘 보여주고 있거든요. 그때까지만 해도 임나일본부설을 반박할 고고학적 유물이 거의 없던 때, 임나일본부설을 반박할 가야 유물이 발굴되었다고 신문과 방송이 크게 보도했지요."

처제가 말했다.

"자, 고분군을 배경으로 두 분이 기념 촬영 하나 하시지요."

최 기자가 카메라 렌즈를 조절하며 말했다.

사진 촬영이 끝나자, 우리는 능선을 따라 내려가기 시작했다.

"일제 강점기 때 일본 학자들이 임나일본부의 유지(遺址)를 찾는 다면서 고령 일대의 고분도 파헤쳤지만 아무런 성과도 얻지 못했어요."

처제가 나뭇가지를 잡으며 말했다.

"가야사에 대해 기사를 쓰려면 아무래도 임나일본부 문제를 극복하지 않고는 쓸 수가 없을 거 같애."

내가 넓적한 바위 위에 발을 디디며 말했다.

"한국 고대사 및 고고학, 그리고 일본 고대사 연구가 한데 어우러져야 가야사의 실체를 파헤칠 수 있어요… 서울로 올라가면 서현대학 사학과의 금언빈 교수를 찾아가 보세요. 우리나라 사학계에서 금 교수만큼 가야사 연구를 심층적으로 하고 있는 사람은 없다고 봐도 지나친 말이 아닐 거예요."

처제가 말했다.

"우리나라에도 가야사를 깊이있게 연구한 학자가 있었네."

내가 말했다.

"우리나라 학계 풍토는 대부분 신라사나 백제사를 연구하면서 곁다리로 가야사를 연구하는데 금언빈 교수는 서현대학 학부에서는 한국사를 공부하고, 대학원 석사과정부터 줄곧 가야사를 연구해 '가야와 왜의 교류연구'로 박사학위를 받은 분이에요."

"아, 그래 놀라운 일이네."

"금 교수는 우리나라 학계에서 문헌 사료가 거의 없는 가야사를 연구해 통시적으로 가야사의 체계를 세운 학자예요."

"문헌 사료가 거의 없는 가야사의 계통을 세웠다니 대단하긴 하지만… 역설적으로 문헌 사학자가 문헌이 거의 없는 가야사를 연구한다는 건 한계가 있기도 하겠네."

"물론 한계도 있긴 하지만, 금 교수는 가야고분 발굴 현장도 어느 학자보다도 열심히 찾아다니고 논문을 쓰고, 단행본을 펴내 학계에 널리 알려졌는데요, 특히 대성동고분과 복천동고분에서 출토된 고고학 자료들을 집중적으로 연구해 가락국의 실체를 밝혀내는 논문을 여러 편 써서, 금 가락이라는 별명을 얻기도 했지요."

처제가 말을 끝내고 승용차의 문을 열었다.

올림픽고속도로를 따라 승용차가 달리기 시작했다.

"대가야의 도성이 있던 곳이 저렇게 좁은데 어떻게 가야연맹의 종주국이 되었을까?"

최 기자가 혼잣말처럼 말했다.

최 기자의 말에 나는 차창 밖으로 눈길을 던졌다. 백제와 신라, 그리고 고구려의 틈바구니에서 후기가야연맹의 주도권을 잡고 가야 소국들을 이끌던 대가야의 도성이 있던 고령 시가지는 산들로 둘러싸여 있어 협소해 보였다.

"고령이 저렇게 산들로 둘러싸여 있었기 때문에 광개토대왕의 고구려 보병(步兵)과 기병(騎兵) 5만 명의 습격을 피할 수 있었던 거예요. 그때 가야연맹의 종주국인 임나가라(가락국)는 종발성까지 쳐들어온 고구려군에 패퇴하여 맥없이 무너지게 되었지요."

처제는 말을 마치고 후사경에 눈길을 주었다.

붉은 태양이 주산 위에 비스듬히 걸려 있었다.

5

가야는 도대체 어떤 나라인가? 임나가라는 김해인가 고령인가? 임나일본부는 정말 극복되었는가? 내가 뽑아본 중간 제목들이었다. 가야사는 파고들면 들수록 그 끝이 안 보였다. 개미굴을 헤매는 것 같았다. 우선 정확한 가야 소국들의 숫자조차 제대로 파악하기 힘들었다. 『삼국유사』에는 7개국의 가야 소국들의 이름들이 기록되어 있었다. 금관가야 · 대가야 · 아라가야 · 비화가야 · 소가야 · 성산가야 · 고령가야가 그들이었다. 가야 소국들의 숫자가 가장 많이 등장하는 문헌은 『일본서기』였다. 『일본서기』「신공기(神功紀)」 49년 조에는 가라 7국 —비자발 · 남가라 · 탁국 · 안라 · 다라 · 탁순 · 가라가 기록되어 있다. 그리고 「흠명기(欽明紀)」 23년 조에는 10개국—가라국 · 안라국 · 사이기국 · 다라국 · 졸마국 · 자타국 · 산반하국 · 걸손국 · 임례국의 이름을 신라가 임나 관가(官家)를 타멸(打滅)했다는 기사의 분주(分註)에 열거하고 있었다. 임나가 지역을 가리키는 명칭이라면 '임나일본부'란 일본이 가야 지역에 설치한 행정 기관을 뜻하게 되는 것이다. 임나일본부(任那日本府)란 명칭은 일본의 옛 역사서인 『일본서기』에 나오지만 우리나라 옛 역사서에는 단 한 군데도 나오지 않는다.

나는 시계를 들여다보았다. 10시를 가리키고 있었다. 전철을 이용한다면 서현대학까지는 40분 정도 걸릴 것이었다. 나는 가방에다 취재 노트를 집어넣고 편집실을 나왔다.

전동차에서 내려 계단을 막 올라서자, 서점의 진열장이 눈에 들어왔다. 유리 너머에는 『논노』 · 『모어』 · 『위드』 같은 화려한 표지의 잡지들이 진열되어 있었다. 그리고 옷가게 · 악세서리가게 · 호프집 · 레스토랑이 어깨를 잇대어 늘어서 있는 거리가 대학 정문까지 이어져 있었다.

나는 주위를 두리번거리며 흰 대리석의 교문으로 들어섰다. 나지막한 언덕에 붉은 벽돌 건물이 우뚝 서 있었다. 인문대학 건물이었다. 푸르딩딩한 불빛이 복도의 어둠을 걷어내고 있었다. 금 교수가 막 강의를 끝내고 203호 연구실 안으로 들어가고 있었다. 나는 그의 뒤를 따라 연구실 안으로 들어갔다.

그가 윗도리를 벗어 옷걸이에 걸고 돌아섰다.

"캠퍼스가 무척 아름답습니다."

내가 명함을 그에게 건네주며 말했다.

"캠퍼스가 아름다우면 뭘 합니까? 학생들이 학문을 열심히 해야죠… 대학이라는 데가 취직시험을 준비하는 학관으로 바뀌어버렸으니…."

금 교수가 붉은 넥타이를 고쳐 매며 말했다.

그는 한국사학과에 적을 둔 학생이 행정고시를 준비한다며 사회대학에 가서 행정학 강좌를 수강하고, 동양사학과에 적을 둔 학생이 공인회계사 시험을 준비한다며 경영대학에 가서 회계학 강좌를 수강한다고 했다.

곧 차를 한 잔씩 마신 후 우리는 임나일본부설에 대하여 이야기를 나누기 시작했다.

"…『속일본기(續日本記)』의 기록에 따르면 『일본서기』는 도네리 친왕(舍人親王)이 덴무 덴노(天武天皇)의 명을 받아 편찬하기 시작하여 720년에 완성한 역사서입니다. 일본에서 가장 오래된 정사(正史)이지만, 초기 기록이 신화에 기대어 집필되었어요. 게다가 『일본서기』를 편찬한 목적 가운데 하나가 선대 황실의 권위를 알리고 칭송하기 위함이었어요. 그렇기 때문에 『일본서기』에는 과장과 주작(做作)이 많이 기술되어 있어요. 『일본서기』 신공기 49년 조 기사는 임나일본부 논쟁에 중심이 되는 사료이에요."

금 교수가 잠시 말을 멈추고, 서가에서 『일본서기』를 꺼내 소리내어 읽기 시작했다.

봄 3월에 왜(倭)는 아라타 와케(荒田別)와 가가 와케(鹿我別)를 장군으로 삼아, 구저(久氐) 등과 함께 군대를 이끌고 바다를 건너 탁순(卓淳)에 이르러 장차 신라를 치고자 했다. 이때 누군가가 말하기를, '군대가 적어서 신라를 칠 수가 없소. 다시 사백·개로를 보내어 군사를 늘려 주도록 요청하십시오'라고 했다. 이에 곧바로 백제 장군인 목라근자(木羅斤資)와 사사노궤(沙沙奴跪)에게 정병(精兵)을 이끌고 사백(沙白)·개로(蓋盧)와 함께 가도록 명령을 내렸다. 그리하여 모두 함께 탁순에 모여 신라를 쳐서 깨뜨리고, 비자발(比自㶱)·남가라(南加羅)·탁국(㖨國)·안라(安羅)·다라(多羅)·탁순(卓淳)·가라(加羅) 등의 7국을 평정했다. 또한 군대를 옮겨 서쪽으로 돌아 고해진에 이르러 남쪽의 오랑캐인 탐미다례(忱彌多禮)를 무찔러 백제에 주었다. 이에 백제 왕 초고와 왕자 귀수가 군대를 이끌고 와서 모였다. 이때 비리(比利)·벽중(辟中)·포미지(布彌支)·반고(牛古)의 4읍이 저절로 항복하였다.

금 교수가 다시 숨을 고르고 나서 『일본서기』를 덮었다.
"『일본서기』「신공기(神功紀)」 49년 조 기사는 일본 학자들이 소위 남선경영론의 주요 근거로 삼은 사료로서 신빙성에 많은 문제점을 내포하고 있어요. 기사 내에 백제 근초고왕이 나오기 때문에, 기사 일부는 간지(干支) 이갑자(二甲子)를 낮추어 369년의 사실과 관련 있다고 보는 것이 일반적이나, 분명하지 않아요."
금 교수가 다시 입을 열었다.
"『일본서기』「신공기」 49년 조 기사는 사료적 가치에 많은 의문이 드는 기사라고 하던데요."

내가 천천히 말했다.

"「신공기」 49년 조 기사는 사료적 가치에 많은 의문이 드는 기사임에도 불구하고 그 모두를 369년 왜에 의한 임나 지배의 기원 사실(史實)로 보는 설, 그 모두를 6세기 사실의 반영으로서 허구라고 보는 설, 그 모두를 백제의 369년 남한 정벌 사실로 보는 설, 그 모두를 백제가 4세기 중엽에 가야 및 마한 남부의 몇 나라들과 교섭하여 왜와 통교하기 시작한 것에 대한 과장된 표현으로 보는 설, 전반부 기사는 부정하고 후반부 기사만을 백제의 마한 잔여 세력 병합 사실로 인정하는 설, 신라 정벌 관련 기사는 429년의 사실이고 마한 병합 기사는 369년의 사실이라고 보는 설 등이 있어요."

금 교수가 말했다.

"……."

"『일본서기』의 기록에 의거하여 집필한 스에마스 야스카즈의 학설은 임나일본부를 증명할 사료나 물적 증거가 부족한 점이 커다란 맹점으로 지적되어 왔거든요. 일본학자들이 이 맹점을 보완하기 위해 눈을 돌렸는데 그게 바로 금석문들이었어요. 금석문들이 바로 광개토왕릉비문과 칠지도 명문(七支刀銘文)이었어요. 일본 학자들은 금석문을 연구해 논문을 발표하기 시작했는데 1951년 『미술연구』에 발표한 후쿠야마 도시오(福山敏男)의 「이소노까미 신궁(石上神宮)의 칠지도(七支刀)」라는 논문이 일본 학계의 주목을 받았지요. 후쿠야마 도시오는 1950년에 칠지도 명문의 판독을 시도했어요. 칠지도는 일본 나라현(奈良縣) 덴리시(天理市)의 이소노카미 신궁(石上神宮)에 보관되어 있던 금속제 칼인데요, 백제 근초고왕 24년(369년)에 제작된 것으로 추정되는 칠지도의 전체 길이는 74.9센티미터이고, 그중 손잡이 내지 연결부를 뺀 칼날 부분이 66.5센티미터이에요. 근초고왕이 왕위에 있을 때 백제는 왜로 이미 진출해 있는 백제 계통의 세력들과도 긴밀한 관계를 가지는 등 활발한 대외 활동을 펴 해상 세력권을 형성하고 있었어요. 근초고왕은 칠지도를 그의 아들 인 근구수왕이 왕자로 있을 때 왜의 사신을 통하여 왜왕(倭王)에게 하사했어요. 곧은 칼날에서 왼쪽과 오른쪽으로 각각 가지칼이 세 가 지씩 뻗어 있어 도합 일곱 개의 칼날을 이루고 있기 때문에 칠지도 라고 부르는 칼에는 60자의 글자가 새겨져 있는데요. 앞면에는 '태 화(泰和) 4년 5월 16일 병오일의 정오에 백 번이나 단련한 철로 칠 지도를 만들었다. (이 칼을 소지하게 되면) 모든 병해(兵害)를 물리칠 수 있고 후왕(侯王)에게 주기에 알맞다. □□□□가 만든 것이다'라 고 새겨져 있고, 뒷면에는 '선세(先世) 이래 아직까지 이런 칼이 없 었는데 백제왕세자(百濟王世子)가 뜻하지 않게 성스러운 소식이 생 긴 까닭에 왜왕(倭王)을 위하여 정교하게 만들었으니 후세에 전하여 보여라'라고 새겨져 있어요."

금 교수가 말을 멈추고 책꽂이에서 두꺼운 책을 뽑아 들었다.

"자, 여길 보십시오. …태화 4년 5월 십육일병오정양 조백련철 칠지도 생벽백병 의복공후왕 □□□□작 선세이래 미유차도 백자□ 세□ 기생성음 고위왜왕 □조 시□세(泰和 四年[五]月十六日丙午正陽 造百練鐵 七支刀生辟百兵 宜復供侯王□□□□作 先世以來 未有此刀 百 滋□世□奇生聖音 故爲倭王 □造(傳) 示□世)인대요. 후쿠야마 도시오 는 금석사료(金石史料)에 의한 임나일본부 설치를 증명하기 위해 칠 지도에 새겨진 금상감(金象嵌) 명문(銘文)의 판독을 시도했어요. 즉 후쿠야마 도시오는 칠지도 명문 첫머리의 '泰□(태□)'를 '泰和(태 화)'로 읽고 '宜(의)' 자(字)와 '侯王(후왕)'의 '候(후)', '百滋(백자)'의 '滋(자)', '倭王(왜왕)'의 '倭(왜)'를 처음으로 판독하는 기대 이상의 성과를 올렸어요. 그런데 문제는 후쿠야마 도시오가 '태화 4년'을 '동진(東晉)의 태화 4년'으로 비정한 것은 명백하게 잘못 판독한 것

님의 나라 … 143

이거든요. '泰□(태□)'와 '和(화)'라고 하는 곳은 메이지(明治) 시대 이후에 칼 같은 거로 깎아낸 흔적이 있다는 겁니다. 그 글자를 '和(화)'로 단정하기는 어렵지요. 또한 동진(東晉)의 태화(泰和)라면 어째서 상감(象嵌)하기 어려운 '泰(태)' 자를 칠지도에 채택하여 사용했는가 하는 문제에 대해 설명을 충분히 하지 못했거든요. …다음으로 '태화(太和)'라는 연호는 사마예(司馬睿)에 의해 강남(江南)에 세워진 진(晉)의 망명 왕조인 동진만이 아니라 다른 시기에 있었는데도 불구하고 굳이 애써 후쿠야마 도시오가 동진의 연호를 채택하여 사용한 것은 『일본서기』「신공기」 52년(369년) 조에 보이는 '가을 9월 백제 사신 구저(久氏) 등이 치쿠마 나가히코(千熊長彦)를 따라와서, 칠지도 한 구(口), 칠자경(七子鏡) 한 면(面) 및 갖가지 귀중한 보물을 바쳤다'는 기사를 염두에 두었기 때문이었을 것으로 보입니다. 이것은 명백히 『일본서기』「신공기」 52년(369년) 조의 기사를 역사적 사실로 정당화시키기 위한 의도에서 그렇게 해독했다고 보아야 합니다."

금 교수의 말투는 점점 신중해져 갔다.

"이를 테면 짜 맞춘 거군요…."

내가 말끝을 흐렸다.

"『일본서기』「신공기」에 나오는 신공황후의 신라 정복설을 역사적 사실로 정당화시키기 위해 후쿠야마 도시오가 칠지도에 새겨져 있는 '태화 4년'을 '동진의 태화 4년'으로 비정한 겁니다."

금 교수가 말했다.

"칠지도 제작 연대를 신공황후 연대의 것으로 바꾸려는 의도로 그렇게 비정했다고 볼 수 있군요."

내가 말했다.

"그렇지요. 『일본서기』「신공기」 기사가 왜곡된 것이라는 데에는 많은 학자가 공감하고 있으므로, 후쿠야마 도시오의 '백제왕 헌상설 (百濟王獻上說)'은 오늘날에는 거의 부정되고 있습니다. 그럼에도 불구하고 일본 학계에서는 후쿠야마 도시오의 '백제왕 헌상설'을 높이 평가했습니다. 왜냐하면 후쿠야마 도시오의 새로운 해독을 따르면 백제에서 칠지도가 제작된 것은 바로 가라 7국 평정이 이루어진 369년, 다시 말해 동진 태화 4년이며, 백제왕이 3년 뒤인 372년에 야마토 정권에게 영원한 복속을 맹세하면서 칠지도를 바친 것으로 되어 있기 때문입니다. 다시 말씀드리면 신공황후의 한반도 남부 출병과 임나일본부 설치는 당대(當代)의 금석사료(金石史料)에 의해 사실(史實)이었다는 것이 증명된다는 주장이지요."

금 교수가 말했다.

"어느 한국 학자는 칠지도의 제작 연월일이 신공 52년 9월 16일로 이 해가 바로 태화(泰和) 4년(372년)이며 3년 전인 근초고왕 24년(369년)이 원년에 해당하는데, 근초고왕 24년은 근초고왕 부자가 완전히 마한을 통합한 해로 이 해에 새로 연호를 세웠던 것으로 보고 있더군요."

내가 말했다.

"칠지도 명문에 나오는 '泰和 四年(태화 4년)' 및 '宜復供侯王(의복공후왕)' 등은 백제가 주체가 되어 왜왕(倭王)이 백제에 신하로서 예속되어 있던 후왕(侯王)이라는 의미로 해석할 수 있습니다. 특히 '宜復供侯王(의복공후왕)'은 한국과 일본 두 나라에서 상당수의 학자가 꾸준히 연구한 덕분에 '宜供供侯王(의공공후왕)'으로 읽어 '제후국의 왕에게 나누어 줄 만하다'는 의미로 해석할 수 있게 되었습니다. 그렇기 때문에 5세기 초 백제와 고구려의 전쟁에서 왜가 주도적으로 활동한 것이 아니라 백제가 주도하여 전쟁을 수행할 때 왜가 지원군을 보내 전쟁에 참여한 것으로 보입니다."

금 교수의 말에 어딘지 모르게 자기만족의 기미가 엿보인다는 것을, 나는 느낄 수가 있었다.

"그렇다면 백제왕이 왜의 후왕에게 칠지도를 하사했다는 말이군요."

내가 고개를 끄덕이며 말했다.

"칠지도는 일본의 학자들이 임나일본부설을 입증하는데 증거의 하나로 제시하기도 하나 백제왕이 왜의 후왕에게 하사했다는 '백제왕 하사설(百濟王下賜說)'이 유력한 견해예요."

금 교수가 말을 끝내고 『가야와 왜』를 서명을 하여 나에게 주었다.

택시를 타고 편집실로 돌아왔을 때는 12시가 가까워지고 있었다.

"칠지도 명문 하나만 놓고 보아도 고대 한일관계사는 복잡하고 골치 아픈 문제가 많이 얽혀 있어…."

나는 『가야와 왜』의 책장을 넘기며 중얼거렸다.

금 교수는 후쿠야마 도시오(福山敏男)·가야모토 모리토(榧本杜人)·미시나 아키히데(三品彰英)·구리하라 도모노부(栗原朋信), 현승준 등의 해독을 참조하여 칠지도의 명문을 다음과 같이 정리했다.

(앞면) 태화사년오월십륙일병오정양조백간강칠지도이벽백병의공공후왕□□□□작(泰和四年五月十六日丙午正陽造百鍊鋼七支刀以辟百兵宜供供侯王□□□□作)

(뒷면) 선세이래미유차도백자왕세자기생성음고위왜왕지조전시후세(先世以來未有此刀百滋王世子寄生聖音故爲倭王旨造傳示後世)

이어 금 교수는 이를 바탕으로 하여 칠지도 명문의 전체를 우리말로 다음과 같이 옮겼다.

(앞면) 태화 4년(372년?) 5월 16일은 병오인데, 이날 한낮에 백번이나 단련한 강철로 칠지도를 만들었다. 이 칼은 모든 적병을 물리칠 수 있으니, 제후국의 왕에게 나누어 줄 만하다. □□□□가 만들었다.

(뒷면) 이제까지 이러한 칼은 없었는데, 백제 왕세자 기생성음이 일부러 왜왕 지(旨)를 위해 만들었으니 후세에 전하여 보이기를 바란다.

금 교수는 임나(任那)는 '님의 나라', 즉 주국(主國)을 뜻하는 말로 가야의 여러 나라들의 중심국이었던 김해의 가락국을 높여 부르던 말이었다고 기술하고 있었다. 부연하면, 넓은 의미에서 임나(任那)란 대체로 낙동강 유역에 자리 잡고 있던 가야 지역을 가리키는 말이었고, 좁은 의미에서는 가락국을 가리키는 말이라는 것이다. 우리나라 역사서나 금석문에는 임나란 말이 매우 드물게 나타난다. 우리나라 금석문 기록으로는 봉림사진경대사보월능공탑비문과 광개토왕릉비문에 '임나' 또는 '임나가라(任那加羅)'라는 말이 보인다. 그리고 우리나라 역사서에는 『삼국사기』「열전」 강수 조에 나오고 있고, 중국 역사서에는 『송서(宋書)』「왜국전(倭國傳)」, 『남제서(南齊書)』「왜국전」, 『양서(梁書)』「왜전(倭傳)」, 『남사(南史)』「왜국전」, 『통전(通典)』「신라전(新羅傳)」 등에 나온다. 일본 사료에는 『일본서기』와 『신찬성씨록(新撰姓氏錄)』에 나오고 있다.

"아휴 가야사는 복잡하고 골치 아파…. 금 교수는 무슨 생각으로 이렇게 복잡하고 골치 아픈 가야와 왜의 관계를 주제로 책을 썼을까?"

나는 『가야와 왜』의 책장을 넘기며 중얼거렸다.

"너무 학술적으로 파고 들어가니까 그런 거 아네요?"

최 기자가 다가와 웃으며 말했다.

"민 차장, 오늘 복집으로 가는 거죠?"

홍 부장이 큰 눈을 껌벅거렸다.

"또 복집이에요?"

내가 되물었다.

"복어 좋아하다 복에 중독되는 수가 있어요."

최 기자가 말했다.

"홍 부장님이 가시자는 데로 가."

내가 말했다.

"음식 깔끔하고 놀기 좋은 데가 서울 바닥에서 압구정동 골목만한 데가 있어?"

홍 부장이 말을 끝내고 헛기침을 하였다.

최 기자가 운전석에 앉고 나는 조수석에 앉았다. 홍 부장은 뒷좌석에 앉았다.

승용차가 금호터널을 빠져나갔다. 나는 아파트 숲속에서 뿜어져 나오는 불빛을 보았다. 차의 속도가 줄어들었다. 한강 위에 가로등 불빛이 열을 지어 떠 있었다. 칠지도와 금 교수의 얼굴이 강물 위에 일렁였다. 저는 이 책에서 임나일본부설을 신랄하게 비판했거든요. 『일본서기』는 우리에게 복어와 같은 속성을 띄고 있는 책이에요. 『일본서기』는 복어처럼 조심스럽게 다뤄야 하는 책이라는 말을 저도 들은 적이 있습니다. 복어에 독이 있다고 해도 우리가 복어를 버리지는 않고 독을 제거한 다음 식용하는 것처럼, 『일본서기』의 기사 가운데에서 가야사 연구에 필요한 기사들은 적극적으로 연구해야 한다고 생각해요. 『가야와 왜』를 쓸 때 『일본서기』의 가야 관계 기사를 많이 다뤘지요. 아마 민 차장님이 갖고 계신 가야사에 대한 의문과 임나일본부설에 대한 의문이 많이 풀릴 겁니다.

금 교수의 목소리를 바로 옆을 스쳐 가는 전동차 소리가 쓸어 가
버렸다.

"민 차장님, 빨리 내리셔야지요."

최 기자의 말에 나는 고개를 돌렸다.

기모노를 입은 일본 여인이 종이우산을 쓰고 배시시 웃고 있는 그
림이 문 앞에 걸려 있는 노바다야끼 집이 눈에 들어왔다. 일본 전통
의상을 개량한 옷을 입고 머리를 짧게 깎은 종업원이 허리를 꺾어
절을 했다.

아랏샤이마세.

엔카(演歌)가 다다미방에 은은하게 깔리고 있었다.

홍 부장이 윗옷을 벗어 옷걸이에 걸었다.

"민 차장, 뭘 해 빨리 앉지 않고… 꼭 이런 델 처음 와 보는 사람
처럼 쭈뼛거리기는…."

가이비시, 미키, 야키나무… 차림표를 물끄러미 바라보는 나를 향
해 홍 부장이 힐난하듯 말했다.

갑자기 주위가 떠들썩해졌다. 종업원들이 연방 "하이 하이" 하며
손님들을 안내했다.

머릿기름이 자르르 흐르는 사십 대 후반의 사내 넷이 다다미로 올
라왔다.

"내가 강남으로 이따금 나올 적마다 느끼는 거지만… 여긴 너무
왜색 문화가 판을 치고 있어."

귀밑털이 희끗희끗한 새치머리가 말했다.

"어디 강남만 그렇겠어요. 이젠 대중화가 되어가고 있는 노바다
야끼처럼 왜색 문화는 우리 주변에 넓고 깊숙이 침투해 있어요. 얼
마 전에 강원도에 다녀왔는데 횡성읍내에 가라오케가 서너 집이나
들어서 있더라니깐요."

금테 안경을 콧등에 걸고 있는 사내가 말을 끝냈다.

"이젠 무엇이 왜색인지 판단조차 내릴 수 없게 되어버렸어요. 어린아이들이 보는 만화책에서부터 고급 승용차에 이르기까지 모든 분야에 일본 제품들이 들어와서 점령하고 있어요."

쏘는 듯한 눈빛의 사내가 서슴없이 말했다.

"이봐, 술맛 떨어지게 왜들 이러는 거야. 누가 애국자 아니라 할까 봐… 아따, 우리나라에서 일본 제품 안 먹고 안 쓰는 사람 있으면 나와보라 해. 방배동 카페 골목에 가면 일본 스모 선수가 골목을 오가는 사람들을 내려다보고 있는 간판 그림이 걸려 있는 노바다야끼 집이 있는데, 그 가게 사장이 누군 줄 알아? '여명의 눈동자'에서 채시라와 함께 일제 강점기의 우리 민족의 아픔을 눈물이 펑펑 나도록 열연한 탤런트야."

귀밑털이 희끗희끗한 새치머리의 목소리가 다다미방 안을 가득 채웠다.

나는 먹었던 것을 울컥하고 토할 것만 같아 손으로 입을 가리고 벌떡 일어났다.

"민 차장, 민 차장, 왜 그러는 거야?"

문턱을 막 넘어서려는 나의 등 위로 홍 부장의 다급한 목소리가 날아왔다.

6

"왜이신묘년래 도해파(倭以辛卯年來 渡海破)"

나는 혼잣말로 중얼거리며 『가야와 왜』를 가방에서 꺼냈다. 손가락 끝에 침을 묻혀 책장을 넘겼다.

"임나는 지리적으로 말하면 여러 한국의 하나인 구야한국, 즉 임나가라에 기원하고 백제·신라의 영역 내에 들어가지 않은 모든 한국을 포함하는 지역의 총칭(總稱)이다. 정치적으로 말하면 보다 광대한 기구 중의 일부, 즉 임나가라를 중심으로 하는 여러 한국의 직접적인 지배 체계이다. 더욱이 그것만으로 한정된 것이 아니라 임나의 외곽에 위치하여 간접적인 지배를 받는 백제·신라를 부용 해서 임나·백제·신라의 3국을 하나로 합쳐 고구려에 대립하는 것이었다."

나는 소리내어 스에마스 야스카즈의 『임나흥망사』의 한 구절을 읽었다.

금 교수는 야마토 조정의 한반도 남부 경영에 대한 정의는 『임나흥망사』에 잘 기술되어 있다고 평했다. 일본에서 야마토 조정의 한반도 남부 경영에 대한 연구의 고전적 지위를 차지하고 있는 『임나흥망사』의 저자 스에마스 야스카즈를 비롯한 일본 학자들은 광개토왕릉비문 신묘년(辛卯年) 조를 『일본서기』 「신공기」에 기록된 한반도 남부 출병 기사와 결부시켜 판독하고 해석했다. 금 교수는 스에마스 야스카즈의 임나일본부설은 일본 학계의 정설처럼 받아들여져 일본의 각급 학교 역사 교과서와 일본사 개설서, 일본사 관련 학술서에 이르기까지 고전적 학설로서 수용되었다고 지적했다.

백잔신라구시속민유래조공, 이왜이신묘년래, 도해파 백잔□□□라 이위신민(百殘新羅舊是屬民 由來朝貢, 而倭以辛卯年來, 渡海破 百殘□□□羅 以爲 臣民)

백잔(백제), 신라는 옛날부터 (고구려의) 속민으로서 조공해 왔다. 그런데 왜가 신묘년(391년)에 바다를 건너 백잔과 □□□羅(임나·신라)를 격파하고 신민(臣民)으로 삼았다.

나카 미치요(那珂通世) 등은 광개토왕릉비문 신묘년 조의 판독과 해석을 통해 임나일본부설의 근거로 삼았다. 일본 학자들은 그 당시 일본열도에는 이미 통일 국가가 존재했다고 주장하는 학설을 발표했다. 정말 그 당시 일본이 통일 국가를 이루고 한반도 남부 가야 땅을 점령하고 임나일본부를 두었을까. 내가 얼핏 보기에는 일본 학자들의 해석이 전혀 엉뚱한 것 같지는 않았다. 그러한 해석이 나올 수도 있어 보였다. 그러나 일본 학자들의 광개토왕릉비문 신묘년 조의 해석은 끊임없는 논란을 불러왔다. 광개토왕릉비문 신묘년 조의 해석에 한국과 일본의 학자들, 그리고 북한 학자들과 중국의 학자들까지 뛰어들어 수많은 견해가 발표되었다. 더군다나 광개토왕릉비문 신묘년 조는 '백잔□□□라이위신민(百殘□□□羅以爲臣民)'이 심하게 마모되어 비문의 판독과 해석에 어려움을 가중시켰다.

"왜이신묘년래, 도해파(倭以辛卯年來, 渡海破)"

벌써 삼 일째 나는 "왜이신묘년래, 도해파(倭以辛卯年來, 渡海破)"를 중얼거리며 『가야와 왜』를 뒤적거렸다. 그러나 광개토왕릉비에 새겨져 있는 이십 자 미만의 한자가 품고 있는 수수께끼를 풀 수 없었다.

광개토왕릉비문 신묘년 조 해석은 한국·북한·일본·중국의 학자들 사이에 다양한 해석이 발표되었다. 게다가 재일교포 학자 이진희가 광개토왕릉비문의 변조설을 발표하여 많은 논쟁을 불러일으켰다.

1883년 가을 일본군 중위인 사코 가게노부(酒勾景信)가 광개토왕릉비문의 탁본인「쌍구가묵본(雙鉤加墨本)」을 입수하여 일본으로 귀국했다. 그 뒤 이를 토대로 하여 일본 학자들은 광개토왕릉비문의 판독과 해석 작업을 진행했다. 그 결과 1889년 요코이 다다나오(橫井忠直)가 『회여록(會餘錄)』 5집에 「고구려고비고(高句麗古碑考)」를 발표하기에 이르렀다.

왜이신묘년래도해파, 백제□□□라이위신민(百殘新羅 舊是屬民 由來朝
貢 而倭以辛卯年來 渡海破 百殘□□□羅以爲臣民)

일본 학계의 전통적인 해석을 비판하고 새로운 해석을 시도한 학
자는 정인보였다. 그는 『백낙준 박사 환갑 기념 국학논총』에 기고한
「광개토경평안호태왕릉비문석략」이라는 논문에서 신묘년 조의 기
사를 일본 학계의 전통적인 해석법과는 다르게 해석했다. 그는 중간
에 고구려를 넣어 '바다를 건너는(渡海)'의 주어를 '왜(倭)'가 아닌 고
구려로, '깨뜨리는(破)' 목적어를 '왜'로 해석했다. 그리고 '신민으로
삼았다'의 주어를 '백제'로 보고 뒤에 이어지는 백제 토벌 기사와 결
부시켜, 391년에 왜가 왔기 때문에 고구려는 바다를 건너 왜를 격
파했다(渡海破)고 해석했다.

정인보는 광개토왕릉비문 신묘년 조를 다음과 같이 해석했다.

백잔(백제), 신라는 옛날부터 (고구려의) 속민으로서 조공해 왔다. 그
런데 왜가 신묘년에 오니 (고구려가) 바다를 건너 (왜를) 격파했다. 이
때 백제가 [왜와 손잡고] 신라를 침략하여 신민으로 삼았다.

'왜'가 바다를 건너와 '백제·신라'를 격파했다는 일본 학자들의
해석과 달리, 정인보는 '고구려'가 바다를 건너 '왜'를 격파했다고
해석했던 것이다.

한편 북한의 김석형은 삼한삼국(三韓三國)의 일본열도 내의 분국
론(分國論)을 그 주요한 내용으로 한 『고대 일본과 조선의 기본문
제』에서 정인보의 해석을 대체로 따르면서 자신의 논지를 펼쳐갔
다. 정인보는 광개토왕릉비문 앞뒤의 문맥을 살펴서의 고구려가
바다를 건너 왜를 격파했다고 했으나, 김석형은 백제가 광개토왕

의 즉위 원년인 신묘년에 왜를 동원하여 고구려에 대항했다고 해
석했다.

　　왜이신묘년래, 고구려 도해파 백잔□□신라, 이위신민(倭以辛卯年來,
(高句麗) 渡海破 百殘□□新羅, 以爲臣民)

　　왜가 신묘년에 왔으므로 고구려는 바다를 건너 백제와 신라를 쳐
서 신민으로 삼았다.

　　김석형은 왜(倭)는 키타규수(北九州)의 왜(倭)로서 고국인 백제를
돕기 위하여 동원되었다고 주장했다. 그러나 그는 백제가 고구려와
속민(屬民) 관계를 떠났기 때문에 고구려군이 바다를 건너 왜군의
고국인 백제를 쳤다고 했다.
　　1966년 북한학자 박시형은『광개토왕릉비』에서 신묘년 조를 다음
과 같이 읽어야 한다고 주장했다.

　　왜이신묘년래, (고구려) 도해파 백잔□□□(초왜침)라, 이위신민(倭以
辛卯年來, (高句麗) 渡海破(倭) 百殘□□□(招倭侵)羅, 以爲臣民)

　　왜가 신묘년에 왔으므로 고구려는 바다를 건너 왜를 쳐서 이겼다.
백제가 왜를 불러들여 신라에 침입, 신민으로 삼았다.

　　박시형은 광개토왕릉비문 신묘년 조 기사에 대해서 정인보의 해
석법을 수용하여 기존의 일본 학자들이 주장한 것과는 다른 해석을
내놓았다.
　　1959년 일본 학자 미즈타니 데이지로(水谷悌二郎)가 광개토왕릉

비문의 탁본들을 대조하여 연구할 결과 탁본들 사이에 차이가 있다는 것을 발견했다. 그는 석회를 바르기 전의 탁본과 석회를 바른 뒤의 탁본을 구별해 연구해야 한다고 주장했다. 이것은 그동안 일본 학자들에 의해 수행된 광개토왕릉비문 연구가 안고 있던 근본적인 문제를 지적하는 것이었다.

금 교수의 『가야와 왜』에는 일본에서 광개토왕릉비문의 탁본을 연구하던 재일교포 학자 이진희의 광개토왕릉비문 변조설이 비교적 비중있게 소개되어 있었다. 1972년 이진희의 『광개토왕릉비의 연구』가 출간되자, 한국과 일본은 물론 북한과 중국에서도 커다란 반향을 불러일으켰다. 그는 탁본마다 같은 자체(字體)가 조금씩 다른 형태로 나타나며, 그 원인이 3자가 광개토왕비 자체에 석회를 발라서 비면을 판판하게 만들어 놓고 그 위에 글씨를 원석의 홈에 따라 파서 탁본을 뜨는 작업을 폈기 때문이라는 사실에 주목했다. 그는 일본 육군참모본부가 광개토왕릉비문의 일부를 삭제하고, 판독이 불명확한 곳에 석회를 발라서 다른 글자를 써넣은 것을 감추기 위하여, 이른바 석회도부작전(石灰塗付作戰)을 펼쳐 광개토왕릉비문을 변조했다고 주장했다. 일본 학자들은 그 변조한 글자를 근거로 삼아 4세기 중반에 일본군이 군사 활동을 하여 한반도 남부에 식민지를 건설하였고, 『일본서기』에 기술되어 있는 임나일본부가 바로 그것이라는 논리를 전개했다는 것이었다.

이진희는 『광개토왕릉비의 연구』에서 광개토왕릉비문의 글자에 의문이 있기 때문에 광개토왕릉비문 신묘년 조의 "왜이신묘년래, 도해파백잔(倭以辛卯年來, 渡海破百殘)"에서 '渡(도)·海(해)·破(파)' 등은 믿을 수 없으며, 광개토왕릉비문을 정밀하게 조사해야 한다고 주장했다. 이것은 일본 학계는 물론 한국과 북한, 그리고 중국의 학계에도 파장을 일으켰다. 광개토왕릉비문을 임나일본부설의 근거로 삼았던 일본 학계는 광개토왕릉비문이 변조되지 않았다는 것을 입증해야 하는 등 광개토왕릉비문의 연구는 일대 전환점을 맞게 되었다.

그리고 1981년 중국의 왕젠췬(王健群)이 광개토왕릉비문을 탁본한 현지 중국인 탁본공의 후손을 만나 광개토왕릉비를 보존하고 돈을 벌기 위해 비문에 석회를 바르고 글자를 다시 써넣었다는 말을 선조로부터 들었다는 전언(傳言)을 입수하고 비문이 변조되었다는 것을 논고로 소개했다.

나는 『가야와 왜』를 덮고 거실로 나왔다. 뒷머리가 아픈 게 피로가 한꺼번에 몰려왔다. 나는 쓰러지듯 소파에 앉았다. 붉은 태양이 구름에 반쯤 가려진 채 산 위에 걸려 있었다.

"사코 가게노부가 일본에 소개한 최초의 광개토왕릉비문 탁본인 쌍구가묵본(雙鉤加墨本) 그 자체가 탁본 과정에서 이미 변조되었다고?"

나는 혼잣소리로 중얼거렸다.

"여보, 뭘 자꾸 중얼거려요?"

안방에서 빨랫거리를 들고나오던 아내가 물었다.

"광개토왕릉비문 탁본 문제가 머리를 아프게 하고 있기 때문이야."

"잡지 기사는 독자의 눈높이에 맞춰 흥미롭게 써야지요. 논문처럼 쓰려니까 머리가 아픈 거지요."

"근데 여보, 내일 내가 김해로 출장을 간다는 거 알지? 속옷 좀 챙겨놔요."

"김해를 꼭 가야만 해요? 그냥 자료 보고 쓰면 안 돼요? 너무 멀잖아요. 전국을 떠돌아다니다가 '검과 현'은 언제 마무리해요?"

아내가 걱정스럽다는 듯이 말했다.

"김해에서 '가야와 대왜 관계(對倭關係)'를 주제로 한 국제학술회의가 있거든. '검과 현'은 다녀와서 마무리하면 돼."

아내는 나의 말에 아무런 대꾸도 하지 않고 다용도실로 갔다.

나는 서재로 다시 들어가 『가야와 왜』를 펼쳤다. 금 교수는 고대 한일관계사를 중점적으로 연구하는 학자답게 한국·북한·일본·중국의 사료를 폭넓게 섭렵하여 임나일본부설에 대한 다른 학자들의 학설을 자세하게 소개하고 있었다.

나의 눈길이 천관우의 견해에 가 멎었다.

왜, 이신묘년래, 도해, 고〈혹 '인', '시', '이'〉, 백잔, [장침]〈혹 [욕취]〉신라이위신민(倭, 以辛卯年來, 渡海, 故〈或 '因', '時' '而'〉, 百殘, [將侵]〈或 [欲取]〉新羅以爲臣民)

백제가 끌어들인 왜가 신묘년 이래로 바다를 건너 백제로 왔으므로, 이 왜와 연계한 백제가 신라를 공격하여 신라를 신민으로 삼으려고 하였다.

"흠. 왜와 연계한 백제가 왜를 끌어들였다?"

나는 손가락에 침을 묻혀 책장을 넘겼다.

광개토왕릉비문의 판독과 해석을 두고, 한국·북한·일본·중국 학자들은 다양한 학설을 쏟아내고 있었다. 급기야 삼한 삼국의 일본 열도내 분국론과 광개토왕릉비문 변조설까지 주장하는 학자까지 나타나게 된 것이었다.

멀리 구지봉이 보였다. 산이라고 하기에는 야트막한 구지봉은 소나무 숲으로 둘러싸여 있었다. 구지봉 아래 평지에 터를 잡은 수로왕릉의 정문의 현판 좌우에 있는 네 개의 장식 판에 불탑과 한 쌍의 물고기, 두 마리의 코끼리, 그리고 연꽃 봉오리가 그려져 있었다.

"왕릉 정문… 서로 마주 보고 있는 물고기 두 마리 그림… 많은 상상을 불러일으키는군요."

유 기자가 말했다.

"수로왕릉 정문에 그려 놓은 물고기 두 마리는 어떤 의미가 있을까…."

나는 혼잣말처럼 중얼거렸다.

"물고기 두 마리의 의미를 알고자 인도까지 갔다 온 이종기라는 분은 한 쌍의 물고기는 인도 아유타국에서 전승되는 신어(神魚)를 상징한다고 말했어요."

유 기자가 말했다.

"문제는 물고기 두 마리가 수로왕릉의 정문 장식 판에 그려진 게 언제냐는 거예요. 가야시대 때는 아닌 거 같고…."

내가 말끝을 흐렸다.

우리는 구지봉을 향해 천천히 걸어갔다.

"처음 수로왕릉을 조성할 때는 정문이 없었을 거예요."

유 기자가 걸음을 떼며 말했다.

"아마 그렇겠죠. 경주의 신라 왕릉에도 정문이 있다는 얘긴 못 들어봤거든요."

내가 말했다.

"수로왕릉은 고려 문종 대까지는 비교적 왕릉의 보존 상태가 좋았대요. 조선 초기에 들어오고서부터는 많이 황폐했던 듯해요. 『세종실록』에 수로왕릉과 수로왕비릉에 대해 무덤을 중심으로 보호구역을 표시하기 위해 돌을 세웠다는 기록이 있어요. 아마 무덤이 지금과 같은 모습을 갖추게 된 것은 선조 때 수로왕의 후손인 허수가 수로왕비릉과 더불어 크게 정비작업을 마친 후라고 해요."'

유 기자가 취재 가방을 고쳐 매며 말했다.

구지봉은 봉우리의 모양이 넓은 원형으로, 마치 거북이가 엎드린 형상을 하고 있었다.

"주위가 잘 정비되어 있군요."

내가 주위를 휘둘러 보며 말했다.

"제가 처음에 왔을 때는 6가야의 우두머리가 태어난 것을 상징하는 여섯 개의 알과 아홉 마리의 돌거북으로 구성된 천강육란석조상(天降六卵石造像)이 있었어요. 가락국을 세우기 위해 다른 다섯 알과 함께 가장 큰 알로 하늘에서 내렸다는 수로왕을 표현한 석조상으로 1976년에 김해시민들이 세웠던 것이었는데요, 유적이 아니라고 철거했다 하더군요."

유 기자가 나에게 부드러운 눈길을 보냈다.

천강육란석조상을 철거한 자리에 입석(立石)을 세우고, 신단수(神檀樹)를 심었다. 이곳에서 10여 미터쯤 비켜서서 5~6개의 짧고 둥근 돌로 고여진 뚜껑돌이 오래되어 낡은 빛깔을 띠고 있었다. 2천2백 년 전에 축조된 남방식 고인돌(支石墓)이었다.

"한석봉의 친필이라고 전해져 오는데 확실하지 않아요."

유 기자가 '龜旨峰石(구지봉석)'이란 글씨가 새겨져 있는 평평하고 넓적한 돌을 가리키며 말했다. 그는 약간 각진 턱에 불그스름한 낮빛을 하고 있었다.

구지봉석에서 조금 떨어진 곳에 거무스름한 빛이 감도는 비석이

서 있었다. 가락국 건국 신화의 현장에 와 있음을 알려주는 것들이었다.

大駕洛國太祖王誕降之地(대가락국태조왕탄강지지)

나는 힘찬 글씨로 쓰인 비문을 들여다보며 웅얼거렸다. 대한제국 융희 2년(1908년)에 세운 비석이었다. 사람들은 1500여 년 전 신화의 세계로 뛰어들기 위해 이 비석을 세운 걸까. 아니면 대가락국 수로왕의 탄강(誕降)이 신화가 아니라는 것을 증명하기 위해 세운 것일까.

"『삼국유사』「가락국기」에 보면 천신이 나에게 명하여 구지봉에 내려가서 이곳에 나라를 세워 임금을 정하라고 하였다는 대목이 있는데 이것은 아마테라스 오미카미(天照大神) 신화와도 비슷한 점이 많습니다."

비문에서 눈길을 떼지 않고 있는 나에게 유 기자가 증언이라도 하듯이 가다듬은 목소리로 말했다.

나는 비문에서 눈길을 떼고, 하늘을 올려다보았다. 소나무 가지 사이로 붉은 태양이 떠 있었다.

"가락국 개국 신화와 일본의 개국 신화는 도저히 우연이라고 할 수 없는 일치점이 있더군요."

"그래요. 일본의 개국신화에는 이불 같은 것에 싸여 강림(降臨)하는데, 가락국 개국 신화에는 시조인 수로왕이 붉은 보자기에 싸여 강림한다고 되어 있지요."

유 기자가 말을 잠시 멈추었다.

그때였다. 키가 작달막한 사내가 얼굴에 환한 웃음을 웃으며 다가왔다.

"혹시나 했더니… 역시 민 차장님이시군요."

긴다이찌 교오스케가 손을 앞으로 내밀었다.

"김해에는 언제 왔습니까?"

유 기자에게 긴다이찌 교오스케를 소개하고 난 다음 내가 물었다.

"어제 창녕에서 비사벌국 고분을 둘러보고 부랴부랴 왔습니다. 김해에서 임나일본부 관계 국제회의가 있다는 신문 기사를 읽고서 방청이나 좀 해볼까 하고 왔습니다."

긴다이찌 교오스케가 말했다.

"그랬군요. 저도 그 학술회의 취재 때문에 왔습니다."

내가 말했다.

"저명한 학자들도 많이 오겠군요."

긴다이찌 교오스케가 물었다.

"네. 가야사의 권위자인 금언빈 교수를 비롯한 많은 학자가 참석한다 합니다."

내가 대답했다.

"기대됩니다."

긴다이찌 교오스케가 말했다.

"…그런데 숙소는 어디에다 정했습니까?"

내가 물었다.

"김해 시청 옆의 금관호텔 357호에다 정했습니다."

긴다이찌 교오스케가 대답했다.

"민 차장님은 어디에다 숙소를 정했습니까?"

긴다이찌 교오스케가 말했다.

"금관호텔에서 가까워요. 가락장 217호실에다 짐을 풀어놓았어요."

내가 말했다.

긴다이찌 교오스케와 헤어진 우리는 대성동고분으로 갔다. 그곳은 멀리서 보기에는 작은 구릉에 지나지 않았다. 더구나 주변에는 아파트 단지가 들어서서 무슨 무덤이, 그것도 1400여 전의 가락국 왕릉이 있으리라고는 생각조차 할 수 없는 곳이었다. 그러나 김해 대성동에서 유물을 품은 고분이 발굴되었다. 고고학자 신경철이 이끈 경성대학 박물관 발굴팀은 김해 토박이들이 '애꾸지'라 부르는 야트막한 구릉 일대의 땅속에서 기나긴 잠을 자고 있던 가락국 사람들의 무덤 속으로 햇빛을 쏟아 넣었다. 3미터 깊이의 흙구덩이 밑에서 원통모양청동기(筒形銅器)가 나왔다. 일본 고훈시대(古墳時代) 수장급 고분에서만 1, 2점씩 들어 있는 원통모양청동기가 8점이나 나왔다. 함께 출토된 금동마구, 철제 무기, 그릇받침(器臺)의 제작 수준이 매우 높았다. 게다가 목곽(木槨)의 규모는 길이 6미터, 폭 2.3미터에 달했다. 신경철은 전율했다. 그는 이곳이 20년을 찾아 헤맨 가락국 왕릉임을 직감했다. 1호분 발굴 이후 4개월 만에 발굴한 29호분 오르도스형청동솥(銅鍑)과 도질토기(陶質土器, 토기와 도기의 중간에 해당되는 질그릇), 순장(殉葬) 등 북방계 유목민족의 문화적 속성을 가진 유물들이 잇달아 발견되었다. 붉은 칠을 한 목관묘에서 나온 출토품 가운데 소용돌이모양청동기(巴形銅器)와 원통모양청동기와 단갑, 마구류 같은 철제품은 주로 4세기대의 것으로 일본에서 출토되고 있는 것과 같은 형태의 일본 고고학 자료보다 1세기 정도 앞서서 가락국이 일본 갑주문화(甲冑文化)의 원류임을 증명하고 있다. 그리고 열 겹으로 쌓여 일렬로 150여 점이나 되는 대형 덩이쇠가 나온 것은 4~5세기에 가락국의 높은 철 생산력을 보여주는 것으로 왕묘의 주인공이 이 지역에서 강력한 정치 집단을 형성하고 있다는 걸 보여주고 있다.

"중국 동북 지방부터 중앙아시아, 이란까지 퍼져 있는 오르도스형청동솥은 생활과 제기용 유물로 전형적인 북방유목민족의 것입니다. 그런데 오르도스형청동솥이 한반도 남쪽 끝인 김해에 출토되었다는 것에 대해 신경철 교수는 29호분에서 출토된 오르도스형청동솥을 세부적으로 관찰하면 귀의 단면이 볼록한데 이것은 주로 중국 지린성(吉林省) 북부나 헤이룽장성(黑龍江省) 남부에서 발견되는 유형이라고 말하면서 바로 부여의 근거지라고 주장했지요."

구릉을 내려오며 유 기자가 마치 고분 속에서 들려오는 듯한 메마른 목소리로 말했다.

"신경철 교수의 부여족 남하설에 대한 학계 반응은 차가웠지요. 북방계 기마민족이 남하해 한반도를 거쳐 일본까지 도달했다는 에가미 나미오 교수의 기마민족설 아류가 아니냐는 비판이 있었지요. 이에 대해 신경철 교수는 '에가미 나미오 교수의 기마민족설과 그 자신의 학설은 이동 루트부터 완전히 다르다'면서 반박했지요."

내가 말했다.

"부여족 남하설은 전기 가야의 맹주라 불리는 가락국을 언제, 누가 세웠을까? 라는 논쟁을 불러일으켰지요. 『삼국유사』에는 서기 42년 수로왕이 세웠다고 기록하고 있지만, 고고학적 근거는 빈약하지요. 대성동 고분이 발굴되면서 가락국 성립 논쟁은 고고학계의 뜨거운 감자가 되었지요."

유 기자가 말했다.

"전 오늘 아무래도 운이 좋았습니다. 그냥 김해에 왔으니까, 수로 왕릉만 돌아보고 갈까 했는데…."

내가 말했다.

"하하하. 저도 오래간만에 김해에 온 김에 수로왕릉을 한번 돌아보고 간다고 갔다가 민 차장님을 만나 뵙게 되었거든요."

유 기자가 말했다.

"관광 온 사람처럼 둥근 언덕 같은 무덤만 구경하고 사진 몇 장

찍어 올라갈 뻔했는데 이렇게 『가야사탐구』를 지은 저자 선생님을 다 만나게 되고… 거기다 가야 유적과 유물에 대해 해설도 듣게 되고… 이번 취재가 아주 잘될 거 같습니다."

내가 말했다.

우리가 가야문화원으로 되돌아왔을 때, 정원의 꽃과 나무들 위로 햇살이 빗질하듯 내리고 있었다. 이틀째 '가야와 대왜 관계'라는 주제로 국제학술회의가 열리고 있는 가야문화원 본관의 벽은 엷은 회색이었다. 파란 하늘을 이고 있는 지붕은 햇빛을 받은 거울처럼 빛났다. 기와를 인 처마선이 날아갈 듯이 허공으로 솟아올라 있었다.

승용차들이 꼬리를 물고 이어졌다. 가야문화원 주차장은 더 이상 승용차를 세워둘 공간이 없게 되었다.

대경대학 사학과 교수 현승준이 사회자석으로 나왔다. 전국의 한국사 학술대회와 지방자치 단체의 강연회에 약방의 감초처럼 빠지지 않고 끼어들어 현 감초라는 별명을 얻은 그는 원래 신라사가 전공이었으나, 가야사가 신문·방송에 자주 오르내리기 시작한 1970년대 중반부터 가야사 전문가로 변신했다.

김해는 『삼국유사』에 가락국이 있던 곳이라고 기록이 되어 있었지만, 이렇다 할 고고학 유물이 발굴되지 않자, 현 교수는 가락국의 도성이 있었던 곳은 김해가 아니라, 복천동 고분에서 출토된 유물들을 거론하면서 부산이라고 주장하기도 했다. 그러나 대성동고분에서 가락국이 기마병단(騎馬兵團)을 가진 강력한 국가였음을 증명하는 유물이 무더기로 쏟아져 나오자, 현 교수는 더 이상 자신의 학설을 주장할 수 없게 되었다. 그는 머리 회전이 빠른 사람이었다. 복천동고분 발굴 때, 출토된 갑주류(甲冑類)를 근거로 임나일본부설의 허구를 통박(痛駁)했던 그였다. 대성동고분이 발굴되자, 그는 재빨리 임나일본부설의 허구를 증명하는 쾌거라고 말했다. 이번 국제학술회의의 실질적인 기획자는 그였다.

"…이번 '가야와 대왜 관계'를 주제로 한 국제학술회의의 순서는 먼저 세 분 교수님이 주제 발표를 하시고, 그 주제에 대하여 개별적인 토론을 한 다음 전체를 종합하는 방식으로 회의를 진행하겠습니다. 그러면 일본 도쿄대학 오토리 게이스케(大鳥圭介) 교수의 '임나일본부와 야마토 조정에 대한 고찰' 발표가 있겠습니다."

현 교수가 마이크에서 물러났다.

오토리 게이스케 교수가 꾸부정한 모습으로 걸어 나왔다. 그는 잠시 청중들을 내려다보다가 입을 열어 에가미 나미오의 『기마민족국가』가 나오게 된 경위와 기마민족설을 설명했다. 서울에서 초등학교를 나온 그의 한국어 발음은 정확했다.

"에가미 나미오 교수의 기마민족설은 야마토 조정이 조선반도의 남부에 진출, 임나일본부를 설치했다는 기존의 학설을 뒤엎은 것입니다. 그는 다른 학자들의 주장과는 달리 반대로 김해에 도읍을 둔 금관가야가 규수(九州)에 건너가서 쓰쿠시(築紫) 지방을 차지함으로써 왜한연합왕국을 세우고 김해에 임나일본부를 두었다고 주장하고 있습니다. 에가미 나미오 교수는 월간 《아사히(朝日)》에 주목할 만한 논문 한 편을 발표했습니다. 자신이 1948년 이래 주장해온 동아시아계 기마민족의 일본 정복에 의한 학설에 미싱링크(missing link)가 존재했는데 이번에 한국 김해 대성동고분의 발굴로 그 미싱링크가 풀리게 되었다는 것입니다. 그것은 기마민족이 동북아시아로부터 한반도를 거쳐 일본으로 건너오는 마지막 거점으로 삼은 것이 한반도 남부의 가라 지역이었다고 말해왔지만, 동북아시아계 기마민족인 부여왕조가 금관가야와 대가야 중 어디다 도성을 두었는지 고고학적으로 실증할 유적이 작년까지 발견되지 않았는데 대성동고분이 발굴됨으로써 그 수수께끼가 풀리게 되었다는 겁니다. 에가미 나미오 교수는 대성동고분이 금관가야에 도성을 둔 부여계 기마민족의 왕조인 진왕조(辰王朝)의 능묘라는 것을, 목곽묘, 순장, 청동호랑이모양띠고리(虎形帶鉤), 오르도스형청동솥 등을 통해 설명을 시도했습니다.”

잠시 오토리 게이스케는 말을 멈추고 컵을 앞으로 당겼다. 회의장 안은 바늘 떨어지는 소리도 들릴 만큼 조용했다. 발표 내용을 열심히 노트에 적는 사람들의 모습이 눈에 많이 띄었다.

“…일본과 가라의 건국 신화는 도저히 우연이라고 할 수 없는 일치점이 있습니다. 건국 신화에서 일본과 가라는 다 같이 국토를 지배하라는 천신(天神)의 명령에 따라 그 자손이 강림합니다.”

오토리 게이스케의 주제 발표는 줄기에 있어서 에가미 나미오의 학설과 차이가 없었다. 그는 임나일본부를 한반도 남부에서 활동하던 왜가 야마토 조정을 세운 진왕조의 군사 지원을 받아 가락국을 정복하고 설치했던 통치 기관이라고 주장했다.

오토리 게이스케의 주제 발표가 끝나고 금 교수 차례가 되었다. 그는 준비해 온 원고를 보며 가다듬은 목소리로 발표를 이어갔다.

“사학계에 임나가라를 김해로 보는 학설과 고령으로 보는 학설이 서로 대립되어 왔습니다. 임나는 광개토왕릉비문에 처음으로 나타나며, 한국의 기록에는 봉림사진경대사보월능공탑비문과 『삼국사기』 열전 강수 조에 나오고 있습니다. 중국의 기록에는 『송서』 왜국전, 『남제서』 왜국전, 『양서』 왜전, 『남사』 왜국전, 『통전』 신라전에 나옵니다. 일본 사료에는 미마나(任那)가 『일본서기』에 215번이나 나오고, 임나의 차자(借字)인 미마나(彌摩那)도 한 번 나옵니다. 또한 고대 일본 헤이안 시대(平安時代) 초기인 815년에 편찬된 일본 고대 씨족의 일람서인 『신찬성씨록』에도 임나와 함께 미마나(彌麻奈)·어간명(御間名)·삼간명(三間名) 등의 차자 표기가 여러 번 나옵니다. 『삼국사기』 신라본기 진흥왕 23년 조에 보이는 대가야 멸망 연대인 562년과 『일본서기(日本書紀)』「흠명기(欽明紀)」의 '흠명 23년(562년) 봄 정월에 신라가 임나 관가를 쳐서 멸망시켰다'라는 기사의 연대가 일치한다는 점을 근거로 삼아 임나를 고령으로 보는 학설을 주장하는 학자들이 있습니다. 그러나 「흠명기」의 임나 멸망 기사에서 임나는 그 세주(細註)—'통틀어 말하면 임나라고 하고, 세분해서는 가라국 · 안라국 · 사이기국 · 다라국 · 졸마국 · 고차국 · 자타국 · 산반하국 · 걸찬국 · 임례국이라고 하여 합해서 10국이다'라는 기술에서 나타나 있듯이 가야 지역 전체를 임나라고 총칭하던 일본의 후대적 관념을 표출한 것입니다. 『삼국사기』의 대가야 멸망 기사와 『일본서기』「흠명기」 기사가 일치한다 해서 곧 임나가 고령이라고 판단하는 것은 잘못인 것입니다. 『일본서기』「흠명기」 기사에 '통틀어 말하면 임나라고 하고, 세분해서는 가라국 · 안라국 · 사이기국 · 다라국…'이라고 하지 않았습니까?"

금 교수가 생수병을 당겨 입으로 가져갔다. 물을 한 모금 들이킨 그는 천천히 입을 열었다.

"임나, 즉 미마나라는 이름의 기원에 대한 설은 미마나=미마키(御間城)설, 미마나=미오야마(彌烏邪馬)설, 임해(臨海)=주포(主浦)설, 맹주국설로 나누어집니다. 이 가운데 임해=주포설은 아유카이 후사노신(鮎貝房之進)의 학설로서 일본 사학계에서 널리 인정되고 있습니다. 임해(臨海)는 김해의 별명인 '임해(臨海)'와 같은 이름이고 가락국 수로왕의 비(妃)인 허왕후가 배를 타고 와서 처음 내린 곳이 임해인 것에 기원하여 일컬어진 이름인 '주포'의 방언과 같으므로, 포구의 이름으로는 '님개'이고, 나라 이름으로 '님라', 즉 '주(主, 님)의 국(國, 나라)'의 뜻이라는 것입니다. 한국 사학계에서도 김정학이 아유카이 후사노신의 설을 수용하여 임나는 '님의 나라-주(主)의 나라'

라는 의미이고 이것은 김해의 가락국이 가야 소국들의 맹주였을 때에 불린 이름이라고 말했습니다."

금 교수는 잠시 말을 멈추고 청중들을 바라보았다. 이윽고 그가 발표를 이어갔다.

"…제 생각으로는 임나는 김해의 가락국을 가리키는 말이 틀림없다고 생각합니다. 임나의 뜻은 '님의 나라', 곧 '주국(主國)'·'본국(本國)'을 뜻하는 말입니다. 임나라는 말에 대한 기록으로 가장 오래된 것은 광개토왕릉비문입니다. 비(碑)의 제2면 10년 경자(十年庚子)조에 '10년 경자(400년)에 광개토왕이 보병(步兵)과 기병(騎兵) 5만 명을 보내어 신라를 구원하게 하였다. 고구려군이 남거성으로부터 신라성에 이르렀다. 그곳에 왜병이 가득하였다. 관군이 바야흐로 도착하자 왜적이 물러갔다. 고구려군이 그 뒤를 급히 추격하여 임나가라의 종발성에 이르렀다. 성이 곧 귀복(歸服)하였다'하는 대목이 있는데 여기서 임나가라는 가락국을 가리키는 말입니다."

금 교수가 다시 생수병을 당겨 입으로 가져갔다.

"…임나가라라는 말은 『삼국사기』「열전」강수 조에 '임나가량'으로 기록되어 있습니다. '강수는 신라 중원경 사량 사람으로 그 아버지는 석제나마였다… 왕이 놀라고 기뻐하면서 서로 늦게 만난 것을 한탄하고 그 이름을 물으니 신은 원래 임나가량 사람으로 이름은 우두입니다'하는 기사가 바로 그것입니다. 임나가라가 가락국임을 가장 확실하게 말해주고 있는 사료는 봉림사진경대사보월능공탑비문입니다. 그 비문에 '대사의 이름은 심희이고 속성은 신김씨이다. 그 조상은 임나의 왕족으로, 거친 풀밭에서 성스러운 가지가 빼어났다. 매번 이웃 나라의 침략에 고통스러워하다가 우리나라에 귀의하였다. 먼 조상인 흥무대왕은 오산(鰲山)의 정기를 받고, 경수(鯨水)의 정기를 타고났다'라고 씌어져 있습니다. 여기서 속성은 신김씨라고 한 것은 신라의 김씨 왕족에 대하여 새로 투항한 가락국의 왕족을 신김씨라고 불렀기 때문입니다. 그러므로 그 선조가 임나왕족이라고 한 말에서 '임나'는 가락국을 가리키는 말임이 분명합니다. 더욱이 그 먼 조상이 흥무대왕이라고 했는데 흥무대왕은 김유신의 추봉명(追封名)입니다. 따라서 진경대사의 조상은 가락국의 왕족임이 틀림없다 하겠습니다."

금 교수는 임나의 비정 문제에 머무르다가 야마토 조정의 남선경영설에 대한 여러 학자의 학설을 발표된 순서대로 비판하기 시작했다. 그의 목소리가 조금씩 높아지고 있었다. 지난번 학교로 취재차 찾아갔을 때, 조용히 학생들에게 강의하듯 말하는 것과는 사뭇 달랐다.

"일본에서 '임나'가 본격적으로 연구되기 시작한 것은 메이지 유신(明治維新) 이후의 한국 침략을 전후한 시기라는 데 우리는 주목해야 합니다. 따라서 일본 학계의 임나 연구는 한국 정벌의 역사적 근거를 마련하기 위한 측면이 있었다고 봅니다. 고대의 왜가 4세기 중엽에 한반도의 남부 가야 지역을 군사적으로 정벌해 임나일본부라는 통치기관을 설치하고 6세기 중엽까지 한반도 남부를 근대의 식민지같이 경영했다는 소위 '남선경영론'의 골자를 이루었던 학설입니다. 이러한 학설을 출선기관설(出先機關說)이라고 합니다. 쯔다 소우키치(津田左宇吉)의 『임나강역고(任那疆域考)』, 아유카이 후사노신(鮎貝房之進)의 『일본서기 조선지명고』 등이 이 시기에 나온 연구입니다. 이 초기 연구를 집대성하여 스에마스 야스카즈는 체계를 갖춘 '남선경영론'을 완성했는데, 그것이 바로 『임나흥망사』입니다. 1945년 패전으로 학문 연구가 군국주의의 제약으로부터 벗어나자, 임나 문제를 포함한 한반도 관계 기사에 대한 사료 비판에는 아직도 불충분한 점이 있다는 것이 일본 학계 내부에서 제기되어, 『일본서기』에 대한 재

평가 작업이 이루어졌습니다. 1963년 북한의 사학자 김석형은 스에마스 야스카즈의 임나일본부설을 반박하는 논문 「삼한 삼국의 일본 열도 진출」을 발표해 임나일본부에 관련된 일본 학계의 기본적인 발상을 뿌리째 흔들어 놓았습니다. 임나일본부는 한반도 남부가 아니라 일본 열도에 존재했다는 것이다. 선사 시대 이래 삼한·삼국의 주민들이 일본 열도에 이주하여 각기 자신들의 고국과 같은 나라들인 분국(分國)을 세웠고, 그중 가야인들이 현재의 히로시마(廣島) 동부와 오카야마(岡山)에 걸치는 지역에 세운 분국이 바로 임나국이었다는 것이다. 김석형의 분국설을 계기로 정설로 굳어졌던 임나일본부설의 재검토를 촉발하게 된 것입니다. 일본 학자들의 출선기관설을 북한의 사학자 김석형이 분국설을 들고나와 비판했다면, 남한의 사학자 천관우는 백제군사령부설을 들고나와 비판했습니다. 천관우는 『일본서기』에 보이는 임나 관련 기사에서 왜 대신 백제를 주체로 바꾸어 놓으면 왜가 가야 지역에 임나일본부를 만든 게 아니라 백제가 가야를 점령해서 백제군 사령부를 설치했다는 내용의 백제군사령부설을 주장했던 것입니다."

금 교수는 잠시 말을 멈추었다가 일본 학자들의 임나일본부 연구에 대해 소개하기 시작했다.

"이노우에 히데오(井上秀雄)가 『임나일본부와 왜』에서 임나에 거주하는 일본인 및 그 지방 유력자와 혈연 관계를 맺고 있었던 독자적인 집단이 임나일본부(任那日本府)라고 설명했는데, 이 견해를 가야의 왜인설이라고 합니다. 『일본서기』의 기록에 보이는 임나일본부가 통치 기구나 군사적 기관의 역할을 수행했다는 내용이 없는 점에 주목한 학자들은 임나일본부의 '일본부(日本府)'는 '야마토(倭)의 미코토모치(御事持)'라고 훈독되는데 미코토모치(御事持)의 실체가 행정기관이 아닌 외교사절에 해당하는 것으로 해석하여 임나일본부를 임나에 파견되어 온 왜의 사신들로 판단했습니다. 이 견해를 외교사절설이라고 합니다. 키토우 키요아키(鬼頭淸明)는 『일본 고대국가의 형성과 동아시아』에서 가야 소국들의 내적 발전이 존속했다는 것을 인정하면서 임나일본부를 외교 문제를 중심으로 하는 합의체라고 주장했습니다. 스즈키 야스타미(鈴木靖民)는 「4~5세기 왜왕권의 전개와 가야」에서 임나일본부는 군사적 지배 기관이 아닌 국제교류를 위한 무역 외교 대표부였다고 말했습니다. 그 밖에 우케다 마사유키(請田正幸)의 『6세기 전기의 일조관계(日朝關係)-임나일본부를 중심으로』, 야마오 유키히사(山尾幸久)의 『임나에 관한 하나의 시론』, 오오야마 세이이치(大山誠一)의 『소위 임나일본부의 성립에 대하여』, 스즈키 히데오(鈴木英夫)의 『가야·백제와 왜-임나일본부론』 등의 논저들의 주장도 앞서 말한 학자들과 마찬가지로 '남선경영론'의 실체인 임나의 존속 기간이나 통치 범위를 축소하면서도 그 입장 자체는 고수하고 있는 것입니다. 그리고 에가미 나미오의 기마민족에 의한 한왜연합왕국설도 그 내용을 꼼꼼히 들여다보면 임나일본부설의 변종이라고 볼 수밖에 없습니다. 에가미 나미오가 주장하는 진왕조(晉王朝)의 본가니 분가니 하는 발상은 지난날의 일선동조론(日鮮同祖論)의 재판(再版)에 불과한 것입니다. 에가미 나미오의 기마민족설은 하나의 가설에 지나지 않는다고 생각합니다. 에가미 나미오는 일찍부터 왜인(倭人)들이 가야 지방에 진출하여 이를 점유하고 있었다고 주장하고 있으나 왜(倭)라는 종족이 한국의 남부 어디에도 거주했던 흔적을 발견할 수 없습니다. 이만 발표를 마치겠습니다. 긴 시간 저의 발표를 들어 주셔서 감사합니다."

금 교수가 발표를 끝내고 마이크 앞에서 떠났다.

남성대학 교수 심광준이 천천히 걸어 나왔다. 그는 지도교수 신경철 지도하에 『4세기대 한반도 남부 북방계 유물의 전래와 지배 집단의 교체에 관한 연구」로 박사학위를 받은 신진 학자였다.

봄날의 강의실처럼 나른하던 회의장이 긴장감이 감돌기 시작한 것은 심 교수가 대성동고분에서 발굴된 고고학 자료 가운데 북방계 유물이 나온 것과 동시에 가야 지역의 묘제까지 북방계로 바뀐 것은 부여계 기마민족이 김해로 내려왔기 때문이라고 주장하는 신 교수의 학설을 옹호하는 발언을 하면서부터였다.

"…대성동고분군 구릉부 최하단의 20호분은 동—서를 긴 축으로 하는 길이 8미터 넓이 6미터의 초대형 덧널무덤(木槨墳)으로 피장자의 머리와 발 부분에서 각각 48개와 12개의 토기가 장방형으로 가지런히 배열되어 있었습니다. 저는 여기서 3세기 후반 김해 지역의 묘제가 갑자기 목곽묘로 바뀌는 것에 주목하고자 합니다. 북방계 유물이 나타나면서 묘제까지 북방계 묘제로 바뀌는 것은 지배 집단의 교체, 특정 민족의 이동과 결부될 가능성이 높다고 본 신경철 교수의 견해는 탁월하다고 생각합니다. 대성동고분에서 발굴된 오르도스형청동솥, 청동호랑이모양띠고리 같은 것은 북방계 유물입니다."

심 교수가 혀끝으로 아랫입술을 핥으며 물컵을 앞으로 당겼다.

그때였다. 긴다이찌 교오스께 옆에 앉아 발표 내용을 열심히 적어 내려가던 개량한복이 벌떡 일어났다.

"…잠깐만요. 심 교수님, 무덤에서 북방계 유물이 한두 점 나왔다 해서 기마민족이 김해로 내려왔다고 이야기할 수 있을까요? 실례지만 심 교수님은 에가미 나미오의 기마민족설을 옹호하려고 이 자리에 나오신 건 아닌지요?"

개량한복의 목소리가 국제학술회의장 안을 쩌렁쩌렁 울렸다. 국제학술회의장 뒤쪽에서 웅성거리는 소리가 들려오기 시작했다.

심 교수가 얼굴이 벌겋게 상기되어 갑자기 질문을 던진 개량한복을 쏘아보았다.

"나는 기마민족설을 전적으로 찬동하는 건 아니지만, 대성동고분에서 낙랑 계통의 중국풍 묘제가 갑자기 북방풍(北方風) 묘제로 바뀌는 건 지배층의 변화가 있었다고 보는 거에 동의합니다."

심 교수의 목소리는 속이 빈 대롱에서 울려 나오듯 쓸쓸하고 허전한 느낌이 들었다.

"그렇다면 심 교수님의 학설과 신경철 교수님의 학설은 둘 다 에가미 나미오의 기마민족설을 옹호하고 있군요. 교수님은 신경철 교수님이 결국 에가미 나미오의 기마민족설을 옹호하려고 대성동고분을 파헤쳤다고 생각하시나요?"

"신경철 교수님이 에가미 나미오의 기마민족설을 옹호하려고 대성동고분을 발굴한 건 결코 아닙니다."

심 교수의 말이 끝나기가 바쁘게 국제학술회의장 여기저기서 고함이 터져 나왔다.

"집어치워라. 당신 같은 친일 사학자는 한국 대학 강단에 서서 얼쩡거리며 밥 빌어먹고 살 게 아니라 일본으로 건너가서 일본 대학 강단에 서서 밥 빌어먹고 사는 게 좋을 게야."

개량한복이 주먹으로 책상을 내리치며 악악거렸다.

"북성대학의 문영빈입니다. 심광준 교수님의 발표를 들으면서 에가미 나미오의 기마민족설이 자꾸만 떠오르는 데, 심 교수님의 발표가 에가미 나미오의 기마민족설과 어떻게 변별성을 갖고 있는지 자세한 설명 좀 부탁드립니다."

개량한복 옆자리에 앉아 있던 이마가 넓고 아래턱이 뾰족한 사내가 말을 끝내고 앉았다.

"…지금은 논문을 발표하는 시간입니다. 질문과 토론은 내일 하기로 되어 있으니까, 질문하실 게 있으시면 내일 질문 시간에 하시기 바랍니다."

현 교수의 이마 양쪽에 파란 실핏줄이 내 돋쳤다.

"지금 이렇게 한가한 소리나 하고 있을 때입니까? 일본에서 메이지유신(明治維新)과 함께 바쿠후(幕府) 체제가 종말을 맞게 되면서 정한론(征韓論)이 대두된 걸 알고 있겠지요?. 정한론이 뭡니까? 일본에서 서양의 식민지 개념을 본떠 한반도(韓半島)를 식민지로 만들기 위해 세운 논리가 아닙니까? 바쿠후 체제 속에 갇혀 살던 일본 사람들이 조선을 식민지로 만들려니까 표면적으로 명분이 필요했던 게 아닙니까? 그래서 그들이 『일본서기』를 뒤져서 거기에 나오는 임나일본부를 꺼내 든 게 아닙니까? 일본 학자들의 주장은 한 줄로 요약하면 이렇습니다. '조선반도 남부에 일본의 식민지인 임나일본부가 존재했고, 조선반도 북부에는 중국의 식민지인 낙랑이 존재했다.' 정녕 당신들은 정한론이 일본 학자들이 한반도는 태생부터 중국과 일본의 식민지였다는 주장을 하기 위해 내세운 논리라는 걸 모르고 있단 말입니까? 정한론과 기마민족설은 임나일본부와 이어진다는 걸 명심하기 바랍니다."

문영빈이 자리에서 벌떡 일어나 가라앉은 목소리로 말했다. 국제학술회의장은 점점 소용돌이 속으로 빨려들어 가고 있었다. 단상에 앉아 있던 심광준은 어찌할 바를 모른 채 손으로 머리카락만 쓸어올리고 있을 뿐이었다.

"거듭 말하지만 지금은 논문을 발표하는 시간입니다."

현 교수가 손바닥으로 강연대를 연거푸 내리쳤다.

문영빈이 국제학술회의장을 빠져나갔다. 곧 국제학술회의장은 평온을 되찾았다.

국제학술회의가 끝났을 때 구지봉 위에서 붉은 태양이 잔광을 흩뿌리고 있었다. 본관 앞 정원의 나무와 화초들은 잔광으로 불그스름하게 물들어 있었다. 승용차들이 주차장에서 끊임없이 빠져나왔다.

"도대체 우리나라 학자들은 자기주장이 강해서 큰일이란 말입니다. 똑같은 고고학 자료들을 가지고도 서로 딴소리를 하고 있으니… 결국 일본 학자들의 연구 성과를 재확인시켜 주는 꼴밖에 안 되는 거지 뭡니까."

김우민이 눈을 조금 가늘게 뜬 채로 말했다.

"임나일본부설의 허구가 입증되었다고 주장할 땐 언제고… 이제 와서 일본에서도 한물간 기마민족설을 옹호하는 학설을 주장하다니…."

유 기자가 말끝을 흐렸다.

산줄기가 끝나는 곳의 하늘에 떠 있는 잿빛 구름 몇 조각을, 나는 바라보았다.

빈 택시 한 대가 미끄러져 왔다. 나는 재빨리 택시를 세웠다.

"같이 타고 가시죠."

내가 유 기자를 향해 말했다.

유 기자가 엉덩이를 의자 안으로 밀어 넣었다. 그는 택시 안에서 격앙된 목소리로 심 교수를 비판했다. 그가 에가미 나미오의 기마민족설을 옹호하는 것은, 심 교수가 일본의 임나사 연구회 정회원이기 때문이라고 말했다.

"오늘 저녁 술이나 한잔합시다."

내가 주머니에서 지갑을 꺼내며 말했다.

"그럽시다. 얘기도 좀 더 나누고… 제가 8시쯤 이리로 오겠습니다."

유 기자가 말했다.

내가 택시요금을 치르고, 방으로 들어갔다. 몸은 물먹은 솜처럼 무거웠다. 나는 넥타이를 끄르자마자, 침대 위에 벌렁 드러누웠다. 눈을 감았으나 좀처럼 잠이 오지 않았다. 나는 취재 가방에서 『가야와 왜』를 꺼냈다.

"가락국사는 가야사의 거의 모든 것을 집약한 역사이다"라고 하는 대목을 읽어내려 가는데, 피로가 한꺼번에 몰려왔다. 나는 『가야와 왜』를 가방 속으로 밀어 넣고 눈을 감았다.

초인종 소리가 잠결에 들렸다.

내가 몸을 일으켜 문을 열자, 김우민이 술병과 안주가 든 비닐봉지를 손에 들고 서 있었다.

"술 생각이 나서 슈퍼에 갔다 오다 들러본 겁니다. 방해나 안 되는지 모르겠습니다."

"괜찮습니다. 들어오세요."

나는 이마에 배어난 땀을 손등으로 훔쳤다.

"그럼 실례하겠습니다."

그가 방바닥에 술병과 안주가 든 비닐봉지를 내려놓고, 어깨에 멘 가방을 벗어 벽 쪽으로 밀었다.

"마침 잘 되었습니다. 구지봉에서 만났던 유 기자가 곧 올 겁니다."

내가 말을 막 끝냈을 때 초인종 소리가 들렸다. 유 기자였다.

잠시 후 우리는 술병을 가운데 두고 오늘 낮에 있었던 국제학술회의 이야기 속으로 빠져들었다.

"대성동고분과 복천동고분에서 계속 출토되고 있는 소용돌이모양 청동기(巴形銅器)는 왜계 유물일 가능성이 아주 높습니다. 왜 왕권이 만약 이들을 임나에 헌공(獻供)했다면 왜 왕권에서 임나의 존재는 대단히 중요했고 철의 입수를 목적으로 한 행동이었을 가능성이 있는 것으로 일본 학계는 보고 있는 거 같은데요."

김우민이 말끝을 흐렸다.

야마토 조정이 한반도의 철 자원이나 선진 기술 따위를 확보하기 위해 4세기 후반경에 한반도 남부에 진출하여 거점을 확보하였다는 임나일본부설과 그 뿌리를 같이하고 있는 셈이었다.

"흠···."

유 기자가 마치 눈에 흙먼지가 들어간 것처럼 눈을 찡그렸다.

"물은 높은 데서 낮은 데로 흘러갑니다. 문화도 마찬가지죠. 고대 한일관계가 형성되는 중요한 시기인 4세기의 가야 사회의 문화는 일본의 주술적인 사회 단계의 문화를 훨씬 압도했거든요. 그렇다면 모든 문제는 자명해지는 겁니다. 임나일본부설을 허구라고 이야기 하는 그 이유가 여기에 있습니다."

내가 김우민에게 술잔을 건네주었다.

"우리나라에서는 가야고분을 발굴해서 유물이 나왔다 하면, 신문과 방송에서 서로 약속이라도 한 듯이 임나일본부설을 뒤집는 결정적 증거라느니, 일본 문화에 영향을 끼친 유물이라느니 하고 꼭 꼬리표를 붙이는데, 이것은 바람직한 자세가 아니라고 생각합니다. 임나일본부 문제만 해도 한국에서는 『일본서기』 자체가 신빙할 수 없는 사료라고 하면서 임나일본부의 존재 자체를 허구라고 이야기하고 있지만, 당장 광개토대왕릉비문이나 『삼국사기』에 보면 왜가 당시 한반도 남부에서 활동하고 있었다는 증거가 분명하게 드러나 있거든요. 그리고 제3자인 중국 측 문헌에도 임나에 관한 사료가 드물긴 하나 발견되고 있고···."

말을 끝낸 김우민이 술잔을 들어 술을 입안에다 털어 넣었다.

나는 그의 얼굴을 바라보았다. 그의 얼굴은 계속 들이켠 술로 불콰해져 있었다.

김우민이 유 기자에게 술잔을 건네주었다.

"물론··· 왜가 한반도 남부에서 활동을 한 건 부정할 수 없지만, 그 왜의 성격 자체도 아직 밝혀지지 않았고··· 게다가 그 왜가 교역으로 왔다 갔다 할 수도 있었을 것이고··· 그런데 신공왕후가 신라를 정복하고 가라 7국을 평정한 후 임나일본부를 두어 한반도 남부를 2백 년 동안 지배했다는 건 아무래도 허구라고 할 수밖에 없어요. 더구나 임나 문제가 일본 학계의 논의 대상으로 떠 오른 배경은 1868년 메이지 유신을 전후하여 본격적으로 제기되었던 정한론과 맞물려 있었거든요."

김우민이 말했다.

"……."

"조선을 무력 침공한다는 침략적 팽창론으로 도쿠가와 시대(德川時代)에도 제기되었었지요."

내가 말을 끝내자, 유 기자가 나에게 술잔을 건네주었다.

"한반도에서 남아 있을 수 있었던 승자와 남아 있을 수 없어 고국을 등져야만 했던 패자들 간의 심리적 갈등 관계가 표출된 게 임나일본부가 아닌가 생각됩니다. 일본으로 건너간 가락국 사람들의 잠재의식 속에 망국의 한이 서려 있어서 한풀이를 하고자 했던 대상이 바로 그들의 선조들이 뿌리를 내리고 살던 임나, 즉 '님의 나라'였기 때문이라고 봅니다,"

유 기자가 땅콩을 집어 입안으로 밀어 넣으며 잠시 말을 멈췄다.

"자, 우리 장소를 옮겨 이야기를 계속 나눠봅시다."

내가 말했다.

"좋습니다. 입안이 까끌까끌한데…."

김우민이 환하게 웃으며 말했다.

가락장에서 얼마 떨어지지 않은 곳에 자리 잡고 있는 주촌식당은 창가에 남녀 한 쌍이 앉아 텔레비전 화면에 눈길을 주고 있었다.

"빈속에 계속 술을 마시는 거 거시기하고…."

유 기자가 말끝을 흐렸다.

"해물탕 대자 하나에 공깃밥을 시켜 먹는 게 어떨까요?"

내가 말했다.

"좋아요. 소주도 2병 시키고."

김우민이 말했다.

"여기 주문받으세요."

내가 주방을 향해 손을 들어 보였다.

사십 초반의 선해 보이는 얼굴의 식당 주인이 다가왔다. 주문을 받고 그녀가 뒤돌아서자, 유 기자가 안주도 푸짐하게 달라고 말했다.

"근대 말야. 오늘 국제학술회의장에서 심광준 교수가 신경철 교수의 부여 기마민족 남하설을 옹호하는 발표를 했는데 3세기 부여 기마민족이 남하하여 금관가야를 세웠다는 학설은 문제가 있는 게 아닌가요?"

김우민이 말했다.

"가락국 1세기 건국설을 부정하는 거지요. 고구려군 남정(南征)으로 금관가야가 5세기 초에 멸망했다는 학설도 사실로 받아들이기 힘들지요. 우리나라 사학계 일각에서는 금관가야가 일찍부터 신라 지배 아래에 들어갔다고 하는데 난 그렇게 안 보거든… 논거가 부족하다고 봐요."

유 기자가 말했다.

"…가야사를 고고학 자료 위주로만 연구하면 모험적이라는 걸 보여주는 사례가 '금관가야 5세기 멸망설'이에요. 『삼국사기』・『삼국유사』,『신증동국여지승람』, 그리고 『일본서기』 등의 문헌자료에 가락국이 532년에 멸망했다고 기술되어 있는 걸 염두에 두지 않은 학설이 모험적이었다는 것이 드러나고 있잖아요. 광개토왕 남정 이후인 5세기 이후의 고분이 대성동 고분군에서 추가로 조사되었고요, 왕성인 봉황 토성을 방어하기 위한 북쪽 감제고지에 나전리 보루가 축조되었고 여기서 나온 토기가 6세기 전반 토기라는 점에서 가락국이 계속 봉황 토성을 중심으로 건재했음을 알 수 있어요."

내가 말했다.

"근데 광개토왕 남정 때 생존을 위해 가락국을 등지고 망망대해를 건너야 했던 도래인(渡來人)들은 어떻게 되었을까? 고국에 대한 구원(舊怨)을 어찌하고 살아갔을까요? "

유 기자가 갑자기 생각났다는 말했다.

"도래인들이 일본열도에 정착하는 동안 몇 세대가 흘러가, 그동안 쌓여 있던 구원(舊怨)은 대부분 망각 속에 파묻혀버리고 말았을 겁니다. 그러나 그들의 마음속에 품은 칼끝이나 창부리는, 그들 자신도 모르는 사이에 오래전에 고국을 떠나지 않을 수 없게 만들었던 적들을 향하고 있었을 겁니다."

김우민이 말을 이어갔다.

"…임나일본부란 결국 가야를 무력으로 정복하고자 했던 도래인들의 꿈을 과장되게 표현한 것뿐이라고 말하는 학자도 있어요."

내가 말했다.

"어쩌면 도래인들은 망망대해를 건너 일본열도에 정착한 그들이 걸어갔던 길보다 신라 법흥왕에게 항복한 구형왕 일가가 걸어갔던 길에 더 흥미를 가지고 있었던 게 아닐까요?. 특히 구형왕의 아들인 김무력 · 김세종과 김무력의 아들인 김유신 이야기에 대해 말입니다."

김우민이 말했다.

"김무력이 김유신의 아버지라는 이야기는 들어봐서 아는데 김세종은 처음 들어보는 이름인데요."

유 기자가 말했다.

"제가 구형왕의 후손들에 대해 좀 조사해 본 게 있지요."

김우민이 말했다.

"구형왕의 후손하면 단연 김유신이지요."

유 기자가 말했다.

"구형왕은 계화부인과의 사이에 아들을 셋 두었어요. 맏아들의 이름은 음차하여 노종, 노리부라고도 쓰는 김세종이었어요. 그는 김무력의 맏형. 그러니까 김유신의 큰할아버지예요. 신라와 백제가 2차 나제동맹을 맺고, 백제가 가라국까지 끌어들여 고구려가 차지하고 있던 한강 유역에 대한 공격을 단행할 때 김세종은 거칠부를 비롯한 아홉 장군과 함께 참전해 한강 상류의 10군을 신라의 영토로 편입시켰어요. 이때 백제는 한강 하류의 6군(郡)을 회복하였어요. 이 공로로 파진찬이었던 김세종은 이찬으로 승진했어요. 그는 단양 신라적성비에 내례부라는 이름으로 이사부·김무력 등과 함께 나와서, 고구려 영역이었던 단양 지역에 공략할 때 참전했다는 것을 알수 있어요. 뒤에 이찬 김세종은 상대등(上大等)이 되었어요. 그는 진평왕 때 위화부(位和部)·선부서(船府署)·대감·제감·조부령·승부령·예부령 등의 관부(官府)를 설치하여 정치 제도를 완비하는 데 기여했어요."

내가 말했다.

"김유신의 큰아버지가 신라의 상대등이 되었었다고요?"

유 기자가 말끝을 높였다.

상대등이면 지금으로 말하면 국무총리 같은 거 아닙니까?"

내가 말했다.

"망국 가락국의 마지막 태자인 김세종이 신라 귀족의 최고 지위이자 신라의 국왕도 될 수도 있는 상대등에 오른 건 상상을 뛰어넘는 이야기죠."

김우민이 말했다.

"그건 가락국이 처음부터 끝까지 가야사의 중심이었다는 이야기와 무관하지 않다고 생각해요. …가락국에 관련된 이야기는 많은 상상력을 불러일으킵니다."

유 기자가 말했다.

나는 지그시 눈을 감았다. 상상력이라는 말이 입 안에서 끊임없이 맴돌았다. 그때 갑자기 나는 오래전에 어느 학술지에서 읽은 글이 떠올랐다. 그 내용을 다 기억할 수는 없었지만 대강의 내용이 뉴스를 예고하는 자막처럼 머릿속을 스쳐 지나갔다. …다만 파편적인 사료를 가지고 실증성을 강조해 보았자, 파편적인 지식의 한계를 벗어날 수 없다. 깨어진 몇 조각의 토기편으로 하여 원형의 모습을 상상하게 된다. 이러한 상상의 기능은 문헌사학에서도 역시 필요하다. 추적 불능 또는 연결 불능의 사건들을 연결시키려면 역시 주체의 관점에서 소설적인 상상력이 불가피해진다. 결국 가야사의 복원은 실증과 상상, 미시와 거시를 총괄하는 원근법적 접근이 필요하다는 느낌이 왔다. 캄캄한 터널을 막 빠져나온 듯한 느낌이 강하게 들었다. 상상력 …깨어진 몇 조각의 토기편(土器片)… 가야사… 우륵….

"그래요. 우리가 영성한 가야사 사료나 고고학 자료를 상상력이라는 연결 고리로 재구성해볼 필요가 있어요. 전 가야사 관련 이야기를 들으면서 늘 생각하는 게 가야사라는 게 가야 소국들이 백제와 신라, 그리고 왜의 틈바구니에서 살아남으려고 발버둥 쳤던 몸부림의 역사가 아닌가 생각해요."

유 기자가 말했다.

"임나일본부라는 거도 따지고 보면 가야 소국들이 백제·고구려·신라의 틈바구니에서 살아남으려고 왜를 끌어들여 신라에 대항하다 생겨난 생채기 같은 것의 흔적이 아닌가 해요."

김우민이 말했다.

식당 주인이 앞치마에 손을 닦으며 다가왔다.

"뭐 더 시킬 거 없으세요?"

식당 주인이 입가에 웃음을 흘리며 말했다.

"더 시킬 거는 없고요. 텔레비전 볼륨 좀 낮춰주세요."

유 기자가 말했다.

"자, 잠깐만."

내가 말했다.

—임나일본부설을 부정하는 획기적인 유물이 경상남도 함안에서 남성대학 고고학 연구소 발굴단에 의해서 발굴되었습니다. 보도에 진영대 기자입니다.

텔레비전 화면에 마리산 고분군이 웅장한 모습을 드러냈다. 고분이 속살을 드러내고 있는 모습이 보였다. 이윽고 말갑옷이 화면에 나타났다.

—말에까지 갑옷을 입히는 집단이 4세기대에 한반도 남부에 실재하고 있었다는 것은 임나일본부설을 부정하는 획기적인 자료입니다. 현 교수의 목소리가 텔레비전 화면에서 흘러나왔다. 그때 텔레비전에서 흘러나오는 현 교수의 말에 귀를 기울이고 있던 유 기자가 술잔을 탁자에 소리가 나게 내려놓았다.

"언제까지 임나일본부설이 허구임을 증명하고 있을 겐가."

김우민이 가방을 어깨에 메며 툭 던지듯이 말했다.

검(劍)과 현(弦)

1

512년 겨울 12월 달솔 우영이 이끄는 백제 군사들이 깃발을 나부끼며 대사강(지금의 섬진강으로 비정됨)을 향하여 출발했다. 군사들의 행렬이 길게 꼬리를 물고 이어졌다. 기병이 2천 명이나 되었고, 보병이 7천 명이나 되었다. 그리고 군량을 실어 나르거나 무기를 운반하는 군사들의 수효도 많았다. 군사들의 전체 규모는 1만 명이 넘었다. 지리산 능선을 휩쓸고 지나온 바람이 백제 군사들의 행렬의 옆구리를 때렸다. 군사들은 살갗을 파고드는 칼바람을 견뎌내며 계속 남쪽으로 나아갔다. 얼어 죽는 군사들이 끊임없이 생겨났다. 해가 거우듬할 무렵 백제 군사들은 대사강 연변에 진을 쳤다. 팔공산 계곡에서 발원하여 남해로 흘러드는 대사강은 모래가 고와 두치강·모래가람·모래내·다사강·사천·기문하 등으로 불렸다.

반파국(叛波國, 지금의 장수로 비정됨. 지금의 고령으로 비정하는 견해와 지금의 성주로 비정하는 견해가 있음) 국경 봉수대에서 봉화가 올랐다.

반파국 봉화대에서 봉화가 올랐다는 파발이 기문국(지금의 남원으로 비정됨) 국읍(國邑)으로 날아들었다. 기문국 한기(旱岐)의 길쭉한 얼굴이 긴장감에 휩싸여 굳어졌다. 상다리국 국경으로 향해 가는 백제 군사들의 규모가 1만 명이나 된다는 이야기를 들은 대신들은 모두 겁먹은 표정을 하고 좀처럼 입을 열려고 하지 않았다.

"달솔 우영이 이끄는 백제 군사들이 상다리국 국경까지 이르러 진을 치고 상다리국을 공격할 준비를 하고 있다니 어찌하면 좋겠소? 상다리국이 무너지면 하다리국·사타국·모루국이 무너지는 건 시간 문제요."

기문국 한기의 목소리는 가늘게 떨리고 있었다. 상다리국·하다리국 · 사타국 · 모루국은 백제와 인접해 있었고, 반로국(半路國, 지금의 고령으로 비정됨)과는 멀리 떨어져 있었다.

"반로국의 지원병은 왜 오지 않고 있습니까?"

키가 크고 누르께한 얼굴의 대신이 달구치듯이 말했다.

"반로국은 제 코가 석 자요. 신라 군사들이 금세 황산하를 건너올 것처럼 황산하 둔치에 진을 치고 있다 하지 않소."

기문국 한기가 말했다.

"……."

"상다리국 군사들이 잘 버텨야 할 텐데…."

차한기가 눈을 깔뜨고 말끝을 흐렸다.

'장차 어떻게 하면 좋을꼬.' 기문국 한기는 용포(龍袍) 앞자락을 구깃거리며 안절부절못했다.

백제 군사들이 활시위를 잡아당겼다. 화살이 상다리국 국수(國守)가 탄 수레를 향해 날아갔다. 상다리국 군사들이 방패를 들어 날아오는 화살을 막았다. 화살이 부러져 풀밭 위에 떨어졌다. 그때마다 배가 기우뚱거렸다.

백제 군사들은 계속 화살을 쏘아댔으나 상다리국 국수를 맞추지는 못했다. 상다리국 군사들이 성문을 열고 달려와 백제 군사들을 향해 화살을 퍼부어대기 시작했다. 백제 군사들이 말머리를 돌려 달아났다. 이윽고 상다리국 국수가 탄 수레가 성문에 이르렀다.

달솔 우영이 앞장서서 상다리국 군사들을 향해 말을 몰았다. 우영이 칼을 휘두를 때마다 상다리국 군사들이 쓰러졌다. 백제 기병들이 함성을 지르며 상다리국 진영으로 몰려갔다. 상다리국 군사들이 흩어졌다. 상다리국 군사들이 백제 군사들이 휘두른 칼날에 쓰러졌다. 상다리국 국읍 안이 붉게 피로 물들었다.

상다리국의 국읍(國邑)을 무너뜨린 백제 군사들은 하다리국의 국읍을 무너뜨리고 사타국과 모루국을 점령해 한기와 왕족들을 끌고 가 대사강으로 던졌다. 사타국과 모루국의 한기와 왕족들의 시체가 대사강물을 붉게 물들이자, 대사국 귀족들과 백성들은 겁에 질렸다. 백제는 반로국을 비롯한 가야 소국들이 교역 항구로 이용하는 대사진을 빼앗으려고 대사강변에 군영을 차렸다.

황산하 건너 둔치에 군영을 차려 놓고 뗏목을 만들고 있는 신라 군사들과 대치하고 있는 반로국 군사들은 삼엄한 경계를 펼치고 있었다. 백제 군사들이 기문국 변경을 침입했다는 파발이 전해진 후 기문국으로부터 소식이 끊어졌다.

반로국 이뇌왕은 대신들을 대전으로 들라는 명령을 내렸다. 이따금 바람 소리만이 스쳐 지나갈 뿐 궁궐은 적요 속에 잠겨 있었다. 대전은 마치 죽음처럼 깊은 침묵 속에 싸여 있었다.

"기문국에서 군대를 파견해달라는 파발이 왔다. 어찌하면 좋겠느냐?"

이뇌왕이 갸름한 얼굴을 일그러뜨린 채 입을 열었다.

"군대를 기문국으로 파견해서는 안 됩니다."

상수위 고전해가 나서서 말했다.

"그렇사옵니다. 신라 군사들이 그 틈을 노려 황산하를 건너기라도 한다면 도성이 위험에 빠지게 됩니다."

작년에 이수위 자리에 오른 길수전이 말했다.

백제 군사들이 한 걸음 더 나가, 기문국 국읍의 성벽을 공격했다. 기문국 한기가 성벽 위에서 활시위를 당겼다. 달솔 우영이 말 위에서 떨어졌다. 방패를 든 백제 군사들이 몰려가 달솔 우영을 둘러쌌다. 기문국 군사들이 화살을 쏘아댔다. 백제 군사들이 성벽 위로 화살을 퍼부어댔다. 성벽 위로 백제 군사들이 새까맣게 달라붙었다. 공방전은 오래가지 못했다. 국읍 안으로 진입한 백제 군사들은 닥치는 대로 검(劍)을 휘둘러 기문국 군사들과 대신들을 도륙했다. 국읍을 가로지르는 월천은 붉은 피로 물들었다. 패색이 짙어지자, 기문국 한기는 왕비 및 두 아들과 함께 자기 나라의 재물과 보물을 가지고 반파국 도성으로 피신했다. 반파국 한기는 그들을 예를 갖추어 맞이했다.

반파국 한기는 대사국 국수에게 성을 쌓도록 지원하고, 자탄국과 대사국이 성을 쌓아 만해국과 이어지도록 지원했다. 백제 군사들이 기문국 궁궐을 불태우고 돌아가자, 기문국 한기는 국읍으로 돌아왔다.

토지와 인민 역시 부요한 반파국은 대사강 하구의 대사진 항구에 대한 지배권을 놓고 백제와 대립하고 있었다. 대사강 수로를 운송로로 하여 제철 산업을 일으킨 반파국은 독자적으로 세력을 키우고 있었다. 그러나 반파국과 백제는 반파국의 운봉고원에서 생산된 철광석과 철제품을 대사강 수로로 운송하는 문제와 백제의 곡나철산(谷那鐵山)이 있는 욕내(欲乃, 지금의 곡성으로 비정됨)에서 산출된 철광석과 철제품을 대사강 수로로 운송하는 문제로 서로 충돌했다. 반파국과 백제는 대사강 유역 전체의 지배권을 놓고 나라의 명운을 걸고 대립하고 있었던 것이다. 반파국이 대사강을 통해 왜국과 교역 체계를 만들려고 시도하자, 백제가 외교적 압력을 가해왔다. 백제는 왜국의 사신을 대사강 유역에 위치해 있는 대사국으로 불러들여 왜국과 국제 교역을 시도했다.

백제 사신 문귀 장군 등이 왜국에서 귀국할 때 왜인 모노노베노무라지(物部連)가 호송했다. 백제 사신 일행이 사도도(沙都嶋, 지금의 거제도로 비정됨)에 이르렀다.

"반파국 사람들이 사납게 굴어."

오른쪽 눈알이 벌겋게 핏발이 든 노인이 말했다.

"뭍에 상륙하도록 하십시오."

노인의 말을 귀넘겨듣던 모노노베노무라지가 허리를 곧추세우고 말했다.

문귀 장군이 신라 땅에 상륙했다. 모노노베노무라지는 수군 500명을 이끌고 곧장 대사강에 이르렀다. 여름 4월 모노노베노무라지 등은 대사강에서 6일 동안 머물렀다. 얼마 후 반파국 군사들이 모노노베노무라지 등을 공격했다. 반파국 군사들이 왜인들의 옷을 벗기고 가지고 간 물건들을 가리단죽했다. 불타오르는 막사를 바라보며, 모노노베노무라지 등은 반파국 군사들의 위세에 눌려 두려움에 떨었다. 모노노베노무라지 등이 두려워 도망해 숨어서 겨우 목숨을 보존하여 문모라(汶慕羅)에 머물렀다.

문모라에 후퇴해 있던 왜인들은 그다음 해에 결국 기문국까지 도착했다. 백제는 이들을 도성에 불러들여 의상·도끼·철·비단 등을 후하게 주었다.

"무릇 조공하는 사자는 항상 섬 구비를 피하고 매번 풍파에 시달리오. 그렇기 때문에 가져가는 것들은 모두 젖어 손상되고 빛깔이 죽게 되오. 우리 백제가 대사진(帶沙津)을 교역하는 나루로 삼게 해주오."

무령왕이 하다리국 국수 호즈미노 오시야마노오미(穗積押山臣)에게 말했다.

오경박사 고안무(高安茂)를 왜국에 보내 문화를 전파하도록 한 무령왕은 반파국이 대사강 하구를 통해 왜국과 교역하려고 한다는 보고를 받고, 달솔 우영에게 반파국을 공격하도록 명했다. 백제 국경 가까이에 자리 잡고 있는 봉수대에서 봉화가 두 번 올랐다. 육십령 고갯마루의 봉화대에서 봉화가 세 번 올랐다. 이 무렵 반파국은 곳곳에 봉수대를 축조하고, 광대한 봉화망을 운용하고 있었다. 봉화대는 일정한 영역을 차지하고 있는 국가에서 축조가 가능한 시설이었다.

대사강 하구는 반파국이 남해로 나가는 수송 관문이었다. 운봉 고원과 장계 분지의 곳곳에는 철광산과 쇠부리터(冶鐵場)가 있었다. 백제와 신라는 물론 왜국까지도 기문국에 세력을 뻗치는 반파국의 움직임에 촉각을 곤두세우고 있었다. 달솔 우영이 이끄는 백제 군사들은 대사강 연변에 진을 치고 있는 반파국 군사들을 공격했다. 그러자 반파국 군사들은 바위틈에 똬리를 틀고 있다가 순식간에 공격을 가하는 까치살무사처럼 고개를 쳐들고 백제 군사들을 위협했다. 반파국은 자신들의 중요한 교역 창구를 백제에게 내줄 수 없었던 것이다. 하지만 반파국은 날로 팽창하는 백제의 군사력을 당해낼 수 없었다. 반파국은 자신의 세력권인 기문국이 백제에게 점령당한 이후 대사국(지금의 하동으로 비정됨)과 자타국마저 백제에 빼앗길 위기에 봉착하게 되었다. 누란(累卵)의 위기에 처한 반파국은 군사 지원을 요청하기 위해 반로국으로 사신을 보냈다. 그러나 아무런 답신도 들을 수 없었다. 북쪽과 남쪽에서 동시에 들이치는 백제 군사들을 막을 수 없었던 대사국은 백제에 무너졌다. 대사국 침공을 끝으로 대사강 하구의 점령을 완료한 백제는 반파국의 도성을 공격해 마지막 숨통을 끊었다. 반파국 한기와 귀족들은 백제 군사들의 검날에 검붉은 피를 쏟으며 쓰러졌다. 백제 군사들은 반파국 한기와 왕비, 그리고 왕자와 공주들의 시체를 마차에 실어다 들판에 내던졌다. 독수리들이 달려들어 시체를 물어뜯었다. 백제 군사들이 귀족들의 시체를 밧줄에 묶어 끌고 와 들판에 내팽개쳤다. 피비린내가 진동했다. 독수리들이 날갯짓을 거칠게 해대며 날아올랐다. 붉은 살점이 허공에 흩어졌다. 독수리들이 날개를 치며 시체 무더기로 다가왔다. 백제는 새로 점령한 지역에 군령(郡令)과 성주(城主)를 파견하여 이 지역에 대한 지배권을 확립하였다.

반파국과 기문국마저 점령한 백제가 왜국과의 교류에서 유리한 고지를 차지하게 되자, 반로국은 국제 외교 무대에서 점점 고립되어 갔다. 위기에서 벗어날 방법을 궁리하던 이뇌왕은 522년 봄 3월 신라에 사신을 보내 법흥왕에게 혼인을 요청했다. 일명 이부리지가(己富利知加)라고도 하는 이뇌왕의 청혼을 받은 법흥왕은 황산하 중상류로 진출할 좋은 기회라고 판단하고 이뇌왕에게 이찬 비조부의 누이를 보내기로 했다.

비조부의 누이가 시종들을 거느리고 금성을 출발했다. 강을 건너 산허리를 안고 돌아 나와 들판을 가로질렀다. 들판 위로 햇살이 빗질하듯 내리고 있었다. 비조부의 누이가 햇살을 가리려는 듯이 인동덩굴 무늬가 수놓아져 있는 소매로 갸름한 얼굴을 가렸다. 반로국으로 가는 행렬이 황산하에 이르렀다. 며칠째 내린 비로 황토물이 넘실거렸다. 비조부의 누이와 시종들은 황포돛배를 나누어 타고 황산하를 건너기 시작했다. 강가의 버드나무 줄기가 바람에 너풀거리는 것을 바라보던 비조부의 누이가 눈길을 천천히 돌려 방금 지나온 강 건너 마을을 지그시 바라보았다. 비조부의 누이의 우수에 찬 눈빛은 촉촉이 젖어 있었다. 황포돛배가 개포나루 선착장에 닿았다. 향나무 수레와 구슬로 꾸민 말들이 길게 뻗쳤다. 길이 메이고 구경꾼들이 담을 두른 것 같았다.

니문이 바짝 말린 오동나무 널빤지를 안고 뒤란에서 나왔다. 스무 살을 갓 넘긴 그는 재작년부터 악기를 만들 나무를 구하기 위해 가야산 골짜기를 헤맸다. 니문은 열서넛 살 무렵부터 아버지를 따라 악기를 만들 나무를 구하기 위해 가야산을 한 달에도 서너 번씩 오르내렸다. 운이 좋아 쓸만한 오동나무를 만나면, 오동나무를 조심스럽게 잘라서 널빤지를 만들었다.

마당으로 성큼 들어서는 우륵을 보고 니문이 둥그스름한 얼굴에 환한 미소를 지었다. 정초에 다녀간 후 발걸음이 뜸하다가, 불쑥 찾아온 우륵은 오동나무 널빤지의 가장자리를 나무망치로 두들겼다.

"아직 나무 안쪽은 덜 말랐구나."

우륵이 나뭇결을 따라 망치로 두들겼다.

"더 말려야 할 거 같아요."

니문이 짙은 눈썹을 꿈틀거렸다.

"겨울을 두 번은 더 넘겨야겠구나."

다시 우륵이 천천히 입을 열었다.

"네. 얼었다가 녹았다가 하다 보면 제대로 마르겠지요."

니문이 말했다.

"오동나무는 잘 말려야 좋은 소리를 얻을 수 있지."

"말릴 때 거꾸로 매달아 놓고 말리는 게 좋다고 아버지한테 배웠어요."

"뒤판은 무슨 나무를 사용했느냐?"

"3년 이상 말린 단단한 밤나무를 사용했어요."

"안족(雁足)은 무슨 나무를 사용했느냐?"

"돌배나무와 벚나무를 사용했어요."

"악기 만들 때 사용하는 나무는 모두 제대로 골랐구나. 나무를 잘 골라 만들어야 현이 잘 떨리고 공명(共鳴)하여 밖으로 퍼져나가게 될 것이야."

"말린 오동나무 두께가 너무 얇으면, 소리가 흩어지고, 너무 두꺼우면 소리가 거칠고 굵어진다고 아버지가 가르쳐주셨어요."

우륵은 니문한테서 그늘에서 바짝 말린 오동나무 널빤지를 받아 개진나루로 나왔다. 개진나루로 반로국 군사들이 대열을 이루어 행진하고 있었다. 황포돛배들이 황산하를 가로질러 왔다. 반로국 군사들이 선착장을 에워쌌다. 비조부의 누이가 탄 수레 뒤로 시종들이 열을 지어 따랐다. 우륵은 발걸음을 멈추고 내리 덮인 눈가죽을 들어 비조부의 누이 일행의 행렬을 물끄러미 바라보았다. 그는 수레의 뒤를 따르는 시종들의 옷차림을 곁눈으로 훑어내렸다. 반로국 사람들의 옷차림이 아니었다.

해가 주산 위에서 잔광을 흩뿌릴 즈음에 이뇌왕이 전단량(旃檀梁) 앞에서 비조부의 누이를 영접하고 위로했다. 법흥왕이 비조부의 누이를 반로국에 보낼 때 100인을 아울러 보내 그녀의 시종으로 삼도록 했다. 이뇌왕은 시종의 일부만 반로국에 머물게 하고, 나머지는 반로국의 세력이 미치는 가야의 소국들에 흩어져 살게 했다. 그리고 신라의 요청대로 신라의 의복을 입도록 했다.

탁순국의 대신들이 신라의 의복을 걸친 시종들을 마뜩잖은 눈초리로 응시하며 고개를 갸웃거렸다. 탁순국 조정이 술렁거렸다.

"왜 신라의 시종을 탁순국에 살게 한단 말인가."

탁순국 한기 아리사등(阿利斯等)의 눈에서 불길이 확 일었다.

"혹시 이뇌왕이 신라와 짜고 우리 탁순국을 염탐하려는 게 아닐까요."

"틀림없어요."

"시종들을 쫓아버려야 해요."

대신들이 크게 반발했다.

털수세에 양쪽 광대뼈가 불거져 나온 아리사등은 탁순국에 와 있던 시종들이 입고 있는 옷을 트집 잡아 반로국에 사전에 통보도 하지 않고 시종들을 신라로 쫓아버렸다.

시종들이 쫓겨왔다는 소식이 법흥왕에게 전해졌다.

"반로국과의 결혼 동맹을 파기한다."

법흥왕은 크게 부끄러워하여 이찬 비조부의 누이를 도로 돌아오게 하려고 반로국에 사신을 보냈다.

"우리 대왕이 보내는 편지를 가져왔소."

신라의 사신은 서리 같은 눈씨를 한 이뇌왕에게 편지를 전했다.

"전에 그대가 장가드는 것을 받아들여 나는 즉시 혼인을 허락했으나, 지금 이미 이처럼 되었으니 이찬 비조부의 누이를 돌려주기 바라오. …이게 무슨 말이오?"

편지를 읽다가 말고 고개를 든 이뇌왕은 잘못을 꾸중하듯 매서운 눈씨로 신라의 사신을 노려보았다.

"……."

신라의 사신은 아무런 대답도 하지 않았다.

"부부로 짝지어졌는데 어찌 다시 헤어질 수 있겠소? 또한 아이가 있으니 그를 버리면 어디로 가겠소?"

눈가죽이 모래알이 달린 것처럼 까칠까칠해진 이뇌왕이 물었다.

"……."

귓전을 도는 이뇌왕의 말에 신라의 사신은 입 밖으로 튀어나오는 말을 혀끝으로 꾹 눌러 참았다.

신라의 사신은 반로국 궁궐을 떠나, 국경 밖에 대기하고 있던 신라 군사들에게 반로국이 이 문제에 깊이 개입하기를 꺼리는 것 같다고 말했다.

그런데 이찬 비조부의 누이를 따라갔던 사절단은 단순한 사절단이 아니라 무장한 군대였다. 신라 군사들은 탁순국을 공격했다. 그러나 탁순국의 저항이 워낙 거세, 탁순국의 북쪽 국경 5성과 도가성 등 3성을 함락시켰을 뿐이었다.

그 결과 탁순국은 멸망하지 않았으나, 그곳에 이르는 길목에 자리 잡은 탁기탄국은 크게 흔들리게 되었다. 황산하 동쪽 기슭에 숨 죽은 듯 도사리고 있던 탁기탄국은 가야 소국들 가운데에서 신라의 국경에 가장 가까이 자리 잡고 있었다.

반로국이 자신들을 지켜주지 못한다는 사실을 간파하고 있던 탁기탄국의 함파 한기는 반로국에 두 마음을 품어서 반로국이 모르게 신라에 줄을 대고 있었다. 탁기탄국은 살아남기 위하여 몸부림을 쳤다. 동쪽으로는 신라의 엄청난 무력과 서쪽으로는 앞을 가로막는 황산하에 가로막혀, 크게 울음도 못 터뜨리고 신라 군사들의 말발굽 아래에 짓밟히게 되었다. 반로국이 모른 체하는 바람에 탁기탄국이 신라에 멸망당하자, 가야 소국들은 커다란 충격을 받았다.

2

주산을 타고 내려온 바람이 궁전의 뜰로 미끄러져 내렸다. 궁전의 뜰에 낙엽이 뒹굴었다. 넓고 길쭉하게 생긴 얼굴을 들어 가실왕은 주산의 능선에 눈길을 던졌다. 그다지 높지가 않은데다 산세 또한 부드러운 주산 정상에서 아래까지 포도송이처럼 들어선 선왕들의 무덤과 귀족들의 무덤이 능선을 따라 낙타 등처럼 둥드럿이 솟아올라 있었다. 선왕들은 주산의 정상 가까운 곳에 무덤을 조성했고, 능선을 따라 그 아래에 귀족들의 무덤을 조성했다.

이뇌왕이 어전회의 중 얼굴에 식은땀이 맺히고, 기침을 토해내기 시작한 것은 월광태자가 태어난 지 5년이 지난 초겨울 어느 날이었다. 이뇌왕은 등을 구부리고, 울컥 가래를 뱉어냈다. 시녀들이 그를 부축하고 침전으로 향했다. 허리가 가느다란 시녀가 타구를 왕의 턱 밑으로 갖다 댔다. 그가 울컥울컥 피가 섞인 가래를 뱉어냈다. 그는 그해 겨울을 넘기지 못하고 숨을 거두었다.

이뇌왕과 비조부의 누이 사이에 태어난 월광태자 대신 상수위(上首位) 고전해를 비롯한 친(親)백제계 신하들의 추대로 가실왕이 왕위에 올랐다. 친백제 대신들이 조정을 장악하자, 가라국은 다시 신라와 멀어졌다. 신라인의 피가 섞여 있는 월광태자와 신라 출신 비(妃)인 비조부의 누이는 목숨마저 위태롭게 되었다. 비조부의 누이와 월광태자는 칠흑 같은 야음을 타서 황산하를 건너 신라로 달아났다. 신라는 반로국의 비와 월광태자로부터 반로국의 사정을 샅샅이 듣게 되었다.

백제도 반로국의 혼란한 정세를 고전해를 통해 파악했다. 가실왕은 가야 소국들과 함께 힘을 합쳐 이 위기를 벗어날 방법을 찾고 있었다. 음악을 무척 좋아하는 그는 국사를 돌보다가 머리가 지끈거리면 궁중 악사들을 대전으로 불러 악기를 연주하게 했다.

궁중 악사가 현(弦)을 퉁겼다. 가늘고 높은 소리가 났다. 연주가 끝나자, 가실왕이 가냘픈 몸의 궁중 악사가 연주한 악기에 눈길을 주었다.

"저 악사가 연주한 악기의 이름이 무엇이냐?"

가실왕이 집사장에게 물었다.

"제(齊)나라에서 건너온 쟁(箏)이라는 악기입니다."

희끗희끗한 머리숱을 가진 집사장이 두꺼운 입술을 열어 짧게 대답했다.

"악기를 이리 가져 와 보게."

가실왕이 악기를 가리키며 말했다.

집사장이 악사가 건네주는 쟁을 받아 들고 가실왕에게 바쳤다.

쟁을 건네받은 가실왕의 납작한 눈두덩 위의 진한 눈썹이 꿈틀거렸다. 족제비눈으로 쟁을 살펴보던 그가 손을 뻗어 현을 퉁겨 보았다. 몇 번 음을 고르고 나서 그는 고개를 들어 주산을 바라보았다. 이뇌왕이 주산에 묻힌 지도 1년여의 세월이 흘렀다. 거칠산국과 미리미동국이 신라에 떨어진 지는 오래되었다. 비사벌국이 신라의 부용국이 된 데 이어 탁순국과 가락국도 흔들리고 있었다. 이윽고 가실왕은 고개를 돌려 쟁(箏)을 바라보며 보며 생각에 잠겼다. 나라마다 백성들이 쓰는 말이 다르거늘 어째서 음악이 다 같을 수 있겠는가. 현이 15개 있는 쟁은 하늘을 본떠 위를 둥글게 만들었고, 땅을 본떠 아래는 평평하게 만들었다. 다른 나라의 악기를 그대로 쓸 것이 아니라, 쟁과 축(築)의 좋은 점을 취하여 우리나라의 음악을 연주하기에 알맞은 새로운 악기로 고쳐 만들어보면 어떨까. 가실왕은 혼잣소리로 중얼거렸다.

다음 날 가실왕은 대신들을 대전으로 들게 했다. 대신들이 하나둘 대전으로 모여들었다.

"자, 저 악기를 보시오. 쟁이라는 악기요."

가실왕이 오른손을 들어 쟁을 가리켰다.

대신들은 뜨악한 표정으로 가실왕의 손끝이 가리키는 곳을 바라보았다.

"긴 널빤지 위에 기러기발이라고 부르는 발을 세우고, 그 위에 현을 각각 걸어놓고, 오른 손가락으로 현을 뜯어 소리를 내게 하는 것이요."

가실왕이 쟁을 소개하며 운을 뗐다.

기원전 237년 이전에 이미 진(秦)나라에서 유행했기 때문에 '진쟁(秦箏)'이라는 이름으로도 불리는 쟁은 나무로 만든 직사각형의 몸체 위에 이동이 가능한 기러기발이 13현을 괴고 있었다.

"자, 설명만 들어서는 쟁이 무엇인지 알 수 없으니, 한 번 연주해보거라."

가실왕이 가느다란 눈매의 악사를 향해 말했다.

악사가 기러기발들을 움직여 5성 음계에 맞추어 음높이를 조절한 뒤, 왼손 손가락으로 비단실로 만든 현을 누르고 오른손 손가락으로 현을 퉁겼다. 날카로운 소리가 현에서 튕겨 나왔다.

"쟁은 우리 반로국의 악기가 아니다. 쟁을 참고하여 가락국의 가락금보다 더 나은 악기를 만들려고 한다. 변한과 진한에도 현악기가 있었다. 물계자와 백결이 금(琴)을 뜯었다는 이야기가 전해오고 있다. 우리 반로국에서 가락금 같은 악기를 만들지 못한다는 법이 없다. 악기를 잘 만들 사람이 없을까?"

가실왕이 대신들을 휘둘러보며 말했다. 그의 한마디 한마디에 금에 대한 정성이 어느 정도인지 짐작하고도 남음이 있었다.

"전하, 개진나루 근처에 사는 니문이라는 젊은이가 악기를 만들 줄 안다고 합니다."

가느다란 눈매의 악사가 말했다.

"니문이라는 젊은이가 악기를 만들 줄 안다고?"

"네 그러하옵니다. 그의 아버지 해강과 함께 몇 해 전에 개진나루로 왔다고 합니다. 어디에서 살다 왔는지 모르나, 원래 조상이 가락국 봉황성에서 대대로 살아왔는데, 덩이쇠와 해산물을 싣고 개진나루를 오고 가며 저잣거리에서 팔다가 개진나루에 눌러앉아 살게 되었다고 합니다. 해강은 악기 만드는 것을 가업으로 삼아 그 아들 니문에게도 악기 만드는 법을 전수해주었다 합니다."

"그래? 그 덩이쇠와 해산물을 배에 싣고 와 저잣거리에서 팔던 사람이 어떻게 악기를 만들 수 있단 말인가?"

"가락국 도성인 봉황성은 일찍부터 낙랑국, 연(燕)나라, 제(齊)나라 등과 무역선이 오고 가던 해상 교통의 요충지입니다. 질지왕 때 제나라에서 가져온 쟁이라는 악기가 널리 퍼져 있어 봉황성에 쟁을 연주하는 소리가 끊이지 않았다 하옵니다."

"허왕후가 수로왕에게 시집올 때 한사잡물을 가득 싣고 왔다는 이야기는 가야 여러 나라에 널리 알려진 이야기지."

가실왕이 말했다.

"그렇사옵니다. 가락국은 우리들의 어머니와 같은 나라로 가야 여러 나라의 본국이었습니다."

상수위가 말했다. 길다란 콧마루, 짙은 눈썹, 거무스름한 턱수염, 그리고 싸리꽃같이 흰 살결로 하여 예사롭지 않은 풍모를 보여주는 그는 백성들로부터 신망을 얻고 있었다.

"옳거니. 왕후의 할아버지도 고조할아버지도 가락국에서 벼슬을 했었느니라."

가실왕은 왕후가 가락 9촌을 통합하여 가락국을 세운 수로왕의 후손이라는 것을 늘 자랑스러워했다.

"대왕께서 가야 소국들의 본국이었던 가락국을 비롯하여 안라국·다라국 등 가야 소국들을 아울러야 하옵니다. 가락국의 질지왕이 옛날의 영광을 되찾고자 불교를 받아들여 절을 짓고, 바다 건너 남제(南齊)에 사신을 보냈다는 이야기를 소신이 들었사옵니다."

방위장(防圍將)이 딱 벌어진 어깨를 으쓱하며 말했다.

"나도 그 이야기를 들어 알고 있다. 질지왕이 수로왕과 허왕후의 명복을 빌기 위해 허왕후가 처음 수로왕과 만나 성례를 치른 곳에 왕후사라는 사찰을 짓고, 전(田) 10결(結)을 바쳐 그 비용으로 쓰게 하는 등 백성의 교화와 나라의 발전을 위해 불교의 융창을 도모했고, 광개토왕의 남정(南征)으로 기울어진 가락국을 부흥시키고자 선진 문물을 받아들이기 위해 남제에 사신을 파견하여 불교 경전과 쟁을 가져왔다는 이야기를 짐도 들어 알고 있다."

가실왕이 만면에 웃음을 띠며 말했다.

"소신도 『남제서(南齊書)』를 읽어 보았지요. 가라국은 삼한의 한 종족인데, 건원 원년(479년)에 국왕 하지가 사신을 보내 공물을 바쳤더니 남제의 고제(高帝)가 조서를 내려다 합니다. 그 조서에 '가라왕 하지가 동쪽의 먼바다 밖에서 방문하여 정성으로 폐백을 받들고 관문을 두드렸기에 가히 보국장군 본국왕의 관직을 내렸다'고 씌어 있었어요. 가락국의 질지왕은 선진 문화를 받아들이기 위해 남제에 사신을 파견하였지요."

상수위가 말했다.

"상수위는 어떻게 양(梁)나라의 소자현(蕭子顯)이 제나라의 역사를 기록한 『남제서』를 속속들이 아는가?"

"소신의 할아버지가 보시던 『남제서』를 읽었사옵니다."

"오오, 그래 그런데 말야, 『남제서』에 가라국왕이 하지왕이라고 기록되어 있는데 어째서 상수위는 질지왕이라고 하는가?"

가실왕이 물었다.

"가라국이 남제에 통교한 479년에 왕위에 있던 가라국왕은 가락국의 질지왕이라고 볼 수 있습니다. 질지왕이 가락국을 다스리던 시기와 하지왕이 가락국을 다스리던 시기가 일치합니다. 가라국왕 하지(荷知)의 '하(荷)'자(字)가 '질 하(負也)' 자(字)이므로 하지(荷知)와 질지(銍知)는 상통합니다. '보국장군 본국왕'에서 '본국(本國)'은 가야 소국들의 본국인 가락국을 가리키는 말로 볼 수 있습니다."

"근거가 있는 이야기로군."

가실왕이 고개를 끄덕이며 말했다.

"소신도 하지왕이 질지왕이라는 이야기를 들은 적이 있사옵니다."

몸집이 크고 매사에 깐깐한 내위장(內衛將)이 말했다.

"그러나 질지왕이 붕어한 뒤 가락국이 여러모로 어려워졌다 하옵니다. 신라가 물금성과 복천성을 차지한 뒤로부터 가락국은 황산하 수로를 이용해 교역을 하는데 어려움을 겪어 타격이 크다 하옵니다."

틀거지가 있어 보이는 방위장의 말은 사리에 합했다.

"우리 반로국도 서쪽으로 백제가, 동쪽으로 신라가 팽창해 오는데 가만히 앉아 있을 수는 없어, 백성들이 한데 뭉쳐야 한다는 정신을 담은 노래를 짓고, 악기를 만들고자 한다. 경들의 생각은 어떤가?"

가실왕이 대신들을 휘둘러보았다.

"노래를 짓고 악기를 만드는 일보다 백제의 침공에 시급히 대처해야 할 일이옵니다. 어제도 봉화가 올라와 국경에서 파발이 왔습니다."

목이 작은 수소처럼 살찐 방위장이 카랑카랑한 목소리로 말했다.

"그렇사옵니다. 노래를 짓고 악기를 만드는 일보다 우선 백제의 침공에 대비책을 세워야 합니다."

내위장이 낮은 목소리로 말했다.

"전하께서 그걸 모르겠소. 우리 주위 나라들의 한기들이 백제와 신라에 내응하여 두 가지 마음을 품는 게 문제가 되고 있소이다. 전하는 음악으로 우리 반로국을 중심이 되어 가야 여러 나라들이 모두 하나가 되게 뭉쳐보자는 뜻을 가지고 있으신 거 같소이다."

상수위의 쩌렁쩌렁한 목소리가 대전을 울렸다.

"상수위가 짐의 뜻을 정확하게 꿰뚫어 보았도다. 가야 여러 나라들이 하나가 되어 뭉치지 않으니 우리 백성들조차 하나로 뭉치지 않고 있다. 백제와 신라 땅으로 도망쳐 가는 백성들이 해마다 늘어나고 있다. 음악으로 정신을 다잡아야 백성들의 이탈을 막을 수 있다."

가실왕의 말에 대전이 찬물을 끼얹은 듯 조용해졌다.

어전회의가 끝나자마자, 내위장은 내위군을 이끌고 개진나루로 말을 몰았다.

가야산 등성이를 휘돌아 내려온 물줄기는 능선이 두 갈래로 갈라지는 곳에서 가천과 야천이 되어 도성을 향해 흘러내렸다. 두 물줄기는 도성에서 만나 회천이 되어 정정골(琴谷)을 지나 황산하로 흘러들었다.

주산에서 미끄러져 온 바람이 정정골을 휩쓸었다. 가늘고 파란 댓잎들이 쓰러졌다가 다시 일어섰다. 물새 떼가 새까맣게 하늘로 솟아올랐다. 대나무숲으로 둘러싸인 초가집의 뒤란에서 니문이 오동나무를 자귀로 깎고 있었고, 안늙은이가 명주실을 몇 가닥씩 꼬아 타래에 감고 있었다.

"자귀질이 끝났으면 내가 하는 걸 잘 보아 두거라. 현의 굵기가 다르면 소리가 다르게 난다. 여러 가닥의 실을 몇 번 합치느냐에 따라 소리가 다르단다. 명심하거라."

음식을 잘 먹지 않는 고삭부리 체질의 안늙은이가 연방 명주실을 꼬아 타래에 감으며 말했다.

"네, 어머니."

니문이 자귀를 고쳐 잡으며 짧게 대답했다.

말 울음소리가 나자, 털이 세 가지 색깔인 길고양이가 재빨리 대나무숲으로 몸을 숨겼다. 내위장이 내위군을 이끌고 대나무와 싸리를 엮어서 만든 사립문을 밀고 마당으로 들어섰다.

"해강 선생 있습니까?"

내위장이 말했다.

니문과 안늙은이가 마당에 넙죽 엎드렸다.

"전하께서 해강 선생과 니문을 데리고 오라고 명하셨다."

"아버지는 지난봄 세상을 떠났습니다."

니문이 말했다.

"세상을 떠났다고?"

내위장이 되물었다.

"네 정정골에서 대나무를 베어 온 뒤로부터 병석에 누웠다가 끝
내……."

니문이 말끝을 잇지 못했다.

"그럼 할 수 없구나. 니문 혼자만이라도 가야겠다."

내위장이 말했다.

"어머니 다녀오겠습니다."

니문이 내위군을 따라 전단량으로 향했다.

3

"전하, 사이기국에 우륵 악사가 살고 있는데 악기에 대해 잘 알고
있을 뿐만 아니라, 악기를 다루는 솜씨가 뛰어납니다. 사이기국과
다라국에 그 명성이 자자 합니다."

니문이 말했다.

"다라국에까지?"

가실왕이 나직하게 되물었다.

"네 그러하옵니다. 실은 우륵 악사가 원래 가락국 백성이라고 합
니다. 우륵 악사의 먼 조상이 서역(西域)의 악사인데 고구려로 흘러
들어와 살다가 고구려의 광개토왕이 남정을 할 때 군악대로 따라왔
다가 말 위에서 떨어져 크게 다쳐, 고구려로 돌아가지 못하고 가락
국에 뿌리를 내리고 살게 되었답니다."

니문이 떨리는 목소리로 말했다.

"하, 그래. 사연이 많은 악사군."

가실왕이 혼잣말처럼 중얼거렸다.

"네 그러하온 줄 압니다. …우륵 악사는 원래 가락국에서 살다가

다라국으로 건너가 다라국 연회에서 금(琴)을 연주하기도 하다가 사이기국으로 넘어와 살게 되었다 합니다."

니문이 말했다.

"역마살이 있는 사람이로구나."

"……."

"다라국 연회에서 악기를 연주하기도 했다고?"

"네 그러하옵니다."

"다라국 연회에서 악기를 연주하기도 했다면 재능이 있는 자인 게 분명하구나."

"우륵 악사가 가락금을 연주하면 하늘을 날아가던 새들도 나무에 앉아, 그 소리를 듣곤 했다는 이야기가 사이기국에 회자되고 있습니다. 쿨룩, 쿨룩."

니문이 말을 끝내고, 손으로 입을 가렸다.

"그래… 오늘 수고가 많았다. 그만 돌아가 쉬도록 하라."

가실왕이 근심어린 눈으로 니문을 내려다보았다.

가실왕은 연방 머리를 주억거리며 생각에 잠겼다. 니문은 반로국 땅인 개진나루에서 살고 있어 입궐하게 하는 데 아무런 어려움이 없었으나, 우륵을 어떻게 데려온다…."

가실왕이 생각에 잠겼다.

이윽고 결심이 선 가실왕은 집사장에게 시위장을 입궐하라 이르라고 명했다.

잠시 후 시위장이 빠른 걸음으로 대전에 들어왔다.

"시위장은 이 길로 사이기국으로 가서 우륵을 데려오도록 해라. 사이기국 벼슬아치들과 군사들에게 들키지 않도록 주도면밀하게 계획을 짜서 데려와야 할 거야."

가실왕이 시위장에게 말했다.

"전하의 명을 받들도록 하겠습니다."

시위장은 대전을 빠져나왔다. 쇠뿔도 단김에 빼라는 속언을 떠올리고, 시위장은 시위군들을 불러 모았다. 가실왕이 악기에 빠져, 정사를 소홀히 한다고 생각하는 대신들이 많다는 것을 알고 있는 시위장은 시위군들에게 명령하는 말을 한마디도 발설하지 말 것을 당부했다. 만약에 발설했다가는 목숨이 온전치 못할 것이라고 말했다. 시위장은 날랜 시위군 2명을 선발대로 사이기국에 보내 국경과 국읍의 경계 태세와 우륵의 집 주위 지물(地物)을 알아 오도록 했다.

이틀 후, 사이기국으로 떠났던 시위군들이 도성으로 돌아왔다. 국경과 사이기국의 국읍의 경계 태세는 그리 삼엄하지 않았으며, 우륵은 사이기국 국읍 외곽의 대나무숲으로 둘러싸인 초가에 살고 있다고 보고했다. 덧붙여 초가 옆에 측간이 있고 측간 위로 감나무가 가지를 길게 늘어뜨리고 있다고 말했다.

시위장은 시위군들을 배불리 먹인 다음 그들을 이끌고 사이기국을 향해 떠났다. 사이기국은 가야 소국의 하나였다. 사이기국을 다스리는 한기는 안야국을 뒷배 삼아 반로국과 신라의 압력을 잘 견뎌 내고 있었다.

동이 번히 터올 무렵 반로국의 시위군들은 사이기국 국읍 가까이에 있는 신수림(神樹林)에 도착했다. 신수림은 소도(蘇塗)가 있었던 곳으로 울창한 나무들이 빼꼭히 들어차 있어, 대낮에도 사람들이 잘 접근하지 않는 곳이었다. 싸리꽃 덤불로 뒤덮여 있는 관목 숲에 시위군들은 몸을 감추었다. 싸리꽃들이 내뿜는 향기가 시위군을 감쌌다. 남강을 타고 온 어스름이 신수림에 깔리기 시작하자, 시위군은 재빨리 대나무숲을 향하여 걸음을 재촉했다. 고샅에 길게 드리워진 대나무숲 그림자를 지나 시위군들이 재게 발을 놀렸다.

대나무를 엮어서 울바자를 빙 둘러친 초가집에서 가느다란 불빛이 흘러나오고 있었다. 측간 위로 길게 늘어뜨려진 감나무 가지를 덩치가 큰 시위군이 힘껏 잡아당겼다. 뚝하는 소리와 함께 감나무 가지가 찢어졌다. 개들이 자지러지게 짖어대기 시작했다. 훤칠한 키의 우륵이 섬돌을 딛고 마당으로 나섰다. 그때 울바자 아래에 바짝 엎드려 있던 시위군들이 달려들어 우륵의 팔을 잡아챘다. 키가 몸집에 비해 자그마한 시위군이 방 안으로 들어가 가락금을 둘러매고 나왔다.

"가락금은 왜 둘러메고 나오는 거요?"

우륵의 가슴은 덜컥 무너져 내렸다.

"아무 말 말고 갑시다."

솔봉이로 보이는 시위군이 말했다.

"어딜 간다 말이요?"

우륵이 숨을 크게 몰아쉬며 물었다.

"우린 반로국에서 왔소."

시위장이 메마른 목소리로 말했다.

"반로국에서 왜 날 잡아간단 말이요?"

"잡아가다니요… 우리 전하께서 악사 선생을 데리고 오라고 명을 내렸소."

시위군들은 우륵을 말에 태워 앞서거니 뒤서거니 하며 남강변을 달렸다. 남강은 달빛을 받아 반짝거리며 황산하가 만나는 모래 언덕으로 길게 이어졌다. 물오리들이 날갯짓을 거칠게 해대며 날아올랐다. 시위군들은 황산하 연변을 따라 계속 달렸다. 달빛이 모래 언덕을 푸르스름하게 적시고 있었다.

달빛이 강물 위에 줄기차게 내려앉았다. 넘실거리는 강물 위로 달빛이 일렁였다. 얼마를 달렸을까. 버드나무 가지에 매달린 달빛이 사위었다. 우륵은 울컥울컥 치미는 화를 삭이며 고개를 들어 주위를 살펴보았다. 동이 번히 터오고 있었다. 산줄기가 끝나는 곳에 다소 곳하게 모여 있는 초가집 굴뚝에서 연기가 몽글몽글 피어 올랐다.

마을을 다 벗어나자, 국경 수비대가 앞을 가로막았다.

"시위장이다. 예를 올려라."

시위군 중에서도 나이배기인 군사가 말했다.

수문장이 시위장을 맞았다.

해자(垓字)를 지나 한참 가자 전단량이 나타났다. 성안으로 들어섰다. 주산 자락에 궁궐이 아늑하게 자리 잡고 있었다.

"여기서부터는 내려서 걸어가야 하네."

시위장이 고개를 돌려 말했다.

수문장으로부터 시위장이 우륵을 데리고 성문 안으로 들어왔다는 보고를 전달받고, 가실왕은 집사장을 불러 우륵이 곧 도착한다는 말을 했다.

"우륵을 하루 정도 쉬게 한 다음, 편전으로 데리고 와라."

가실왕이 말했다.

시위군들이 경계를 서는 동안 우륵은 밥을 먹고, 몸을 씻고, 잠을 잤다.

"자, 이 가락금을 받으시오."

시위장이 가락금을 우륵에게 건네주었다.

"아마도 전하께서 가락금을 연주해 보라 하실 거요."

시위장이 말했다.

"……."

우륵은 아무 대답도 안 하고 가락금을 무릎 위에 올려놓고 현을 손가락으로 튕겼다. 맑은소리가 났다.

집사장이 보낸 궁리(宮吏)가 왔다. 우륵은 궁리를 따라 궁궐로 갔다.

"우륵이라고 합니다. 전하를 뵙습니다."

우륵이 허리를 숙여 가실왕에게 인사를 했다.

"먼 길을 오느라고 고생했구나."

가실왕이 입가에 잔잔한 미소를 지으며 말했다.

"낯선 군사들에게 갑자기 붙들려 오게 되어 뭐가 뭔지 모르겠습니다."

우륵이 말했다.

"그 점은 미안하게 되었다. 우리 반로국 백성이 아닌 그대를 데려오는 방법이 그 방법밖에 없었다. 이해해 주기 바란다."

가실왕이 말했다.

"네 나이가 올해 몇이냐?"

"서른 살이옵니다."

"흠, 그래 서른 살이면 나라를 위해 큰일을 할 때이구나."

"……."

"그래 악기를 몇 년 동안이나 다루었느냐?"

"10여 년 다루었습니다."

"편전에서 악기를 한번 연주해 보겠느냐?"

"네, 전하."

우륵이 계수나무 기러기발이 있는 가락금을 연주하기 시작했다. 오른손 집게손가락을 이용해 현을 뜯고, 왼손으로는 현을 주물렀다. 우륵은 음을 흩트려버리지 않고 간결하게 뚝뚝 끊듯이 연주했다. 힘을 주어 꾸욱 눌러 음을 강하게 연주했고, 길이는 짧게 연주했다. 가락과 가락 사이의 여백의 시간에 스며 나오는 처연함은 순간순간 외로움을 뿜어냈다.

연주가 끝나자, 가실왕이 일어서서 우륵에게 가까이 다가갔다.

"그대의 연주를 들어보니 그대는 젊은 나이인데도 많은 풍파를 겪고 한을 가슴 한구석에 품고 살아온 게 틀림없네."

"……."

"그래 몇 살 때부터 악기를 다루었느냐?"

"열 살 때부터입니다."

"열 살?"

"그러하옵니다. 제가 열 살 때, 아버지께서는 상선에 덩이쇠와 해산물을 싣고, 황산하 뱃길을 오르내리며 장사를 했지요."

우륵이 말했다.

어느 날 우륵의 아버지가 목탄(木炭)과 죽세공품을 잔뜩 싣고 돌아왔다. 그때 그의 아버지와 함께 쟁이라는 악기를 가진 사람이 집으로 왔다. 그는 가락국 궁정 악사를 하던 사람인데 겸지왕이 국정은 제대로 돌보지 않고, 음란하고 말초적인 음악을 즐겨 나라를 어지럽히고 백성을 고단하게 만드는 것에 실망을 느끼고, 악기를 메고 황산하 연안(沿岸)을 떠돌다가 아버지를 만나게 되어 그의 집에 오게 되었다. 우륵이 그가 가지고 온 쟁에 관심을 보이자, 그가 쟁을 타는 법을 가르쳐 주었다.

"가족들은 어떻게 되느냐? 그간 살아온 이야기를 좀 해보거라."

"어머니는 아버지께서 세상을 떠나신 후 시름시름 앓다가 세상을 떠나서 구지봉 기슭 아버지 무덤 옆에 묻어드렸지요. 그 이듬해 아내와 함께 가락국을 떠났지요."

"왜, 가락국을 떠나게 되었지?"

가실왕이 물었다.

"그게……."

우륵은 말을 잇지 못하고 숨을 크게 들이쉬었다. 그의 머릿속이 지근거렸다.

"말해보거라. 필시 사연이 있었을 게다."

가실왕이 상체를 굽히며 말했다.

"겸지왕이 용모가 아름다운 여자들을 궁궐로 불러들여 황음(荒淫)을 일삼아, 백성들의 원성을 샀지요."

우륵이 잠시 말을 멈추었다. 우륵의 아내는 정조가 굳고 용모가 아름다와 사람들이 칭찬을 많이 했다. 그의 아내에 대한 칭찬이 봉황성에 퍼져나갔다. 마침내 그 소문은 겸지왕의 귀에까지 들어갔다. 무릇 여자의 덕은 비록 정결을 위주로 한다고 하나 만약 어두침침하고 사람이 없는 곳에서 교묘한 말로 꾀면 제가 아무리 정조가 굳다 해도 그 마음이 안 움직이지 않는 사람이 없을 거라면서 겸지왕이 궁궐로 그의 아내를 들라고 했다. 궁궐로 불려 간 그의 아내는 '상감마마를 모시게 되었는데 어찌 감히 명령을 어기겠습니까. 하오나 지금은 제가 월경을 하는 중이라 몸이 깨끗하지 못합니다. 청하옵건데 다른 날을 기다려 깨끗하게 목욕을 한 다음 모시러 오겠나이다'라고 거짓말을 하고 집으로 돌아왔다.

"그래서 어떻게 되었나?"

"저와 아내는 감시가 소홀한 틈을 타 봉황성을 벗어나 강가에 이르러 거룻배를 탔어요."

우륵이 말을 이어갔다.

은어들이 떼를 지어 강물을 거슬러 올라가고 있었다. 은어들이 뒤척일 때마다 햇살을 받아 사금파리 조각처럼 하얗게 빛났다. 우륵과 그의 아내가 탄 거룻배가 모래언덕에 닿았다. 그들은 거룻배에서 내려 모래언덕을 올라가 산골짜기로 들어갔다. 해종일 풋나무 서리를 헤치고 풀뿌리를 캐서 텅 빈 뱃속을 채운 그들은 다라국(지금의 합천으로 비정됨)으로 갔다. 뉘엿뉘엿한 낙일(落日)이 붉은빛을 내며 작아졌다. 다라국 사람들은 그들의 이야기를 듣고 불쌍히 여겨 옷과 밥을 주었다. 그 이듬해 봄 우륵의 아내는 아기를 낳다가 잘못되어 죽고 말았다. 우륵은 아내를 양지바른 언덕에 묻어주었다. 그는 자기 마음속에서 넘쳐나는 슬픔을 주체할 수 없었다. 가락금을 둘러매고 정처 없이 떠돌았다. 머리를 풀어 헤친 사내가 악기를 둘러매고 마을을 배회한다는 소문이 다라국의 국읍에 돌았다. 다라국의 벼슬아치들이 그가 한때 가락국에서 이름난 악사였다는 이야기를 듣고 국읍에 머물 수 있도록 해주었다.

"가락금이라 함은 질지왕이 남제의 쟁을 개량해 만들었다는 금(琴)을 말하느냐?"

가실왕이 궁금하다는 듯이 물었다.

"그렇사옵니다."

"그래… 다라국에서 뭘 하고 지냈느냐?"

"낚시를 하며 소일하다가 다라국 벼슬아치들이 부르면 연회에 나가 금을 타기도 하면서 살았습니다."

"다라국 궁궐에는 진기한 보물이 많다는 소문이 돌던데 사실인가?"

"파란빛을 뿜어내는 진기한 유리병이 있었습니다. 둥글게 말린 장식이 달린 감청색 유리병인데 가락국에서 보내주었다고 들었습니다."

"가락국에서 보내주었다?"

가실왕이 호기심이 서려 있는 얼굴로 우륵을 바라보았다.

"멀리 서역에서 온 상인들이 가지고 온 유리병들 가운데 하나라고 들었습니다."

우륵이 머리를 연방 조아렸다.

"그래…가락금을 둘러매고 떠돌다가 다라국의 벼슬아치들에게 붙잡혔었다고?"

"네. 그러하옵니다."

"전하, 상수위 고전해 대령했사옵니다."

집사장이 아뢰었다.

"알았다. 우륵이 생활에 불편하지 않게 보살펴주도록 하라."

가실왕이 집사장에게 명했다.

4

반로국으로 온 지 사흘째 되는 날, 우륵은 집사장을 따라 대전으로 갔다. 쟁을 살펴보고 있던 가실왕이 쟁을 악사에게 건네주고 일어섰다.

"복희씨(伏羲氏)가 사악함을 물리치고, 음탕한 마음을 막아내며, 수신과 수양을 통해서 이성을 찾고, 하늘이 내려준 천성을 회복하도록 하고자 하는 취지로 금(琴)이라는 악기를 만들었다."

가실왕이 말했다.

"천지조화의 이치와 우주 생성의 비밀을 녹아내어 금을 만든 거로 알고 있습니다."

우륵이 긴장된 얼굴을 한 채 말했다.

"길이를 3자 6치 6푼으로 한 건 366일을 뜻하고, 넓이가 6치인 건 육합(六合)을 나타낸 것이며, 오동나무 판 위에 움푹 파인 못 모양은 물처럼 공평함을 의미한다. 또한 "공명통(共鳴桶)을 빈(濱)이라고 하는 데 섭리의 순행을 비는 기도를 했다. 앞머리가 넓고 뒤쪽이 좁은 건 세상에 지위·신분 등의 높음과 낮음이 언제나 존재함을 의미하는 것이고, 위가 둥글고 아래에 모난 건 복희씨가 세상을 다스리던 때 우주관이었던 하늘이 둥글고 땅이 모남을 본떴던 것이고, 5줄은 오행(五行)이며, 큰 줄은 군왕, 나머지는 신하, 백성 등을 의미하는 것이다."

가실왕이 조금 큰 소리로 말했다.

"악기 하나에도 그러한 심오한 뜻이 있다는 걸 알아갈 때마다 문득문득 긴장하게 됩니다."

우륵이 말했다.

"내가 새로운 악기를 만들려고 한다. 지난봄 세상을 떠난 해강의 아들인 니문을 불러 일을 맡기려고 했다. 하지만 니문이 그 아버지한 테서 악기 만드는 일을 배웠다 하나 경험이 부족하여 아직 악기를 만들 만큼의 기술을 익히지 못했다. 나라 안에서 사람을 찾을 수 없어 나라 밖에서 찾다 보니 좀 무리를 한 거 같다. 이해해주기 바란다."

"해강이라 하시면 소인도 들어본 적이 있사옵니다."

"그럴 테지, 악기를 잘 만들기로 이름이 나 있었으니 우리 반로국 에서까지 소문이 나 있었다. 허지만 니문은 너무 젊고 악기 만드는 기술도 초보 단계라… 아직 악기를 만들기는 이르다."

가실왕이 잠시 말을 멈추었다.

"바다 건너에서 온 쟁이라는 현악기가 소리가 좋다 하나, 삼한의 소리가 아니다. 네가 쟁보다 아름다운 소리를 내는 삼한의 소리를 내는 악기를 만들 수 있겠느냐?"

"소인이 그 큰일을 할 수 있을지 저어됩니다."

우륵은 감정을 추스를 겨를도 없이 반로국에서 할 일을 당나귀 찬 물 건너가듯 추려 보았다.

"삼한에서는 해마다 씨를 뿌리고 난 뒤인 5월의 수릿날과 추수가 끝난 뒤의 10월에 추수 감사제를 열어 하늘에 제사를 지냈다. 이러 한 제천 행사(祭天行事) 때에는 온 나라 사람들이 모두 모여서 음식 과 술을 마련하여 노래를 부르고 춤을 추며 술을 마시는데 밤낮으 로 쉬지 않았다. 일찍이 삼한 땅에서도 현악기가 있었다. 마한의 옛 땅과 진한의 옛땅에도 있었고, 변한의 옛땅에도 현악기가 있었다."

"그러하옵니까?"

"내가 악공(樂工)들을 시켜 마한의 옛땅과 진한의 옛땅과 변한의 옛땅을 찾아다니며 악기의 흔적을 찾아보라 했다. 마한의 옛땅에서 찾은 악기와 진한의 옛땅에서 찾은 악기와 변한의 옛땅에서 찾은 악기가 크기는 다소 다르지만 모양새는 거의 똑같았다. 게다가 중요한 사실은 악기들이 모두 음주가무를 즐기기 위한 도구만은 아니었다는 것이다."

"악기들이 음주가무를 즐기기 위한 도구만은 아니었다면 어떤 용도로 쓰였을까요?"

"짐이 생각하건대 마한·진한·변한의 거수들은 악기를 단순히 음주가무를 즐기기 위한 도구만으로 생각했던 게 아니다. 감정이 소리에 나타나 그 소리가 율려(律呂)를 이루게 되면 그것을 가락이라고 한다. 다스려진 세상의 가락은 편안하고 즐겁고 화평하지만 어지러운 세상의 가락은 슬프고 시름겹고, 그 백성은 고달프다고 했다. 악기에는 음률이 있듯, 권력자도 규율과 법률로 다스렸음을 상기하면 악기가 지배자의 권위를 상징하는 위세품이었을 게다."

"하오면 전하께서 지배자의 권위를 상징하는 위세품으로 악기를 만들고자 하옵니까?"

"아니다. 짐이 만들고자 하는 금은 12줄의 금이다. 12음률을 본뜬 것으로 가야 12국들의 힘을 한데 뭉치자는 뜻을 담고자 한다"

가실왕이 말했다.

"정녕 그러하옵니까?"

우륵이 물었다.

"벽에 틈이 생기면 바람이 들어오고, 마음에 틈이 생기면 마(魔)가 침범한다는 말이 있다. 가야 여러 나라들의 틈이 무엇인가 하면 분열이다."

가실왕이 말했다.

"가야 여러 나라들이 분열하게 되면 백제와 신라에 먹히게 된다는 말씀이군요."

우륵이 말했다.

"그렇다. 그대는 가락국에서 살았다 하니까 이시품왕에 대해 들었을 게다."

가실왕이 말했다. 이시품왕은 신라가 황산하 수로를 끊어버리면 가락국의 장래가 어두워진다는 걸 내다보고 있었다.

"네. 소인도 할아버지로부터 이시품왕의 기상에 대해 들은 적이 있사옵니다."

"그렇다면 광개토왕에 대해서도 들었겠구만."

"그렇사옵니다."

"지금 짐이 다스리고 있는 반로국의 형세나 이시품왕이 다스리던 가락국 형세나 똑같은 형세야."

"......."

"우리 반로국은 물론 골짜기마다 흩어져 있는 가야 여러 나라들의 형세도 이시품왕 시대와 별반 다른 점이 없어. 언제 신라와 백제는 가야 여러 나라들의 땅을 빼앗으려고 범이 눈을 부릅뜨고 먹이를 노려보는 것처럼 노리고 있어."

우륵은 가실왕이 이시품왕의 기상을 닮은 것이 아닌가 하는 생각을 떠올렸다.

포상팔국(蒲上八國)의 공격으로 흔들렸던 가락국은 4세기 중엽에 재기의 기틀을 마련했다. 낙랑군과 대방군을 대신하여 중국 남조(南朝)의 선진 문물을 독점적으로 수입해 세력을 넓혀가고 있던 근초고왕이 남조의 선진 문물을 가야 소국들에게 공급하여 주면서 탁순국을 통하여 왜국으로 연결되는 교역로를 개척하자, 가락국은 이 교역권에 가담하여 4세기 후반에 최대 영역을 확보했던 것이다.

"지금 우리 반로국을 비롯한 가야 여러 나라들이 처해 있는 처지가 풍전등화(風前燈火) 같은 처지라는 거는 알고 있겠지?"

가실왕이 천천히 입을 열어 물었다.

"네, 가야 여러 나라들이 당면해 있는 처지가 바람 앞에 놓인 등불 같은 처지라 뜻으로 이해하고 있습니다."

우륵은 얼결에 대답했다.

그는 고개를 숙이고 가실왕의 속내는 무엇일까 곰곰이 생각해 보았다. 본국인 가락국이 겸지왕의 실정으로 휘청거리는 틈새를 노려 가락국을 비롯한 가야 여러 나라들을 통합하려는 생각을 하고 있는 것이 틀림없었다.

"고구려·백제·신라는 모두 통일 국가가 되어 모든 권력이 중앙에 집중되어 있어 힘을 한군데 모을 수 있지만, 가야는 12개 나라로 분립되어 있어 권력이 12개 가야 소국들에 흩어져 있어 힘을 한군데 모으기 어려울 것으로 사료되옵니다."

"그대의 관찰력이나 판단력이 날카롭고 정확하구나. 우리 반로국 백성뿐만 아니라, 흩어져 있는 가야 여러 나라 백성들의 마음을 달래줄 악기를 만들고 싶구나. 질지왕이 만들었다는 가락금이 훌륭한 악기임에는 틀림없으나 변한의 금을 바탕으로 남제의 쟁을 조금 개량한 금에 불과하다."

"……."

"짐이 오늘부터 그대를 궁정악사로 임명하니, 가락금을 뛰어넘는 금을 만들도록 해라."

가실왕이 말했다.

"성은이 망극하옵니다. 비록 재주는 없사오나 성심을 다해보겠습니다."

우륵이 말했다.

5

　반로국은 회천의 물을 이용해 벼농사를 짓는 등 안정적으로 농사를 짓기에 좋은 입지 조건을 갖추고 있었다. 그뿐만이 아니었다. 반로국은 가야산의 야로 철광을 개발하여 빠르게 발전해나갔다. 북쪽의 가야 소국들의 물산과 남쪽의 가야 소국들의 물산들이 황산하 수로를 통해 개진나루로 집결했다. 가야산 골짜기에서 생산된 숯과 철광석이 황포돛배와 거룻배로 개진나루에 실려 왔다.

　쇠부리터에 불매꾼·쇠장이·숯장이·골편수들이 분주히 움직였다. 토독 위로 연기가 피어올랐다.

　"불매 올려라."

　광대뼈가 두드러진 야장 백가가 카랑카랑한 목소리로 호령했다. 그는 쇠부리터의 작업 전반을 총괄하면서 숯장이·쇠장이·풀무꾼을 지휘했다.

　　어절씨구 불매야 저절씨구 불매야
　　이쪽구비 불매야 저쪽구비 불매야
　　쿵덕쿵덕 디뎌보소 쿵덕쿵덕 디뎌보소

　들메끈을 단단히 쥔 불매꾼들이 불매 소리에 맞춰 불매를 디뎠다. 풀무에서 나온 바람으로 숯에 불이 붙었다. 이윽고 토독 전체가 시뻘겋게 이글거렸다.

　"쇠 넣어라."

　야장 백가가 쇠장이에게 지시했다.

　두 사람의 쇠장이가 바소쿠리에 철광석을 담아 토독 위에서 쏟아 부었다. 수건을 이마에 질끈 동여맨 숯장이가 야장 백가의 지시에 따라 숯을 넣었다. 토독이 열기를 줄기차게 뿜어냈다. 키가 큰 쇠장이가 열기를 피해 주춤거리며 뒤로 물러섰다. 우륵은 토독을 쳐다보며 쇠부리터가 예사롭지 않다고 생각했다. 쇠부리터는 토철이나 사철, 철광석과 같은 원료를 녹여 쇠를 뽑아내 무기나 농기구를 만드는 곳을 말한다. 철을 뽑아내기 위해서는 쇳물의 재료가 되는 철광석, 불을 지피는 숯, 생산된 농기구와 무기를 운반을 위한 교통로를 갖추어야만 했다.

가야 소국들은 각자가 쇠부리터를 가지고 있었다. 가야의 철은 일찍부터 해외에도 이름이 알려져 있었다. 우륵이 살고 있는 사이기국의 쇠부리터는 반로국의 쇠부리터에 비하면 보잘것없었다. 사이기국의 쇠부리터도 창과 검, 그리고 농기구를 생산했다. 그러나 그 생산량이 턱 없이 부족해 사이기국은 철제 무기와 철제 농기구를 반로국에서 수입해 써야만 했다. 황산하 지류인 대가천과 안림천 유역의 충적평야에 터를 잡았던 반로국은 5세기 전반에 광개토왕의 임나가라 정벌 이후 가락국에서 유입되어온 이주민들의 활약으로 철제 농기구와 철제 무기를 생산하는 쇠부리터가 가야산 골짜기를 중심으로 여러 곳에 들어섰다. 뿐만 아니라 반로국은 백제가 고구려 군사들에 의해 도성인 한성이 함락당하고, 웅진으로 도성을 옮기는 등, 수세에 몰린 틈을 타 세력을 넓혀 갔다. 대사강 중상류 지역에 위치해 있는 가야 소국들로부터 철광석과 덩이쇠를 수입해 와 농기구와 무기를 만들었다.

백제에 반파국과 기문국이 멸망당하고 대사강 하구의 가야 소국들이 점령당하자, 반로국은 남쪽의 대사강 수로를 백제에 빼앗겨 독안에 쥐가 될 처지에 놓이게 되었다. 동쪽의 황산하 하구는 신라가 차지하고 있었다. 대사강을 통해서 광양만에 이르던 길을 고스란히 백제에게 빼앗기면서 반로국은 모든 교역이 어려움에 처하게 된 것이었다. 가야 소국들을 점점 좁혀 오는 위기에 가실왕은 등골이 서늘했다. 가야 소국들은 백 자나 되는 높은 장대 위에 올라선 것처럼 더할 수 없이 어렵고 위태로운 지경에 이르게 되었다. 광개토왕이 보낸 5만의 군사들을 상대로 전투를 벌였던 임나가라 이시품왕의 기상은 어디로 사라지고 만 것인가. 백제와 신라를 상대하여 우리 반로국이 혼자서 대응할 수 있는 때는 지나가 버렸어. 현재 시점에서 다른 방법은 없어. 우리가 살아남을 수 있는 길은 가야 소국들이 있는 힘을 다해 백제와 신라를 상대로 싸우는 길밖에 없어. 침수에 든 가실왕은 몸을 이리저리 뒤척이며 잠을 이루지 못했다.

반로국의 대신들이 대전으로 모여들었다.

"경들은 들으라. 일찍이 가야산신 정견모주가 천신인 이비가지에게 감응(感應)되어 반로국의 왕 뇌질주일과 가락국의 왕 뇌질청예 두 사람을 낳으셨다. 뇌질주일은 곧 이진아시왕의 별칭이고, 뇌질청예는 수로왕의 별칭이다. 오늘 우리는 이진아시왕의 대업을 이어받아 우리 반로국을 가라(加羅)라 개칭하고, 가야 본국인 가락국은 물론 우리나라 주위에 흩어져 있는 가야 여러 나라들과 손을 잡고 우리 가라의 흥성을 세상에 알리고 만세에 전하고자 음악을 더욱 장려하고 노래와 춤에 뛰어난 사람들을 두루 발탁하고자 하노라."

가실왕이 말했다.

내륙 지방에 위치해서 광개토왕의 남정 때 고구려 군사들의 공격을 벗어나 있었기 때문에 전쟁의 피해를 덜 입고, 가야산 자락에서 세력을 키우고 있던 지산동고분군 축조 집단이 반로국이라는 이름으로 동아시아사의 문헌에 처음 기록된 것은 『삼국지』「위서」오환선비동이전 한(韓) 조이다. 가락국 사람들이 유입된 반로국은 5세기 후반 이후 성장하기 시작했다. 반로국은 가락국을 동생으로 설정하고, 자신들을 형으로 설정했다. 가야사의 전개 과정과 정반대인 이

것은 전기 가야에서 '가락국'이 차지하고 있던 맹주국의 지위를 '가
라국'이 계승하겠다는 인식을 드러내 보인 것이라 할 수 있다.

6

　니문이 도끼와 낫을 창고에서 꺼냈다. 바람이 대숲을 흔들었다.
그때마다 갑옷과 투구가 부딪치는 소리가 났다. 주산 위로 솟아오른
태양이 골짜기 위로 햇볕을 뿌렸다. 나뭇가지 사이로 내리쬐는 햇볕
에 몸을 맡긴 채 다람쥐들이 바위 위에서 굴밤을 먹고 있었다. 니문
이 계속해서 도끼로 대나무를 잘라냈다. 대나무들이 쓰러졌다. 꽤
넓은 공터가 생겨났다. 공터에 평상을 놓았다.
　니문이 오동나무 널판과 명주실을 창고에서 꺼내 왔다. 아버지를
따라 야로에서 소달구지에 싣고 온 것들이었다. 야로에는 통나무를
켜는 제재소도 있었을 뿐만 아니라, 철을 생산하는 철광산도 있었
고, 쇠부리터도 여러 곳 있었다. 철을 제련할 때는 많은 나무가 필요
했다. 가야산 자락의 야로에는 오동나무·참나무 같은 교목뿐만 아
니라, 대나무숲도 많았다.
　"오동나무 널빤지는 쉽게 갈라지지 않고 소리가 맑아야 한다."
　우륵이 오동나무 널빤지를 손가락으로 두드리며 말했다.
　"이 오동나무 널빤지는 양지쪽 하천가에서 자란 신령한 오동나무
여서 금(琴)의 앞뒤 판으로 제격일 겁니다요. 말리는 데만 5년이 걸
렸습니다."
　니문이 말했다.
　"좋은 소리는 좋은 나무에서 나지."
　우륵이 말했다.
　"아버님이 악기를 만들면서 말씀하셨지요. 좋은 나무를 구해서

깎고, 붙이고, 줄을 감아올리는 공정이 쉽지 않다고 말씀하셨습니다."

니문이 말했다.

큰 오동나무를 악기의 모양대로 자르고, 그 속을 파내어 공명통을 만들었다. 악기의 몸통 끝에 있는 양이두(羊耳頭)에다 열두 개의 구멍을 뚫고 금의 12줄을 잡아맸다. 12음률을 본뜬 것으로 1년 열두 달 모든 가야 사람이 사이좋게 지내자는 뜻을 담았다.

"니문아, 왜 양이두가 양의 귀처럼 양쪽으로 비쭉 나왔는지 아느냐?"

우륵이 뒤돌아보고 물었다.

"글쎄요. 저도 왜 양 머리 모양으로 만들었을까, 궁금했어요."

"가야금의 원형이 되는 가락금을 처음 만든 사람은 가락국 질지왕이야."

"그래요?"

"질지왕의 조상이 되는 수로왕이 서역 대원(大宛)의 후손이었거든."

"서역 대원요?"

"흉노의 서쪽 오손(烏孫)의 남쪽에 위치해 있던 서역은 북쪽의 천산산맥(天山山脈)과 남쪽의 객라곤륜산맥(喀喇崑崙山脈), 곤륜산맥(崑崙山脈), 아이금산맥(阿爾金山脈)에 둘러싸여 있고, 탑리목하(塔里木河)가 동쪽으로 흐르고 있는 땅이야."

"상상도 못 할 정도로 넓고 높은 땅이겠네요?"

"그렇지."

"서역에 많은 나라들이 자리 잡고 있었겠네요?"

"서역에는 본래 36국이 있었는데, 차츰 쪼개져 나중에는 50여 국이 있었어. 그 나라들 가운데 흉노족이 세운 대원이라는 나라가 있었지. 말을 타고 서역의 초원을 누비던 대원 사람들이 가락국까지 흘러와서 정착해 살았지."

"서역 초원을 누비던 사람들한테 양은 친근한 동물이겠네요?"

"그렇지. 양은 대원 사람들에게 가족과 같은 동물들이지."

"이제. 악기 현을 고정시키는 구조물을 양 머리로 했던 이유를 알겠니?"

"알 거 같기도 하네요."

"공명통 위에 명주 줄을 팽팽하게 당겨 올려놓아서 소리를 내는 가락금은 명주실을 여러 가닥으로 꼬아서 만든 줄을 물에 담가놓았다가 다시 삶아내는 등 공정이 까다롭지."

우륵이 말했다.

"이제 새로운 금이 제 모습을 갖춘 거 같군요."

니문이 말했다.

새로운 금은 대체로 가락금과 같은 모양을 하고 있었다. 울림판 위에 기러기발이 버티고 있고, 그 위에 열두 줄을 각각 걸어놓았다. 특히 쟁과 다른 점은 머리 좌우로 뿔 같은 모양이 삐죽 나온 것이었다. 오동나무로 만든 좁고 긴 직사각형의 공명통 위에 안족을 놓고, 명주실로 꼰 12개의 줄을 걸고, 각 줄마다 기러기발을 받쳐 놓았다.

우륵은 책상다리를 하고 앉아, 공명통의 오른쪽을 무릎 위에 비스듬히 올려놓았다. 왼손으로는 기러기발 바깥쪽을 눌렀다 놓았다 하면서 오른손으로 현을 뜯기 시작했다. 부드러운 선율이 대숲으로 은은하게 퍼져나갔다. 물항아리가 서로 부딪치는 소리가 나는가 싶더니, 짐승의 울부짖는 소리가 울려 나왔다.

"소리가 날카로워요."

니문이 말했다.

"음. 그래."

우륵이 고개를 끄덕거리며 대꾸했다.

"전반적으로 좋았어요."

니문이 목재로 만든 장에서 비단을 꺼냈다.

"왕궁에 들어갔다 오마."

우륵은 새로 만든 금(琴)을 비단에 싸서 어깨에 걸쳐 메고 왕궁으로 갔다.

"겉모습이 물찬 제비처럼 날렵하군."

가실왕이 말했다.

"유교적 예악 사상을 바탕으로 하여 설명을 드리겠습니다. 금의 모양이 위가 둥근 것은 하늘을 상징하고 아래가 평평한 것은 땅을 상징하옵니다. 가운데가 빈 것은 천지와 사방을 의미하며 줄이 열두 개인 것은 1년 12개월을 상징하는 것입니다. 이 악기에 세상의 이치를 담으려고 노력했습니다."

우륵이 말했다.

"무엇보다도 유교의 예악 사상을 바탕으로 해 금을 만들었다니, 짐이 의도하는 바를 우륵이 훤히 꿰뚫고 있었다는 이야기다. 정말 대단하고, 수고했도다."

가실왕이 말했다.

"과찬의 말씀이옵니다."

우륵이 말했다.

"이 악기의 이름을 가야금이라고 부르면 어떻겠느냐?"

"왜 가라금이라고 부르지 않고 가야금이라고 부르려고 하는 지요? 가야는 가락국 본국을 가리키는 말이 아닙니까?"

"가락과 가라는 모두 '물고기'라는 뜻으로 신독말이라고 들었다."

"소신도 그 말을 들은 적이 있사옵니다. 신독의 아유타국 왕족과 백성들이 쌓어 신앙을 갖고 있었다 합니다. 물고기 두 마리가 마주 보고 있는 쌍어(雙魚)는 신성한 물고기라는 뜻에서 신어(神魚)라고도 한답니다. 가락국에 신어산(神魚山)이라는 산이 있습니다."

"신어산이 가락국에 있다는 말은 진즉부터 듣고 있어 알고 있다. …가락국이 가야를 대표하는 본국이라는 것을 내 모르는 바는 아니다. '가야금'은 단순한 악기 이름이 아니다. '가야금'에는 가야 12국을 통합하려는 짐의 뜻이 담겨져 있다."

"그렇게 깊은 뜻이 담겨져 있는 걸 소신은 몰랐사옵니다."

"이제 가락국은 머지않아 신라로 넘어가게 될 게다. 이미 가락국 귀족들이 신라 귀족들의 자녀를 며느리로 삼고 있다고 한다."

"그 이야긴 소신도 들어 알고 있습니다."

"…신라의 가락국 침탈 공작이 집요해지고 있다."

"큰일입니다."

우륵은 고개를 들어 가실왕을 바라보았다. 그가 가락국의 실정을 정확하게 꿰뚫어 보고 있었던 것이다.

"…손 놓고 앉아 있을 수만 없는 일이 아니냐?"

"……."

"이제 새로운 금을 만들었으니, 새로운 노래를 지어야 한다."

"새로운 노래를 지어야 한다 했습니까?"

"그렇다. 신라의 유리이사금이 나라 안을 순행하다가 굶주리고 얼어 죽어가는 할머니를 발견하고, 자기가 잘못한 탓이라 하며 가엾은 백성들을 구제하는 방책을 세우도록 했다. 이 해에 「도솔가」를 처음 지었는데, 이것이 우리나라 가악의 처음 시작이었다. 「도솔가」는 궁중의례에 사용된 인륜세교적(人倫世敎的)인 정풍가악(正風歌樂)의 최초의 작품이라고 볼 수 있다, 일명 회악이라고 하는 「회소곡」은 유리이사금 대부터 팔월 보름의 가배 때 길쌈 내기에서 진 편이 탄식하는 조로 불렀다고 한다. 내해이사금 대에 물계자가 지은 「물계자가」는 금곡(琴曲)의 가락에 맞추어 불린 노래인데 가무악(歌舞樂)이 비로소 가악과 무용으로 분화되기 시작한 거라 볼 수 있다."

가실왕이 말을 끝내고 우륵을 지그시 내려다보았다.

"전하께서는 정풍가악(正風歌樂)을 새로 짓기를 원하옵십니까?"

"그렇다. 우리 가야 12국을 아우를 수 있는 정풍가악 12곡을 짓도록 하라."

가실왕이 가야금을 어루만지며 말했다.

"'정풍(正風)은 중국 고대의 시집 『시전(詩傳)』에 나오는 말로 알고 있는데 각 지방의 민요인 국풍(國風) 가운데 주남(周南)과 소남(召南) 등을 이르는 말이 아닙니까?"

우륵이 말했다.

"그대는 『시전』이 어떤 책인지 알고 있는가?"

"경전입니다."

"누가 지었는가?"

"당시의 시인이 지었습니다."

"누가 이를 취했는가?"

"공자입니다."

"누가 주(註)를 달았는지 알고 있는가?"

"집주(集註)는 주자(朱子)가 하였고, 전주(箋註)는 한나라의 유자(儒者)들이 한 거로 알고 있습니다."

"그 큰 뜻은 무엇이라고 생각하는가?"

"사무사(思無邪), 즉 생각함에 사특함이 없는 겁니다. 공자님이 시 305편을 산정(刪定)한 후 한 말입니다."

"그 효용은 무엇이라고 생각하는가?"

"백성을 교화하여 선(善)을 이루도록 하는 겁니다."

"그대는 주남과 소남을 읽어 보았는가?"

"네. 읽어 보았습니다."

"주남이니 소남이니 하는 게 무엇인가?"

"국풍(國風)이라고 생각합니다."

"그래… 국풍이 말하고자 하는 바는 무엇이라고 생각하는가?"

"대다수가 여자의 일을 이야기하고 있습니다. 주남의 시는 열한 편인데 부녀들에 관한 말이 그중에 아홉을 차지하고, 소남의 시는 열네 편인데 부녀들에 관한 말이 아닌 것은 겨우 세 편뿐인 걸로 알고 있습니다."

"시라는 것은 장차 사람의 정감을 이야기하려는 건데, 사람의 정감 가운데 말할 만한 게 부녀들의 정감만큼 절실함이 없네. 그러니 이게 바로 국풍에 부녀들에 관한 말이 많은 까닭이야."

"국풍에 부녀들에 관한 말이 많으면 진정한 국풍의 의미를 얻었다고 말할 수 있습니까?"

"그렇다면 그렇고, 아니라면 아닌 거야. 그 정감이 정당하다는 것을 말한 것이 정품이 되었고, 그 정감이 부정하다는 것을 말하여 그 말이 지나친 것은 변풍(變風)이 된 거다."

"전하의 뜻은 가야 12국을 아우를 수 있는 정풍가악 12곡을 지으려면 가야 12국 각각의 민요를 알아야 한다는 것으로 이해하겠습니다."

"그대가 이제 가리사니가 터지는 모양이군."

가실왕이 웃음을 지으며 말했다.

"그런데 한꺼번에 12곡이나 만들기는 무리가 아닌가 하옵니다."

우륵이 난처한 표정을 지었다.

"짐이 12곡을 지으라는 건 다 뜻이 있어 그러는 거다. 우리 가라국이 앞으로 가락국 대신 가야를 이끌어야 한다. 가락국이 가야 여러 나라의 본국이지만, 12국이 서로 힘껏 뭉치지 못하고 있다. 우리

가야 12국에는 각 나라마다 즐겨 부르는 노래가 있다. 그 노래를 그대가 채집하여 다듬어서 보다 훌륭한 노래로 지으란 말이다. 가야를 대표하는 악기가 생겼으니 가야 여러 나라를 하나로 통합하는 음악도 있어야 하지 않겠느냐?"

가실왕이 말을 끝내고 가야금을 우륵에게 건네주었다.

우륵은 가실왕의 의중을 알 것 같은 느낌을 받았다. 가실왕은 남조의 제나라로부터 보국장군 본국왕의 작호를 받은 질지왕이 꿈꾸었던 꿈을 자신이 이루려고 하고 있는 게 틀림없었다. 가실왕은 가야금의 음률을 통해 12개로 나누어져 서로 도토리 키재기를 하고 있는 가야 소국들을 하나로 통합하려는 꿈을 꾸고 있는 것이다.

"현에서 튕겨져 나오는 소리가 단순한 소리로 끝나는 게 아니라, 가야 소국들을 통합하고 가야 소국 백성들을 하나로 융화하는 예악(禮樂)으로 거듭나는 꿈을 꾸고 있다니. 가실왕은 질지왕이 환생한 것이 아닌가."

우륵은 혼잣소리로 웅얼거렸다.

7

우륵과 니문은 초팔국 국경을 넘어 다라국 국읍으로 들어갔다, 그곳에서 쇠부리터를 비롯한 다라국 구석구석을 살피며 악곡을 채록하다가 떠났다. 그들의 발걸음은 어느새 황산하에 이르렀다. 황포돛배의 뱃사공이 막 떠날 차비를 하고 있었다.

"조금만 늦게 왔더라면 배를 못 얻어 탈 뻔했네."

우륵이 가쁜 숨을 몰아쉬며 배 안을 훑어보았다. 그때 그의 눈에 차림새는 거지꼴이나 두 눈에서 광채가 빛나는 젊은이의 모습이 들어왔다. 아무리 살펴보아도 반로국 사람 같지는 않았다.

'탁기탄국 유민이 아닐까?' 우륵은 곁눈질로 그를 살폈다. 얼굴이 갸름하고 키도 큰 편이 아닌 사내는 좌우를 두리번거렸다.

"혹시 탁기탄국에서 오시는 분 아니십니까?"

우륵은 대뜸 사내 앞으로 다가가 낮은 목소리로 물었다.

"탁기탄국에서 오다니요? 당치도 않은 말씀입니다. 나는 여길 지나가는 길손입니다."

사내가 손을 앞으로 내저으며 퉁명하게 대꾸했다.

"우리는 길손을 헤칠 사람들이 아니옵니다. 탁기탄국에 대해 좀 물어볼 말이 있습니다."

"글쎄, 나는 탁기탄국 사람이 아니라니깐요. 사람을 잘못 보셨습니다."

사내는 뒤로 돌아앉으며 입을 꾹 다물었다.

어느덧 황포돛배는 강언덕 선착장에 닿았다. 사내는 재빨리 황포돛배에서 내려 뒤도 돌아보지 않고 걸어갔다. 우륵과 니문은 사내를 뒤쫓아갔다.

그들은 서로 옥신각신하다가 커다란 은행나무 아래에 이르렀다.

"탁기탄국이 신라에 무너진 후의 형편을 좀 알아보려고 그럽니다."

우륵이 말했다.

"사실 나는 탁기탄국 사람이오."

그 자신이 탁기탄국 사람이라는 것을 숨길 필요가 없다고 생각한 사내는 탁기탄국에서 일어나고 있는 일에 대해 상세히 말해주었다.

"탁기탄국을 지나 비자화로 가는 건 위험하겠군요."

"그렇소. 왕족들과 대신들을 비롯한 수많은 탁기탄국 사람들이 신라군이 휘두른 검날에 피를 흘리며 쓰러지거나 끈에 묶여 포로로 질질 끌려갔소."

뒤로는 황산하를 등에 업고, 앞으로는 신라 군사들의 위협에 시달렸던 탁기탄국의 한기와 백성들은 가야 소국들의 본국인 가락국은 물론 이웃한 가라국에서도 구원군이 오지 않자, 절망했다.

"어디로 가려고 하는 거요?"

침묵을 밀어내며 니문이 물었다.

"봉황성으로 가려고 하오."

"봉황성에?"

"봉황성에 가면 왜국으로 가는 배를 탈 수 있을까 해서요."

"……."

"왜나라로 탁기탄 왕족들과 백성들이 많이 탈출해 갔소."

황포돛배가 봉황성 나루터에 닿았다. 탁기탄국 멸망 이후 오히려 평온해 보이는 북쪽과 달리 남쪽의 가락국의 국경은 전쟁이 일어나려는 험악한 형세로 달음질을 치고 있었다. 전기가야의 중심 세력으로서 가야 소국들을 이끌었던 가락국은 신라의 줄기찬 위협에 시달리고 있었다. 가락국과 동맹을 맺었던 백제도 틈만 있으면 가야 소국들을 집어삼키려고 하였다. 가락국은 오히려 신라 쪽으로 기울고 있었다.

수로왕릉 정문의 문설주 위에 빛바랜 그림이 보였다. 코끼리의 긴 코와 연꽃무늬가 새겨져 있고, 그 아래에 물고기 두 마리가 석탑을 마주 보고 있는 모습을 하고 있었다.

"쌍어문이네요."

니문이 말했다.

"가락국 도처에 쌍어문이 새겨진 그림이 있지."

우륵이 말했다.

가락국의 도성인 봉황성이 자리 잡은 신답평은 신어산이 배후를 이루고, 앞쪽에는 황산하가 두 갈래로 갈라져 창해로 흘러 들어갔다. 봉황성 포구는 거룻배 열한 척과와 황포돛배 스무 척이 정박하고 있었고, 그 위로 철새들이 한가하게 하늘을 날아다니고 있었다. 은하사로 가는 길은 경사가 급하지만, 일주문까지 인적이 드문 산길이 이어졌다. 은하사 뒤편의 신어산 정상부는 깎아지른 듯한 암벽이 병풍처럼 펼쳐져 있다.

우륵과 니문은 대웅전으로 올라갔다. 대웅전의 벽화 밑 수미단(須彌壇)에는 물고기 4마리가 양각되어 있었다. 세 마리의 물고기는 머리를 동쪽으로 향하고 있었고, 한 마리의 물고기는 머리를 서쪽으로 향하는 구도를 하고 있었다.

우륵과 니문은 봉황성 나루터에서 황포돛배를 타고 용당나루에서 내렸다.

"북쪽의 국경 지대는 조금만 건드려도 곧 폭발할 것 같은 몹시 위험한 상태인데, 남쪽에선 사자기(獅子伎) 공연이나 하고 있네요."

니문이 사자들의 동작에 눈길을 주며 말했다.

탈춤놀이의 하나인 사자기는 본디 서역에서 전래한 놀이였다. 악공들이 주악을 울리자, 사자가 한바탕 사자춤을 추었다. 사자가 안뜰을 거쳐 안방과 부엌에 들어가서 입을 벌려 무엇인가를 잡아먹는 시늉을 했다. 다시 사자들이 마당에 나와 춤을 추었다. 활달하고 기교가 넘쳐나는 춤이었다. 사자가 놀다가 기진하여 쓰러졌다. 사람들이 와 하고 웃음을 터뜨렸다.

우륵은 가야금을 고쳐 매고 산줄기를 바라보았다. 북쪽에서 내리뻗은 산줄기는 황산하를 휘달아 남으로 흘러내리고 있었다. 강가의 벼랑바위에 뿌리를 내리고 있는 소나무들이 어제와 다르게 푸르러 있었고, 수양버들은 가느다란 가지를 강물 위로 길게 늘어뜨리고 있었다.

"서쪽으로 갈까, 북쪽으로 갈까."

우륵이 니문을 향해 말했다.

"여까지 온 김에 무척산에 올라가 보는 게 어떻겠습니까?"

니문이 말했다.

무척산은 산의 높이에 비해 계곡이 깊고 기묘한 바위들이 서로 어우러져 있는 산세가 험했다. 산의 높이에 비해 계곡이 깊고, 산세가 험한 무척산의 꼭대기에는 천지(天池)라는 못이 있었다.

"천지를 한번 보고 싶네요. 수로왕을 장사 지낼 때 장지에 물이 고여 정상에 못을 파서 물이 고이는 것을 막았다는 전설이 전해져 내려오는 못이라 하잖아요."

"니문이 네가 모르게 없구나."

우륵이 니문을 향해 말했다.

"뭘요… 그냥 저잣거리에서 주워들은 이야기예요."

니문이 겸연쩍은 듯 무척산을 바라보면서 말했다.

"그래 이왕 여기까지 온 거 한번 올라가 보자구나."

우륵은 니문을 뒤따라 천천히 걸음을 옮겼다. 몸은 천근이나 되는 쇠뭉치처럼 자꾸만 무거워졌다. 길가의 아무 데나 누워 한잠 푹 잤으면 하는 생각이 들었다. 그러나 그럴 수는 없었다. 니문은 가야금을 고쳐 메고 발걸음을 다시 뗐다.

"나를 모르겠는가?"

광대뼈가 나오고 볼이 들어간 사내가 우륵에게 다가왔다.

"……?"

"지난날 봉황성에 살던 김연규네."

김연규가 니문에게 눈길을 주며 말했다.

"어떻게 여기에 있는가?"

우륵이 눈을 크게 뜨며 물었다.

"이버님 장사를 지내고 막바로 봉황성을 떠나 여기저기 떠돌다가, 무척산 언저리에서 맴돌고 있네."

김연규가 우륵의 손을 잡고 말했다.

우륵이 봉황성을 떠나던 해였다. 김연규의 아버지가 덩이쇠를 몰래 다라국에 팔았다는 죄목(罪目)으로 관가에 끌려가 매질을 당한 후, 열흘 앓다가 세상을 떠났다. 그 이듬해 김연규의 어머니마저 화병으로 세상을 등졌다. 그는 봉황성을 나와 정처 없이 황산하를 따라가다가, 무척산에 이르렀다. 날이 저물어 걸음을 재촉하던 그는 길을 잃고 낯선 사내들에게 붙잡혀 산속으로 들어가게 되었다.

"어찌 봉황성으로 돌아가지 않는가?"

"귀족들은 다 신라 귀족들과 혼사를 맺어 나라야 어찌 되든지 일신의 부귀영화만 추구하고, 왕은 유약하여 허구한 날 신라에 휘둘리고, 백성들은 의지할 데 없게 되었네…."

"……."

"당장 봉황성으로 돌아가고 싶지는 않아."

김연규가 말했다.

"음……."

"머지않아 썩을 대로 썩은 가락국 왕실이 무너지고, 가락국 강토와 백성들을 신라가 집어삼킬 걸세."

약간 피곤한 빛을 띠고 있는 얼굴을 앞으로 내민 김연규는 눈만이 겨울의 밤하늘을 밝히는 별처럼 광채가 돌았다.

"……."

"그때를 대비해 재물과 군사들을 모아 가락국 부흥군을 만들어 군사를 일으킬 생각일세."

"가락국 부흥군?"

"그렇다네."

"…그래 무슨 일로 여기까지 오게 되었나?"

김연규가 물었다.

"천지에 가보려고 하네만….."

우륵이 말끝을 흐렸다.

"지금 천지로 가면 안 되네."

"안 된다고?"

"안전을 보장할 수 없네… 목숨을 보전하려면 되돌아 가게."

김연규가 말을 끝내고 뒤돌아서서 무척산을 향해 뚜벅뚜벅 걸어 갔다.

"아무튼 몸조심하게."

김연규의 뒷덜미를 향해 우륵이 말을 던졌다.

가야 소국들을 순방하고 돌아온 우륵은 12곡을 작곡했다. 12곡 명 중 첫째는 하가라도(下加羅都), 둘째는 상가라도(上加羅都), 셋째 는 보기(寶伎), 넷째는 달이(達已), 다섯째는 사물(思勿), 여섯째는 물 혜(勿慧), 일곱째는 하기물(下奇物), 여덟째는 사자기(師子伎), 아홉째 는 거열(居烈), 열 번째는 사팔혜(沙八兮), 열한 번째는 이사(爾赦), 열 두 번째는 상기물(上奇物)이다.

"사자기는 가야 소국의 이름으로 곡명을 정한 건 아니지요?"

니문이 말했다.

"사실 사자기는 나의 조상님들이 서역의 누란에 살 때 사자의 탈 을 쓰고 춤추며 노는 놀이였어."

우륵이 말했다.

"보기도 가야 소국의 이름으로 곡명을 정한 건 아니지요?"

"보기도 서역의 누란 사람들이 여러 개의 공을 돌리는 기예를 보 일 때 연주하는 노래였어."

"깊은 사연이 있는 노래군요."

"사연이 없는 사람이 어디 있고, 연기(緣起)가 없는 노래가 어디 있겠느냐."

사자기와 보기 이외의 노래는 가야 소국들의 노래였다. 하가라도는 가락국(지금의 김해로 비정됨)의 노래였다. 상가라도는 가락국(지금의 고령으로 비정됨)의 노래였다. 달이는 달이국(지금의 여수로 비정됨)의 노래였다. 하다리는 하다리국(지금의 여수시 돌산읍으로 비정됨)의 노래였다. 사물은 사물국(지금의 사천으로 비정됨)의 노래였다. 물혜는 모루국(지금의 광양으로 비정됨)의 노래였다. 하기물은 하기문국(지금의 임실로 비정됨)의 노래였다. 거열은 거열국(지금의 거창으로 비정됨)의 노래였다. 사팔혜는 초팔국(현재의 합천군 초계면으로 비정됨)의 노래였다. 이사는 사이국(지금의 의령군 부림면으로 비정됨)의 노래였다. 상기물은 상기문국(지금의 남원으로 비정됨)의 노래였다.

8

가락국 사람들이 신라 군사들의 모습을 아주 가까이에서 본 것은 무더위가 막바지에 이르고 있을 때였다. 가락국을 노리는 신라 군사들이 뗏목을 타고 황산하를 건너 공세를 계속 퍼부었다. 가락국 군사들은 성문을 굳게 닫고 말을 타고 황산하 강변을 오르내리는 신라 기병들을 바라볼 뿐이었다.

이사부가 강 건너편을 바라보았다. 가락국 군사들의 진영이 눈에 들어왔다.

"가락국 군사의 진영이 생각보다 허술해 보이는구나. 당장 저들을 공격해도 되겠구나."

이사부가 말했다.

신라는 황산하와 창해가 만나는 요충지에 위치해 있는 가락국이 백제와 왜국의 영향권에 들어갈까봐 이사부를 신라와 가락국 국경

지대에 파견했다. 그가 군사들을 이끌고 다다라원에 주둔하면서 시위를 벌이자, 아후미노 게나노오미(近江毛野臣)가 웅천에서 기질기리성으로 들어갔다. 이것은 왜국이 신라와 탁순국의 전쟁에 휘말리지 않겠다는 태도를 보여준 것이라고 할 수 있다.

구형왕은 백제와 신라의 눈치를 살피며 두 나라의 완충 지역으로서 살아남을 수는 없을까 곰곰이 생각하고 있었다.

봉황성에 있는 연자루가 커다란 소리를 내며 울었다.

"연자루가 울다니, 괴이한 일이야."

봉황성 사람들은 두서너 명만 모여도 연자루 이야기를 했다. 나라 안이 온통 뒤숭숭해졌다.

"연자루를 헐어버려라."

구형왕이 명령했다.

한편 법흥왕은 중앙 관부로서 병부(兵部)를 설치했다. 이것은 중앙 집권적 고대 국가 체제를 수립하는 과정에서 가장 중요한 군사권을 왕이 직접 장악함으로써 왕권을 강화하기 위한 것이었다. 이어서 법흥왕은 율령(律令)을 반포하고 백관 공복을 제정해 왕을 정점으로 하는 국가 권력의 강화를 꾀했다. 그리고 그는 왕 밑에서 귀족들을 장악할 새로운 관직이 필요해졌다고 생각하고 수상과 같은 존재인 상대등을 새로 설치했다.

대내적으로 체제를 정비해 왕권을 강화한 법흥왕은 대외적으로는 영역 확장을 적극적으로 추진했다. 백제가 황산하 하류 지역으로 세력을 뻗쳐오자 법흥왕은 장군 이사부에게 가야 소국들의 본국(本國)인 가락국을 정복하도록 명령을 내렸다.

이사부가 군사를 이끌고 황산하를 건너 가락국을 공격하기 시작했다. 구형왕은 군사들을 이끌고 봉황성을 나왔다. 갑옷을 갖추어 입고 투구를 쓴 20대 초반의 여전사들이 대열을 이루어 말을 타고,

구형왕이 이끄는 부대의 뒤를 따랐다. 여전사들은 한쪽 손에 창을 들고 옆구리에 검을 차고 있었다. 황산하를 사이에 두고 전투가 벌어졌다. 옛날의 영광은 빛이 바랬으나, 고구려 군사 5만 명과 싸웠던 가락국의 군사들이었다. 그러나 가락국의 군사들 숫자가 워낙 적었다. 신라 군사들이 뗏목을 타고 황산하를 건너 진격해 왔다. 말을 탄 여전사들이 뾰족한 창을 들고 신라 군사들을 향해 달려갔다. 가락국의 보병들이 허공으로 활시위를 당겨 여전사들을 엄호했다. 신라 궁수들이 쏜 화살이 여전사들이 탄 말의 허벅지에 꽂혔다. 말들이 거친 숨을 토해 내며 쓰러졌다. 신라 기병이 휘두르는 칼날에 여전사들이 풀밭으로 고꾸라졌다. 신라 기병들이 함성을 지르며 몰려왔다. 가락국 기병들이 쓰러졌다.

"후퇴하라."

구형왕의 굵은 목소리가 울려 퍼졌다.

가락국 군사들은 후퇴했다.

마침내 가락국은 신라에 다다라·수나라·화다·비지의 4촌을 빼앗기고 말았다. 가락국은 순식간에 혼란의 도가니에 휩싸여 버렸다.

'결과가 뻔한 싸움… 죄 없는 백성들이 죽어가는 모습을 보니…' 구형왕은 신라에 항복할 것을 결심하고, 형제인 탈지이질금을 본국에 머물러 있게 했다.

밀양의 이견대에서 구형왕은 왕비와 아들 셋과 함께 나라의 보물과 재물을 가지고 법흥왕에게 항복하여 신라로 들어갔다. 이로써 가락국은 42년 수로왕이 가락국을 세운 지 490년 만에 멸망하게 되었다.

법흥왕은 구형왕을 진골(眞骨)로 편입시켜, 그가 다스리던 땅을 식읍(食邑)으로 주었다. 한편 법흥왕은 구형왕의 아들 셋에게도 관직을 주었다. 이 소식을 들은 가라국 대신들 가운데 신라와 친해져야 대접을 받을 수 있다고 생각하는 사람들이 늘어났다. 그러나 상수위 고전해를 비롯한 친 백제계 신하들은 백제와 힘을 합쳐야 한다고 생각했다.

가락국의 멸망은 가야 소국들의 앞날에 결정적인 타격을 주었다. 가락국의 영토를 차지하게 된 신라는 황산하 뱃길을 장악할 기회를 잡고, 낙동강과 남해안을 연결하는 교통 요충지를 차지하게 되었다. 신라는 가야 소국들의 정복에 있어서 백제보다 유리한 입장에 서게 되었다.

9

538년 봄, 백제의 성왕은 도성을 웅진에서 서남쪽에 있는 사비 지역으로 옮겼다. 그는 인물 됨됨이가 비범했고, 왕으로서 이상적인 면모를 갖추고 있는 사람이었다.

한성 함락으로 황급히 천도한 웅진은 공간이 매우 좁아 항구적인 도성으로서의 입지로 적합하지 않았다. 사비 지역은 백마강이 북쪽으로부터 서쪽까지 반달처럼 사비성을 휘감고 흐르고 있고, 동쪽으로는 계룡산에서 대둔산까지 산줄기가 이어져 있었다. 천연적인 성벽을 이루고 있는 사비 지역은 국경을 지키는 데 있어서 좋은 조건을 갖추고 있었을 뿐만 아니라, 서쪽으로는 서해로 금강이 흘러가고 있어, 배를 타고 중국이나 왜나라로 오고 갈 수 있는 물길이 트인 교통의 요지였다.

성왕이 사비성으로 도성을 옮기는 일에 사비 지역에서 예부터 자리 잡고 살아오던 사씨들의 정치적인 지지가 강하게 작용하였다.

"이제 좀 안심이 되는구나. 한성은 너무 적에게 드러나 있어서 적이 공격을 해오면 지키기가 어려웠고, 웅진은 너무 좁아서 도성으로 적합하지 않았는데, 사비로 도성을 옮겨오니 이제 백성들은 안심하고 잠을 잘 수 있을 게다."

성왕은 말을 끝내고 대신들을 바라보았다.

"사비로 도성을 옮겨 조금은 안심이 되오나, 줄기차게 침입해 오는 고구려군들을 물리치기 위해서는 신라와의 동맹을 튼튼히 하여야 한다고 생각합니다."

상좌평이 고개를 숙였다.

"이제 도성도 옮기고 하였으니 모든 걸 새로 시작하는 기분으로 해야 할 거요. 이왕 새로 시작하는 거 나라 이름도 남부여로 고치는 게 어떻겠소?"

성왕이 말했다.

"좋을 거 같습니다."

상좌평이 찬성의 뜻을 나타냈다.

"이제부터 나라 이름을 남부여로 고쳐 부르도록 합시다. 우리나라는 옛날 웅장하던 백제의 기상을 회복할 수 있을 만큼 나라가 안정되었소. 고구려에게 빼앗긴 한성을 되찾을 날이 가까워져 가고 있소. 신라군과 가라군이 함께 우리와 싸우기로 했소. 고구려를 쳐부수기에 아주 좋은 기회요."

성왕이 비장한 어조로 말했다.

남쪽의 부여란 뜻의 '남부여'는 부여를 중심에 둔 인식의 소산으로 백제가 북쪽의 부여족에서 갈려 나왔음을 뜻하는 말이었다. 남부여가 시조 온조왕이 계승한 부여족의 정통성을 이어받고 있다는 것을 드러내 보인 것이었다.

낙동강 하구를 장악한 신라는 낙동강 서안의 가야 소국들에 대한 공세의 고삐를 더욱 다잡았다. 위기의식을 느낀 가야 소국들은 백제와의 회의를 통해 가야 소국들의 존립을 보장받기 위해 백제로부터 군사적 지원을 보장받기를 원했다.

541년 여름 4월, 안라국의 차한기 이탄해·대불손·구취유리 등과 가라국의 상수위 고전해, 졸마국의 한기, 산반해국의 한기의 아들, 다라국의 하한기 이타, 사이기국의 한기의 아들, 자타국의 한기 등 가야 소국들의 사신들이 사비성에 도착했다.

북나성과 동나성으로 구분되는 나성이 왕궁·관청·사찰 등이 자리 잡고 있는 도심을 둘러싸고 있었다. 나성의 길이가 6.4킬로미터나 되는 나성은 서북 지역은 백마강을 자연 해자로 이용하고 있었고, 동북 지역은 산의 능선을 따라 성벽을 축조해 놓고 있었다.

성토한 대지 위에 세운 대형 전각 건물 위로 비둘기들이 날아가고 있었고, 연지(蓮池)에는 물고기들이 유유히 헤엄치고 있었다.

"도성의 안팎을 구분하면서 도심의 시가지를 나성으로 둘러싸고 있는 사비성을 도성으로 정한 성왕은 비범한 인물임이 틀림없습니다."

우륵이 말했다.

"내가 보기에도 사비성은 도성으로는 최고의 입지인 거 같소. "

상수위 고전해가 말했다.

"우리 가라국의 도성은 주산이 둘러싸고 있어 북쪽 방어선은 그럭저럭 지킬 수 있으나, 황산하를 건너 적이 침입하면 방어할 자연 해자가 없는 것이 문제입니다."

우륵이 말했다.

객관에 짐을 푼 가야 소국들의 사신들은 후좌평이 주관한 연회에 참석한 후 객관으로 돌아와 이내 잠자리에 들었다.

후좌평이 주관한 연회 내내 어두운 얼굴을 하고 있었던 고전해는 도무지 잠을 이룰 수 없었다. 5명의 좌평 가운데 후좌평 한 사람만 연회에 참석했고, 상좌평·전좌평·중좌평·하좌평은 참석하지 않앉다. 백제가 과연 가야 소국들을 지켜줄 수 있을까. 의문이 꼬리를 물었다.

사비성 위로 해가 솟아오르자, 가야 소국의 사신들은 대전으로 가 성왕을 알현했다.

"임나를 다시 건립하는 것이 당면 과제요. 이제 어떤 계책을 써서 임나를 일으켜 세울 수 있겠소?"

성왕이 굳은 얼굴로 물었다.

"전에 두 차례 신라와 의논하려 했으나 신라에서 회답을 주지 않았습니다. 도모하는 취지를 다시 신라에 알렸으나 아직 대답이 없습니다."

가라국의 상수위 고전해가 말했다.

"그렇사옵니다. 임나의 경계는 신라의 경계와 접해 있으니, 항상 불안합니다."

안라국의 차한기 이탄해가 말했다.

"옛날 나의 선조인 근초고왕과 근구수왕의 시대에 안라 한기, 가라 한기, 탁순 한기 등이 처음으로 사신을 보내 서로 통하고 친교를 두터이 맺어, 자제로 삼아 항상 융성하기를 바랐소. 그러나 신라의 속임수에 넘어가 임나가 능멸을 당했소."

성왕이 말했다. 피로가 그의 눈꺼풀 위에 스며들었다.

"탁순·탁기탄·가락국 등과 같은 재난을 불러들일까 봐 두렵사옵니다."

다라국의 하한기 이타가 말했다.

"신라가 틈을 엿보아 임나 여러 나라들에 쳐들어온다면 내가 마땅히 가서 구해 줄 테니 걱정할 것 없소. 그러나 잘 수비하고 경계함에 소홀치 마시오. 신라가 스스로 강하기 때문에 탁순을 쳐들어갈 수 있었던 것은 아니오. 탁기탄은 임나 여러 나라들과 신라의 경계 사이에 있어서 매년 공격받아 패하는데도 임나가 구원할 능력이 없었기 때문에 망했소. 임나 본국이었던 가락국은 갑자기 준비하지 못하고 의탁할 곳을 몰랐기 때문에 망했소. 이런 것들로 미루어 보건대, 세 나라의 패망은 참으로 그 원인이 있었던 것이오. 옛날에 신라가 고구려가 도움을 청하여서 임나와 백제를 공격하였어도 오히려 이기지 못하였는데, 신라가 어찌 혼자서 임나를 멸망시킬 수 있겠소? 이제 과인이 그대들과 힘을 합하고 마음을 같이 하면 임나는 반드시 일어날 것이오."

성왕이 말했다.

그리고 나서 성왕은 가야 소국 사절들에게 각기 차등있게 선물들을 나누어 주었다. 가야 소국의 사신들은 백제 성왕에게 자신들의 독립을 보장할 것을 요구하고, 신라의 공격에 대해 우려를 표명했다. 그러나 고구려의 군사적 위협에 맞서고 있는 백제로서는 동맹 세력이었던 신라를 적대 세력으로 돌릴 수 없었다. 오히려 성왕은 가야 소국들이 신라와 백제에 대하여 이중적인 자세를 보이고 있다고 생각하고 있었다. 신라에 대한 입장이 가야 소국들의 입장과 달랐던 성왕은 가야 소국들의 군사적 지원 요청을 무마하려 했다. 가야 문제에 대한 백제의 안이한 자세로 1차 사비 회의(泗沘會議)는 별다른 성과 없이 끝났다.

1차 사비 회의 때처럼 2차 사비 회의에서도 아무런 성과도 거두지 못했다. 안라국·가라국·졸마국·사이기국·산반해국·다라국·자타국·구차국 등 가야 소국의 사절들에게 성왕은 가야 소국에 주둔한 백제의 군령과 성주를 철수할 수 없다는 요지의 변명 등 가야 소국들을 포섭하는 방안에 치우친 계책들을 내놓아 가야 소국 사신들은 별다른 소득도 없이 성왕이 나눠준 선물을 들고 귀국길에 올라야만 했다.

10

550년 봄 정월 성왕은 장군 달기로 하여금 군사 1만 명을 거느리고 가서 고구려의 도살성을 공격하도록 했다. 봄 3월에 도살성을 백제에 빼앗긴 고구려는 질세라 군사들을 보내 백제의 금현성을 에워쌌다. 이 무렵 신라는 죽령과 조령의 두 고개조차 넘지 못하고 한반도의 동남쪽 구석에 웅크리고 앉아 있었다. 신라는 중국으로 통하는 항구를 차지하는 게 꿈이었다. 진흥왕은 백제가 차지한 한강 하류 지역도 차지할 야심을 품었다. 그는 나제동맹(羅濟同盟) 관계를 무시하고 고구려와 비밀히 약속을 맺어, 신라가 한강 하류를 차지해도 고구려가 모른 척하기로 했다. 이 무렵 고구려는 남쪽과 북쪽 양쪽에서 군사적 위기에 처해 있었기 때문에 신라와의 사이를 원만하게 할 필요가 있었다.

"백제와 고구려 군사들은 서로 싸움 끝에 지칠 대로 지쳐 있을 게다. 이 틈을 놓쳐서는 안 된다."

진흥왕이 병부령 이사부의 구리빛 얼굴을 바라보았다.

이사부는 내물왕의 4세손으로 하슬라주의 군주로 있을 때 나무로 사자를 만들어 전선(戰船)에 나누어 싣고 가서 계교를 써서 우산국을 복속시킨 장군이었다.

진흥왕은 이사부에게 도살성과 금현성을 치게 했다. 이사부는 도살성과 금현성을 빼앗아, 성을 증축하고, 갑옷 입은 1,000명의 군사를 주둔시켜 지키게 했다. 이어 금현성 탈환을 위해 고구려가 군사를 보내 금현성을 공격하다가 이기지 못하고 돌아가는 것을 추격하여 크게 쳐부쉈다.

550년 전후하여 세워진 단양신라적성비의 비문 첫머리에 10명의 고관의 이름이 나오고 있어 주목된다. 10명은 이간 이사부 · 피진간

두미 · 대아간 서부질 · 대아간 거칠부 · 대아간 내례부 · 고두림 · 아간 비차부 · 아간 무력 · 급간 도설 · 급간 조흑부 등이다. '이사부'는 이사부 장군을 가리키고, '무력'은 김유신의 할아버지 김무력 장군을 가리킨다. 그리고 '도설'은 급간의 관등을 가지고 추문촌의 당주(幢主)인 도설지, 즉 월광태자를 가리키는 것으로 보인다. 신라로 망명한 월광태자가 신라 장군 도설지로 활약하고 있었던 것이다.

신라가 도살성과 금현성을 공격해 차지했다는 파발을 받은 성왕은 화가 머리끝까지 치밀어 올랐다. 그러나 고구려와 신라 두 나라를 동시에 적으로 삼기에는 아직 백제의 힘이 너무 미약했다. 백제의 처지를 간파하고 있던 진흥왕은 백제에 사신을 파견했다. 신라와 백제의 동맹 관계는 일단 파국을 면했다.

'우리 신라는 아직 죽령과 조령을 넘지 못하고 있어. 우리 신라는 한강 유역과 서해의 남양만을 확보해야만 해.' 진흥왕의 가슴속에는 야망이 잉걸불처럼 이글이글 피어올랐다.

551년 가라국을 출발한 지원군들이 드디어 사비성에 도착했다. 백제 · 신라 · 가라국 연합군은 북쪽으로 나아갔다. 백제 군사들이 먼저 고구려의 남평양을 공격했다. 이 전투에서 고구려군은 백제군에게 격파당했다. 연합군의 작전은 크게 성공하여 백제와 신라는 고구려가 차지하고 있던 한강 유역을 탈환하는데 성공하게 되었다. 백제와 신라는 고구려를 들이칠 계획을 짜고 연합하여 군사를 일으켰다. 성왕은 군사들을 이끌고 고구려의 남평양을 공격하기 위해 사비성을 출발했다.

신라 군사들을 이끄는 총사령관은 거칠부였다.

"충성스러운 군사들아! 나를 따르라."

거칠부가 긴 칼을 뽑아 들어 높이 치켜들었다.

"와! 와! 와!"

거칠부의 긴 칼끝을 바라보던 신라 군사들이 함성을 질렀다.

백마 위에 앉은 거칠부의 뒤를 대각간 구진, 각간 비대, 잡찬 탐지, 잡찬 비서, 파진찬 노부, 파진찬 서력부, 파진찬 비차부, 대아찬 미진부 등 8명의 장군이 탄 말들이 따랐다.

가라국 군사들도 포함된 백제 군사들과 거칠부가 이끄는 신라 군사들은 연합하여 동쪽으로 죽령 이북의 고구려 땅을 빼앗고, 서쪽으로 나아가 한강 유역 공격에 나섰다. 본래 백제 땅이었기 때문에 백제 군사들은 한강 주변의 지형에 밝았다. 그들은 고구려 군사들을 밀어내고 한강 이남의 땅을 되찾았다.

백제 군사들이 먼저 남평양을 쳐부수자 거칠부 등이 승세를 타고 죽령 바깥쪽 고현 안쪽 한강 상류의 10개 군을 고구려로부터 빼앗았다. 백제 군사들이 한성을 비롯한 한강 유역의 6군을 고구려로부터 탈환하는 사이에 거칠부가 이끄는 신라군은 한강 상류 10군을 확보하였던 것이다.

고구려 군사들이 물러간 무너진 성에서 가사를 길게 늘어뜨린 승려가 무리를 데리고 천천히 걸어 나왔다. 온유한 표정의 얼굴에 주름살이 서너 줄 이맛전을 지나가고 있는 혜량을, 거칠부는 금세 알아볼 수 있었다.

"혜량 스님이 아니옵니까?"

거칠부는 깜짝 놀라며 말에서 뛰어내렸다. 그는 혜량에게 공손히 인사를 하였다.

"이게 얼마 만인가?"

혜량이 거칠부의 손을 잡으며 말했다.

내물마립간 계통의 왕족 후손으로 태어난 거칠부는 어려서부터 스스로 행동에 구애되지 않았다. 그는 머리를 깎고 승려가 되어 전국의 산천을 떠돌아다녔다. 마침내 국경을 넘어 고구려에 몰래 들어

갔다. 혜량이 법당을 짓고 불경을 강설한다는 말을 듣고 혜량을 찾아갔다. 그는 한쪽 구석에 다소곳이 앉아 혜량이 강설하는 것을 조용히 들었다.

어느 날 혜량이 거칠부를 보자, 피부가 메마르고 거칠긴 하나 형형한 눈빛을 보고 범상치 않다고 생각했다.

"사미(沙彌)는 어디서 왔는고?"

혜량이 물었다.

"신라에서 왔습니다."

거칠부가 대답했다.

그날 밤 혜량이 거칠부를 조용히 따로 불렀다.

"나는 사람을 많이 만나보았소. 사미의 생김새를 보니 반드시 보통 사람이 아니오. 그대는 가슴 속에 딴마음을 품고 있지 아니 한가? "

혜량이 낮은 목소리로 물었다.

"저는 신라의 한쪽 구석 지방에서 태어났기 때문에, 아직 불교의 진리를 듣지 못했습니다. 스님의 높은 이름을 듣잡고 이렇게 찾아왔습니다. 원하옵건대 이를 거절하지 마시고, 어리석음을 깨우쳐 주시옵소서."

거칠부는 머리를 조아리고 가르침을 청하였다.

"내 비록 늙고 아는 것이 부족하지만, 자세히 보니 그대는 보통 인물이 아니오. 이 나라가 비록 작다고는 하지만 사람을 알아보는 사람이 없다고는 할 수 없소. 그대를 신라 사람으로 알아보고 그대를 붙잡을까 염려되어 이를 가만히 알려주는 거요. 빨리 신라로 돌아가는 게 좋을 것이오."

"……."

"내 눈이 틀림없을 것이오. 그대의 인상을 보니 제비와 같은 턱과

매와 같은 눈은 장차 그대가 반드시 장수가 될 걸 말해주고 있소. 만약 장차 군사를 일으켜 고구려로 쳐들어오게 되는 날이 오거든 나를 잊지 말아 주시오."

혜량은 앞날을 내다보고 있었다.

"…만약 스님의 말씀대로 되는 날에는 스님과 좋게 지내지 않겠습니까? 그것은 밝은 햇빛과 같이 분명할 것입니다."

거칠부는 말을 끝내고 떨어지지 않는 발걸음을 돌렸다.

이렇게 고구려에서 신라로 돌아온 거칠부는 벼슬길에 나서 마침내, 대아찬에 이르렀던 것이다.

"그때 스님 덕택으로 이 목숨을 보전할 수 있었습니다. 무엇으로 그 은혜를 갚아야 할지 모르겠습니다."

"우리 고구려는 지금 정치가 어지러워 멸망할 날이 머지않은 것 같소. 그대의 나라로 가서 살기를 원하오."

혜량이 담담한 목소리로 말했다.

"스님 같은 분을 우리 신라에서 모실 수 있다니… 꿈만 같습니다."

거칠부는 혜량을 모시고 금성으로 돌아왔다.

진흥왕은 혜량을 승려로서는 제일 높은 자리인 승통(僧統)으로 임명하였다. 그는 진흥왕의 불교 정책에 대한 여러 가지 자문을 했다.

혜량은 불교의 체계를 정비하였을 뿐만 아니라, 불교의 여러 사무를 통괄하고, 유명한 고승을 초청하여 『인왕경』을 읽으면서 국가의 안위를 기원하는 법회인 백고좌법회와 종래 제천의식과 불교가 결합하여 행해진 의식인 팔관회를 최초로 개최하였다.

백제는 잃어버렸던 한강 하류의 6군을 회복하였고, 신라는 한강 북쪽 10군을 차지하였다. 이 무렵 고구려는 북쪽으로는 말갈과 싸움을 벌이고 있었고, 남쪽으로는 백제 · 신라 · 가야 연합군과 싸움을 벌이고 있었다. 신라 진흥왕은 비밀리에 고구려로 사신을 보내, 고구려와 밀약을 맺었다. 백제는 장악했던 한강 하류 지역을 포기하게 되었다. 신라는 한강 유역 전체를 장악하게 되었다. 신라와 백제의 동맹 관계는 파국을 맞이하게 된 것이었다.

11

신라 군사들이 빗속을 뚫고 황산하로 몰려오고 있다는 파발이 날아왔다. 가실왕은 상수위 고전해에게 부월(斧鉞)을 내려 결사대 4천 명을 거느리고 개진나루로 출동하게 했다. 어전회의가 끝났다. 대신들이 입을 굳게 다물고 대전을 나섰다.

하늘은 온통 시커먼 구름으로 뒤덮였다. 집으로 향하는 고전해의 머리는 몹시 무거웠다. 빗방울이 굵어졌다. 집에 도착할 무렵 하늘이 뚫린 것처럼 비가 내리퍼붓기 시작했다.

고전해는 아내와 아들들을 자기 앞에 불러 앉혔다.

"이제부터 내가 하는 말을 잘 들어라. 2만 명이 넘는 신라 군사들이 쳐들어오고 있다. 나는 4천 명의 결사대를 이끌고 막으러 가지만 가라국은 신라군과 대적하기에 너무나 부족하다. 나라의 운명이 몹시 위태롭다. 이번에 싸움터에 나가면 내가 살아서 돌아오면 다행이겠지만…."

고전해의 목소리는 몹시 무겁고 어둡다 못해 도리어 울음에 가까웠다.

"여보, 살아서 돌아오면 다행이겠지만이란 말이 무슨 말이에요?"

아내가 몹시 놀란 얼굴로 고전해 앞으로 바짝 다가앉았다.

"…내가 살아오지 못하면, 가라국에 남아 있는 가족들은 잡혀서 종이 되거나 욕을 본다. 너희들은 종으로 살아남기를 바라지 않는다면 만반의 준비를 해두었다가 어머니를 모시고 야장 백가를 찾아가서 백제로 도망치거라."

고전해가 두 아들들의 등을 어루만지며 말했다.

그는 자기의 눈물을 아내와 아들들에게 보이지 않으려고 고개를 돌렸다.

고진해의 말이 비수처럼 아내의 가슴에 와 꽂혔다. 어리둥절한 듯 큰아들이 커다란 눈을 끔벅거리며 아버지의 얼굴을 바라보았다. 그제서야 작은아들이 정신이 번쩍 돌아온 것처럼 아버지, 아버지 하고 울음을 터뜨렸다.

"야장 백가라 함은 개진나루에서 쇠부리터를 운영하는 그 노인을 말씀하시는 거죠?"

아내가 다물고 있던 입을 열었다.

"…그렇소. 백가는 오래전부터 신라를 드나들며, 덩이쇠를 백제에게 넘기곤 했소이다."

고전해가 말했다.

"이중 간자(間者) 노릇을 한 거로 보이는 백가를 어떻게 믿습니까?"

큰아들이 울음 섞인 목소리로 말했다.

"내가 백가의 뒷덜미를 잡고 있으니 걱정마라."

고전해가 단호하게 말했다.

"아버지 몸조심하세요."

작은아들이 어깨를 들먹이며 울먹였다.

결사대를 이끌고 전단량을 나서는 고전해를 응시하는 가실왕의 가는 눈에 이슬이 맺혔다.

고전해는 결사대를 이끌고 개진나루로 나갔다. 개진나루는 역병이 휩쓸고 지나간 것처럼 깊은 적막에 묻혀 있었다. 개진나루에 흡어져 살고 있던 백성들은 집을 비우고, 황산하를 건너 신라땅으로 도망치거나, 가야산 골짜기로 피난을 가버려 인적이 드물었다. 말 탄 가라국 군사들이 강가를 오르내리며 강 건너 신라 군사들의 움직임을 감시하고 있었다.

살대 같은 빗줄기가 점점 거세지고 있었다. 군 막사 옆의 도랑의 물이 세차게 흐르기 시작했다.

"우리 가라국의 본국이었던 가락국의 이시품왕은 신라의 도성으로 진격하여 점령하고, 신라를 구원하러 온 고구려의 5만 기병을 상대로 싸운 기개가 있는 왕이었다. 가실왕의 명을 받들어 오늘 신라 군들을 무찔러 나라의 은혜를 갚도록 하라."

세차게 흐르는 물소리가 고전해의 목소리를 헤치고 들려왔다. 살대 같은 빗발이 병사들이 든 가지창(皆枝戟)과 칼을 마구 내리쳤다.

가라국 군사들은 뗏목을 타고 황산하를 건너온 신라 군사들을 세 번 공격하여 세 번 모두 이겼다. 가라국 군사들을 황산하 강변을 따라 방어선을 구축했다.

신라 군사들은 줄기차게 뗏목을 타고 황산하를 건너 가라국 군사들을 공격했다. 그러나 신라 군사들은 가라국 군사들의 방어선은 좀처럼 뚫지 못했다. 거칠부는 비가 줄기차게 내려 황산하의 물이 불어나자, 초조해졌다. 뗏목을 타고 황산하를 건너던 신라 군사들이 비명을 지르며 강물 속으로 떠내려갔다. 누런 강물 속에 허우적거리며 떠내려가는 군사들을 바라보던 거칠부가 퇴각하라는 명령을 내렸다.

거칠부가 군사들을 이끌고 금성으로 돌아간 지 보름이 안 되어, 진흥왕은 가실왕을 그대로 두었다가는 내물마립간이 왕위에 있을 때 왜국과 연합하여 가락국 군사들을 이끌고 금성으로 쳐들어왔던 이시품왕처럼 뭔가 일을 저지를 것으로 예측하고, 이찬 탈부를 가라국으로 보냈다. 진기한 보석과 비단을 싸 들고 탈부는 날랜 군사들을 데리고 황산하를 건넜다. 이찬 탈부 일행이 탄 황포돛배가 개진나루 선착장에 닿자, 집사장이 방패와 창을 든 병사들과 함께 탈부 일행을 맞이했다. 강물 위에 있는 범선 두 척의 돛대에 매달린 푸른 돛들이 강바람에 펄럭였다. 탈부는 부장(副將)에게 상자를 가져오라 해서 집사장에게 전했다.

"바다 건너서 온 거요."

탈부가 입가에 미소를 흘리며 말했다.

"가라국과 신라국이 잘 지내보자는 뜻으로 받겠습니다."

집사장이 상자를 배젊은 병사에게 건넸다.

왕궁에 도착한 탈부는 가실왕에게 진흥왕의 선물을 가져왔다고 말했다. 가실왕은 집사장에게 명해 탈부를 환영하는 연회를 베풀도록 했다. 가실왕은 기뻐하며 탈부와 함께 술을 마셨다. 좌중에 술이 몇 순배 돌아갔다. 왕의 얼굴에 얼근한 기운이 돌았다. 고전해가 자리에서 일어나 시위장을 향해 걸어갔다. 탈부는 왕에게 은밀히 이야기를 나누고 싶다고 말했다. 왕이 탈부 쪽으로 몸을 기울였다. 그 순간 탈부가 허리에 숨기고 있던 단도를 꺼내 소매를 잡고 왕을 찔렀다. 왕이 짧게 비명을 지르며 쓰러졌다. 고전해가 달려와 장검으로 탈부를 내리쳤다. 시위장이 달려들어 탈부의 머리를 발로 밟았다. 고전해가 장검을 탈부의 목에 내리꽂았다.

가느다랗게 숨을 내쉬던 가실왕은 새벽녘에 붉은 피를 울컥울컥 토해놓고 죽었다. 집사장은 재빨리 젊은 시녀를 고전해에게 보내 가실왕의 죽음을 알렸다. 고전해가 빠른 걸음으로 대전으로 들어오자, 집사장이 시녀들에게 비빈들에게 왕의 죽음을 알리도록 했다. 내위군들이 대전 지붕 위로 올라가 왕의 죽음을 알렸다. 고전해는 내위장을 시켜 야장 백가에게 환두대도 2개를 만들어 오도록 했다. 내위군들이 대전과 침전 뜰의 홰에 불을 붙였다. 횃불이 어둠을 밀어내며 타올랐다.

날이 밝아오자, 고전해와 내위장은 일관과 함께 주산 능선으로 가, 가실왕이 묻힐 자리를 살폈다. 내위장의 지시로 일관이 정한 자리에 산역꾼들이 무덤을 만들기 시작했다. 상복으로 갈아입은 야장 백가가 전단량으로 향했다. 침전 뜰에서 곡(哭)을 마치고 침전으로 천천히 들어갔다. 가실왕의 시신은 침방 가운데에 놓여 있었다.

야장 백가는 무릎을 꿇고 손잡이에 용(龍)과 봉(鳳)의 무늬가 금으로 새겨진 환두대도 두 자루를 왕의 허리띠 고리에 걸었다.

고전해는 고개를 들어 푸른 빛을 뿜어내는 환두대도와 황금빛을 뿜어내는 출(出)자 금관을 바라보았다. 그는 가야 소국들의 통합을 열망했던 가실왕의 죽음은 가라국을 점점 더 큰 혼란 속으로 빠져들게 할 거라고 속으로 되뇌며 고개를 숙였다.

누가 왕위를 이을 것인가를 둘러싸고 친백제계 신하들과 친신라계 신하들의 대립이 심해졌다. 친신라계 신하들이 재빨리 밀사를 신라에 파견하여 이뇌왕과 비조부의 누이 사이에 태어난 월광태자(도설지)를 데려왔다. 친신라계 신하들의 추대로 왕위에 오른 도설지왕은 가라국을 중심으로 가야의 소국들을 통합해 목을 죄어들어 오는 신라에 대항하려고 했다. 그러나 이미 가라국 주변의 소국들은 신라의 입김이 작용하여 동조하지 않았다. 도설지왕은 가실왕의 정책을 이어받아 가라국의 군사력으로 신라의 침략에 대비하는 한편, 가야 소국을 통합하려는 정책을 계속 펼쳐나가고자 했다. 그러나 자신을 왕위에 올린 친신라계 신하들이 가야 소국 통합 정책을 방해하고 나섰다. 게다가 예악을 중심으로 한 유교문화에 바탕을 둔 내부적인 개혁의 추진을 둘러싸고, 친백제계 신하들과 친신라계 신하들의 대립이 더욱 격화되었다. 어느 것 하나 제대로 정책을 추진할 수 없었다.

동남부 가야 소국들은 스스로 살길을 찾아 안라국을 중심으로 뭉쳐 새로운 동맹을 만들려고 했다. 안라국은 새로 고당(高堂)을 지어서 백제·왜·신라 등의 사신을 초빙하여 국제회의를 개최하였다. 아로 한기가 영도하는 안라국은 가야 소국들의 새로운 중심 세력으로 대두했다. 결국 후기 가야는 남과 북으로 분열되어 가라국·안라국 이원 체제가 형성되었다. 가야 소국들이 분열되자, 백제와 신라는 가야 소국들을 침탈할 야욕을 드러냈다. 안라국을 침공한 백제는 걸탁성에 군대를 진주시키고, 구례모라성(지금의 함안군 칠원면으로 추정됨)을 축성하고 군대를 주둔시켰다.

신라 군사들이 뗏목으로 황산하를 건너고 있다는 파발을 접한 도설지왕은 신하들을 궁정으로 불러들였다. 신하들의 만류에도 도설지왕은 친히 기병 1천과 보병 4천을 거느리고 황산하를 향해 나아갔다. 그는 신라 군사들을 격퇴하여 선왕처럼 백성의 존경을 받고 싶었다.

"지금 이사부 장군이 많은 군사를 이끌고 쳐들어왔으니 곧 맞붙어 싸워서는 이길 수 없을 것 같습니다."

고전해가 말했다.

"그렇다면 어떠한 방도가 있겠소?"

도설지왕이 허리를 펴고 소리를 낮추어 물었다.

"소신의 생각으로는 신라 군사들과 맞붙어 싸우지 말고 성을 굳게 지키고 있다가 신라 군사들을 지치게 만든 다음, 한편으로는 가만히 기병들을 보내 신라 군사들의 보급로를 끊어 버리는 겁니다. 그렇게 하면 신라 군사들은 병기와 식량이 끊어져서 싸우려고 해도 싸울 수 없게 될 겁니다."

고전해가 대답했다.

"맞붙어 싸우지 않고 그렇게 기다리고 있다가 오히려 우리 편 병기와 식량이 떨어지면 그때는 어찌하겠소?"

도설지왕이 날 선 목소리로 말을 마쳤다.

"제가 사람을 보내 백제에 지원을 요청해 놨습니다."

고전해가 말했다.

고전해는 대아찬 미진부가 군사들을 이끌고 공격해오자, 무릎을 탁 치며 웃었다. 그는 날쌘 기병 1천 명을 보내 신라 군사들을 유인해오도록 했다. 신라 기병들이 말발굽 소리를 요란하게 내며 달려왔다. 고전해는 가라국 군사들에게 공격 명령을 내렸다. 가라국 군사들은 신라 군사들과 싸우는 체하다가 말머리를 돌려 급히 뒤로 내뺐다.

"겁쟁이 가라국 군사들이 도망간다. 추격하라."

그때 대아찬 미진부가 이끄는 신라 군사들은 가라국 군사들의 꾀에 넘어가는 줄도 모르고 거짓 패한체하며 도망치는 가라국 군사들의 뒤를 쫓아갔다. 신라 군사들을 주산 골짜기 깊숙이 끌어들인 가라국 군사들은 사방에서 신라 군사들을 공격했다. 그제서야 대아찬 미진부는 고진해의 꾀에 속은 줄 알아차렸으나, 때는 이미 늦었었다. 신라 군사들은 독 안에 든 쥐처럼 꼼짝도 못 하고 가라국 군사들이 휘두른 칼에 피를 흘리며 죽어갔다. 마침내 신라 군사들은 개진나루로 물러나 황산하를 건너가기 시작했다.

"신라 군사들이 우리나라 군사들이 죽기 살기로 대항하니까 물러갔다. 그러나 언제 신라 군사들이 다시 쳐들어올지 모른다. 신라 군사들이 계속 공격하면 우리나라 군사들이 방어하는 것도 한계가 있다."

우륵이 말했다.

"스승님, 신라 군사들은 워낙 숫자가 많습니다. 안타까운 일이지만, 우리나라 군사들이 싸워 이길 승산은 거의 없습니다. 이제 가라국의 운명은 더할 수 없이 어렵고 위태로운 지경에 이른 거 같습니다. 우선 신라로 가는 게 지금 형편에 제일 나을 거 같습니다. 여기 가만히 계시다가 목숨을 부지하기 어려울 거 같습니다."

니문이 말했다.

"가락국을 떠나 사이기국에 살다가 가라국까지 끌려와 살아온 내가 가라국을 떠나 또 어디로 간단 말이냐?"

우륵이 쓸쓸한 얼굴로 말했다. 그는 가슴 한구석이 휑하게 뚫린 것처럼 허전한 마음을 가누기 어려웠다.

"스승님은 가실왕의 명을 받아 가야금을 만드셨습니다. 게다가 가야 소국들의 결속을 도모하기 위해 가야 소국들의 혼이 담긴 12곡을 지으셨습니다. 신라 군사들이 도성을 점령하게 되면 가라국 왕족들과 신하들을 가만두겠습니까. 가야의 혼을 빼앗기 위해서라도 12곡을 지으신 스승님을 가만두지 않을 겁니다."

니문이 단호한 목소리로 말했다.

12

고전해는 군사들에게 도성 안에 있는 솜이란 솜, 헝겊이란 헝겊을 다 모아 오도록 했다. 그리고 기름이란 기름은 다 모아 그릇에 담아 두도록 했다.

신라 군사들이 황산하를 건넌 지 보름 만에 도성을 에워쌌다. 이 사부는 전단량 앞에 진지를 구축하라고 명했다. 신라 군사들이 도성의 성벽으로 새까맣게 기어 올라왔다. 신라 군사들이 성루로 활시위를 겨눴다.

북소리가 울렸다. 함성과 함께 가라국 군사들이 일제히 불화살을 쏘아댔다. 미리 모아 놓은 솜이나 헝겊을 화살촉에 감아 기름을 발라 불을 붙인 다음 쏘아대는 것이다. 신라 군사들은 옷에 불이 붙어 비명을 지르며 팔짝팔짝 뛰었다. 옷에 불이 붙은 신라 군사들이 성벽 아래로 구르기 시작했다.

신라군의 진지로 불화살이 비 오듯 쏟아졌다. 신라군 진지는 순식간에 거대한 불구덩이가 되었다. 고전해가 공격 명령을 내렸다. 성문을 열고 달려 나간 가라국 기병들의 공격에 신라군 진지는 아수라장이 되었다. 보름 동안 신라 군사들이 피땀 흘려 쌓은 구축한 진지가 단 하루 만에 가라국 군사들에게 점령당했다.

"곧 겨울이 닥쳐올 겁니다. 군사들도 지치고 양식도 바닥이 나고 있으니 이제 그만 돌아가는 게 좋을 듯합니다."

참모장이 떨리는 목소리로 말했다.

"그래 참모장 말이 옳은 것 같다. 곧 추위가 닥칠 텐데… 돌아가자."

이사부가 침울한 목소리로 말했다.

이사부가 군사들을 이끌고 말머리를 돌려 황산하로 물러갔다.

이사부가 이끄는 신라 군사들을 가라 군사들이 물리친 뒤 자만에 빠진 도설지왕은 차츰차츰 사치와 방종에 흐르게 되었다. 도설지왕은 나랏일을 내팽개치고 계집을 탐하며 술독 속으로 빠져들었다. 그는 아리따운 여자들을 궁궐로 불러들여 술과 노래와 춤으로 나날을 보냈다. 이에 백성의 마음은 멀어져 갔고, 나라의 살림은 기울기 시작했다.

"여봐라, 가야금을 울려라."

도설지왕이 아리따운 여자들을 옆구리에 끼고 소리쳤다.

악사들이 가야금을 켰다. 시녀들이 춤을 추었다.

"노래가 어찌 그리 슬프냐. 당장 연주를 멈추어라."

도설지왕이 이맛살을 찌푸리며 말했다.

마흔 살 안팎 나이의 악사가 가야금 연주를 멈추었다.

"연주하느라 수고가 많았다."

도설지왕은 악사를 당상으로 올려 앉히며 시녀를 불러들였다.

"이 악사에게 술 권하라."

코가 오뚝한 시녀가 술을 들고 권주가를 불렀다.

"잡으시오, 잡으시오, 이 술 한 잔 잡으시오. 이 술 한 잔 잡으시면 천년만년 사시리라. 이는 술이 아니오라 한나라 무제가 승로반에 이슬 받은 것이오니 쓰나 다나 잡수시오."

악사는 술잔을 받아 들고 마신 뒤 다시 가야금의 현을 당겼다.

가야금 소리는 시녀들의 비음 섞인 노래와 뒤섞여 대궐에 흘러넘쳤다.

고전해는 도설지왕의 방탕함을 가만두고 볼 수 없었다. 그는 우륵을 집으로 불렀다. 그의 집은 궁궐에서 남쪽으로 조금 떨어진 곳에 있었다. 풍악 소리가 바람 소리에 섞여 들려왔다.

"큰일입니다. 상감마마께서 나랏일을 돌보지 않고 술과 여자로 밤인지 낮인지 모르고 있으니 장차 어찌 하면 좋겠소?"

고전해가 굳은 얼굴로 말했다.

"정말 큰일입니다. 상감마마께서 형제간에 얼마나 우애가 깊으셨었습니까? 그런데 임금이 된 뒤로는 아주 딴 분이 되었습니다."

우륵이 침통한 목소리로 말했다.

"지금 신라에서는 진흥왕이 우리나라를 치려고 잔뜩 벼르고 있다 합니다."

고전해가 입을 열었다.

"진흥왕이 누구입니까? 백제가 차지하고 있던 한강 유역의 요지를 빼앗은 군주가 아닙니까?"

"진흥왕이 그토록 한강 유역에 관심을 기울인 이유는 백제를 거치지 않고 대륙과 직접 교류하기 위해서였습니다. 백제만 없다면 당항성을 통해 바로 교역할 수 있기 때문입니다. "

"진흥왕은 만만한 사람이 아닙니다. "

"정복한 지역에 신주를 설치하고 아찬 김무력을 초대 군주(軍主)로 임명해 통치케 한 것만 보아도 야망이 큰 군주라는 건 알 수 있어요."

그들은 머리를 맞대고 가라국을 위기에서 구할 방법을 찾아보았다. 별 뾰족한 방법이 없었다. 문제는 도설지왕에게 있었기 때문이었다.

"지금이라도 상감마마께서 정신을 차리시고 나라를 똑바로 다스리면 우리나라가 살아날 텐데."

고전해가 흰 수염을 쓰다듬었다.

"그러게 말입니다. 병부령 이사부를 보내 우리 가라국을 공격해 온다면 큰일 아닙니까?"

우륵이 고전해를 바라보았다.

"정말 그렇습니다. 병부령 이사부가 군사들을 이끌고 우리나라를 공격해오면 막기 힘들다는 것은 불을 보듯 뻔한 일입니다."

고전해가 말했다.

잠시 침묵이 흘렀다. 그들은 입을 꾹 다물고 각기 생각에 잠겼다.

"이대로 가만히 있다가는 우리 가라국이 망할 것이오. 고전해 상수위께서 다시 한번 상감마마에게 말씀을 올려 보십시오."

"궁궐에서 술 잔치판을 벌이는 것을 그만두고, 세금을 줄이고, 여기저기 벌려 놓은 토목공사를 중단시켜 백성들을 보살피면 나라 형편이 좋아질 겁니다."

"상감마마께서 워낙 고집이 센 분이라 내 말을 들으실지 모르겠소. 그러나 이대로 가만있다가는 우리나라가 망할 게 틀림없소. 내가 상감마마에게 나아가 말씀을 아뢰어 보리라."

우륵이 돌아가자, 고전해는 어떻게 하면 도설지왕을 설득시킬 수 있을까 궁리해보았다.

다음날 주산 위로 태양이 떠오르자, 고전해는 의관을 갖추고 궁궐로 들어갔다.

"상감마마!"

고전해가 머리를 조아렸다.

"상수위가 웬일인가?"

도설지왕이 말끝을 높였다.

"임금은 의롭고 인자한 정치를 펴서 만백성의 어버이 노릇을 해야한다고 합니다. 굶주림에 지쳐 길바닥에 쓰러져 죽어가 가고 있는 백성들이 한두 사람이 아니고, 신라가 우리나라로 쳐들어온다는 소문으로 백성들이 불안에 떨고 있습니다. 상감마마 나라의 운명이 바람 앞에 등불과 같사옵니다. 술잔치를 그만두고, 여자들을 멀리하옵소서."

고전해의 흰 수염이 떨렸다.

"뭐라고 술잔치를 그만두고 계집들을 멀리하라고?"

도설지왕은 술병을 집어 고전해의 머리를 향해 던졌다. 다행히 술병은 고전해의 머리를 빗나가 떨어졌다.

"상수위, 그대가 아직 계집이 올리는 술맛을 못 봐서 그런 소리를 하는 거다. 여봐라 상수위에게 술 한 잔 올려라."

시녀 하나가 도설지왕이 내린 금잔에 술을 부어 상수위에게 올렸다. 상수위가 술잔을 받아 내던졌다.

"이 무슨 무례한 짓이냐, 상수위."

도설지왕이 얼굴을 붉히며 말했다.

"상감마마, 제발 정신차리옵소서."

고전해가 눈물을 뚝뚝 흘렸다.

"에잇 꼴 보기 싫다. 저놈을 끌고 가 옥에 가둬라."

도설지왕이 벌떡 일어섰다.

고전해는 옥에 갇힌 뒤로 음식을 거의 입에 대지 않았다. 그의 몸은 점점 쇠약해 갔다. 옥에 갇힌 지도 여러 달이 지나가고 있었다. 이제 오줌을 누는 것조차 힘들게 되었다. 죽음의 그림자가 눈앞에 어른거렸다. 그는 이곳을 벗어나지 못하면 그의 목숨이 위태로워진다는 것을 알고 있었다. 어떡하든지 이곳을 벗어나야겠다. 고전해는 옥리(獄吏)를 불러 종이를 가져다 달라고 부탁했다.

고전해는 어금니로 손가락을 깨물었다. 손가락에서 피가 뚝뚝 떨어졌다. 피로 글씨를 쓰기 시작했다.

머지않아 신라가 황산하를 건너 공격해올 것만 같습니다. 우리 가라국이 대비하지 않으면 전단량이 일격에 점령당할 수 있습니다. 무릇 군사를 쓸 때에는 그 지리적 조건을 잘 살펴 대비해야 합니다. 군사들은 물론 백성들까지 동원해 신라 군사들이 황산하를 건너오지 못하도록 방책을 세워야 합니다. 황산하를 건너오는 신라 군사들은 개포나루에 못 들어오게 한 뒤, 주산 산성에 의지하여 싸우면 승산이 있습니다.

"그래도 나라 걱정을 하는 신하는 상수위뿐이구나."

고전해가 피로 쓴 글을 받아본 도설지왕은 생각에 잠겼다.

"신라가 황산하를 건너 쳐들어온다고? 내가 왜 그 사실을 잊고 있었지."

도설지왕은 두 손으로 머리를 감쌌다.

"상감마마, 상수위를 풀어주면 안 됩니다."

"통촉하옵소서."

친신라계 신하들이 들고 일어났다.

"고전해를 풀어주도록 하라."

도설지왕이 명했다.

고전해가 풀려나자, 귀족들과 벼슬아치들이 하나, 둘 가라국을 떠나 신라로 도망치기 시작했다. 고전해가 풀려난 지 사흘째 되는 날 밤, 야장(冶匠) 백가가 아들과 함께 황포돛배에 덩이쇠와 병장기를 싣고 황산하를 건너 신라로 도망쳤다.

13

가야산에서 뻗어 내린 가천과 야천은 피로 마을들을 꿰뚫고 흘러 내리는 동안 희멀건 피로 물들기 시작했다. 두 물줄기는 도성에서 만나 회천이 되어 검붉은 피로 물들어 황산하로 흘러들었다. 골짜기의 마을마다 피 묻은 병장기들과 죽은 말들의 사체가 널브러져 있었다. 하늘에는 까마귀와 독수리 떼가 들끓었다. 백성들과 벼슬아치들은 살길을 찾아 뿔뿔이 흩어지고 있었다.

고전해는 어깨를 축 늘이고, 대전을 빠져나와 말안장에 엉덩이를 얹었다. 말고삐를 천천히 당겼다. 전단량을 빠져나오자, 동네 아이들이 토제 방울을 흔들며 노래를 부르며 걸어왔다.

거북아 거북아
머리를 내밀어라
만약 내밀지 않으면
구워서 먹으리.

龜何龜何(구하구하)

首其現也(수기현야)

若不現也(약불현야)

燔灼而喫也(번작이끽야).

고전해는 아이들이 부르는 노래가 도성의 거리에서 거리로 가득 퍼지고 있다는 이야기를 듣고 있었다. 곁들어 가락국 유민들의 아이들이 거북 등 껍데기, 관을 쓴 남자, 하늘에서 줄에 매달려 내려오는 자루, 하늘을 우러러보는 사람, 남자의 성기, 춤을 추는 여자를 새긴 토제 방울을 흔들며 노래를 부르고 다닌다는 이야기도 들었다. 가락국은 망했으나 그대로 남아 있을 산천과 바다를 그리워하는 가락국 유민들의 '님의 나라'에 대한 그리움이 담겨 있는 노래였다.

한 번도 경험한 일이 없는 상황이 이미 경험한 것처럼 친숙하게 느껴졌다. 이건 기시감이 아니라 그대로 역사의 반복이다. 고전해는 혼잣소리로 중얼거렸다. 30여 년 전 가락국이 멸망할 때와 똑같은 상황이 지금 가라국에서 벌어지고 있었다.

고전해도 결단을 해야 할 순간이 다가오고 있었다. 이대로 가만히 있다가 신라 군사들의 칼끝에 목을 내밀어야 할지, 아니면 가라국을 떠나 새로운 땅에서 새 삶을 일구어야 할지 결단을 내려야만 할 시간이 닥쳐오고 있는 것이다.

야장 백가가 신라로 도망친 지 한 달도 채 안 되어 상수위 고전해가 가족들을 데리고 백제로 망명하자, 가라국 사람들을 충격에 빠졌다. 백성들은 친어버이 같은 고전해가 자신들을 내팽개쳐 놓고 가족들을 데리고 한밤중에 도망친 것이 슬프고 분했다. 도설지왕을 원망하는 백성들의 소리가 점점 높아갔다.

고전해의 망명은 가라국의 멸망을 재촉하는 겨울비와 같은 것이었다. 이 무렵부터 가라국에는 상서롭지 못한 조짐이 잇달아 나타났다. 도성의 어정이 핏빛으로 변했다. 이상한 일이었다. 그뿐만이 아니었다. 대가천과 안림천 가장자리 모래사장 위로 작은 고기들이 수없이 뛰어올라 와 죽었다.

개구리 수만 마리가 떼를 지어 나뭇가지 위에 올라 들끓어댔다.

"백제와 언로가 열려 있던 상수위 고전해는 백제로 간 건 비빌 언덕이 있다고 생각해 갔겠지만… 백제로 갈 수 없고… 신라로도 갈 수 없고… 가라국에 있으나 다른 나라로 가나 내 운명은 똑같을 게다."

우륵이 넋두리처럼 중얼거렸다.

가라국의 조정은 갈기갈기 찢어져 자멸을 초래하고 있었다. 가실왕이 지핀 개혁 정치의 불꽃은 활활 타오르지 못하고 사그라들고 말았다. 가실왕의 명을 받아 12곡을 만들려고 가야 소국들을 순방하고 다녔던 우륵은 매우 딱한 처지에 놓이게 되었다.

'아아, 가야금과 가야 소국들의 얼이 서려 있는 가야 악곡의 운명은 여기까지인가.'

가야 소국들의 얼이 담긴 곡을 연주하던 가야금을 어루만지며 우륵은 깊은 고뇌에 빠졌다.

530년대 이후 가야 소국들은 중앙 집권적 영역 국가로 발전한 백제와 신라 사이에 껴서 이리 치이고 저리 치여 멍들어버렸다. 황산하와 남강, 그리고 대사강으로 이어지는 골짜기마다 위치해 있던 가야 소국들은 상호 간에 견제와 균형이 이루어져 중앙 집권적 영역 국가로 발전하지 못하고 분열과 쇠퇴를 거듭하고 있었다. 가락국이 멸망한 후, 가라국을 비롯한 황산강 수로를 통해 교역을 하던 가야 소국들은 타격을 입게 되었다. 뿐만 아니라, 비록 광개토왕 남정으로 타격을 입긴 했으나, 가야 소국들의 본국으로 어머니의 품 같았던 가락국의 멸망은 가야 소국들의 존립을 뿌리째 흔들었다. 게다가 가락국 대신 서남부 지역 가야 소국들의 큰 형님 역할을 기대했던 안라국도 국경을 접하게 된 신라와 남강 유역을 점령해 오는 백제 사이에서 크게 흔들리고 있었다.

"가라국은 물론 가야 소국들은 거센 바람 앞에 선 촛불 같은 운명 이야."

우륵이 깊은 한숨을 몰아쉬었다.

"스승님, 이제 결단을 내려야 합니다. 가라국은 침몰하고 있는 황 포돛배입니다. 고전해 상수위가 재빨리 백제로 망명한 거 보십시 오."

니문이 기어들어 가는 목소리로 말했다.

"상수위 고전해가 백제로 망명한 후에 가라국의 많은 백성이 백 제 땅으로 넘어갔지…."

우륵이 말끝을 흐렸다.

"스승님, 신라에는 김무력 장군님이 있지 않습니까?"

"그렇지 김무력 장군이 있지."

"김무력 장군님을 찾아가면 가락국 백성이었던 스승님과 저를 죽 이기야 하겠습니까?"

"죽이기야 하겠느냐. 백성들을 친자식처럼 사랑했던 구형왕의 아 드님이신데…."

"…그나저나 신라에 가서 가야금과 가야악을 지킬 수 있을까?"

우륵이 니문을 지그시 바라보았다.

"백제로 가는 거보다 신라로 가는 게 더 나을 거 같습니다."

니문이 우륵을 향해 말했다.

우륵은 피곤한 몸을 이끌고 방으로 들어갔다. 옷을 벗지 않은 채 그는 자리에 누웠다. '앞으로 어떻게 할 것인가? 앞이 보이지 않아.' 우륵은 몸을 뒤척이며 잠을 이루지 못했다. 어느덧 새벽 어스름이 문살에 가득 매달려 있었다. 그는 자리에서 벌떡 일어나 앉았다. 벽면을 응시하고 눈을 감았다. 니문도 신라로 가는 것이 좋다고 하지 않았던가. 가라국의 도성은 좁은 데다 백성이 많았다. 식량과 음용수가 적었다. 백제나 신라 군사들이 한 달만 포위하고 있으면 가라국 군사와 백성들은 고스란히 굶주려 죽게 된다. 게다가 도성이 가야 소국들과 외따로 떨어져 있었다. 황산하만 건너면 신라땅이었다. 만약 위급한 사태가 발생할 때는 외부로부터 도움을 받을 수 없었다. 그리고 또 있었다. 수천, 수만의 신라 군사들과 맞서 싸우기에는 가라국 군사는 수적으로도 너무 적었다. 아무래도 세력을 나날이 키워가는 신라를 가라국 혼자 힘으로는 이길 수 없었다.

우륵은 니문을 방안으로 불러들였다.

"난 여기를 떠나기로 결심했다."

"잘 생각하셨습니다."

"떠날 준비를 하도록 하라."

우륵은 가야금을 비단에 싸서 어깨에 둘러메고 나설 채비를 하였다. 대숲으로 어둠발이 내리는 모습을 물끄러미 바라보던 그는 섬돌 아래로 내려서서 주위를 휘둘러 보았다.

"서둘러라."

"네, 스승님."

왼쪽 어깨에 가야금을 둘러멘 니문이 오른쪽 손에 보따리를 들고 뒤란에서 나왔다. 우륵과 니문은 어둠발이 번져가는 마당을 가로질러 사립을 나섰다.

갈대숲으로 바람이 몰려갔다. 우수수, 우수수 소리를 게워내며. 갈댓잎이 강물 위로 흩어졌다. 황포돛배가 개진나루 선착장에 닿았다. 우륵과 니문은 조심스럽게 황포돛배에 올라탔다. 황포돛배가 서서히 강물 위로 미끄러져 갔다. 니문은 천천히 고개를 돌려 개진나루를 바라보았다. 그는 바람이 밟고 지나가는 대나무숲을 바라보면서 두 눈을 조용히 감았다. 보리가 누렇게 익어갈 무렵 세상을 떠난 어머니를 가야산 자락에 묻고 돌아올 때 귀에 잡히던 소쩍새 울음소리가 귓바퀴에 맴도는 것 같았다. 어머니…… 그는 중얼거리며 눈을 떴다.

뒤늦게 우륵과 니문이 전단량을 빠져나갔다는 소식을 들은 도설지왕은 크게 놀라 군사들에게 우륵과 니문을 뒤쫓아가 잡아들이도록 명했다. 다섯 명의 말을 탄 가라국 군사들이 개진나루에 이르렀을 때 우륵과 니문의 모습은 보이지 않았다.

"한발 늦었구나. 돌아가자."

가라국 군사들은 말고삐를 돌려 전단량을 향해 되돌아갔다.

우륵은 니문과 함께 황산하를 건너 산길을 오르기 시작했다. 구름이 만어산 중턱에 띠를 두르고 있었다. 우륵과 니문은 만 마리의 물고기 떼가 살고 있다는 설화가 서려 있는 만어산 등갱이로 오르는 너설로 접어들었다. 발아래로 바위너설이 펼쳐졌다. 황산하 건너편 무척산 골짜기로 운해가 장관을 이루고 있었다.

옛날 동해 용왕의 아들이 수명이 다한 것을 알고 무척산으로 갔다. 산정에는 수로왕을 장사지낼 때 장지에 물이 고여 정상에 못을 파서 물이 고이는 것을 막았다는 전설이 서려 있는 천지(天池)가 있고, 산중턱에는 모은암이 있다. 용왕의 아들은 신통(神通)한 능력을 지니고 있는 주지 스님을 찾아가서 새로 살 곳을 마련해 줄 것을 부탁하였다. 주지 스님은 가다가 멈추는 곳이 인연터라고 일러주었다. 용왕의 아들이 황산하에 이르렀다. 황포돛배를 타고 황산하를 건너기 시작하자, 고기떼가 그의 뒤를 따랐다. 배에서 내려 만어산에 올라 머물러 쉰 곳이 만어사였다. 그 뒤 용왕의 아들은 큰 미륵 돌로 변하였고 수많은 물고기는 불법(佛法)의 감화를 받아 만어산의 바위너설이 되었다

삐죽삐죽하게 고개를 내민 바위들이 만어산 정상에서부터 강물처럼 흘러 내리다가 골짜기 중턱에 널브러져 있는 너덜겅이 마치 크고 작은 물고기들이 떼거리를 이루어 하늘로 머리를 들고 입질을 하며 만어산 정상으로 올라가고 있는 것만 같았다. 우륵과 니문은 단청을 새로 입힌 일주문을 지나 만어사 경내로 천천히 걸음을 옮겼다.

만어사의 당우로는 대웅전·미륵전·삼성각·요사채·객사 등이 있었다. 객사는 2칸 규모의 목조 기와집이었다.

승려들이 바랑을 멘 채 우륵과 니문을 향해 합장했다.

"혜량 스님이 오늘 귀한 손님이 오신다고 했는데…."

턱이 매끈한 승려가 말했다.

"이분들이 그 귀한 손님에 틀림없어요."

앳돼 보이는 승려가 호들갑스럽게 말했다.

우륵은 승려들의 뒤를 따라 대웅전으로 갔다.

혜량 곁에 앉아 있던 상좌 승려가 허리를 세워 뒤꿈치를 들고 조심스럽게 그의 곁을 물러났다.

"이렇게 먼 곳까지 어려운 걸음을 하셨습니다."

덕이 있고 위엄이 있어 보이는 혜량은 우륵과 니문을 위로했다.

"예를 갖추지 못하고 이렇게 황망히 찾아오게 되어 대단히 황송하옵니다."

우륵이 예를 갖추어 말했다.

우륵이 가래 섞인 목소리로 말했다.

"잘 오셨습니다."

"저는 가라국을 떠나 좀 더 안정된 곳에 가서 음악을 하고 싶어 황산하를 건너왔습니다."

"나무관세음보살."

혜량이 눈을 지그시 감고 염주를 돌렸다.

"김무력 장군님을 뵐 수 있도록 도와주시면, 감사하겠습니다."

우륵이 겸연쩍은 듯 황산하를 내려다보며 말했다.

"이곳에서 금성으로 가는 일이 간단치 않습니다. 객사에 묵으면서 생각해 보도록 합시다."

혜량이 우륵을 향해 따뜻한 눈길을 부었다.

사흘 후 상좌스님이 우륵과 니문이 머물고 있는 방으로 왔다.

상좌스님을 따라 우륵은 혜량이 머물고 있는 방으로 갔다.

"자, 이걸 소지하고 서화로 가서 거칠부 장군을 만나 뵙도록 하세요."

혜량이 소개장을 우륵 앞으로 내밀었다. 서화는 탁기탄국의 옛땅이었다.

"감사합니다. 이 은혜를 잊지 않겠습니다."

"어쩌면 금성에서 다시 만날 수도 있을지 모르겠소."

우륵과 니문이 떠나는 날 혜량이 일주문 밖까지 나와 우륵을 배웅했다.

하늘과 황산하가 맞닿아 있는 곳에 가라국의 산들이 희미하게 떠오르기 시작했다. 우륵은 능선을 바라보며 생각에 잠겼다.

우륵은 혜량의 소개장을 들고 신라 군영으로 찾아갔다. 니문이 거칠부 장군에게 보내는 소개장을 들고 왔다고 말하자, 병사가 우륵과 니문을 천막 안으로 데리고 갔다.

"거칠부 장군은 지금 금성에 가 있으니, 일단 이들을 금성으로 데리고 가라."

부대장이 말했다,

우륵과 니문은 교대 근무로 금성으로 가는 신라 군사들을 따라갔다.

혜량이 써준 소개장을 펼쳐 본 거칠부는 부관을 시켜 우륵과 니문을 김무력 장군에게 데려다주도록 했다. 가락국계 김서현의 아버지인 김무력은 이사부의 부관으로서 단양의 적성 전투에 참전했고 고구려가 차지하고 있던 한강 유역 공략에 참전하여 전공을 세웠다.

우륵과 니문을 만난 김무력은 난감한 표정을 지었다. 이 무렵 가락국 복원 운동을 하는 김연규가 이끄는 가락국 부흥군 때문에 신라 조정은 가락국 유민들을 달갑지 않게 생각하고 있었다. 가락국 유민들 가운데 김연규처럼 가라국 조정과 연결고리를 갖고 있는 사람들도 있었다.

"한 치 앞을 내다볼 수 없는 상황이 금성에서 벌어지고 있어요."

"……."

"자칫하면 목숨이 위태로울 수도 있어요. 금성에서 멀리 떨어져 있는 낭성(지금의 청주시)으로 옮겨 가면 어떻겠소? 으흠…."

김무력이 헛목을 다듬고 나서 말했다.

"낭성이면 백제 국경 가까이 있지 않습니까?"

우륵이 말을 이었다.

"가락국 백성들이 모여 살고 있으니, 자리 잡는데 도움이 될 겁니다. 지금은 정세가 복잡한 때니까, 당분간 낭성에 가서 조용히 지내도록 하시오."

김무력이 말했다.

"네 그렇게 하겠습니다."

우륵이 머리를 조아렸다.

"사흘 후 낭성의 죄인들을 금성으로 압송하러 병사들이 함거(檻車)를 끌고 가는데 그걸 타고 갈 수 있도록 조치를 취해 놓겠소. 그때까지 객관에서 쉬도록 하시오."

김무력이 말을 끝내고 뒤돌아섰다.

14

　우륵은 두 마리의 말이 이끄는 함거에 실려 가는 자신과 니문의 처지가 처량하다고 느꼈다. 김무력 장군이 자신들을 보호하려고, 함거에 실어 금성에서 멀리 떨어진 낭성으로 보내는 것을 이해하지 못하는 것은 아니지만, 한때는 가라국의 궁정 악사였던 자신의 꼴이 말이 아니라고 생각했다. 니문의 가슴에는 8월의 하늘 아래 햇볕으로 타들어 가는 들판의 더위보다도 더 숨 막히는 불안과 근심이 똬리를 틀고 있었다.

　"니문아, 두렵냐? 얼굴 좀 펴라."

　우륵이 수심이 가득한 니문의 얼굴에 눈길을 부었다.

　"스승님, 우릴 죽이려고 하는 건 아니지요?"

　니문의 끔벅끔벅 움직이는 눈에 걱정이 가득 실려 있었다.

　"걱정을 사서 하는구나."

　"……."

　"김무력 장군이 누구냐? 걱정하지 마라. 신라 군사들이 가락국 백성들은 가라국 백성들처럼 노예로 끌고 간 사람이 없다. 구형왕이 항복을 하자, 가락국 땅을 식읍으로 주어 다스리도록 하고, 그 자식들은 진골로 편입시켜 높은 관직을 주지 않았느냐."

　"그게 다, 신라의 유화 정책이라는 걸 저도 압니다."

　"유화 정책이라 해도 신라가 가락국 백성을 대하는 태도와 가라국 백성을 대하는 태도는 너무나 차이가 크다."

　"저도 그건 알고 있습니다."

　우륵과 니문이 탄 함거가 낭성에 이르렀다. 신라 군사들이 우륵과 니문을 강변의 통나무집으로 데리고 갔다.

　"김무력 장군님으로 연락을 받았습니다. 얼마 전까지 사람이 살던 곳이라 좀 손질하면 지내기엔 괜찮을 겁니다. 이불을 비롯한 세간들도 준비해 두었습니다. 불편한 게 있으면 촌장한테 부탁하십시오."

투구와 갑옷으로 무장한 부대장이 말했다.

"감사합니다."

니문이 머리를 숙여 보였다.

촌장이 말 위에 싣고 온 쌀 두 포대와 콩 한 포대를 대청에 내려놓았다.

우륵이 가야금을 대청에 내려놓고, 손가락만 한 구멍이 빠끔하게 뚫려 있는 장지문을 열고 안방으로 들어갔다. 뿌연 빛줄기가 눅눅하고 어두침침한 방 안을 비춰주고 있었다.

날이 밝아오자, 우륵은 아침을 먹는 둥 마는 둥 하고 가야금을 어깨에 메고 냇가의 너럭바위를 향해 걸어갔다. 그 뒤로 니금이 점심 보따리를 들고 뒤따랐다. 우륵이 현란한 손놀림으로 가야금을 탔다. 새가 지저귀는 소리와 가야금 가락이 한데 어우러져 냇물 위로 퍼져 나가고 있었다. 가락이 냇물 위에 내려앉자, 냇물이 소리를 내며 화답했다. 니금은 가야금 소리에 맞춰 춤을 추었다. 머리가 새하얀 도사 같은 악사가 너럭바위에 앉아 가야금을 연주한다는 소문이 근동에까지 퍼졌다. 우륵이 가야금을 연주하면 학이 날아와 춤을 추고, 나비가 가야금 위를 맴돈다는 소문이 돌았다. 우륵의 연주를 감상하기 위해서 사람들이 모여들었다.

551년 봄 3월, 진흥왕은 고구려 공격을 대비하기 위해 근위병을 거느리고 변경을 두루 돌아보러 나섰다가 낭성으로 행차했다. 그곳의 벼슬아치들과 백성들은 성문 앞에 도열해 진흥왕이 탄 수레를 기다리고 있었다. 통통하던 살이 빠지면서 청년티가 완연한 진흥왕이 수레에서 내리자 근위병들이 그를 에워쌌다. 하림궁에 연회가 시작되었다. 자주색 큰 소매 옷을 입고, 새까만 가죽신을 신은 악공(樂工)들이 연회장에 한구석에 자리 잡고 있었다. 허리가 가느다란 악공이 아래로 둥글게 배가 부른 모양의 쟁을 무릎에 올려놓고 가만히 줄을 손으로 튕겼다. 무희(舞姬)들이 소리에 맞추어 춤을 추고 노래를 불러 흥을 돋우었다. 애절한 가락이 느리게 흐르다가, 어느새 밝고 활기찬 가락으로 바뀌었다. 현을 당기는 악공이 손가락의 힘을 서서히 줄였다.

"어허 이 노래는 내가 처음 들어보는 노래로다. 이 노래를 누구한테 배웠느냐?"

하늘하늘 터질 듯한 앳된 얼굴의 악공이 뜯는 쟁의 소리에 오롯이 침잠해 있던 진흥왕이 물었다.

"가라국에서 넘어온 우륵이라는 악사와 그의 제자 니문한테 배워 익혔다 하옵니다."

진흥왕 곁에 있던 벼슬아치가 엎드려 아뢰었다.

"우륵이라는 악사와 그의 제자 니문을 하림궁 안으로 불러들여라."

진흥왕이 명을 내렸다.

근위대장이 병졸들을 거느리고 강변의 너럭바위로 우륵을 찾아갔다.

"우륵은 왕명을 받들라."

키가 큰 근위대장이 숨을 몰아쉬며 말했다.

우륵이 가야금을 한쪽으로 밀쳐놓고 일어섰다.

"하림궁으로 갑시다."

근위대장이 말했다.

창백하리만큼 하얀 얼굴의 니문은 마을 사람들에게 눈길을 주었다가 얼른 근위대장에게 눈길을 옮겼다. 그는 가라국에서 도망쳐 나온 그 자신을 진흥왕이 가만둘 것인지 불안했다. 전쟁터에서 죽는 한이 있더라도 김무력 장군을 따라갈 걸하고 생각했다. 한편으로는 우륵은 그 자신이 김무력 장군과 같은 나라 출신인 가락국 사람이라는 걸 밝히면 목숨은 부지하지 않을까 생각도 해보았다.

우륵은 가야금을 앞에 내려놓고 꿇어 엎드렸다.

"그대가 가라국에서 온 악사 우륵인가?"

진흥왕이 물었다.

"네 그러하옵니다."

우륵이 대답했다.

"전하, 가야금의 명인이라고 우리 신라에까지 소문이 난 악사입니다."

진흥왕 곁에 있던 낭성 성주가 아뢰었다.

"정말 그대가 가야금의 명인인가?"

진흥왕이 궁금하다는 듯이 물었다.

"소인은 신라 땅을 떠도는 악사일 뿐입니다."

우륵이 나지막한 목소리로 말했다.

"…떠도는 악사라? 네가 가야금의 명인이라 하니… 어디 연주를 한번 해보거라."

진흥왕이 우륵 곁에 있는 가야금에 눈길을 주며 말했다.

잠시 호흡을 고른 우륵이 천천히 가야금을 탄주하기 시작했다. 어쩌면 이승에서 마지막 연주가 될지도 모를 일이었다. 그는 어느 때보다 혼신의 힘을 쏟아 현을 튕겼다. 우륵은 진흥왕 앞에서 가실왕의 명에 따라 만든 가야금으로 가야 소국들의 통합을 위해 작곡한 12곡을 차례로 연주했다. 가야금 소리가 하림궁에 울려 퍼졌다. 진흥왕은 지그시 눈을 감고 용상에 앉아서 미동도 하지 않았다. 이윽고 가야금 소리가 멎었다.

"사람의 마음을 뒤흔드는 음악을 들어본 적이 없도다. 가야금의 명인이라는 말이 헛말이 아니었구나."

진흥왕이 말을 끝내고 입을 굳게 다물었다.

신라 군사들에게 끌려가서 진흥왕 앞에서 가야금을 연주한 지도 한 계절이 지나갔다. 가지 끝에 매달린 복숭아의 빛깔은 뜨거운 햇볕을 받아 날이 갈수록 담홍색으로 변해가고 있었다.

까마귀들이 하늘에서 원을 그리며 빙빙 돌았다. 투구를 쓰고 갑옷을 입은 군사들이 너럭바위로 우륵을 찾아와 국원 성주의 명에 따라 국원성(지금의 충주시)으로 모시고 가겠다고 말했다. 우륵은 올 것이 오고 말았다고 생각했다. 우륵과 니문은 군사들을 따라 너럭바위를 떠났다. 촌장과 마을 사람들이 고샅으로 몰려나왔다. 어느새 하늘은 검은 구름으로 뒤덮였다. 영문을 모르는 마을 사람들은 구새 먹은 느티나무가 뿌리를 내리고 있는 동구에 서서 우륵과 니문을 쳐다보았다. 마을 사람들의 마음속에 여름 한 철의 무더위보다도 더 숨 막히는 불안과 걱정의 파도가 밀려오기 시작했다. 우륵은 굳은 얼굴로 마르고 파리한 촌장을 바라보았다. 늘 온화한 미소를 띠고 있던 촌장의 얼굴이 참담히 일그러져 있었다.

군사들이 병거(兵車)에 싣고 온 덩이쇠와 병장기를 내려놓고, 낭비성 군사들이 가져온 쌀과 콩을 병거에 실었다. 함거를 타고 왔던 우륵과 니문이 쌀 포대와 콩 포대를 실은 병거에 몸을 싣고 떠나는 모습을 바라보던 촌장은 오른손으로 이마를 짚으며 느티나무에 몸을 기댔다. 기병들의 뒤를 따라 두 마리의 말이 이끄는 병거가 덜커덩거리며 국원성을 향해 갔다. 아무 말도 하지 않고 말을 몰고 병거 뒤를 따라가던 부대장이 음성에서 묵고 가자고 말했다. 기병들은 음성 안으로 들어가 마구간에 말을 묶었다. 대나마 석범의 아들인 부대장은 국원성 성주의 인척인 음성 성주에게 다가가 귓속말을 했다.

모처럼 풍성한 음식으로 배를 채운 우륵과 니문은 이불을 깔고 자리에 나란히 눕자마자, 곯아떨어졌다.

아침 일찍 음성을 떠난 부대는 산그늘이 달천강에 음영을 드리울 무렵 국원성에 도착했다.

군사들은 우륵과 니문을 대문산 아래에 방 두 칸짜리 초가집으로 데리고 갔다. 군사들이 쌀 1포대와 콩 1포대를 대청에 내려놓았다.

"촌장에게 말해 놓을 테니 촌장이 찾아오면 도움을 청하세요."

부대장이 군사들을 이끌고 굴뚝에서 연기가 피어오르고 있는 집을 향해 갔다.

흰 터럭이 서리처럼 수염에 성깃성깃 섞인 촌장이 마을 사람들을 데리고 나타났다. 몸집이 우람한 사내가 솔과 불땀이 좋은 희나리를 지게에 지고 왔고, 가냘픈 몸집의 인화가 물통을 이고 왔다.

"오늘 저녁은 저희 집에 가서 같이 합시다."

촌장이 잔주름이 모인 입술을 열어 말했다.

촌장 집 대문에 물고기 두 마리가 마주 보는 그림이 새겨져 있었다.

"쌍어문이 아닙니까?"

우륵이 물었다.

"쌍어문을 아세요?"

인화가 물었다.

"알다마다요. 나는 본래 가락국 사람이요."

우륵이 웃으며 말했다.

"가락국 사람이라고요?"

인화의 까만빛 눈동자가 초롱초롱했다.

"네. 그렇소이다."

니금이 어깨에 메고 있던 가야금을 마루 구석에 세웠다.

"인화야, 악사님들을 안방으로 모셔라."

촌장이 말했다.

"네, 아버지."

인화가 치마를 여미며 안방으로 들어갔다.

촌장의 말에 따라 인화와 마을 아낙네들은 저녁을 준비하느라 부산을 떨었다. 저녁을 먹으면서 촌장은 금성에서 돌아가는 일에 대해 물었다. 우륵은 듣고 본 대로 이야기해 주었다. 가라국에서 탈출해 금성으로 갔다가 김무력 장군의 도움으로 낭성에 가게 되었었다는 이야기를 하자, 촌장은 눈물을 보였다. 가락국 유민들은 떠나온 가락국을 그리워하고 있었다. 그들은 김무력 장군이 그들을 '님의 나라'인 가락국으로 데리고 갈 것이라는 희망을 잃지 않고 있었다. 가락국은 가락국 유민들에게 '언젠가는 돌아가야 할 님의 나라'였던 것이다.

"모처럼 가락국 사람들끼리 만났으니까, 제가 가야금 연주로 인사를 대신하겠습니다. 먼저 연주를 하기 전에 가락금과 가야금에 대해 말씀드리겠습니다. 여러분들 아시다시피 질지왕이 변한의 금(琴)과 남제의 쟁(箏)을 개량하여 만든 게 가락금이고, 가라국의 가실왕이 가락금을 개량하여 만든 게 가야금입니다."

낮은 목소리로 말을 마친 우륵은 가야금을 가져 와 무릎 위에 올려 놓았다. 달천강을 거슬러 온 바람이 마당 한가운데를 쓸고 지나갔다. 가야금 소리가 울려 퍼졌다. 그것은 예전부터 들어오던 가락국의 가락이었다. 누란에 봄볕이 쏟아지면 마치 쉬리 떼가 몰려오는 모습을 했던 호양목의 파릇파릇한 잎들이 파르르 떨며 내는 여린 소리와 같았고, 달천강에 봄이 오면 버드나무 잎사귀들이 파르르 떨며 내는 여린 소리 같았다. 마을 사람들은 서로 얼싸안고 울음을 터뜨렸다.

인화가 된장 한 통과 마른 산나물 세 꾸러미를 들고 마당으로 들어섰다. 그녀의 오똑한 콧날에 땀방울이 송골송골 맺혔다.

"마른 산나물은 물에 불려 두었다가 된장을 넣고 끓여 먹으면 맛있어요."

인화가 고개를 돌려 니금에게 말했다.

"이렇게 귀한 걸 가져다주었는데 전 뭘로 은혜를 갚지요?"

니문이 말을 끝내고 푸른빛이 일렁이는 달천강으로 눈길을 돌렸다.

"틈이 날 때 저에게 가야금을 가르쳐 주시면 안 될까요?"

인화가 조심스럽게 입을 뗐다.

"가야금을 배우겠다면 가르쳐 드리리라."

니문이 흔쾌히 약속을 했다.

"고, 고마워요."

인화의 둥그스름한 얼굴에 점차 발그레한 빛이 돌았다. 두 사람은 한참 동안 서서 말을 섞었다.

봉창으로 아침 햇살이 비쳐 들어왔다. 뒤란에서 희나리를 가져다가 니문이 아궁이에 불을 붙이고 가마솥에 쌀을 씻어 안쳤다. 우륵은 부엌에서 들려오는 달그락거리는 소리에 눈을 떴다.

"된장국 냄새가 좋구나."

우륵은 입안에 고인 침을 삼켰다.

"시장하시지요."

니문이 소반에 아침상을 차려왔다.

"산나물 된장국이 구수하구나."

우륵이 머리를 낮추고 산나물 된장국 그릇에 밥을 더 떠 넣으며 말했다.

속리산 계곡에서 발원하여, 남한강의 본류와 합류하는 달천강은 대문산을 끼고 흘러가고 있었다. 남한강 물과 달천강 물이 하나가 되는 두물머리의 하늘은 파랗게 개어 있었다. 능선을 바라보며 흘러가던 강물이 소(沼)를 만들었다. 파란 하늘이 비친 소의 가장자리에서 해오라기가 먹이를 찾느라 작은 물살을 일구고 있었다. 해오라기가 날갯짓을 해대며 날아올랐다.

니문이 말없이 가야금을 받아서 무릎 위에 올려놓고 인화를 바라보았다.

"어서 한 곡 타주세요."

인화가 바위 위에 앉으며 말했다.

니문이 마주 앉은 인화에게 연방 눈길을 쏟아부으며 현을 살짝 퉁겼다.

강물 위로 바람이 훑고 지나가자, 푸른 청보리가 일렁였다. 일렁이는 청보리 사이로 인화가 뛰어갔다. 우륵이 대청마루에 앉아 인화의 뒤를 따라 청보리밭으로 뛰어가는 니문을 바라보았다. 인화가 팔을 벌려 니문을 꼭 껴안으며 눈을 감았다. 청보리가 쓰러졌다. 버드나무 가지에 매달려 있던 매미가 낭자하게 울어 댔다.

15

금성으로 돌아온 진흥왕은 계고·만덕·법지 등을 국원에 보내 우륵에게 음악을 전수받도록 했다. 앞서거니 뒤서거니 세 사람의 벼슬아치들이 마당으로 들어섰다. 그들은 금성에서 온 벼슬아치들이라고 자신들을 소개했다.

"대나마 계고, 인사드립니다."

"대나마 법지, 인사드립니다."

"대사 만덕, 인사드립니다."

젊은 벼슬아치들은 마당에 엎드려 절을 했다.

우륵은 마루에 앉아 진흥왕이 보낸 벼슬아치들의 절을 받았다.

"그대들은 신라의 벼슬아치들인데 망한 나라 가라국의 악(樂)을 무엇 때문에 배우려 하느냐?"

우륵이 벼슬아치들을 바라보며 얼굴을 앞으로 내밀었다.

"전하께서 저희들에게 '공자는 상(上)을 안온케 하고, 민(民)을 다스리는 데는 예(禮)보다 좋은 것이 없고, 풍속을 교정하는 데는 악(樂)보다 나은 것이 없다'고 이르면서 예는 민심을 절도있게 하고 악은 민성(民聲)을 화합시키며, 정(政)으로써 시행하고 형(刑)으로써 예방한다고 말씀했습니다."

계고가 나지막한 목소리로 말했다.

"예악형정(禮樂刑政)이 사방으로 두루 미쳐 어그러지지 않으면 왕도(王道)는 달성된다는 말씀이로구나."

"네 전하께서 예는 백성 마음을 절도 있게 하고 악은 백성의 울림소리를 서로 응하게 하며, 다스림으로써 이를 행하고 형벌로써 이를 막는다 했습니다."

법지가 가는 눈을 끔벅거리며 말했다.

"전하께서 '예'·'악'·'형'·'정'의 4가지가 사방에 널리 퍼져서 어그러지지 않는다면 곧 왕의 치도(治道)가 갖추어진다고 말씀하셨습니다."

만덕이 말했다.

"가야금을 가져와 보게."

우륵이 니문을 향해 말했다.

니문이 대청 한쪽에 놓여 있는 가야금을 가지고 와서 우륵 앞에 앉았다.

"이번에 새로 지은 세 곡을 한 번 연주해 보아라."

우륵이 몸을 일으키며 말했다.

"제가 새로 지은 세 곡을 차례로 들려드리도록 하겠습니다. '오(烏)'는 까마귀를 살펴보고 지은 곡이고, '서(鼠)'는 쥐를 살펴보고 지은 곡이고, '순(鶉)'은 메추라기를 살펴보고 지은 곡입니다."

니문이 말했다.

"세 곡 모두 동물을 살펴보고 지은 곡이군요."

법지가 말했다.

"동물을 살펴보고 지었다는 게 흥미롭군요."

계고가 말했다.

니문이 가야금을 앞으로 당겨 무릎에 받쳐놓고 오른쪽 손을 들어 현을 튕겼다. 니문의 손가락이 현을 튕길 때마다 까마귀가 푸드덕거리며 창공으로 날아올랐다. 세 사람은 니문의 가야금 소리에 빨려 들어갔다. 이윽고 니문이 현을 힘 있게 튕기자, 메추라기 떼들이 푸드덕거리는 소리를 내며 대나무 숲속으로 사라졌다.

"동물의 소리를 가지고 정말 훌륭한 곡을 지었다니 대단합니다."

만덕이 말했다.

"가야금이 대단한 성기(聲器)라는 걸 오늘 알았습니다."

계고가 말했다.

"가야금은 소리를 내는 성기로만 생각해서는 아니 된다. 가야금은 십이율(十二律) 중 양성(陽聲)에 속하는 여섯 가지 소리, 즉 '황종(黃鐘)·태주(太簇)·고선(姑洗)·유빈(蕤賓)·이칙(夷則)·무역(無射)'과 '춘(春)·하(夏)·추(秋)·동(冬)'의 사시(四時)와 '천(天)'과 '지(地)' 그리고 '동(東)·서(西)·남(南)·북(北)·상(上)·하(下)'의 육합(六合)과 '천(天)·지(地)·인(人)'의 삼재(三才)가 융합되어 있는 악기다."

우륵이 계고를 향해 말했다.

"가야금이 그러한 깊은 이념을 지니고 있는 악기인 줄 몰랐습니다. 앞으로 열심히 배우겠습니다."

계고가 말했다.

"법지는 노래에 소질이 있어 보이니 노래를 배우도록 해라."

우륵이 말했다.

"열심히 하겠습니다."

법지가 말했다.

"저는 악무(樂舞) 중에서 춤을 추기를 좋아합니다."

"그래 자고로 예능은 자신이 좋아하는 걸 해야 한다. 만덕은 춤을 배우도록 해라."

그 후 우륵은 세 제자에게 자신이 지은 12곡도 가르쳐주었다. 우륵이 작곡한 12곡을 배운 세 제자는 12곡이 번잡하고 음란하여 우아하고 바르지 못하다고 판단하여 5곡으로 줄여 버렸다. 우륵은 이 소식을 듣고 제자들로부터 뒤통수를 얻어맞은 것 같아 눈알이 곤두섰다. 그러나 새로 줄인 5곡을 모두 듣고 난 뒤에는 눈물을 흘렸다.

"공자께서 '『시경』의 「관저(關雎)」는 즐거우면서도 지나치지 않고, 슬프면서도 마음을 상하게 하지는 않는다'고 말씀하셨다. 즐거우면서도 지나치게 즐겁지 않고, 슬프면서도 지나치게 슬프지 않구나. 이것이 정말 바른 음악이로구나."

우륵이 말했다.

진흥왕은 계고·만덕·법지 등이 학업을 성취했다는 소식을 듣고 금성으로 불러들여 세 사람에게 연주를 명했다.

"안회(顔回)가 한 나라의 정치 방법을 물었을 때 공자께서 '음악은 순임금의 소(韶)와 무왕의 무(舞)를 쓰고 정(鄭)나라 음악은 내치고 아첨하는 자들은 멀리해야 한다. 정나라 노래는 음란하고, 아첨하는 자들은 위태롭기 때문이다'라고 말씀하셨습니다. 전하, 아니 되옵니다. 가라국은 곧 망할 나라입니다. 망할 나라의 음악을 들어서는 안 됩니다."

귀밑털이 희끗희끗해 가는 상대등이 아뢰었다.

"가라국 음악을 물리치소서."

여러 상신(上臣)들이 적극 반대하고 나섰다.

"가라국왕이 음탕하고 난잡하며 정사를 바로 못 한 탓으로 스스로 멸망했는데 가라국의 음악에게 무슨 죄가 있겠느냐? 대개 성인이 악을 제정하는 것은 인정에 연유하여 조절하게 한 것이지만, 나라의 존망(存亡)과 그 나라의 음악은 별개다."

진흥왕이 말했다.

16

554년 가을 백제는 3만 명에 달하는 대병력을 동원하여 신라 공격에 나섰다. 성왕의 아들 부여창이 지휘한 백제 · 가라국 연합군은 신라군을 공격했다. 처음에는 백제 · 가라국 연합군이 승리했다. 성왕은 아들 부여창을 격려하기 위하여 백제 · 가라국 연합군 진영으로 향하였다. 백제 국경으로 갔던 간자(間者)가 성왕이 몸소 군대를 이끌고 온다는 첩보를 갖고 왔다.

"너는 천한 종이지만 성왕은 훌륭한 임금이다. 지금 천한 종이 훌륭한 임금을 죽이게 된다면 후세에 전하여져서 세상 사람들의 입에서 잊히지 않을 것이다."

신라의 장수가 말먹이꾼인 고도를 부추겼다.

"천한 저를 이렇게 불러주신 것만도 영광입니다. 백제 임금의 목을 꼭 베어오겠습니다."

고도는 굵은 목소리로 대답했다.

성왕은 대신들의 만류를 뿌리치고 보병과 기병 50명을 거느리고 사비성을 떠나 관산성을 향했다. 구천 협곡에 신라 군사들은 성왕이 다가오기를 기다리며 매복해 있었다. 신라 군사들이 매복해 있다는 사실을 모른 채 성왕 일행은 구천 협곡에 다다랐다.

"이때다! 공격하라."

갑자기 날아오는 화살에 성왕이 탄 말이 쓰러졌다. 성왕은 땅바닥에 떨어졌다. 이때 재빨리 고도가 성왕을 덮쳤다. 성왕은 신라군에게 사로잡혔다.

"왕의 머리를 베게 해주십시오."

고도는 성왕에게 두 번 엎드려 절을 올렸다.

"왕의 머리는 종에게 맡길 수 없다."

성왕은 늠름한 자세로 말했다.

"우리 신라 국법에는 맹세한 바를 어기면 비록 국왕이라 하더라도 마땅히 종의 손에 죽습니다."

고도가 냉랭하게 그 말을 받았다.

고도의 말을 들은 성왕은 체념한 듯 자신의 옆구리에 차고 있던 장검을 고도에게 풀어주었다.

"하늘이 백제를 버리는구나."

성왕은 하늘을 우러러 탄식하며 눈물을 줄줄 흘렸다.

"자, 어서 머리를 늘이시오."

고도가 천천히 입을 열었다.

"과인은 매양 뼈에 사무치는 고통을 참고 살아왔지만, 너 같은 종에게조차 구차하게 목숨을 구걸하며 살고 싶지는 않다."

성왕이 울분을 가라앉히기 위해 느릿느릿 말을 마치고 머리를 늘였다.

고도가 장검을 치켜들었다. 까치살무사의 딱 벌린 아가리에 솟아난 이빨처럼 날카로운 검날이 빛살같이 허공을 그었다.

신라는 성왕의 시신 가운데 몸통은 백제 군사들에게 되돌려주었고, 성왕의 머리는 북청이라는 관청 건물의 계단 밑에 묻어두고, 벼슬아치들로 하여금 성왕의 머리를 매일 밟고 다니도록 했다.

이 전쟁에서 백제는 성왕을 비롯해 4명의 좌평이 전사하고 2만 9천 6백여 명에 달하는 군사들이 전사하는 참담한 패배를 당했다.

백제가 차지한 한강 하류 6개 군을 공격하여 빼앗은 신라는 이곳에다 재빨리 신주(新州)를 설치했다. 진흥왕은 아찬 김무력을 신주의 군사 책임자로 임명했다.

554년 백제와 가라 연합군이 관산성 전투에서 신라에게 크게 패한 뒤 신라는 백제의 눈치를 살피지 않고 본격적으로 가야 소국들의 정벌에 나섰다.

"한강 유역을 차지했으니, 남아 있는 가야 소국들을 정복해야 하오. 우선 가라국부터 공격하도록 하시오."

진흥왕이 이사부에게 명령했다.

556년 신라는 동해안을 따라 북쪽으로 나아가 고구려 군사들을 북쪽으로 밀어내고 비열홀주(지금의 함경남도 안변군으로 비정됨)를 설치하였다. 그리고 이곳을 근거지로 하여 고구려 군사들과 치열한 전투를 벌여 마침내 함흥평야를 차지하는 데 성공하였다.

"한강 유역을 차지했으니, 남아 있는 가야 소국들을 정복해야 하오. 남아 있는 가야 소국들의 중심 세력인 가라국부터 공격하도록 하시오."

진흥왕이 이사부에게 명령했다.

"잘 알겠습니다."

이사부가 머리를 조아렸다.

"상감마마 이번 싸움에 저도 따라나설 수 있도록 도와주소서."

겨우 나이가 열대여섯 살쯤 되어 보이는 사다함이 머리를 숙였다.

"네 뜻은 갸륵하다마는 너는 나이가 어려서 안 된다."

진흥왕이 고개를 가로저었다.

"상감마마 제가 이번 싸움에 이사부 장군님을 따라갈 수 있도록 허락하여 주옵소서."

사다함은 다시 한번 진흥왕에게 머리를 조아렸다.

사다함은 여러 번 싸움터에 나갈 수 있도록 허락해달라고 청하였다. 그의 의지가 굳다는 것을 깨달은 진흥왕은 마침내 사다함이 싸움터로 나가는 것을 허락했다.

사다함이 싸움터로 나간다는 소문이 퍼지자, 화랑의 무리도 또한 따라나서는 사람들이 많았다.

신라 군사들이 쳐들어온다는 소식이 전해지자, 가라국의 도성은 발칵 뒤집혔다.

도설지왕은 신하들을 모아 놓고 대책을 의논했다.

"누가 적을 막을 좋은 방법이 있으면 말해보시오."

도설지왕이 침통한 얼굴로 물었다.

이사부가 이끄는 신라 군사들은 뗏목을 타고 황산하를 건넜다. 신라 군사들은 전단량 근처의 언덕에 이르렀다. 넓고 깊은 해자가 성벽 주위를 둘러싸고 있어 신라 군사들이 공격하기가 쉽지 않았다. 상수위 고전해가 성벽 주위에 냇물을 끌어들여 해자를 만들고 적의 침입에 대한 방비를 굳건히 하도록 했던 것이다. 가라국 군사들은 전단량을 꼭 닫고 굳게 지키기만 할 뿐 꼼짝도 하지 않았다. 신라 군사들은 활시위를 당겨 전단량을 공격하였으나, 전단량을 좀처럼 열 수 없었다. 신라 군사들은 부대를 둘로 나누어 한쪽은 주산 산성을, 또 다른 한쪽은 전단량을 공격하였다. 주산 산성의 전투에서 가라국 군사들은 필사적으로 신라 군사들에게 저항했다. 가라국의 전략적 요충지인 주산 산성은 가라국 군사들의 완강한 저항으로 신라 군사들은 주산 산성 동쪽 성루만 간신히 점령할 수 있었다.

"적들은 수가 많은 것을 믿고 우리를 깔보는 마음이 있을 것이고, 또 멀리서 오느라 피로에 지쳐 있을 것이니, 이때 신라 군사들을 치면 반드시 깨뜨릴 수 있을 것이다."

도설지왕이 비장한 어조로 말했다. 그의 등허리는 식은땀에 축축하게 젖어 있었다.

수천 명의 신라 군사들은 각자 보릿단을 하나씩 들고 전단량의 성벽으로 접근해서는 해자에 짚단을 던져 넣고는 뒤로 재빨리 물러서기를 반복했다. 그리고 나서는 신라 군사들이 흙을 날라와 해자를 메꾸기 시작했다. 이사부가 군사들이 흙을 져 날라 해자를 메우는 것을 보고, 그 가운데 가장 무거운 것을 나누어 자기의 말 위에 실었다. 따르던 군관들이 다투어 가면서 흙을 져다가 해자에 부렸다.

신라 군사들은 밤을 낮으로 낮을 밤으로 삼아 5일 동안 흙을 져 날라 해자를 메꿨다.

이사부가 시퍼런 검날을 번뜩이며 전단량을 향해 달려갔다. 그 뒤를 따라 신라 군사들이 붉은 먼지를 일으키며 몰려갔다.

전단량 위에서 가라국 군사들이 일제히 화살을 쏘아댔다. 해자는 신라 군사들의 시체로 가득 채워졌다.

신라 군사들이 해자 뒤로 멀찌가니 물러섰다.

"장군님, 제가 앞장설 수 있도록 허락해 주십시오."

사다함이 이사부 앞으로 나아갔다.

"귀당비장(貴幢裨將)은 안 돼."

이사부가 한마디로 거절했다.

"장군님, 제가 앞장서겠습니다."

거듭 사다함이 앞장서서 싸움터로 나가겠다고 요청했다.

"귀당비장, 나가 싸워라."

드디어 이사부의 허락이 떨어졌다.

사다함은 말을 타고 구덩이를 뛰어넘어 장검을 빼어 들고 적진으로 달려갔다. 전단량 위에서 신라 군사들의 모습을 내려다보고 있던 가라국 군사들은 어린 소년이 말을 타고 달려오자, 바라만 보고 있었다. 사다함은 눈 깜짝할 사이에 적진으로 들이닥쳐 장검을 휘둘렀다. 가라국 군사들은 우왕좌왕하며 갈피를 못 잡았다. 사다함은 이리 날뛰고 저리 날뛰는 가라국 군사들 사이로 달려가며 장검을 휘둘렀다. 가라국 군사들이 피를 뿌리며 쓰러졌다. 사다함은 채찍으로 말을 세차게 후려쳤다. 말이 해자를 건너뛰었다. 쏜살같이 전단량을 향해 달려갔다. 사다함은 이때를 놓치지 않고 가라국 깃발 아래서 장검을 들고 군사들을 지휘하고 있는 가라국의 장군을 향해 활시위를 당겼다. 가라국의 장군이 나무토막처럼 전단량 아래로 떨어졌다. 순식간의 일이었다.

"공격하라."

이사부가 총공격 명령을 내렸다.

신라 군사들은 화살을 성루 위로 쏘아댔다. 화살을 맞은 가라국 군사들이 성벽 위로 꼬꾸라졌다. 북소리와 함성이 하늘과 땅을 흔들었다.

가라국 군사들은 쓰러진 군사를 밀어내고 화살을 성벽 아래로 쏘아댔다. 신라 군사들이 말벌 떼처럼 달려들어 성벽을 향해 연방 화살을 쏘아댔다. 화살이 성벽 위로 새까맣게 날아갔다. 가라국 군사들이 성벽 아래로 계속 떨어졌다. 가라국 군사들은 다시 달려들어 화살을 성 아래로 쏘아댔다. 쏘아대면 막고, 막으면 쏘아대는 싸움이 치열하게 펼쳐졌다. 새까맣게 날아오는 화살에 맞아 죽는 가라국 군사들의 숫자가 급격히 늘어났다. 싸움은 시간이 흐를수록 치열해졌다. 가라국 군사들은 용감하게 싸웠으나 신라 군사의 줄기찬 공격 때문에 고전을 면치 못하고 있었다.

남쪽으로부터 바람이 세차게 불어왔다.

하늘이 우리를 돕는구나. 화공(火攻)을 시작하라."

이사부의 명령에 따라 신라 군사들이 장대 위에 올라가 성루에 불을 질렀다. 성루를 삼킨 불이 성안으로 밀려갔다. 불은 남쪽에서 거세게 불어오는 바람을 안고 도성 안의 초가에 옮겨붙었다. 훨훨 타오르던 초가의 불길은 가랑잎에 불붙기란 말처럼 눈 깜짝할 사이에 가무러져 가는 잿불로 변하고 말았다. 궁궐에 옮겨붙은 불길은 거세게 타올랐다. 가라국 군사들과 백성들은 불길을 잡으려고 이리 뛰고 저리 뛰었으나, 워낙 불길이 거세서 불길을 잡을 수가 없었다.

신라 군사들의 불화살이 일제히 불줄기를 뿜어댔다. 가라국 군사들의 비명이 쏟아졌다. 이어서 신라 군사들이 새까맣게 성벽에 달라붙었다. 시뻘건 불길을 뚫고, 가라국 군사들은 신라 군사들과 싸웠다. 그러나 가라국 군사들은 불길을 뚫고 밀려오는 신라 군사들을 당해낼 수 없었다.

"적의 숨통을 끊자."

무관량이 말채찍을 세차게 휘두르며 앞으로 달려 나갔다.

신라 군사들이 성난 파도처럼 전단량으로 들이쳤다. 성벽 위에 포진해 있던 가라국 군사들이 맥없이 무너졌다. 전단량을 무너뜨린 신라 군사들은 궁궐로 향해 달려갔다. 가라국 군사들은 끝까지 싸웠으나 수적으로 우세한 신라 군사들을 막아낼 수 없었다.

신라 군사들이 대전에 불을 질렀다. 가라국의 도성은 불바다가 되었다.

"아아, 가라국이 여기서 끝나는구나."

도설지왕은 더 이상 싸울 힘을 잃고, 어머니를 말에 태워 주산 산성으로 빠져나갔다. 가야산으로 가던 도중 신라 군사들에게 붙잡혔다. 도설지왕은 신라군의 군영으로 끌려가 이사부 앞에 무릎을 꿇었다. 가라국은 42년 이진아시왕이 나라를 세운 이래 520년 만에 역사의 저편으로 사라지게 되었다.

안라국을 비롯한 사이기국·다라국·졸마국·고차국·자타국·산반하국·걸손국·임례국 등 가야의 소국들도 가라국 멸망을 앞뒤로 하여 신라에게 항복했다. 이로써 가야 소국들은 500여 년의 긴 역사를 마감하게 되었다.

17

가라국 멸망 소식을 들은 마을 사람들이 하나, 둘, 촌장 집으로 몰려왔다.

"신라가 나날이 강성해져 가라국이 신라 군사들을 몰아내고 나라를 되찾을 승산은 거의 없습니다. 우리로서는 신라에 순응하면서 사는 게 지금 형편에 제일 나을 거 같습니다."

자그마한 얼굴에 수심이 안개 끼듯 어리어 있는 촌장이 굳게 다물고 있던 입을 열었다.

"신라가 가라국을 멸망시켰지만, 지금 신라는 백제·고구려와 싸우고 있는 사이이니 우리를 당장 끌고 가지는 않겠지만 안심할 수는 없습니다."

염노인이 말했다. 그는 가끔 염사의 우거수를 지낸 군장이었던 염사치 이야기를 마을의 젊은이들에게 들려주곤 했다.

"그렇습니다. 우리 가락국 유민들은 국원으로 위리안치(圍籬安置)된 겁니다. 언제 신라 군사들이 우리를 끌고 가 노비로 삼을 줄 모릅니다."

봉황성 쇠부리터에서 골편수 노릇을 했던 영범이 말했다.

"가라국 사람 300명을 잡아다 사다함에게 노비로 주었는데 사다함이 모두 풀어주었다 하지 않습니까. 신라의 노비로 사느니 백제로 도망쳐 산골에 들어가 화전을 일구며 사는 게 나을 듯합니다."

"나도 백제로 가는 거 찬성합니다."

뾰족한 턱을 앞으로 내밀며 이강이 말했다. 황산하를 오르내리며 도사공을 하다, 국원성까지 흘러 들어온 그였다.

"그건 안 됩니다. 반파국 왕족들과 귀족들의 시체를 들판에 내던져 날짐승들이 뜯어 먹게 한 놈들입니다. 나는 이 국원성에 그냥 살겠습니다."

가길이 말했다. 그는 가락국이 멸망하자, 다라국으로 건너가 쇠부리터에서 쇠를 달구고 담금질해서 병장기를 만드는 일을 했었다.

마을 사람들의 의견이 서로 엇갈렸다. 마을 사람들 가운데 만노군으로 가겠다는 사람이 열 사람이나 되었다.

우륵은 피곤한 몸을 이끌고 집으로 갔다. 낮 모임에서 열 사람이나 되는 사람들이 만노군으로 가는 것이 좋다고 하지 않았던가. 만노군은 가락국 구형왕의 손자인 김유신의 태가 묻혀 있는 곳이고, 가락국 구형왕의 셋째 아들로 신라의 장수가 된 김무력 장군이 성주로 있었던 곳이 아니던가. 국원성은 백제 국경이 가까운 데도 많은 사람이 살고 있었다. 양식과 군사들이 적었다. 백제 군사들이 보름만 포위하고 있으면 신라 군사들과 백성들은 고스란히 굶주려 죽게 된다. 게다가 국원성은 신라의 도성인 금성과 외따로 떨어져 있었다. 만약 위급한 상황이 발생할 때는 외부로부터 도움을 받을 수 없었다. 그리고 또 있었다. 수천, 수만의 백제 군사와 맞서 싸우기에는 수적으로도 너무 적었다. 아무래도 뿌리내리고 살기에는 불안한 곳이었다.

겉옷을 벗지 않은 채 우륵은 잠자리에 누웠다. 그가 겉옷을 입고 잠을 자는 버릇은 가라국을 떠난 온 그날부터 몸에 배기 시작한 습관이었다. '앞으로 어떻게 할 것인가? 앞이 보이지 않아.' 우륵은 몸을 뒤척이며 잠을 이루지 못했다.

옆방에서 인화와 니문이 소곤거리는 소리가 벽면을 타고 들려왔다. 뱃속에서 아기가 발길질하는 가봐요. 어디 봐요. 간지러워요. 우륵은 천장을 응시하고 눈을 감았다. 곧 그는 곯아떨어졌다.

인화를 앞세우고 새벽 어스름이 깔리는 마당을 벗어났던 니문이 대문산 위로 빗질하듯 내리고 있는 햇살을 등에 지고 마당으로 들어섰다.

우륵이 대청에 앉아 가야금을 비단으로 감쌌다.

"스승님, 전 어찌하면 좋겠습니까? 먼 길을 떠나는 스승님을 따라갈 수도 없고…."

"회자정리(會者定離)라 했다. 사람은 누구나 만나면 헤어지기 마련이라는 말이다."

"……."

니문이 울음을 안으로 삼키며 울었다.

"인화가 홑몸이 아닌 거 같은데… 나와 헤어진다고 너무 슬퍼하지 말거라. 세상에 영원한 건 없다. 만남이 있으면 반드시 이별이 있다."

우륵은 니문을 앞세우고 촌장집으로 갔다.

"난 여기를 떠나기로 했소."

우륵이 말했다.

"금성과 멀리 떨어져 있으니, 우리 가라국 유민들이 살아가기에는 금성보다 낫지 않겠소?"

촌장이 말끝을 높였다.

"노자의 『도덕경』에 보면 '사람 죽이기를 즐거워하는 사람은 그 뜻을 온 세상에 펼 수 없다'는 말이 있지요. 고구려에 빼앗긴 한강 유역 탈환 작전에 나섰던 백제의 성왕은 목적을 달성하기 위해 백제 군사들을 주축으로 해 신라 군사들과 가라국 군사들로 이루어진 연합군을 일으켜 북진해 백제 군사들이 먼저 고구려의 남평양을 공격해 고구려군을 무너뜨리고, 한강 하류의 6군을 회복했고 신라는 한강 상류의 10군을 차지하게 되었지요. 그러나 신라 진흥왕은 고구려와 밀약을 맺고 군사를 돌이켜 백제를 공격해 백제가 회복했던 한강 하류 유역을 점령해버렸지요. 성왕은 신라에 보복하기 위해 군사를 일으켜 관산성에서 전투를 벌였지요. 성왕이 이끄는 백제군은 구천 협곡에서 신라 복병의 기습 공격을 받아 성왕은 신라군에게 사로잡혔어요. 신라군은 성왕의 목을 장검으로 베어 성왕의 시신 가운데 몸통은 백제 군사들에게 되돌려주었어요. 지금 동맹을 맺었던 동맹국의 왕도 죽여 그 머리를 북청이라는 관청 건물의 계단 밑에 묻어두고, 벼슬아치들로 하여금 동맹국의 왕의 머리를 매일 밟고 다니도록 했던 진흥왕이 우리 가락국 백성들은 물론 가라국 백성들을 가만둘까요. 신라군의 덫에 걸려서 천한 말먹이꾼 고도에게 죽임을 당했던 성왕의 머리를 관청 앞에 묻고 사람들이 밟고 다니도록 했던 건 성왕을 또 죽인 거지요. 이미 죽은 사람의 머리에다 또 칼질을 한 거와 같다고 할 수 있지요. 성왕은 이미 저세상 사람인데, 진흥왕이 또 죽였으니… 검이란 그럴 때 쓰는 게 아니거든요. 검의 무서움을 모르는 사람은 검 때문에 망한다는 사실을 진흥왕은 잊고 있는 거예요"

우륵이 담담한 표정으로 말했다.

"……"

촌장이 얼굴을 굳힌 채 입을 꾹 다물고 있었다.

"가락국 유민들과 가라국 백성들의 앞날은 불을 보듯 뻔합니다."

"언젠가는 떠날 사람이라고 생각했지만, 이렇게 빨리 떠날 줄은 짐작 못 했습니다."

"미안합니다."

"그래 어디로 갈 작정이십니까?

"아유타촌(阿踰陀村)이라고 상해(上海)에 아유타국 유민들이 모여 살고 있는 마을이 있습니다. 일단 그곳으로 가서 형세를 살펴보다가 서역으로 가볼까 합니다."

"…서역으로요?"

촌장의 눈이 휘둥그레졌다.

"이승을 하직하기 전에 천어산묘에 가서 조상님들께 성묘나 드릴까 하고요."

우륵이 말을 이어갔다.

"니문, 자네는 어떻게 할 겐가?"

촌장의 얼굴에 일순 그늘이 드리워졌다.

"어떻게 하긴요? 전 이곳에서 살 겁니다."

니문의 눈에는 어느덧 눈물이 맺혔다.

그때였다. 갑자기 가야금 소리가 봄볕이 가득한 대청마루로 새어 나왔다.

님더러 강물을 건너지 말래도
님은 건너고 말았네.
강물에 빠져 죽었으니
가신 님을 어이할거나.

公無渡河(공무도하)
公境渡河(공경도하).

墮河而死(타하이사)

當奈公何(당내공하).

　긴 여운을 끌면서 노랫소리가 사라지고 흐느끼는 소리가 흘러나왔다.

　양미간을 좁힌 채 넋이 나간 사람처럼 귀를 기울이고 있던 니문이 벌떡 일어섰다. 인화가 장지문을 열고 뛰쳐나와 촌장의 품에 폭 안겼다.

　"아버지, 진즉에 말씀드렸어야 했는데… 제가 몸속에 아이가 자라고 있어요…."

　인화가 말끝을 맺지 못하고 엎드려 흐느껴 울었다.

　"……."

　그 말을 듣는 순간 촌장은 한동안 말을 잃었다. 그의 침묵은 만근이나 되는 돌덩이가 되어 인화의 가슴을 짓눌렀다. 얼굴이 발갛게 달아오른 니문이 고개를 떨구었다. 그는 어찌할 바를 몰라 했다.

　"음… 사람의 인연이란 따로 있는가 봅니다. 좋은 혼처를 다 마다하더니…."

　촌장이 깊은 신음을 토해 놓고 말끝을 흐렸다.

　"촌장님의 따님과 니문이 만나게 된 것도, 제가 촌장님을 만 뵙게 된 것도 분명 인연이 아닌가 합니다."

　우륵이 말했다.

18

　"이제 이곳을 떠나시면 선생님 연주를 들을 기회가 없을 듯합니다."

촌장이 갑자기 생각났다는 듯이 말했다.

"......."

우륵이 비단으로 감싼 가야금을 들고 와 대청마루 바닥에 앉았다.

"가야금을 연주하는 걸 처음 보는 사람들은 특히 저의 손동작 하나하나를 놓치지 말고 보세요."

우륵이 현을 고르며 말했다.

그는 왼쪽 다리를 먼저 안쪽으로 접고 그다음 오른쪽 다리를 구부려 왼발을 오른쪽 다리 밑으로 넣었다. 가야금의 머리 부분을 오른쪽 무릎 위에 올려놓고, 양이두를 왼쪽 바닥에 닿도록 놓았다. 우륵은 오른손을 좌단 위에 편안하게 올려놓았다. 손날은 현침 바깥쪽에 닿고 엄지, 검지, 중지는 자연스럽게 현 위에 오도록 했다. 우륵은 현을 오른손 손가락으로 뜯기 시작했다. 왼손은 안족(雁足)의 왼편에서 오른손이 뜯는 현을 따라 움직였다. 이어서 현침에 가까운 현을 뜯었다. 굳세고 강한 소리가 났다. 이윽고 우륵이 허리를 곧게 세우고 양어깨와 팔꿈치, 손목 등에 불필요한 힘을 주지 않고 온몸에서 나오는 힘을 손끝에 모으는 느낌으로 현을 튕겼다. 바람 소리가 들리는가 싶더니 새소리가 들렸다. 우륵이 검지로 첫 번째 음을 뜯고 두 번째 음은 튕겨서 소리 냈다. 시냇물 흐르는 소리가 갑자기 끊어지고 폭포수 소리가 났다. 농현(弄絃)의 깊은 울림이 마을 사람들의 마음속으로 흘러들어갔다. 마을 사람들은 짧게 한숨을 쉬었다.

"이제 이 가야금은 니문이 간수하거라."

우륵이 가야금을 비단으로 싸서 니문에게 건넸다.

"어찌 스승님 가야금을 제가…."

니문이 울먹였다.

"가야금을 배우고자 하는 사람에게 네가 가야금을 정성을 다하여 가르치도록 해라."

"네. 스승님."

"가야금이 가야의 혼이 담겨 있는 걸 잊지 않도록 해라."

끝까지 국원에 남아 있겠다는 사람들을 제외하고 마을 사람들은 국원성을 떠났다. 눈가에 또다시 눈물이 고인 니문은 우두커니 서서 멀어지는 우륵과 마을 사람들을 물끄러미 바라보았다. 젊은 사람들이 맨 앞에서 서서 길라잡이 역할을 하고, 그다음에 나이 든 사람들이 따르고, 그리고 맨 뒤에 우륵이 따라갔다.

우륵은 갈림길에서 마을 사람들과 헤어져 북쪽으로 계속 올라갔다. 벌판을 가로질러 가는 길에는 한 사람도 보이지 않았다. 굴참나무 가지에 검푸른색 까마귀가 앉아 있다가, 우륵이 가까이 다가가자, 까악까악 울며 날아갔다.

언덕 아래 납작납작하게 코를 박고 있는 초가집이 몇 채 눈에 띄었다. 어둠이 먹물을 풀어놓은 것처럼 나뭇가지 사이로 스며들고 있었다. 아무 집에나 찾아가 하룻밤 신세를 져야만 했다. 우륵은 불빛을 향하여 걸음을 빨리했다. 돌담장 너머로 불빛이 흘러나오고 있었다.

"주인장 계십니까?"

우륵은 목을 길게 빼고 마당 안으로 말을 던졌다.

"누구십니까?"

방문이 열리면서 깡마른 사내가 마루로 나섰다.

"집 떠난 과객인데 하룻밤 신세 좀 지면 안 되겠습니까?"

우륵은 쭈볏거리며 사내의 길쭉한 얼굴을 쳐다보았다.

"과객이라? 우리 집은 당신 같은 과객들 재워 주는 집이 아니오. 과객이면 객점 같은 델 찾아가야지. 큼큼."

사내가 콧벽쟁이 소리를 내고 방문을 소리가 나게 닫았다.

우륵은 입맛을 쩝쩝 다시다가 다른 집의 문을 두드렸다. 그러나 그 집도 과객이라 말하자, 젊은 아낙이 아무런 말도 하지 않고 문을 닫았다. 아무래도 오늘 밤은 한뎃잠을 자야 하나 보다. 우륵은 한숨을 길게 내쉬었다.

우륵은 쫓기듯이 고샅을 빠져나왔다. 먹빛으로 잦아드는 저녁노을이 오솔길로 내려앉고 있었다. 우륵은 걸음을 멈추고 사위를 둘러보았다. 온통 막장처럼 새까만 어둠으로 뒤덮여 있었다. 어떻게 해야 좋을지 우륵은 잠시 막막한 기분이었다.

어둠이 고샅을 뒤덮고, 동구 앞 느티나무 가지를 삼켰다. 오솔길이 끝나는 곳에 무너지고 떨어진 초가집 한 채가 보였다. 사람이 살지 않고 버려두어 낡은 초가집의 토벽이 군데군데 갈라져 있었다. 건넛방의 구들장은 모두 주저앉았으나, 안방의 구들장은 성하게 붙어 있었다. 우륵은 안방 벽에 걸려 있는 빗자루로 흙먼지를 쓸어내고 구들장에 등을 붙였다. 눈꺼풀이 무겁게 내려앉았다. 의식이 희미하게 가무러져 가고 있었다.

바람이 서늘한 기운을 몰고 왔다. 빗방울이 후두두둑 듣기 시작했다. 빗방울이 얼굴을 두드리고, 땅바닥으로 굴러떨어졌다. 우륵은 걸음을 빨리했다. 좀처럼 비를 피할 곳이 눈에 들어오지 않았다. 빗방울은 점점 굵어지고 있었다. 차가운 기운이 목덜미로 허리춤으로 사정없이 파고들었다. 얼마를 걸었을까. 으스스 한기가 온몸에 돌았다. 움막 같은 것이 희미하게 보였다. 우륵은 그곳으로 천천히 다가갔다. 숯막이었다.

'아무튼 다행이군, 역시 사람은 죽으라는 법은 없는가 보구나.' 우륵은 혼잣소리로 중얼거리며 숯막 안으로 들어갔다. 숯막 안의 온돌은 온기가 아직 남아 있었고, 한쪽 구석에는 땟국에 젖은 이불과 베개가 놓여 있었다. 그뿐만이 아니었다. 성냥과 관솔이 놓여 있는 코클이 통나무 사이의 흙벽에 붙어 있었다. 사람이 들락거린다는 증거였다. 혹시 주인이 오면 어쩌나 하는 생각이 잠시 들었으나, 이 밤중에 더구나 이 빗길에 누가 올까, 하고 중얼거리며 우륵은 온돌 바닥에 누웠다. 베개를 베고 이불 속으로 발을 들이밀었다.

굵은 빗줄기가 줄기차게 창문을 때렸다. 창문 틈으로 빗물이 스며들었다. 우륵은 으스스 떨며 베개를 고쳐 뱄다. 빗소리가 어둠으로 가득 찬 방안으로 뛰어들고 있었다. 가라국을 떠나 신라로 왔건마는 우륵이 애초에 꿈꾸던 길과는 거리가 멀었다. 덧없는 일이었다. 허방을 짚으며 살아왔던 것이었다. 여태까지 한 것이 모두 헛짓이 되고 만 것인가. 우륵은 현실을 있는 그대로 인정하기가 힘들었다. 서역을 떠나 상해 아유타촌에 정착했던 누란 사람들의 후예인 자신은 가락국의 악사였으니 가락국 사람인 건 틀림 없는 사실이었다. 그러나 가락국은 멸망했고, 백성들은 왜국으로 신라로 가락국으로 다라국으로 사이기국으로 뿔뿔이 흩어지거나, 가락국 옛터에 남아 목숨을 이어가고 있을 뿐이었다. 우륵은 그 자신이 사이기국 사람도 아니고, 가라국 사람도 아니고, 신라 사람도 아니라는 사실에 생각이 미치자, 치릉구니가 따로 없구나 하고 탄식했다. 길을 떠나긴 떠났으나, 앞으로 어떻게 될지 그 자신도 가늠할 수가 없는 일이어서 울가망한 심정이었다. 나뭇가지가 휘어지는 소리가 귓전을 흔들었다. 낙숫물 지는 소리가 숯막 안으로 줄기차게 뛰어들었다. 우륵은 까칠까칠한 손등으로 두 뺨에 흐르는 눈물을 닦았다.

아랫배에서 꼬르륵 소리가 났다. 배가 고프다 못해 속까지 쓰려오기 시작했다. 그러나 어쩔 수가 없었다. 관솔불 그림자가 벽에 어른거렸다. 싱숭생숭해지는 것이 통 잠을 이룰 수가 없었다. 국원성을 떠나온 뒤 겪은 일들이 하나, 둘 떠올랐다. 우륵은 허리를 세워 관솔불을 껐다. 어둠이 숯막 안을 가득 채웠다. 우륵은 혀끝으로 마른 입술을 핥으며 이불을 목덜미까지 끌어당겼다. 퀴퀴한 냄새가 콧속으로 스며들었다. 눈꺼풀이 무겁게 내려앉았다. 이내 코 고는 소리가 숯막 안에 가득 차기 시작했다.

우륵은 모래 위에 발걸음을 내디뎠다. 모래가 뒤덮고 있는 누란성읍(城邑) 전체가 햇빛에 잠겨 하얀 은빛 물결을 이루고 있었다. 장안(長安)에서 대략 5천 리쯤 떨어져 있었던 염택의 서안(西岸)에 위치해 있던 누란은 누란 사람들에게 '언젠가는 돌아가야 할 성읍'이었다. 봄볕이 만년설을 밟고 염택에 찾아오면 파릇파릇한 잎이 마치 쉬리 떼가 몰려오는 광경을 보여주곤 했던 호양목들이 모래 속으로 빨려들고 없었다. 무제가 한(漢)나라를 다스릴 때 고창국·구자국·누란국·사차국·소륵국·언기국·우전국 등 30여 나라를 이루고 있던 서역의 소국들은 때로는 한나라에 의지하고, 때로는 흉노에 의지하면서 소국들끼리 서로 다투기도 했다. 남로와 북로의 분기점에 자리 잡고 있던 누란은 남로와 북로를 오가는 사람들에게 식량·물·낙타 등을 공급하여 비단길의 관문 역할을 했다. 한나라와 흉노의 틈바구니에서 누란은 언제나 흉노 군사들에게 약탈당했으며, 한나라 군사들이 서역에 들어오면 항상 가장 먼저 한나라에 의지하고, 살아남기 위해 몸부림쳤다. 우륵은 탑리목하의 물고기가 바위로 변했다는 전설을 간직한 너덜경을 향해 천천히 걸음을 뗐다. 탑극랍마간사막을 넘어온 바람이 끊임없이 하얀 모래를 능선에다 흩뿌렸다. 모래 능선으로 변해버린 비탈 위로 하얀 모래가 물결을 이루며 흘러내렸다. 물고기 모양의 바위들이 모래에 묻혀버린 너덜경을 지나 호양목 기둥을 향해 느릿느릿 걸음을 옮겼다. 호양목 기둥들이 햇빛 속에 하얗게 젖어 있었다. 천어산묘(千魚山墓) 위로 모래를 휘몰아오기 시작했다. 모래바람이 줄기차게 우륵의 얼굴을 할퀴었다. 바람소리가 점점 거세지고 있었다. 우륵은 바람 소리에 빨려 들어가 염택의 서안으로 내던져질 것만 같았다. 한 걸음 뗄 때마다 반걸음 뒤로 미끄러졌다. 목을 길게 빼고 모래 능선 속으로 빠져들고 있는 호양목 기둥 사이로 모래바람이 파도처럼 굽이쳐 흘렀다. 우륵은 모래바람을 온몸으로 맞으며 꾸부정한 자세로 느릿느릿 올라갔다. 발끝에 힘을 주고 한 걸음 내디뎠다. 모래가 울음을 터뜨리며 미끄러져 내렸다. 모래 능선이 울리는 소리가 났다. 모래가 밀려 내려와 우륵의 발등을 덮었다. 심호흡을 하고 한 걸음 내디뎠다. 바람이 모래를 휘몰고 와 얼굴과 목덜미에 흩뿌리고 염택으로 미끄러졌다. 머리털에서 모래가 흘러 떨어졌다. 그는 눈을 비비고 나서 고개를 들어 호양목 기둥을 바라보았다. 모래의 울음소리가 잦아들고, 바람이 잠잠해졌다. 우륵은 발을 멈추고 천 개의 관이 잠들어 있는 천어산묘를 뒤덮고 있는 모래 능선에 눈길을 쏟아부었다. 모래바람은 육각형과 팔각형으로 깎아 세운 호양목 기둥을 휘감고 있었다. 호양목 기둥에 서로 머리를 맞대고 있는 물고기 두 마리가 선명하게 새겨져 있는 게 눈에 들어왔다. 물고기 무늬 밑에 꽃잎 무늬가 하나 새겨져 있는 것을 확인한 우륵은 '꽃잎이다' 하고 외마디 소리를 내지르며 호양목 기둥 아래에 엎드렸다.

바람 소리에 섞여 말발굽 소리가 들려왔다. 새벽안개가 창호에 가득 매달려 있었다. 말발굽 소리가 점점 가까이서 들려왔다. 우륵은 목다심으로 기침을 한 번 하고 자리에서 일어났다. 창문에 하늘이 희뿌옇게 걸려 있었다. 옷에 묻은 먼지를 털고 밖으로 나와 산자락에 있는 다복솔 그늘로 급히 몸을 숨겼다. 나뭇가지 사이로 얼핏얼핏 쇠창들이 보였다. 두 마리의 말이 끄는 병거가 말발굽 소리를 요란하게 내면서 북쪽으로 달려가고 있었다. 쇠창과 갑옷으로 무장한 신라군들이 말을 타고 병거를 뒤따르고 있었다. 우륵은 숨을 죽이고 신라군의 행렬을 지켜보았다.

새벽안개가 골짜기에 뿌옇게 깔리고 있었다. 바로 앞이 보이지 않을 정도로 안개가 골짜기에 짙게 끼었다. 멀리 소나무가 빽빽이 뿌리를 내리고 있는 산허리를 안개가 휩싸고 있었다. 우륵은 어디로 갈 것인가 생각하면서 멍하니 서 있었다. 그의 모습은 무서리에 오갈든 호박잎 같았다. 우륵은 들판을 가로질러 마을 하나를 지났다. 저잣거리에서 간단히 요기를 한 그의 걸음은 한결 가벼워졌다. 언덕 길을 올라서자, 나지막한 산봉우리 밑에 웅숭그리고 있는 초가집이 보였다. 우륵은 초가집에 눈길을 줄곧 붓다가 고개를 천천히 돌렸다. 동구 앞으로 신라 군사들이 말을 탄 군인 뒤를 따라 열을 지어 걸어가고 있었다. 길가의 풀숲 사이에 파리가 들끓었다. 날이 가문 탓이었다. 폭이 삼십 미터 남짓해 보이는 개천의 물도 많이 줄어 있었다. 개울을 건너기 시작했다. 가뭄 탓인지 깊은 곳의 물도 겨우 정강이에 와 닿을 뿐이었다. 조심스럽게 걸음을 뗐다.

우륵은 허위허위 당항성으로 드는 산마루 고개를 올랐다. 산마루는 온통 안개가 바다를 이루고 있었다. 그는 마치 안개의 바다 위를 걷고 있는 것 같았다. 소나무들이 안개의 바다 위에서 조금씩 움직이는 것 같았다. 어느새 소나무들을 휘감고 있던 안개는 구불구불한 오솔길로 내려앉고 있었다.

고갯마루를 내려서자, 골짜기를 뒤덮고 있던 안개는 희끄무레하게 변하기 시작했다.

가야를 위하여

내가 휴대전화기의 폴더를 열고 통화버튼을 누르자, 굵직한 목소리가 흘러나왔다.

"민기오 선생님이십니까? 연변 조선족자치주 역사춘추사에서 근무하던 왕삼종입니다."

왕삼종, 28년 전 내가 해외 옥외광고 대행을 주로 하는 광고회사에 근무할 때 찾아온 바로 그 사람이었다.

"오래간만입니다. 제 연락처를 어떻게 알고 전화하셨습니까?"

"지난달 현북대학 역사탐방단이 지린성(吉林省)에 들렀을 때 제가 지안시(集安市) 통거우(通溝)에 있는 광개토왕릉비를 안내했습니다. 그때 민 선생님이 지금 인물연구소 소장으로 계신다는 걸 알게 되었습니다."

"요즘도 중국에서 광개토왕릉비에 대해 연구가 활발합니까?"

내가 호흡을 가다듬고 나서 천천히 말했다.

"1981년 현지 중국인 탁본공(拓本工)에 의해 석회가 발라지고 비문이 변조됐음을 확인했던 왕젠췬(王健群)이 1984년에 장기간의 실지 조사를 토대로 『호태왕비연구』를 발간해 학계의 주목을 끌었습니다. 왕젠췬은 현지 조사의 이점을 살려 기왕의 잘못 읽은 부분은 시정하고 탈락된 문자를 복원했으며, 문자의 총수를 1천7백 75자로 확정했습니다. 그리고 비문의 왜를 일본 기타큐슈(北九州)의 해적 집단으로 보아 임나일본부설을 부정하는 한편 1972년 재일 사학자 이진희가 일본 육군참모본부가 비문을 변조했다고 주장하는 학설인 석회 조작설도 비판한 점에서 연구의 새로운 전기를 마련하여 다시금 논의가 활기를 띠었습니다. 그래서 지금은 석회를 바르기 이전에 만들어진 원석(原石) 탁본을 비문 연구의 주자료로 삼고 있습니다.

특히 그동안 '海(해)'로 판독되었던 글자는 변조되었을 가능성이 높기 때문에 원석 탁본에 의거해 판독을 시도하고 있습니다."

왕삼종이 목소리를 낮추어 말했다.

"그렇군요. 왕 선생은 지금은 어떤 일을 하고 계십니까?"

"쓰촨성(四川省) 국가문물국(國家文物國) 산하 변강민족연구소(邊疆民族研究所)에서 『후한서(後漢書)』를 비롯한 사서들에서 쌍어문(雙魚紋)과 관련된 자료를 뽑아 『변강민족과 쌍어문』이라는 책을 편찬하는 일을 하고 있습니다."

"『후한서(後漢書)』에 쌍어문에 관한 기록이 있어요?"

"네. 『후한서』「남만서남이열전(南蠻西南夷列傳)」에 남만(南蠻), 즉 토착민이 반란을 일으킨 사실이 적혀 있어요. 한나라 고조(高祖) 유방(劉邦)이 위(魏)·촉(蜀)·오(吳) 삼국을 통일하기 전 촉 땅인 남군(南郡)에서 토착민이 반란을 일으킨 해가 광무제(光武帝)가 후한을 다스리던 서기 47년이에요. 남군의 반란 세력 7천여 명이 한나라 관군(官軍)에 의해 강제로 이주하게 되어 정착하게 된 강하군(江夏郡)은 지금의 중국 중부 허베이성(湖北省) 우창(武昌) 지방이에요. 영원(永元) 13년(101년) 남군의 반란 세력이 두 번째 반란을 일으켰는데 주동자가 허성(許聖)이었어요. 쓰촨성 남쪽 윈난성(雲南省)에서 발굴된 한나라 시대에 사원 건축에 사용된 벽돌(塼)에 쌍어문이 조각되어 있었어요. 한편 우창 지방의 사원에서 제기(祭器)가 발굴되었는데 그것의 바닥에 쌍어문이 그려져 있었어요. 기록과 유물을 통해 한나라 때 양쯔강(揚子江) 유역에 물고기를 숭배하는 사람들이 살았다는 것을 유추할 수 있어요. 양쯔강이 한가운데로 흘러가는 남군은 물고기와 쌀이 풍부하게 생산되는 살기 좋은 고장인데요, 오늘날 중국 허베이성 제귀현(秭歸縣)으로 쓰촨성·상하이(上海)를 연결하는 지점에 자리 잡고 있어 수륙(水陸) 교통의 요지이기도 했지요."

왕삼종의 목소리에 강한 확신 같은 것이 묻어 있었다.

"서기 47년이면 허황옥 일행이 뱃길로 가락국에 도착하기 1년 전의 일인데…."

내가 혼잣말처럼 웅얼거렸다.

"제가 듣기로 오래전에 한국에서 고고학자가 쓰촨성 안웨(安岳)란 곳에 왔다 갔다더군요."

"왕 선생님은 여전히 가야사에 관심이 많군요."

"가야가 우리 민족 원류의 하나가 아닙니까?"

"그렇지요. 가야도 우리 민족의 원류죠."

"…참 요새 한국에서「양직공도」와『일본서기』에 나오는 가야 지명 비정 문제로 강단 사학자들과 재야 사학자들이 논쟁을 벌이고 있다는 이야기를 들었어요."

"그 소문이 중국에까지 갔습니까?"

"한국 소식은 중국에서도 금방 들을 수 있습니다."

"오늘 좋은 말씀 감사합니다. 한국에 오시는 기회가 있으시면 꼭 연락 =-주시기 바랍니다."

나는 휴대전화기를 가방에 넣고, 택시 정류장으로 갔다. 택시가 교보문고 옆을 지나갔다. 동아일보사 옥상에 걸려 있는 전광판에 '가야본성(加耶本性)-칼(劍)과 현(絃) 2019. 12. 3.(화)~2020. 3. 1.(일) 국립중앙박물관 기획전시실'이란 자막이 떴다. 가야본성, 나는 낮게 중얼거렸다. 1991년 국립중앙박물관이 '신비의 고대왕국-가야 특별전' 이후 28년 만에 새롭게 개최하는 '가야 특별전'이었다. 1,500년 전 가야인들이 말을 타고 산과 들을 달려가는 발굽 소리가 들려올 것만 같았다.

경기가 급속도로 나빠지자, 내가 일하던 광고회사가 업체로부터 광고비를 받지 못해 경영난에 봉착했다. 월급이 서너 달 밀렸다. 동료들이 회사를 하나, 둘 떠났다. 역사문화사라는 잡지사에서 기자로 2년간 일하다가 내가 대학 선배가 전무로 있는 숭문출판사에서 기획실장으로 일하게 된 것은 그해 봄의 일이었다. 구두 뒤창이 닳도록 서울 시내의 주요 대학을 돌아다니며 교수들을 만나, 출판계약서를 작성했다. 광고회사 해외영업부와 역사 잡지사에서 쌓은 노하우로 교수들을 만나 '계약서 작성 영업'을 하는 일은 상대적으로 쉬운 일이었다.

기획실장으로 근무한 지 2년쯤 되었을 때였다. 아침에 출근해서 기획서를 정리하고 있는데 사장이 인터폰으로 사장실로 오라고 말했다. 사장실로 들어서자, 매출장부를 한쪽으로 밀며, 사장이 천천히 주걱턱을 들어 나를 바라보았다. 출판 계약은 많이 했는데 원고는 마감 날짜에 들어오지 않고… 매출은 자꾸 떨어지고 있고… 민 실장, 다음 주부터 영업부로 출근해서, 기획과 영업을 겸해서 하도록 해. 출판 계약을 하러 대학에 갔을 때 교수들에게 교재 채택을 권유해 봐. 저더러 서적 판매 영업을 하라는 말입니까? 나, 벌어서 혼자 다 먹는 놈이 아닌 거, 민 실장도 알고 있지? 내가 별도로 수당도 듬뿍 줄게. 그렇게 못 하겠습니다. …명문대 나왔다 이 말이지… 그렇다면 할 수 없지.

KBN FM 라디오에서 평화헌법을 바꾸려고 해왔던 일본이 다른 나라 군대처럼 자위대가 전쟁을 할 수 있게 만드는 등 일본을 '보통국가'로 바꾸겠다며 "우리도 방어뿐 아니라 적 기지에 반격할 수 있도록 한다"는 내용으로 안보정책을 고치려 한다는 뉴스에 이어, 청아한 목소리가 '강아영의 역사 탐방 시간'을 알렸다. 오늘도 현북대학교 방대준 교수님을 모셨습니다. 학술회의로 바쁘실 텐데 아침 일찍 나와주셔서 감사합니다. 오늘 한국고대사학회에서 '가야사의 쟁점-임나가라가 김해인가, 고령인가'를 주제로 서현대학교에서 학술회의를 연다고 합니다. '가야사의 쟁점' 하면 아무래도 임나가라가 김해인가, 고령인가를 둘러싼 논쟁이 먼저 떠오릅니다만… 재작년에 주보돈 교수의 『가야사 새로 읽기』라는 책이 출간되었을 때 논란이 있었지요?

네 그렇습니다. 주 교수의 주장은 '2세기 무렵 김해의 금관가야(가락국) 중심으로 형성됐다는 '전기 가야'는 실체가 없다. 가야연맹은 4세기 이후 급부상한 고령의 대가야(가라국) 주도로 경상도 내륙 세력이 통합되고 확장하면서 만들어졌다'고 요약할 수 있습니다. 구야국 등 12개의 소국으로 이루어진 연맹체는 가야가 아니라 가야사의 전사(前史)인 변한으로 봐야 한다"고 주장하는 주 교수에 따르면, 금관가야는 낙동강 어귀에 자리 잡은 지리적 이점을 활용해서 한군현(漢郡縣)의 선진 문물 수용, 철(鐵) 무역 등을 주도하면서 변한을 이끌었지만 4세기 들어 쇠퇴의 길에 들어선 반면 경상도 내륙에 자리 잡았던 대가야는 낙동강 진출을 시도한 백제의 후원을 받으면서 가야연맹 형성을 주도했다는 겁니다. 주 교수는 대가야가 가야연맹의 맹주가 된 시기를 이제까지 정설이던 5세기 중반에서 1세기 이상 끌어올렸습니다. 400년 광개토대왕 남정으로 금관가야가 타격받으면서 전기 가야가 붕괴하였다는 통설도 부인하고, 4세기 전반에 이미 대가야 주도로 가야연맹이 만들어졌다는 겁니다.

이에 대해 신경철 교수가 반론을 제기했었지요?

네 그렇습니다. 『가야사 새로 읽기』의 핵심 내용인 '금관가야는 변한 시대이며, 대가야야말로 처음부터 끝까지 가야의 중심'이라는 주장은 전기 가야의 중심은 김해의 금관가야, 후기 가야의 중심은 고령의 대가야'라는 통념을 뒤엎는 내용이라는 겁니다. 금관가야와 대가야를 상징하는 고분군은 김해시 대성동고분군과 고령군 지산동고분군인데 주 교수는 지산동고분군의 축조 시작 시기를 1세기 정도 끌어올려 4세기 중엽부터이며, 따라서 이보다 이른 시기인 대성동고분군은 저절로 3세기대가 되므로 변한 시대 무덤이라는 겁니다. 지산동고분군 중 가장 이른 시기의 무덤은 지산동 73호분입니다. 그런데 고고학자들이 이 무덤에서 출토된 각종 고고학 자료를 다방면으로 치밀하게 연구해 도달한 연대관은 5세기 중엽 전후라는 데는 의견을 같이하고 있습니다. 대성동 91호분에서 중국 왕조인 전연(前燕)과 관련되는 말갖춤(馬具)이 다수 출토되었는데, 이들은 묵서명(墨書銘)의 기년(紀年)의 검토에 의해, 무덤의 연대가 354년 또는 366년이 분명한 중국 동북지방 랴오닝성(遼寧省) 차오양(朝陽)의 위안타이쯔(袁臺子) 벽화묘 출토 마구 직전의 것임이 판명되었다는 겁니다. 4세기 중엽의 대형분인 이 91호분은 대성동고분군의 대형분 중에서 이른 시기에 속합니다. 이 사실만으로도 대성동고분군은 4세기대 중심의 유적임이 드러난다는 겁니다. 대가야가 처음부터 끝까지 가야의 맹주였다는 주 교수의 논리대로라면 아라가야·소가야 지역에 처음부터 대가야 양식의 토기가 출토되어야 한다는 겁니다. 그러나 이들 지역에서 대가야 양식의 토기는 나오지 않았으며, 대가야 멸망 무렵인 6세기 중엽이 되어야 겨우 소수 출토되고 있다는 겁니다. 이 점과 함께 대가야가 가야 소국들의 중심이었다면, 고령에서 가까운 거리인 영남지방의 남해안에 즐비한 양항(良港)을 이용하는 것이 편리한 데도 굳이 호남지방 동부의 험준한 산악지대를 우회하여 섬진강 유역을 대외교섭의 창구로 삼았다는 것도, 대가야가 남쪽의 아라가야와 소가야를 제압하지 못하였음을 단적으로 말해주고 있다는 겁니다. 한마디로 이 사실은 주 교수의 주장과 달리, 대가야도 서기 400년 고구려군의 남정으로 인해 촉발된 당시 가장 탁월한 정치체였던 금관가야의 와해로, 몇 그룹으로 재편된 가야 소국 중의 일개 지역 그룹에 지나지 않았음을 웅변하는 것이라는 겁니다. 어쨌든 이 문제의 해결은 지극히 간단하다고 신 교수는 주장하고 있습니다. 고고학자들은 정밀한 연구를 통해 지산동 고분군의 가장 이른 시기의 고분인 73호분의 연대가 5세기 중엽 전후라는 데 큰 이견이 없다고 신 교수는 주장합니다. 마찬가지로 주 교수도 그의 주장을 뒷받침하려면 73호분의 연대를 모두가 수긍할 수 있는 근거를 바탕으로 4세기 중엽임을 증명해야 한다면서 과연 주 교수가 그렇게 할 수 있을까 하고 신 교수가 문제를 제기했던 겁니다. 대가야를 처음부터 끝까지 한결같이 가야사의 중심에 놓고 이야기하는 주 교수의 주장은 학계에서는 아직 소수설(說)에 불과하고, 검증하고 토론해야 할 부분이 많다고 봅니다.

다음 시간에는 국립중앙박물관이 '가야본성-칼과 현 특별전'을 열면서 '가야의 역사 연대표'에 『삼국유사』와 『삼국사기』에 나오는 가락국 건국 연대와 건국 시조 수로왕을 빼버렸을 뿐만 아니라, 『일본서기』의 기록을 포함했고, 일본 학자들이 '임나일본부'의 문헌적 근거로 삼고 있는 『일본서기』의 '임나' 관련 사건 기록 속 소국들인 기문·대사·다라를 그대로 한반도 남부의 가야 지도에 옮겨 놓아 논란을 불러일으키고 있는 것을 살펴보도록 하겠습니다. 오늘 KBN FM 라디오 '강아영의 역사 탐방'은 여기까지입니다. 청아한 목소리가 사라졌다.

그해 겨울 나는 현북대학교 사학과 편입학 시험에 응시했다. 영어 시험과 국어 시험, 그리고 면접 시험으로 합격자를 선정했던 현북대학교 편입학 시험의 국어 시험 문제는 '한국인의 주체 의식에 대해 한자를 섞어 써서 논하라'는 논제와 '한국 현대시 1편의 전문(全文)을 쓰고 분석·평가하라'는 논제가 출제되었다. 나는 한국인의 언어 의식을 중심으로 논리를 전개하면서 훈민정음 서문을 인용해 한국인이 언어 사용에 있어서 주체 의식을 갖게 된 것이 "나랏말이 중국과 달라 문자와 더불어 서로 통하지 아니한다. 그런 까닭에 우매한 백성들이 말하고 싶은 것이 있어도 마침내 제 뜻을 능히 표현하지 못하는 사람들이 많다(國之語音국지어음, 異乎中國이호중국, 與文字不相流通여문자불상유통, 故愚民有所欲言고우민유소욕언, 而終不得伸其情者多矣이종부득신기정자다의)"의 구절에 잘 드러나 있다고 썼다. 그리고 한국 현대시를 분석·평가하는 문제는 이상의 「오감도(烏瞰圖)」 '시 제1호'의 전문을 쓰고, '막다른 골목에 선 13인의 아해(兒孩)'라는 존재에 박두해 있는 어떤 존재의 불안감에 대해 논했다.

마침내 나는 서른네 살의 나이에 현북대학교에서 공부할 기회를 얻게 되었다. 서울로 가서 공부해보겠다는 꿈을 가슴 한구석에 은밀히 품고, 장성 탄광촌에서 발버둥 쳐온 지 15년 만이었다. 효당스님의 소개로 구로구 가리봉동에 있는 연화학교 강사로 일주일에 5일 출강하게 되었다. 불교 기관에서 운영하는 연화학교는 상급학교 진학 기회를 놓친 구로공단 청소년 노동자들에게 중고등학교 과정을 가르치는 비정규학교였다. 가리봉오거리 일대의 부동산 중개소를 찾아 헤매다가 2~3평 쪽방이 30~40개씩 모여 있는 '벌집'의 쪽방에 거처를 정한 내가 낮에는 현북대학교에서 사학과 강의를 듣고, 밤에는 연화학교에서 영어와 한문을 가르치는 동안 한 학기가 막바지에 이르고 있었다. 한국고중세사사료선독을 종강할 무렵 임 교수가 나를 연구실로 불렀다. 서관 1층에 있는 연구실로 찾아갔다.

"자네가 〈현대신문〉에 쓴 「임나가라고」를 읽어 보았네. 임나가라가 김해일 수밖에 없다는 추론을 흥미롭게 읽었네."

정년 퇴임을 1년 앞둔 임 교수가 안경을 벗어 탁자에 내려놓으며 말했다.

"정중환 선생이 『가라사초』에서 '임나를 엄나라·엄마나라라고 하면, 고령(高靈)이란 말은 임나(任那)를 한역(漢譯)한 말이라고 하겠다. 『삼국지』에 보이는 미오야마국(彌烏邪馬國)의 오야(烏邪)라는 말도 모국(母國)을 의미하는 말이라고 하겠다'라고 한 말은 결국 정중환 선생이 임나가라가 고령이라고 주장하는 학설에 동의하고 있는 것이라고 제가 말하면서 임나가라가 고령이라고 하는 학설을 비판하는 이야기를 했더니 마침 현대신문사 기자가 〈현대신문〉에 지금 주장한 말을 글로 써달라 해서 써 본 것입니다."

내가 말했다.

"광개토대왕릉비의 임나가라는 고구려, 신라 합동 군사작전의 토벌 대상이 되었다는 점에서 가야 지역에서 왜와 교섭하던 유력한 정치체임이 인정된다면서 고구려 광개토왕의 5만 고구려 군사들의 공격을 받은 임나가라 · 왜 · 연합국의 퇴각로를 보면 임나가라가 김해일 수밖에 없다는 추론은 상당히 좋은 발상이었네. 그리고 4세기 초 가야 소국들의 종주국인 임나가라는 해로(海路)에서 멀리 떨어진 고령이 될 수 없고, 낙동강과 바다가 만나는 김해가 수로(水路)와 해로의 중심에 위치해 있어 임나가라라는 주장은 설득력이 있었네. 논거로 제시한 『삼국지』「위서」 오환선비동이전 왜인 조에 '위나라의 사신이 대방군에서 왜로 가는 총(總) 이수(里數)가 기록되어 있으며, 대방군에서 한반도의 서해안을 따라 배로 남하해 남해에 들어서서 동쪽으로 방향을 바꿔 가면 구야한국에 에 이르고, 다시 바다를 건너 대마국(對馬國), 일지국(一支國), 말로국(末盧國), 이도국(伊都國), 노국(奴國), 불미국(不彌國), 투마국(投馬國)을 거쳐 야마대국(邪馬臺國)에 다다른 경로로 보아 구야한국은 기원 전후에서 3세기 후반까지 동아시아의 여러 나라를 연결하는 해상 교통로의 중요한 거점이었다고 말한 것은 설득력이 있었네."

임 교수가 천천히 말을 이었다.

"과찬이십니다."

"이홍직 선생의 저작물 가운데에서 학술 논문을 선별하여 편집한 책인데, 한 번 읽어 보게."

임 교수가 허리를 세우며 책꽂이에서 두꺼운 책을 한 권 꺼내 나에게 건네주었다. 한민출판사에서 출간한 『한국고대사의 연구』였다.

서관의 육중한 출입문을 힘껏 밀고 나온 나는 걸음을 멈추고, 날갯짓을 하며 교문 위로 날아가는 비둘기들을 바라보았다. 정릉천을 따라 제기역까지 걸어가서 지하철 1호선을 탔다.

『한국고대사의 연구』의 목차를 훑어보다가 '특히 백제국 사신 도경(圖經)을 중심으로'라는 부제가 붙은 「양직공도 논고(梁職貢圖論考)」에 눈길이 멈췄다. 「양직공도」를 논하는 글이라고? 나는 고개를 갸웃거리며 책장을 넘겼다. 「양직공도 논고」를 천천히 읽기 시작했다. 「양직공도」의 백제국사전에 "백제 곁에는 반파(叛波)·탁(卓)·다라(多羅)·전라(前羅)·사라(斯羅)·지미(止迷)·마련(麻連)·상기문(上己文)·하침라(下枕羅) 등과 같은 소국(小國)이 있고, 이들은 백제에 부용(附庸)하고 있다"라고 기록되어 있었다. 나는 손등으로 눈을 비비며 천천히 고개를 들었다.

슬레이트집 앞에 마른 수수깡처럼 우두커니 서 있는 어머니의 모습이 차창에 나타났다가 사라졌다.

4월 혁명이 일어나고 불과 1년 후인 1961년 5월 16일 육군 소장 박정희와 예비역 육군 중령 김종필을 중심으로 하는 장교 250여 명과 사병 3,500여 명이 쿠데타를 일으켰다. 그 무렵 아버지는 경상남도 산청에서 국민학교 용원(傭員)으로 근무하고 있었다. 경호강, 덕천강, 그리고 남강이 골짜기를 휘돌아 흐르는 산청은 지세가 비교적 평탄하고 관개가 편리하며 토양이 비옥하여 쌀·보리·콩 같은 농작물의 소출이 많은 땅이었다. 큰 인물과 부자가 없는 대신 마음이 맑고 깨끗하며 욕심이 없는 선비들이 많이 나온 고을로 알려졌다. 지리산 자락에 묻혀 있는 금서면은 산청읍 옆에 위치해 있었는데, 내가 다녔던 국민학교가 바로 그곳에 있었다. 그곳은 사직(社稷)을 신라에 넘겨주고 통곡을 하며 봉황성을 떠난 가락국의 구형왕이 묻혀 있는 땅이었다.

구형왕릉을 품고 있는 금서면은 지리산 자락 깊숙이 묻혀 있는 마을인지라 당장 군사정권의 시퍼런 칼날은 뻗쳐 오지 않았다. 아버지는 왼손에 줄자(卷尺)를 들고, 오른손에는 술병을 든 채 논두렁과 밭두렁을 헤매고 다녔다. 그 무렵 조회 때마다 애국가나 교가보다 더 열심히 불러야 하는 노래들이 생겨났다. 그것은 「재건의 노래」와 「경남도민의 노래」였다. 그런데 「경남도민의 노래」의 노래가 말썽이었다. 가사가 여간 어려운 게 아니었다. 가사 중에 '옛 가야 선 나라'라는 구절이 늘 문제였다. 아이들은 이 구절을 '냇가에 선 섬나라'로 따라 불렀던 것이다. 그럴 수밖에 없었던 것은 가사를 적은 책이나 유인물도 없이 그냥 선생님이 부르는 대로 따라 했기 때문이었다.

여러 번 선생님에게 지적을 당한 후 '옛 가야 선 나라'로 따라 부르게 되었다. 그러나 나는 그 가사의 뜻은 알 수 없었다. 나는 선생님에게 '옛 가야 선 나라'라는 가사가 무슨 뜻이냐고 물었다. 사범학교를 갓 졸업하고 우리 학교로 부임해온 선생님은 '너가 앞으로 더 크면 그 뜻을 알게 될 거'라며 이야기를 딴 데로 돌리는 것이었다.

고샅길에 사복 차림의 형사가 모습을 자주 드러냈던 그해 여름, 아버지는 마을 사람들과 점방에서 술을 마시면서 박정희 군사 쿠데타를 비판했다가, 가게 주인의 신고로 한밤중에 지프를 타고 들이닥친 검은 제복의 사람들에게 끌려가 온몸이 만신창이가 되어 6개월

만에 풀려났다. 그 일로 아버지는 학교에서 쫓겨나 장성 탄광촌 언저리에 있는 강원탄광에서 채탄(採炭) 선산부로 일하게 되었다. 우리 가족은 나팔고개 아래에 늘어서 있는 연립주택의 방 한 칸을 월세로 얻어 이삿짐을 풀었다. 새까만 냇물이 휘돌아 가는 철암천 옆에 자리 잡고 있는 동점국민학교에 전입학 수속을 마치고 한 학기를 다니고 나서야, 나는 '옛 가야 선 나라'라는 구절의 뜻을 알게 되었다. 학원사에서 나온 『간추린 국사』라는 두꺼운 책에서 6가야 연맹도라는 그림과 함께 여섯 개 부족 국가가 연맹을 이루어 낙동강 연안(沿岸) 여섯 곳에 저마다 각기 둥지를 틀고 있었는데 그것이 6가야라고 설명하고 있었다. 그러나 한 가지 이상한 것은 낙동강 동쪽인 창녕 지방을 비화가야라고 그려 놓은 것이었다. 선생님이 가르쳐 준 6가야에 비화가야는 포함되어 있지 않았기 때문이었다. 우리는 사회 시간에 선생님이 6가야가 어디 어디지 하고 물으면, 앵무새처럼 김해의 금관가야, 고령의 대가야, 함안의 아라가야, 성주의 성산가야, 고성의 소가야, 진주의 고령가야(古寧伽倻) 하고 큰소리로 대답하곤 했다. 자연히 '옛 가야 선 나라'라는 문제의 그 가사는 '그 옛날 가야라는 나라가 섰던 땅'이라는 것을 알게 되었던 것이다.

"독학으로 공부한 사람들에게 상급학교 진학의 기회를 주기 위해 국가에서 만든 검정고시 제도라는 것이 있다. 용기를 잃지 말고 공부를 해라."

담임선생이 지휘봉을 만지작거리며 말했다.

"네."

내가 침울한 목소리로 대답했다.

"너무 기죽지 마라. 민기오, 넌 사회박사잖아. 넌 어려움을 잘 헤쳐 나갈 거야."

"……."

"교감 선생님에게 가서 꼭 면담하고 집에 가도록 해라."

담임선생이 나에게 당부했다. 나는 작년 가을 강원도 교육위원회가 실시한 학력고사에서 사회 과목을 만 점을 맞은 적이 있었다. 그때부터 담임선생이 나에게 '사회박사'라는 별명을 붙여주었다.

그 자신이 빈농(貧農)의 자식이었다는 것을 훈화 시간에 단골 화제로 삼곤 하는 교감선생은 중학교에 진학하지 못하는 학생들이 50명이 넘는다는 사실을 안타깝게 여겨 미진학 학생들을 한 명씩 교무실로 불러 면담을 진행하고 있었다.

"이 책은 내가 자동차 정비공을 하며 교원 자격 검정고시를 준비하던 시절에 보던 책인데 민기오, 너에게 주마. 독학하다 보면 앞이 꽉 막혀 한 발짝도 나갈 수 없는 상황이 닥칠 때도 있을 거야. 그때마다 역사책을 읽어라. 역사책 속에는 수많은 인물이 등장한다. 그 인물들이 세상을 살아가던 모습은 너가 이 험난한 세상을 헤쳐가는 데 큰 도움을 줄 거야."

말을 끝낸 교감선생이 백영사에서 나온 『국사대관』을 나에게 건네주었다.

졸업식 다음 날부터 나는 중학교에 진학하지 못한 석구와 함께 낙탄(落炭)을 긁어모으러 다녔다. 열차가 지나갈 때마다 화물칸에서 쏟아져 내린 낙탄이 철로가에 제법 쌓여 있었다.

"자, 여길 봐라. 낙탄이 있지? 이걸 긁어모아서 연탄 업자에게 팔면 돈이 되는 기라."

둥그스름한 얼굴의 석구가 두 눈을 반짝거리며 철로변에 쌓여 있는 낙탄을 발로 툭툭 찼다.

나는 석구를 따라 낙탄을 부지런히 긁어모았다. 낙탄 더미가 수북해졌다. 석구와 나는 낙탄을 자루에 담아 지게로 져 날랐다. 석구는 앞장서서 부지런히 걸어갔다. 철로원들의 감시로 낙탄을 긁어모으는 일을 못 하게 되자, 석구와 나는 광업소 사택을 짓는 공사판에 나가서 시멘트와 벽돌을 나르는 일을 했다. 사택 공사가 끝나자, 우리는 더 이상 시멘트와 벽돌을 나르는 일을 할 수 없게 되었다. 석구와 나는 철암천변을 훑고 다니며 풀숲과 바위틈을 뒤져 고철과 구리를 거두어 모았다. 고철과 구리를 팔아 번 돈으로 나는 마을에서 20리 떨어진 장성 읍내로 걸어가 장안서점에서 수험서를 사서 본격적으로 검정고시 준비를 하기 시작했다.

어머니는 석구엄마와 함께 밤에 괴탄(塊炭)을 주으러 다녔다. 괴탄을 주어다 철암시장 골목에 있는 불고깃집에 내다 팔면 돈이 된다는 것이었다. 나는 괴탄을 주으러 가는 어머니를 따라나섰다. 석구엄마와 석구가 포대를 옆구리에 끼고 다가왔다. 차가운 밤공기가 목덜미 속으로 파고들었다. 광차가 덜커덩 소리를 내며 버력을 버력장에 쏟아냈다. 차르르 차르르 소리를 내지르며 버력이 버력장 비탈로 흘러내렸다. 괴탄 덩어리는 버력장 비탈의 버력 더미 속에 파묻혀 있었다. 어머니가 기름 솜방망이에 불을 댕겼다. 까맣게 번들거리는 기름 솜방방이에서 불꽃들이 펄렁거리며 춤추기 시작했다. 석구가 기름 솜방망이를 들고 비탈에 조심스럽게 발걸음을 뗐다. 석구엄마가 번쩍거리는 괴탄 덩어리를 낚아채 포대에 담았다. 스킵이 오르내리는 소리가 밤공기를 휘저었다. 나는 괴탄이 가득 든 자루를 짊어지고 석구를 따라 비탈길을 내려갔다. 괴탄 포대를 어깨에 맨 석구가 숨을 거칠게 토해냈다. 어머니와 석구엄마는 괴탄 포대를 머리에 이고 걸음을 재촉했다. 잿빛 구름장 너머로 보름달이 희끄무레하게 부연 빛깔을 드러냈다. 달빛이 괴탄 포대를 머리에 인 어머니의 회목을 쓰다듬고 비스듬히 흘러내렸다. 경비들의 호각소리가 달빛을 가르고 들려왔다. 기오야 빨리 뛰어. 어머니의 다급한 목소리가 날아왔다. 나는 안간힘을 다해 걸음을 빨리했다. 경비들의 발소리가 점점 가까워졌다.

"이 도둑년들, 이젠 애새끼들을 데리고 괴탄 도둑질하러 나섰구만."

경비반장이 어머니의 머리에서 괴탄 포대를 끌어당겼다.

"이놈아, 네놈은 자식새끼가 없냐? 자식새끼들 먹여 살리려고 탄을 캐고 버린 버력에서 괴탄을 골라 가는 게 우짜 도둑질이냐?"

어머니가 털썩하고 땅바닥에 주저앉으며 울음을 터뜨렸다.

석구엄마는 괴탄 포대를 이고 안간힘을 써서 버력장을 내려갔다.

"경비반장님, 한 번만 눈감아 주이소."

"눈감아 줄 일이 따로 있지. 안 돼."

"기오가 쌀이 없어 오늘 아침을 굶고 왔다잖아요."

석구가 경비반장에게 애원했다.

"다시 와서 괴탄 도둑질을 하기만 해봐라, 그땐 가만 안 둔다."

경비반장이 가래침을 돋우어 힘껏 퉤 뱉고 경비실을 향해 뚜벅뚜벅 걸어갔다.

그날 이후 어머니와 석구엄마는 버력장에서 더 이상 괴탄을 주을 수 없게 되었다.

아버지가 〈강원일보〉를 오른손에 들고 마당으로 들어섰다. 강원도 교육위원회가 시행한 고등학교 입학 자격 검정고시에 강원도 내에서 654명이 응시해 15명이 합격했는데, '민기오' 이름 석 자도 합격자 명단에 있다고 〈강원일보〉를 펴 보이며 말했다.

강원탄광에서 선산부로 일하다가 진폐증에 걸린 아버지 대신 생계를 도맡은 어머니가 푸성귀를 리어카에 싣고 가서 철암시장에 내다 팔아 살아가는 가정형편 때문에 나는 고등학교 진학을 포기했다. 맏아들을 고등학교에 보내지 못하는 것에 대해 자책감을 가지고 있는 아버지는 병든 몸을 끌고 일자리를 찾으러 황지에 나갔다가 김 기자를 만났다고 말하면서 나에게 소책자 한 권을 내밀었다. 어려운 한자가 책장을 넘길 때마다 튀어나오는 『가락소사』였다. 강원일보사 장성 주재기자인 김 기자는 카메라를 왼쪽 어깨에 걸치고 장성 탄광촌 일대 광업소와 관공서를 발로 뛰어다니며 취재해 가사를 써서 춘천에 있는 강원일보사 본사에 보냈다.

어려서부터 어머니의 손을 잡고 정토사를 드나들며 『사자소학』과 『동몽선습』을 공부한 나는 한자가 섞인 책을 읽는 데 어려움이 없었다. 가마뜰 마을을 병풍처럼 둘러싸고, 하늘을 향해 뾰족하게 서 있는 뼝대를 바라보고 있으면 숨이 턱턱 막히고, 암울한 생각이 머릿속에서 들끓었다. 그때마다 나는 『국사대관』을 읽고 『가락소사』를 읽었다. 『가락소사』에는 『국사대관』에서 보이지 않던 가락국 왕들이 그 이름을 드러내고 있었다. 1세 수로왕 등 가락국 왕들의 어휘(御諱)가 기술되어 있었다. 이들 가운데 1세 수로왕의 능침은 김해군 서상동에 소재하며, 10세 구형왕의 능침은 산청군 화계리에 소재한다고 기술되어 있었다. 나는 책장을 손가락으로 툭툭치며 가락국 왕들의 이름을 입속으로 되뇌어 보았다.

나는 석구와 함께 쇠꼬챙이와 마대를 들고 폐광(廢鑛)한 탄광의 버력장을 훑고 다니며 고철을 모았다. 뼝대를 타고 산그늘이 가마뜰 마을로 미끄러져 내려오면 우리는 고철 뭉치를 지게에 지고 고물상을 향해 갔다.

"사회박사, 역사책 하나 나왔는데 고철하고 바꿔 갈래?"

백 사장이 내가 지게에 지고 온 고철 뭉치에 눈길을 부었다. 그는 강원탄광에서 석탄을 캐는 일을 시작한 지 열흘 만에 붕락(崩落) 사고로 같이 입갱(入坑)했던 채탄(採炭) 선산부(先産夫)가 막장의 채벽(採壁)에서 석탄을 캐다가 바위 더미에 깔려 사망하자, 후산부(後産夫) 일을 그만두고 고물상을 차렸다. 그것이 10년 전의 일이었다.

"무슨 책인데요?"

내가 고개를 들어 물었다.

"『가라사초(加羅史草)』라는 역사책이야."

백 사장이 누렇게 색이 바랜 책을 들어 보였다.

"『가라사초』요?"

내가 지게에서 고철 뭉치를 내리며 말했다.

"부산대학교 한일문화연구소에서 펴낸 책인데 한자 투성이야. 가마뜰에서 이 책을 읽을 사람은 민기오밖에 없잖아."

백 사장이 『가라사초』의 책장을 넘기며 말했다.

"이 많은 고철과 달랑 책 한 권과 바꾸긴 좀 그렇잖아요."

내가 백 사장의 길게 뻗어 나온 콧수염을 바라보며 말했다.

"…많이 낡긴 했는데 이병도와 김재원이 집필한 『한국사:고대편』은 어때?"

백 사장이 책등의 글자가 희미하게 보이는 『한국사:고대편』을 들어 보였다.

"그럼 두 권 다 주세요."

내가 고철 뭉치를 백 사장 앞에 내려놓으며 말했다.

나는 고철 뭉치를 백 사장에게 넘겨주고 『가라사초』와 『한국사:고대편』을 건네받았다.

대학 입학 자격 검정고시를 혼자 공부하면서 김 기자의 소개로 나는 석구와 함께 강원탄광의 덕대 갱(坑)인 '오구삼갱(五區三坑)'에서 검탄부(檢炭夫)로 일하게 되었다. 광부가 20명도 안 되는 탄광이었다.

오른쪽 팔에 핏줄이 끊어져 나가는 듯한 통증이 왔다. 밤새도록 삽질을 한 때문이었다. 나는 판자 위에 비스듬히 누웠다. 광차(鑛車)를 밀고 갱 속으로 들어간 운탄부(運炭夫) 오씨가 나오지 않았다. 나는 판자 위에 누워 주머니에서 영어 단어장을 꺼냈다. 그것은 탄가루로 새까맣게 채색되어 있었다.

"야, 이 개자슥아. 여기가 너희 집 안방인 줄 알아? 공분 니 집구석에 가서 해야 할 게 아녀."

갑자기 날카로운 소리가 머리 위로 날아왔다.

나는 벌떡 일어났다. 황 사장의 탱탱한 얼굴이 전등 불빛에 번득였다.

석구와 내가 24시간을 반으로 나누어 맞교대로 12시간씩 곽삽으로 석탄을 석탄 더미에 퍼 올려 10톤 트럭에 싣는 동안 뼝대에 핀 진달래도 시들고, 철쭉꽃이 꽃망울을 맺기 시작했다. 12시간 동안 곽삽으로 석탄을 퍼 올리고 나면 온몸에 송곳으로 찌르는 것 같은 통증이 오다가, 이내 마비가 왔다. 퇴근 후 밥을 먹으려고 수저를 들면 손가락이 제대로 펴지지 않았다. 밥을 먹고 나면 멍한 상태가 지속되었다. 그때마다 나는 방바닥에 엎드려 『가라사초』와 『한국사: 고대편』을 읽었다. 후드득후드득 우박이 창문을 두드리는 소리에 나는 고개를 들어 창밖을 바라보았다. 뼝대 위에 걸려 있는, 오백 원짜리 주화만 한 하늘을 시커먼 구름이 삼키고 있었다.

나는 첫 월급으로 탄 쌀을 예천상회에 되팔아 받은 돈으로 철암문방구에서 고등학교 과정 참고서를 구입했다. 되돌아 나오려 하는데 구석진 곳에 임종국 편 『이상전집(李箱全集)』과 제임스 조이스의 『더블린 사람들』이 먼지를 뒤집어쓰고 있는 것이 눈에 띄었다. 나는 두 권을 집어 들고, 지갑에서 지폐를 꺼냈다.

고등학교 입학 자격 검정고시를 합격한 지 꼭 4년 만에 대학 입학 자격 검정고시에 합격한 나는 중등학교 준교사 자격 검정고시를 통해 교사 자격증을 취득하여 서울로 가서 교사 생활을 하면서 대학에 다닐 계획을 세웠다.

국어 교사가 되려면 무슨 과목을 공부해야 하는지 물어보기 위해 버스를 타고 장성읍내로 갔다. 나는 장성천을 가로지르는 콘크리트

다리를 건너 태백중학교 교무실로 찾아갔다. 나는 사십 대 후반쯤 되어 보이는 교사에게 찾아온 목적을 말했다. 마침 앳된 얼굴의 여교사가 수업을 마치고 교무실로 들어섰다.

"이 선생, 이분이 교원 검정시험을 준비하는데…."

그가 말끝을 흐렸다.

"국어과를 준비하려면 국어국문학과 교육학 과목을 공부해야 해요."

그녀가 말을 끝내고, 기본적으로 공부해야 할 과목과 대표적인 저서와 저자를 메모지에 적어 나에게 건네주었다.

나는 철암역을 밤 10시에 떠나는 청량리행 야간열차를 타고 올라가 청량리역에서 내렸다. 동대문 근처의 식당에서 아침 식사를 하고, 청계천 고서점가를 뒤졌다.

『한국사:고대편』을 뒤적거리고 있는데 석구가 집으로 불쑥 찾아왔다.

"우리 집은 내일 서울로 이사 간다. 검정고시 꼭 합격해서 성공해라."

석구가 울먹이며 말했다.

마을사람들이 석구네를 전송하기 위해 동구로 나왔다.

"애이고 석구 어마이도 장성 땅에 와서 고생만 하다 가능구마잉."

근창이 엄마가 손등으로 눈물을 훔쳤다.

"탄광 생활 20년에 남은 건 병든 몸뚱아리와 헌 옷 보따리밖에 없니더."

석구엄마가 어깨를 들먹이며 울음을 울었다.

"다 내가 못 배워 변변한 직장을 잡지 못한 탓이니더. 누굴 원망하겠니껴. 서울 가면 내가 피를 뽑아 팔아서라도 자식새끼들 공불시키려고 하니더."

딱 벌어진 가슴에 단단히 뭉쳐진 메줏덩어리 같은 얼굴의 석구아버지가 손등으로 눈물을 닦으며 말했다. 이삿짐 보따리를 지고 쫓기듯이 서울로 떠나는 석구의 뒷모습이 시야에서 사라질 때까지 바라보며 나도 언젠가는 서울로 올라가서 공부하겠다고 마음속으로 굳게 다짐했다.

김 기자의 소개로 철암고등공민학교에서 영어를 강의하기 시작한 지 3개월쯤 지난 6월 어느 날이었다. 단정한 양복 차림의 사내가 교무주임을 따라 교무실로 들어섰다. 그는 선명문화사에서 발간한 '국어국문학총서'를 12개월 할부로 판매한다고 말했다. 그 총서는 『고려가요어석연구』 등 20권으로 구성되어 있었다.

강의를 끝내고 집으로 돌아온 나는 '국어국문학총서'의 하나인 『한국가요의 연구·속(續)』을 가방에서 꺼내, 책장을 펼쳤다. 김동욱은 우륵 12곡이 가야가 최대 판도를 가지고 있을 당시의 가야 소국들의 악(樂)으로 볼 수 있다면서 하가라도(下加羅都)는 금관가야(가락국)의 악(樂)이고, 상가라도(上加羅都)는 대가야(가라국)의 악이라고 했다.

금관가야와 대가야에 눈길이 멎자, 나는 『한국사:고대편』을 책꽂이에서 꺼내 펼쳐 보았다. 이병도는 5가야니 6가야니 하는 것은 결국 연맹 단체를 말한 것으로, 맹주국을 제외하고 그 이외의 가야 소국들을 말할 때는 5가야라 하고, 맹주국까지 합쳐 말할 때는 6가야라 할 수 있을 것이라고 말하면서, 아라가야는 지금의 함안, 대가야는 지금의 고령, 성산가야는 지금의 성주, 소가야는 지금의 고성, 금관가야는 지금의 김해, 비화가야는 지금의 창녕이라고 비정했다. 그리고 고령가야는 지금의 진주인 듯하다고 비정했다.

장성 탄광촌의 동쪽에서 남북으로 흐르는 철암천의 바위 절벽에 똬리를 튼 단풍 군락지에 단풍이 굴참나무 숯불처럼 발갛게 피어오르기 시작했다.

국어국문학과 교육학을 혼자 공부하는 동안 다시 4년이라는 세월이 흘러갔다. 중등학교 준교사 검정고시를 실시한다는 공고문이 발표되었다. 교원 수급 계획에 따라 국어 과목이 빠져 있었다. 중등학교 준교사 자격 검정고시 제도가 사실상 폐지되는 수순에 들어갔다는 것을 모르고 있었던 나는 '막다른 골목에 선 13인의 아해(兒孩)'의 처지가 되어버렸다.

"어머니 저는 아무래도 공부할 복이 없는가 봅니다. 이젠 공부를 그만두고 돈을 벌겠습니다."

내가 풀이 죽은 목소리로 어머니에게 말했다.

"…세상의 일이란 게 마음먹은 대로 척척 되는 게 어디 있느냐. 너무 낙심 말고 공부를 계속해라. 석구 사촌 형이 택시 운전을 하면서 평소에는 라디오로 강의를 듣고 여름방학 겨울방학 때, 대학에 출석해 강의를 듣는 방송통신대학을 졸업하고 대학 편입학 자격 검정고시라는 걸 합격해 야간대학 법학과에 다니고 있다카더라."

"석구네 소식은 어떻게 들었어요?"

"요 며칠 전에 석구 아버지가 근창이네 집에 다녀갔단다. 구로공단에서 공장 자재 창고 경비 일을 하고 있다는데 신수가 아주 멀끔하더란다."

"……."

"방에만 틀어박혀 있지 말고 바람도 쐴 겸 효명스님을 찾아뵈라."

어머니가 『가라사초』를 뒤적이고 있는 나를 향해 말했다.

나는 집을 나와 정토사로 향했다. 몇 해 사이 이마에 굴참나무 껍질같이 짙은 주름살이 진 효명스님의 어깨는 눈에 띄게 굽어 있었다.

"그래 요즈음 어떻게 지내는가?"

효봉스님이 차를 따라주며 말했다.

"『가라사초』를 읽으며 보내고 있습니다."

"『가라사초』라… 가야사에 대해 설화 중심으로 잘 정리한 책이라 재미도 있긴 하지."

"스님께서도 『가라사초』를 읽어 보셨군요?"

"읽다마다 『가라사초』의 저자 정중환 교수와 다이쇼대학(大正大學)을 같이 다녔네."

효명스님이 찻잔을 들며 말했다.

"쓰다 소우키치(津田左右吉)는 「임나강역고」에서, 이마니시 류(今西龍)는 「가라강역고」에서 김해 지방을 임나가라로 보았고, 오하라 토시타케(大原利武)는 「임나가야고」에서 고령 지방을 임나가야로 보고 있다고, 『가라사초』에 기술되어 있더군요."

내가 찻잔을 앞으로 당기며 말했다.

"나도 『가라사초』에서 정 교수가 고령 임나설에 대해 요약한 것을 읽어 보았네. 첫째, 고령이 김해보다 지리적으로 강대한 부족 국가가 성립될 수 있다. 둘째, 유물과 유적이 고령이 김해보다 풍부하다. 넷째, 소나가시치(蘇那曷叱智)가 붉은 비단을 가지고 가던 도중 군(郡) 부고(府庫) 중에서 이를 신라 사람에게 빼앗겼다 하니 김해라면 이 이야기가 성립되지 않는다. 다섯째, 『삼국사기』에도 김해는 금관국 또는 가야라 하였고, 고령은 대가야 또는 가야라고 하였다. 여섯째, 대가야 건국 설화에서도 고령은 형이고 김해는 동생 격으로 되어 있다. 일곱째, 봉림사진경대사보월릉공탑비문에 임나왕이 아니라 임나왕족이다'라고 한 것 등을 미루어 보아 김해는 고령의 부용국(附庸國)이다. 여덟째, 『본조사략(本朝史略)』에서 고령 대가야설을 주장했다. 아홉째, 기치다노무라지(吉田連) 가전(家傳)에 보이는 삼파문(三巴汶)은 삼기문(三己汶) 지방인데 기문(己汶) 지방은 지금의 김천 · 선산 지방이다. 고령이 동북쪽이 된다. 그리고 김해를 보잘것

없는 남가라(南加羅)라 했다. 고령 임나설을 주장하는 국내외 학자들의 견해를 정리한 거지. 결론적으로 정 교수는 고령 임나설이 타당하다고 보았지."

효명스님이 낮은 목소리로 말했다.

"저는 고령 임나설은 『삼국유사』기사를 불신하기 때문에 그런 견해가 나왔다고 생각합니다. 수로왕이 김해에 나라를 세우고 나라 이름을 대가락국이라고 하였다는 기사가 '가락국기'에 기술되어 있고, 가락국 왕들의 계보가 '왕력(王歷) 편'에 기술되어 있습니다. 경상도 내륙 깊숙이 위치해 있던 변진반로국보다 낙동강과 남해가 만나는 바닷가에 위치해 있던 변진구야국이 선진 문물을 받아들이기에 더 좋은 조건이었다고 생각합니다. 고대의 수로와 해로는 현대의 고속도로와 같은 것이니까요. 사람과 모든 물화가 수로와 해로로 오고 가던 시대에 변진반로국이 성장한 가라국보다 변진구야국이 성장한 가락국이 임나국이라고 생각합니다."

내가 말했다.

"고대의 수로와 해로는 현대의 고속도로와 같은 것이라는 생각은 아주 좋은 비유네. 조선왕조 숙종 때 우의정을 지낸 허목 선생은 '가락은 신라 남쪽의 바다 위의 별국'이라고 말했지."

효명스님이 말했다.

"임나국을 둘러싼 논쟁에서 '가락은 신라 남쪽의 바다 위의 별국'이라는 구절은 참으로 시사하는 바가 많군요."

내가 말했다.

"매주 한 번씩 『삼국유사』 독서회가 열리는데 나와 보게나."

자리에서 일어서는 나를 향해 효명스님이 지나가는 소리처럼 말했다.

그 이듬해 봄 나는 서울대학교 부설 한국방송통신대학 농학과에

입학했다. 자연계열 학과인 농학과는 2년 과정을 마치면, 국가에서 대학 편입학 자격 검정고시에 응시할 수 있는 자격은 물론 환경기사 2급·조경기사 2급·원예종묘기사 2급 국가 자격시험을 치를 수 있는 자격을 주었다. 나는 서울대학교 출판부에서 펴낸 교재를 펴놓고, 교육 라디오 방송을 통해 축산가공학·공예작물학·토양비료학·농기계학·원예학·임학개론 같은 과목의 강의를 들었다. 여름 학기로 졸업이 확정되자, 나는 대학 편입학 자격 검정고시를 본격적으로 준비하기 시작했다.

다음 정차할 역은 신도림, 신도림입니다. 수원 방향으로 가실 분은 신도림역에서 내려 갈아타시기 바랍니다.

나는 읽고 있던 『한국고대사의 연구』를 가방에 집어넣었다.

"손님, 인문대학에 다 왔습니다."

나는 고개를 들어 차창 밖을 바라보았다. 가야사 학술회의가 열리는 인문대학 강의동 진입로 갓길에 승용차가 꼬리를 물고 주차되어 있었다. KBN 취재차가 갓길에 바퀴를 멈췄다. 나는 지난 40여 년의 세월이 너무나 허망하다고 생각했다. 3년 전 이맘때쯤 나는 낯선 번호로 걸려온 전화를 한 통 받았다. 민 선생님의 소설 「님의 나라」를 잘 읽어 보았다면서 한번 뵙고 싶다고 했다. 그렇게 해서 만나게 된 정 회장으로부터 한민족출판사 부설 인물연구소 소장으로 부임해달라는 부탁을 받았다. 1주일에 3일만 출근해서 기획을 맡아달라는 것이었다. 창작 활동에 도움도 되고, 생활비에 보태 쓸 수 있는 급여를 고정으로 받을 수 있을 것 같아서 수락했다. 나는 인물연구소 소장으로 나가면서 《역사와 인물》의 기획을 주도했다. 한 계절에 한 번씩 대학에 재직 중이거나 은퇴한 교수들을 만나 역사인물에 대한 인터뷰를 진행해 계간 《역사와 인물》에 인터뷰 기사를 실었다.

인터뷰를 끝내고 대학의 교정을 걸어 나오면서 나는 마음 한구석이 텅 비어 있는 것 같은 느낌을 받곤 했다. 나는 인물연구소 소장 민기오가 아니라, 사학자 민기오로 '가야사 학술회의'에 참석한다면 얼마나 좋을까 하고, 속으로 뇌까렸다.

현 교수가 사회자석으로 나왔다. 감색 양복 차림의 그는 신라 금석문(金石文) 연구로 학계에 이름이 알려져 있는 문헌 사학자였다.

"반갑습니다. 대경대학 현승준입니다. 점심식사는 맛있게 드셨습니까? 오전의 제1부 개별논문 발표에 이어, 제2부 가야사 학술회의 주제는 '가야사의 쟁점-임나가라는 김해인가, 고령인가'입니다. 좋은 주제라고 생각합니다. 먼저 현북대학 방대준 교수가 '임나가라 연구사'를 발표하시고, 북성대학 지동안 교수가 '대가야 전성기연구-임나가라 고령설을 중심으로'를 발표해주시고, 남성대학 심광준 교수가 '금관가야 전성기연구-임나가라 김해설을 중심으로'를 발표해주시겠습니다. 그러면 방대준 교수의 '임나가라 연구사' 발표가 있겠습니다."

현 교수가 마이크 앞에서 물러났다.

방 교수가 천천히 앞으로 걸어 나왔다. 그는 퀭하니 빛나는 눈을 들어 방청석에 잠시 눈길을 주었다가 입을 뗐다.

"임나가라는 말은 광개토왕릉비문에 처음 나타납니다. '10년 경자(400년)에 광개토태왕이 보병과 기병 5만을 보내어 신라를 구원하게 하였다. 남거성으로부터 신라성(新羅城)에 이르는데, 왜병(倭兵)이 가득 차 있었다. 관군이 바야흐로 도착하자 왜적이 퇴각하고, 배후로부터 급히 쫓아가서 임나가라의 종발성에 이르렀다. 성이 곧 귀순하여 복종하므로 □라인을 안치시키고 지키게 하였다'라는 구절이 주목됩니다. '임나가라'를 둘러싸고 학자들 사이에 견해차가 큽니다. 임나가라를 대가야로 비정하는 학자는 다음과 같은 논지를 전개합니다. 첫째, 포상팔국전쟁의 결과를 참고하면 4세기 말~5세기 초에 금관가야가 신라에 적대적이었을 가능성이 적고, 광개토왕릉 비문에 나오는 임나가라는 신라의 적대 세력이다. 둘째, 가야 여러 나라 중 최고의 유력국이었던 임나가라는 고구려의 침입에 곧바로 항복하였다. 셋째, 5세기 초의 동래와 김해의 고분에서 고구려계의 문물이 등장한다. 넷째, 창원 봉림사의 진경대사탑비에 등장하는 임나는 김해를 가리키지만 임나가라는 아니다. 다섯째, 중원경 출신인 강수는 대가야의 후예임이 분명하므로 임나가량은 임나가라이다. 여섯째, 대가야의 가실왕은 『신찬성씨록』에 임나국가라 가실왕으로 표기되기도 하므로 임나국가라는 임나가라이다. 일곱째, 554년 백제와 함께 신라의 관산성을 공격한 가량은 고령의 대가야로 보는 것이 타당하다. 여덟째, 『송서』·『남제서』의 왜국전에는 임나가라가 임나와 가라의 2개 국명으로 보이지만 이는 왜왕의 칭호에서 숫자를 늘리기 위한 의도이다.

임나가라를 가락국으로 비정하는 학자는 이 견해를 다음과 같이 조목조목 비판합니다. 첫째, 포상팔국전쟁이 있었던 3세기 초와 광개토왕 남정이 있었던 400년과는 시기 차의 폭이 크다. 둘째, 400년 무렵 가락국이 가야 세력 중에서는 강국이었음은 인정되지만, 보병과 기병 5만 명으로 이루어진 고구려군과 적수가 되지 못하였을 것이다. 셋째, 복천동 고분군 등지에서 4세기 대 고구려 혹은 북방계 유물이 출토됨으로써, 그렇게 주장하는 견해는 이미 철회되었다. 넷째, 임나는 김해이지만 임나가라는 김해가 아니다 라고 하였는데 임나가라가 고령이라는 논거로는 부족하다. 다섯째, 우륵이 대가야인의 후예라고 해서 강수가 대가야인의 후예일 것이라는 점은 가능성 정도이다. 여섯째, 『신찬성씨록』의 기사는 가실왕이 임나국 중 하나인 가라국의 왕임을 보여주는 기사이다. 일곱째, 가량(=가라)은 금관가야(가락국)와 대가야(가라국) 모두가 사용했다. 여덟째, 임나가라의 위치 비정과는 상관이 없다.

그때였다. '임나를 가야라고 우겨대며 임나일본부를 옹호하는 친일 사학자들은 대학 강단에서 물러가라'라는 내용의 펼침막을 든 '가야사 바로잡기 연합회' 회원들이 방청석으로 들이닥쳤다. 『일본서기』의 '임나' 관련 사건 기록에 나타나는 소국들인 기문·대사·다라를 그대로 한반도 남부의 지명으로 비정하는 놈들이 친일 사학자가 아니면 누가 친일 사학자냐? 어디 말해봐라. 하얀 턱수염이 현 교수와 방 교수를 향해 삿대질을 하며 목청을 돋우었다. 야, 이 친일 사학자들아, 우리나라 역사서에 기문국, 대사국, 다라국이 어디에 나오나? 말해보라. 개량한복이 소리를 질러댔다. 경비원들과 대학원생들이 펼침막을 든 연합회 회원들을 방청석에서 끌어내기 시작했다. 몸싸움이 벌어졌다. 방송국 기자가 카메라 플래시를 펑펑 터트렸다.

KBN 텔레비전은 저녁 9시 뉴스에 '가야사의 쟁점-임나가라는 김해인가, 고령인가'라는 주제로 열린 가야사 학술회의장에 가야사 바로잡기 연합회 회원들이 난입해 아수라장이 되었다는 소식을 주요 뉴스로 다뤘다. 가야사 바로잡기 연합회 회원들의 행위도 문제가 있지만, '가야사 연구 복원사업'이 100대 국정 과제로 선정되자, 예산을 따내기 위해 영호남의 지방자치 단체들이 경쟁하듯이 뛰어들었고, 거기에 지역 정치인들까지 끼어들어 문제가 더 커진 것이라는 방 교수의 논평이 텔레비전에서 흘러나왔다.

나는 서재에서 『가야사사료집성(加耶史史料集成)』을 뒤적거리다가 까무룩 잠이 들었다. 친일 사학자놈들아, 임나가라가 김해에 있었다는 걸 설명을 해봐라. 자자, 설명을 해드릴 테니 다들 자리에 앉으십시오. 내가 방청석을 향해 말했다. 그래, 어디 우리를 납득시킬 만한

설명을 해봐. 하얀 턱수염이 자리에 앉으며 말했다. 봉림사진경대사
보월릉공탑비문에 "대사의 이름은 심희이며 속세의 성은 신김씨이
다. 그 조상은 임나의 왕족이고, 먼 조상이 흥무대왕인 김유신을 추
봉하는 이름이다"라는 기록이 있는 거로 보아 봉림사진경대사보월
릉공탑비문의 '임나가라'는 김해 가락국으로 보는 것이 옳다고 생각
합니다. 『삼국사기』 「열전」 강수 조도 이를 뒷받침해 주는 기사입니
다. "강수는 신라 중원경 사량 사람으로 그 아버지는 석체내마였
다…. 임금이 이름을 물으니 신(臣)은 원래 임나가량 사람으로 이름
은 자두입니다"라고 기술되어 있습니다. 임나가라가 가락국임을 밝
혀주는 근거 사료는 『일본서기』 「숭신기」 65년 7월 조에도 보입니
다. "임나는 쓰쿠시노 쿠니(筑紫國)에서 2천여 리 떨어져 있고, 북쪽
은 바다로 막혀있으며, 계림의 서남쪽에 위치하고 있다"라고 기술되
어 있는 것입니다. 넓은 의미에서 임나란 대체로 낙동강 유역에 위
치해 있던 가야 지역을 가리키는 말이었고, 좁은 의미에서는 가락국
을 가리키는 말이었습니다. 다라국과 기문국은 「양직공도」 백제국
사전에 "백제 곁에는 반파·탁·다라·전라·사라·지미·마련·상
기문(上己汶)·하침라 등과 같은 소국이 있고, 이들은 백제에 부용하
고 있다"라는 기사에 각각 '다라'와 '상기문'이라는 이름으로 나타납
니다. 하얀 턱수염과 개량 한복이 불쑥 튀어나왔다. 원전 판독력이
어찌 그 모양이냐? 그 글자가 상사문(上巳文)이지, 상기문(上己汶)이
냐? 텔레비전 카메라가 계속 돌아갔다. 야, 상갓집 개만도 못한 친
일 사학자놈들아. 카메라가 개량한복을 향하는 순간, 휴대전화 벨
소리가 울려 퍼졌다.

　순식간에 현 교수도, 방 교수도, 하얀 턱수염도, 개량한복도, 대학
원생도, KBN 텔레비전 카메라 기자도 사라지고 없었다.

　"민 소장님이십니까? 아침 일찍 죄송합니다. 어제 통화할 때 빠트

린 게 있어 전화드렸습니다. 임나가라 도성인 봉황성 근처에 자리 잡은 종발성의 위치를 추정할 수 있는 글자가 선명하게 나온 광개토왕릉비문 탁본이 실려 있는 책과 '상사문(上巳文)'이 아니고, '상기문(上己汶)'이라고 선명하게 나온 「양직공도」 백제국사전 필사본이 실린 책을 연구소 자료실에 찾아냈습니다. 제가 한 권씩 국제 소포로 보내드리겠습니다. …『변강민족과 쌍어문』도 출간되는 대로 보내드리겠습니다."

나는 왕삼종의 말에 예, 예 하며 엉거주춤하게 서 있었다.

작가의 말

연작소설(roman-cycle)은 개개의 작품들이 독립된 완결 구조를 가지고 있으면서도 장소나 인물 또는 주제에 공통성을 지니면서 연쇄적으로 묶여 있는 소설 유형을 의미한다. 에밀 졸라(Émile Zola)의 루공마카르총서(Les Rougon-Macquart)는 장편소설들로 이루어진 연작소설이고, 조세희의 『난장이가 쏘아올린 작은 공은』은 중·단편소설로 이루어진 연작소설이다. 연작소설(連作小說)을 '연작소설(聯作小說)'로 쓰기도 하는데, 이것은 연작소설이 일종의 소설연합(小說聯合)이라는 속성을 가지고 있다는 것을 보여주는 것이다. 연작소설은 독립된 완결 구조를 가지고 있는 개별 작품들이 개별성을 뛰어넘어 인간의 삶을 다각적으로 보여줄 때 연작소설로서의 특장이 될 수 있을 것이다.

한편 액자소설(frame story)은 액자 속에 그림이나 사진이 들어 있듯이, '바깥 이야기(外話)' 속에 하나 또는 둘 이상의 '안 이야기(內話)'가 들어 있는 소설이다. 김동리의 「까치소리」, 이청준의 「병신과 머저리」 김승옥의 「환상수첩」, 이문열의 『사람의 아들』은 액자소설의 좋은 예이다. 김동인의 「배따라기」는 '바깥 이야기'가 1인칭이고, '안 이야기'가 3인칭이다. 김동리의 「무녀도」는 '바깥 이야기'의 화자와 '안 이야기'의 화자가 동일하다. 이문열의 『사람의 아들』은 '바깥 이야기'나 '안 이야기'의 화자가 3인칭이다.

나는 1986년 《동서문학》 신인문학상에 최인훈·한무숙 선생의 선(選)으로 중편소설 「검은 땅 비탈 위」가 당선되어 문단에 나온 이래 3권의 연작소설집을 펴냈다. 첫 번째 연작소설집은 탄광촌을 무대로 한 『탄(炭)』(미래사, 1988년)이고, 두 번째 연작소설집은 서울 강남에서 좌석버스를 타면 1시간이면 닿는 도농복합도시 초림을 무대로 한 『마을』(실천문학사, 2009년)이다. 세 번째 연작소설집『가야를 찾아서』(서연비람, 2024년)는 현대의 서울과 고대의 가락국(김해) 및 가라국(고령)을 주 무대로 하고 있다.

연작소설 『가야를 찾아서』는 액자식 구성(frame narrative)을 도입해 '바깥 이야기'로 「가야를 찾아서」와 「가야를 위하여」를 배치하고 '안 이야기'로 「님의 나라」·「가락국」·「검(劍)과 현(弦)」을 배치했다. '바깥 이야기'인 「가야를 찾아서」·「가야를 위하여」는 화자가 1인칭이다. 그리고 '안 이야기'인 「님의 나라」는 화자가 1인칭이다. 또한 '안 이야기'인 「가락국」·「검과 현」의 화자는 3인칭이다. '안 이야기'에서 「님의 나라」는 시간적 배경이 현대이고, 「가락국」과 「검과 현」은 시간적 배경이 고대이다. 다시 말해 『가야사를 찾아서』는 현대(「가야를 찾아서」)와 현대(「가야를 위하여」) 사이에 고대(「가락국」), 현대(「님의 나라」), 고대(「검과 현」)를 시간적 배경으로 하여 구성한 작품이다.

두 마리의 물고기(雙魚)가 많은 이야기꽃을 피우며 중·단편소설 5편 속에서 유영하고 있는 『가야를 찾아서』는 「가야를 찾아서」(《현대문학》, 1992년 1월호), 「가야를 위하여」(《시와 문화》 2023년 봄호) 등 2편의 단편소설과 「님의 나라」(계간 《동서문학》 1993년 겨울호)·「가락국」(「허황옥」의 개제(『소설로 읽는 한국여성사1』, 서연비람, 2022년 12월)·「검과 현」(「우륵」의 개제(『소설로 읽는 한국음악사1』, 서연비람, 2023년 8월) 등 3편의 중편소설로 구성되어 있다.

국립중앙박물관이 서울에서 '가야유물특별전, 국립중앙박물관 8.5~9.2'를 개최했던 1991년을 시간적 공간으로 하여 집필한 「가야를 찾아서」와 28년만에 국립중앙박물관이 '가야본성(加耶本性)-칼(劍)과 현(絃) 2019. 12. 3.(화)~2020. 3. 1.(일)'을 개최했던 2020

년을 시간적 공간으로 하여 집필한 「가야를 위하여」의 발표 시기는 31년이라는 시간차가 있다.

　나는 연작소설 『가야를 찾아서』를 집필하기 위해 가야에 관한 자료를 읽으면서 가야사를 둘러싸고 고대의 가야 소국(小國)들이 영남과 호남의 각 지역에 자리 잡고 멸망할 때까지 공존과 경쟁 양상을 보이면서 병립하고 있었다는 것을 알게 되었다. 가야사는 한국 고대사에서 그 실체가 가장 밝혀지지 않은 것 중의 하나이다. 문헌 자료가 크게 부족한 데다가 임나일본부 문제가 가야사와 얽혀 있었기 때문에 가야사 연구를 부진하게 한 원인이 되었던 것이다. 1992년 단편소설 「가야를 찾아서」를 발표한 이후에 가야를 소재로 한 소설을 쓰겠다는 열망을 마음 한구석에 품고 살아왔던 나는 1993년 중편소설 「님의 나라」를 발표한 후에도 오랫동안 가야를 소재로 한 소설을 쓰지 못하다가 2022년 중편소설 「가락국」을 필두로 2023년에 중편소설 「검과 현」과 단편소설 「가야를 위하여」를 발표했다. 나는 '가야를 찾아서'라는 이름의 연작소설집을 묶겠다고 마음먹고 6개월 동안 개작하는 작업을 했다. 5편의 중·단편 소설을 연작소설로 개작하는 과정에서 처음 발표했을 때와 내용이 상당히 다른 작품이 되었다. 에피소드를 삭제하기도 하고, 에피소드를 추가하기도 하고, 작품 간에 에피소드를 이동시키기도 하고, 등장인물의 이름과 개개의 작품 제목을 바꾸기도 하면서 개작 작업에 매달렸다. 그 결과 200자 원고지 1306매의 중량감 있는 연작소설 『가야를 찾아서』가 탄생하게 되었다.

가야를 찾아서

　　200자 원고지 110매의 단편소설 「가야를 찾아서」의 화자 '나' (민기오)는 광고회사 사원이다. 사학과를 졸업한 '나'는 대학원 진학을 포기하고, 밥벌이를 위해 들어간 곳이 대성기획이라는 해외 광고 대행업체이다. 광고회사인지라 고객과 고객사를 찾아 구두 뒤창 수십 개가 닳도록 돌아다닌다. 명동에서 여의도로, 여의도에서 고객사만 돌아다니면서 '나'는 자신이 밥벌이를 위해 뛰어다니다 닳아빠진 구두 뒤창 신세와 같은 것이 아닌가 하는 생각을 하곤 한다. 광고 회사 사원 '나'의 구두 뒤창은 가야사로 상징되는 낭만과 열정의 세계와 대척적인 지점에 있다. 더구나 광고회사 사원인 '나'는 「가락국」이라는 중편소설을 쓰겠다는 불씨 하나를 가슴 속에 품고 있으면서 일상에 함몰되어 몇 년째 작품을 쓰지 못하고 있는 소설가이기도 하다. 밥벌이를 위해 광고 영업을 하러 구두 뒤창이 닳도록 뛰어다니는 '나'는 가야고분에서 출토한 오르도스형 청동솥에 빠져 있다.

　　가야 문화에 미친 사나이 민기오와 광고회사 사원 차장 민기오란 별개의 인물일까. 이런 물음 속에 이 작품의 묘미가 깃들어 있습니다. 실상 이것이 작가의 만만찮은 역량인 셈인데, 자연스러움이 그 증거. 한 인간에 있어 일상적 삶과 이와는 별개의 그가 품은 이상적 삶이란 가끔은 겹칠 수 있는 것. 이 교차점이야말로 우리의 삶을 견디게끔 하는 그 무엇이 아닐 것인가. 가령 업무차 만난 왕씨는 광개토왕 비석에 미친 사나이였는데, 가야사에 미친 사나이와 족히 맞설 수 있었다(김윤식, 「역사에의 열정과 그 근거-김종성」, 『90년대 한국소설의 표정』, 서울대학교출판부, 1994, p.275).

가야에 미친 사나이 '나'(민기오)는 소설을 쓰겠다는 불씨 하나를 가슴 속에 품고 있으면서도 일상에 함몰되어, 소설을 쓰지 못하다가 조금씩 조금씩 벗어나 중편소설 「가락국」을 완성한다.

가락국

200자 원고지 247매의 중편소설 「가락국」은 『가야를 찾아서』의 '안 이야기'에 해당하는 작품이다. 주요 등장인물은 허황옥과 수로왕이다. 「가락국」은 허황옥이 인디아의 아유타국을 떠나 수로왕을 찾아가는 기나긴 여정과 허황옥과 수로왕이 가락국을 성장시켜 나가는 과정을 그리고 있다. 교역의 중심지로 떠오른 가락국은 물길과 바닷길의 중심부에 해당하는 관문을 차지해 물길·바닷길 교통, 그리고 교역의 요지로서 한반도 남부의 소국들 가운데 맨 위층에 자리 잡게 되었다. 말하자면 철과 물길과 바닷길이 풀무질한 교역의 거점인 가락국은 천구(天球) 위에 구름 띠 모양으로 길게 분포되어 있는 수많은 천체(天體)의 무리인 은하의 중심부처럼 변한 정치집단의 중심부가 된 것이었다. 관문사회의 중심 세력이 된 가락국은 황산하를 사이로 두고 곳곳에 점점이 박혀 있는 소국들의 움직임에 늘 촉각을 세우지 않을 수 없었다. 동북쪽의 사로국 세력이 황산하를 향해 침투해 오는 것도 문제지만, 서쪽의 안야국과 서남쪽 고자미동국의 움직임도 예사롭지 않아 군사력을 키우지 않을 수 없었다.

수로왕과 허왕후를 시작부터 끝까지 서사구조의 중심에 두고 도도히 흐르는 장강 같은 서사가 전개되는 「가락국」에서 내가 힘을 들인 것은 두 마리의 물고기가 마주 보고 있는 문양인 쌍어문의 묘사다. 쌍어문은 『가야를 찾아서』의 프롤로그 같은 단편소설 「가야를 찾아서」에도 묘사되어 있다. 그리스의 시인 호머(Homer)의 대서사시 「오디세이(the Odyssey)」의 주인공 오디세이처럼 모험의 여행을 떠난 허황옥의 여정은 쌍어문과 떼려야 뗄 수 없다. 허황옥 일행이 쌍어문과 함께 떠난 여정은 아유타왕국에서 시작하여 중국을 거쳐 김해에 이르렀고, 수로왕의 조상 일행이 쌍어문과 함께 떠난 여정은 파미르고원에 위치했던 대원국에서 시작하여 중국을 거쳐 김해에 이르렀다. 허황옥과 수로왕은 가락국이 흉노와 한나라 사이에 끼어 한나라를 따랐다가 흉노를 따랐다가 하던 누란과 같은 운명이 되면 안 된다고 생각했다. 수로왕과 허황옥의 딸인 묘견은 바다가 가락국의 생명줄이고, 바다는 어머니처럼 온생명을 품어 준다고 생각했다. 묘견이 새로운 쌍어문을 찾아 왜로 향해 모험의 여행을 떠나면서 「가락국」은 대단원의 막을 내린다.

님의 나라

200자 원고지 337매의 중편소설 「님의 나라」는 가야고분을 발굴하여 고고학 자료가 출토될 때마다 "임나일본부설이 허구임이 입증되었다고 주장하는 우리나라 사학계와 언론의 허구를 잡지사 기자인 '나'의 눈을 통해 묘사하고 있다. 「님의 나라」는 연작소설 『가야를 찾아서』의 구성에서 '안 이야기'이면서 '안 이야기' 「가락국」과 '안 이야기' 「검과 현」을 이어주는 중간 가교 역할을 하고 있다.

광고회사 사원이었던 '나'는 회사가 경영난에 봉착하자, 역사교양 잡지인 역사문화사의 기자로 전직한다. '나'는 취재를 하러 다니는 과정에서 북성대학 출신의 학자들과 남성대학 출신의 학자들이 부여계 기마민족의 김해 이동설 등을 둘러싸고 대립하고 있다는 것을 알게 된다. 뿐만 아니라 '나'는 임나일본부에 대한 한국 학자들과 일본 학자들의 시각차를 국제학술회의를 통해 선명하게 드러내고 있는 것을 목격하게 된다. '나'는 눈코 뜰 새 없이 바쁜 잡지사 생활을 하면서 창작의 끈을 놓지 않으려고 안간힘을 써서 우륵이라는 걸출한 음악가를 주인물로 하여 중편소설 「검(劍)과 현(弦)」을 집필한다.

가야사 국제학술회의에 같이 참가했던 사람들과 식당에서 모임을 갖던 중 임나일본부설을 부정하는 획기적인 유물이 경상남도 함안에서 남성대학 고고학 연구소 발굴단에 의해서 발굴되었다는 뉴스가 텔레비전에서 흘러나온다. 텔레비전 화면에 마리산 고분군이 속살을 드러내자, 말갑옷이 화면에 나타났다. 말에까지 갑옷을 입히는 집단이 4세기대에 한반도 남부에 실재하고 있었다는 것은 임나일본부설을 부정하는 획기적인 자료입니다. 현 교수의 목소리가 텔레비전 화면에서 흘러나온다. 그때 김우민이 가방을 어깨에 메며 "언제까지 임나일본부설이 허구임을 증명하고 있을 겐가"하고 툭 던지듯이 말한다.

검과 현

200자 원고지 481매의 중편소설 「검(劍)과 현(弦)」은 지금의 경상남북도 일원과 전라남북도 일원에 자리 잡고 백제와 신라의 침략에 맞서 가야 소국들이 생존을 위해 몸부림치던 시기인 서기 500년부터 562년까지를 시대적 배경으로 하고 있다. 검(劍)으로 상징되는 성왕·진흥왕·가실왕의 얼굴 맞은편에 현(弦)으로 상징되는 우륵의 얼굴이 부조되어 있다. 6세기라는 격동기를 살아갔던 우륵은 음악을 통해 가야 소국들을 하나로 통일하려고 했던 가실왕의 "모든 나라의 방언도 각각 서로 다른데, 성음(聲音)이 어찌 하나일 수 있겠는가"라는 뜻에 따라 12현금(絃琴)을 만들고, 가야금 연주곡 12곡을 지었다. 가라가 어지러워지자, 551년(진흥왕 12년) 가라에서 신라로 망명한 우륵은 세 제자에게 자신이 지은 12곡을 가르쳐주었다. 우륵이 작곡한 12곡을 배운 세 제자는 12곡이 번잡하고 음란하여 우아하고 바르지 못하다고 판단하여 5곡으로 줄여 버렸다. 이 소식을 듣고 제자들로부터 뒤통수를 얻어맞은 것 같아 매우 화를 냈던 우륵은 세 제자가 줄인 5곡을 듣고 난 뒤에 "즐거우면서도 지나치게 즐겁지 않고, 슬프면서도 지나치게 슬프지 않구나. 이것이 정말 바른 음악이로구나"라고 말했다. 가야금 곡은 진흥왕에 의해 신라의 궁중 음악이 되었다. 정치와 예술의 대립구도 속에 서역의 누란과 같은 처지에 놓여 있던 가야 소국에서 음악 활동을 하였던 우륵은 신라에서도 정착하지 못하고 안개를 헤치고 당항성을 향해 떠난다.

가야를 위하여

200자 원고지 124매의 「가야를 위하여」는 연작소설 『가야를 찾아서』의 '바깥 이야기'로 『가야를 찾아서』의 에필로그 같은 작품이다. 화자인 '나'는 28년 만에 왕삼종의 전화를 받는다. 그는 '나'가 광고회사에 근무할 때 찾아온 사람이었다. 그는 현재 중국 변강민족연구소에서 『변강민족과 쌍어문』이라는 책을 편찬하는 일을 하고 있다고 말했다. 통화가 끝나자, '나'는 가야사 학술회의가 열리는 서현대학교 인문대학 강의동으로 가기 위해 택시를 집어 탄다. '나'는 택시를 타고 가면서 어릴 적 일을 떠올린다. 교감선생으로부터 "역사책 속에는 수많은 인물이 등장한다. 그 인물들이 세상을 살아가던 모습은 너가 이 험난한 세상을 헤쳐가는 데 큰 도움을 줄 거야"라는 훈화를 듣고, 초등학교를 졸업한다. '나'는 가정형편으로 상급학교에 진학하지 못하고, 탄광의 검탄부, 공사장 노동자 생활을 하며, 독학으로 중·고등학교 과정과 초급대학 과정을 마치고 대학 편입학 자격 검정고시에 합격한다. '나'는 하루 12시간 곽삽으로 석탄을 퍼서 10톤 트럭에 싣는 노동으로 인해 온몸이 바늘로 찔러대는 듯한 고통을 겪으면서도 서울로 가서 공부해 보겠다는 꿈을 가슴 한구석에 품고 탄광촌에서 발버둥 쳐온 지 15년만에 34살의 나이에 대학 사학과에서 공부할 기회를 잡는다. '나'가 긴 고통의 시간을 견뎌내게 한 것은 역사서였다. '나'는 대학 졸업 후 여러 회사를 거쳐 역사인물연구소 소장으로 일하고 있다. 가야사 학술회의에 참석한 '나'는 『일본서기』에 나오는 지명인 기문국·대사국·다라국이 우리나라 역사서 어디에 나오냐면서 강단 사학자들을 친일학자라고 비난하는 재야 사학자들의 모습을 목격한다. 다음날 아침 일찍 왕삼종이 전화를 해서 "'상사문(上巳文)'이 아니고, '상기문(上己汶)'이라고 선명하게 나온 「양직공도」 백제국사전 필사본이 실린 책을 연구소 자료실에서 찾았다"고 말한다.

2024년 4월

용인 호수마을에서 김종성

가야사 연표

42년	수로왕, 가락국(금관가야)을 건국함(『삼국사기』, 『신증동국여지승람』).(『삼국유사』).

42년 수로왕, 가락국(금관가야)을 건국함(『삼국사기』, 『신증동국여지승람』).(『삼국유사』).

이진아시왕, 반로국(대가야국)을 건국함(『삼국사기』, 『신증동국여지승람』).(『삼국유사』).

44년 탈해가 가락국에 나타나 수로왕과 왕위를 다툼. 수로왕이 배 500척을 이끌고 탈해를 신라로 쫓아냄(『삼국유사』).

48년 아유타국 공주 허황옥이 가락국에 와서 수로왕과 혼인함(『삼국유사』).

77년 신라 아찬 길문이 공격해 오므로, 황산진 어구에서 맞아 싸웠으나 가락국 군사 1천여 명이 사로잡힘(『삼국사기』).

94년 가락국 군사들이 신라의 마두성을 에워쌌으나, 아찬 길원의 공격을 받고 물러남(『삼국사기』).

96년 가락국 군사들이 신라의 남쪽 변경을 공격하여 가성주 장세를 죽였으나 신라 파사이사금이 보낸 신라군들과 싸워 패배함(『삼국사기』).

97년 신라 파사이사금이 군사를 일으켜 공격하려 하므로, 가락국에서 사신을 보내 사죄함(『삼국사기』).

102년 가락국 수로왕이 신라의 요청을 받고, 음즙벌국과 실직곡국의 영역 다툼을 중재함. 한기부가 반발함(『삼국사기』).

115년 신라 지마이사금이 보병과 기병을 이끌고 황산하를 건너오므로 가락국 군사들이 매복하고 있다가 공격. 파사이사금은 포위를 풀고 겨우 탈출함(『삼국사기』).

116년 신라가 정병 1만을 보내 가락국을 공격함. 가락국 군사들이 성을 굳게 지키자 물러남 (『삼국사기』).

189년 가락국, 허왕후가 157세로 죽음(『삼국유사』).

199년 가락국, 수로왕이 158세로 죽음. 거등왕이 왕위에 오름(『삼국유사』).

201년   가락국, 신라에 화친을 요청함(『삼국사기』).

209년   포상팔국이 가락국을 치려 하므로 가락국 왕자가 신라에 가서 구원
        을 청함(포상8국이 공격한 나라가 아라가야라는 견해가 있음). 신라
        내해이사금이 태자 우로와 이벌찬 이음을 보내와서 가락국을 구원
        하고 팔국 장군을 죽임(『삼국사기』).

212년   골포국, 칠포국, 고사포국이 신라의 갈화성을 침공하였으나 크게 패
        함. 이에 가락국은 신라에 왕자를 보내 볼모로 삼게 함(『삼국사기』).

253년   가락국, 거등왕이 죽음. 제3대 마품왕이 왕위에 오름(『삼국유사』).

291년   가락국, 마품왕이 죽음. 제4대 거질미왕이 왕위에 오름(『삼국유사』).

346년   가락국, 거질미왕이 죽음. 제5대 이시품왕이 왕위에 오름(『삼국유사』).

400년   고구려의 광개토왕이 보낸 보병과 기병 5만이 왜군의 뒤를 쫓아 임
        나가라(가락국으로 비정됨, 대가야로 비정하는 견해가 있음.) 종발성
        (김해 봉황토성으로 비정하는 견해가 있음. 부산시 동래구나 부산진
        구 일대를 종발성으로 보는 견해가 있음)에 이르자, 성이 항복함(광
        개토왕릉비문).

407년   가락국, 이시품왕이 죽음. 제6대 좌지왕이 왕위에 오름(『삼국유사』).

421년   가락국, 좌지왕이 죽음. 제7대 취희왕이 왕위에 오름(『삼국유사』).

451년   가락국, 취희왕이 죽음. 제8대 질지왕이 왕위에 오름(『삼국유사』).

452년   가락국, 질지왕이 허왕후의 명복을 빌기 위하여 왕후사를 세움(『삼
        국유사』).

479년   가라왕(가락국으로 비정됨. 대가야로 비정하는 견해가 있음), 하지
        (가락국 질지왕으로 비정됨, 대가야 가실왕으로 비정하는 견해가 있
        음)가 중국 남제에 사신을 보내 공물을 바침, 남제의 고제가 가라왕
        하지에게 보국장군 본국왕의 작호를 내림(『남제서』).

492년   가락국, 질지왕이 죽음. 제9대 겸지왕이 왕위에 오름(『삼국유사』).

521년   가락국, 겸지왕이 죽음. 제10대 구형왕(구해왕)이 왕위에 오름(『삼

국유사』).

522년　가라국(대가야국) 이뇌왕이 신라에 사신을 보내 청혼, 신라 법흥왕
　　　　이 이찬 비조부의 누이동생을 보냄(『삼국사기』, 『신증동국여지승
　　　　람』, 『일본서기』).

531년　백제군이 안라국에 이르러 걸탁성을 지음(『일본서기』).

532년　가락국, 구형왕이 왕비와 세 아들과 함께 신라에 가서 항복함. 신라
　　　　법흥왕이 그들에게 상등(진골)의 지위를 주고 본국을 식읍으로 삼게
　　　　함(『삼국사기』, 『삼국유사』).

534년　백제, 구례모라성을 축성함(『일본서기』).

551년　신라, 진흥왕이 낭성에서 우륵으로부터 가야금 연주를 들음(『삼국사기』).

552년　우륵, 신라인 계고 등에게 음악을 가르침(『삼국사기』).

553년　백제, 가야군·왜군과 함께 신라 관산성을 공격하다가 패함(『삼국사
　　　　기』, 『일본서기』).

562년　가라국(대가야) 멸망(『삼국사기』). 가야 소국의 10국이 멸망(『일본서기』).